FARFALLE

Dello stesso autore
nel catalogo Marsilio

Il tempo dell'inquietudine
Bye Bye Blackbird
Akrash

Jesper Stein
Gli occhi di Aisha

traduzione dal danese di Maria Valeria D'Avino

Marsilio

Titolo originale: *Aisha*

Prima edizione: ottobre 2020
www.marsilioeditori.it

GLI OCCHI DI AISHA

A Emilie e Hannah

Prima parte

1
2011

Il morto aveva pianto sangue. Era legato alla sedia con il nastro telato, in mezzo al soggiorno al piano superiore dell'attico lussuoso. Axel Steen osservò la cornea opaca, lo sguardo fisso e infelice che non vedeva più nulla. Le lacrime disseccate avevano lasciato scie brunastre sulle guance, tra i baffi e sotto il mento. Axel girò intorno al morto, cercando d'immaginare che cosa fosse accaduto. Che cos'aveva visto, prima di essere ucciso? Perché era stato seviziato?

Poi udì il grido. Un grido di dolore prolungato, che lo strappò all'esame del cadavere e gli fece incassare la testa tra le spalle, in un tentativo spasmodico di difendersi da quel suono. Si mise in ascolto ma non ne vennero altri. C'erano solo i gabbiani, le anatre, il brusio degli agenti fuori dalla porta. Qualcuno piangeva nell'appartamento a fianco? Axel seguì lo sguardo del morto oltre la finestra panoramica sulla riserva di Kalvebod Fælled, dove la natura si offriva scintillante alla vista: una savana d'argento e fango nel candore dell'alba. All'orizzonte, le fiamme dorate del mare gli diedero la nausea.

Lasciò vagare lo sguardo, un po' a caso e un po' consapevolmente, alla ricerca di particolari da registrare. L'appartamento era devastato: un tavolino di cristallo in frantumi, alcune sedie rovesciate tra i cocci di due bottiglie di vino rosso, il cui contenuto si era mescolato con grandi quantità di sangue. Poteva essere la scena di un delitto compiuto in stato di ubriachezza, ma il luogo – il decimo piano di uno degli edifici più nuovi ed eleganti di Copenaghen – contraddiceva quell'ipotesi e l'uomo sulla sedia non era un avvinazzato qualunque. Era il responsabile della sicurezza di una delle più importanti società di trasporto marittimo del mondo, un uomo allenatissimo e in perfetta forma fisica.

Axel tossì e represse un conato di vomito. Il morto aveva lesioni da difesa sulle dita, sulle mani e sulle braccia, ecchimosi intorno agli occhi, un taglio sulla fronte e un orecchio quasi strappato dai colpi ricevuti. La gola era lacerata da quello che Axel immaginò fosse stato il rapido taglio di un coltello affilatissimo: il sangue era schizzato sul cadavere e sul pavimento davanti a lui. La vittima aveva urinato e defecato nei pantaloni e la stanza si era riempita di un odore dolciastro di feci, ammoniaca, ferro e vino, ma non era quello a riempire Axel di disgusto.

Erano gli occhi. Gli occhi sbarrati.

Il grido si fece risentire, un po' affievolito. Una pecora? O una mucca che stava figliando? A cinque chilometri dalla piazza del Municipio? Non aveva senso, nessun senso.

Superò il tavolo Verner Panton con quattro sedie intorno, raggiunse la finestra e guardò fuori. Era alto. E i gabbiani gli passavano davanti, strillavano e descrivevano cerchi nell'aria proprio sotto i suoi occhi.

Axel sapeva benissimo che avrebbe dovuto aspettare che stendessero le pedane di protezione sul pavimento, ma non era riuscito a trattenersi. Era dovuto entrare a farsi un'idea prima che i tecnici dell'anticrimine, i fotografi e i medici legali cominciassero a brulicare ovunque, facendogli perdere lo sguardo d'insieme sulla scena del crimine. Sentì di nuovo quel grido folle e inquietante. Doveva essere una pecora.

Axel era abituato a frequentare le cosiddette scene del

crimine: aveva sempre avuto un talento speciale per decifrarle e sapeva che in genere la prima impressione era quella giusta. Per quanto orrendo fosse il delitto, c'era sempre una logica nella prima impressione, un disegno nello scenario muto della morte: qui invece mancavano sia logica sia ordine, quello che aveva sotto gli occhi non aveva senso. Forse perché si trattava del primo caso di omicidio del quale si occupava, dopo quasi due anni? Era fuori allenamento? Si sentiva stordito. Odiava quei maledetti gabbiani. Gli ricordavano la propria morte. Gli ricordavano che aveva ottenuto un'altra possibilità e che non la doveva sprecare.

Scese al piano inferiore e uscì sul terrazzo, raggiungendo i due agenti che erano arrivati per primi sul posto. Nella fresca mattina di giugno aleggiava un tanfo di vomito. Uno dei due si stava ripulendo la bocca con il dorso della mano.

«Avete informato il Pet?» domandò Axel a quello che gli sembrava meno sconvolto.

«No: dovremmo?»

«Era dei loro, un tempo. Me ne occupo io.»

Axel tirò fuori il telefono dalla tasca interna della giacca e cercò il numero del direttore operativo del servizio d'intelligence danese, meglio conosciuto come Pet. Esitò, alzò gli occhi. Si trovava in cima allo spettacolare complesso residenziale noto come *8 Tallet*, il Numero 8, anche detto *8 House*, al margine del grande parco di Amager Fælled. Si avvicinò al parapetto e guardò in giù, verso i laghetti che circondavano l'edificio. Sentì una stretta allo stomaco e fu costretto a inspirare profondamente diverse volte per contenere le vertigini. Nel corso dell'ultimo anno, la maggior parte delle sue fobie e fantasie di morte era scomparsa, ma il terrore dell'altezza resisteva. Si concentrò sul panorama, fece un passo indietro e attese la risposta alla chiamata. All'orizzonte vedeva gli aeroplani che scendevano planando verso terra e gli ricordavano che quella era ancora la città. Li seguì con lo sguardo, affascinato, mentre si abbassavano con infinita lentezza verso Dragør: uno, due, tre in tutto.

«Pronto, parla Darling.»

«Ciao, John, sono Axel.»

«Spero che tu non mi abbia svegliato per dirmi che non puoi venire.»

Axel si era completamente dimenticato dell'invito del suo superiore per l'*housewarming* del giorno dopo.

«Non è per quello, e mi dispiace di averti svegliato. Ti ricordi di Sten Høeck?»

«Vagamente. Non era diventato il capo della sicurezza della Mærsk?»

«Proprio lui. È morto. Assassinato.» Axel fece un respiro profondo. «In casa sua: gli hanno tagliato la gola. Credo che dovresti mandare qualcuno.»

«No!»

«Sì.»

«Tu sei lì adesso?»

Axel si girò di nuovo verso la stanza, si avvicinò alla porta e l'aprì un po', in modo da poter vedere le tracce di sangue nell'ingresso mentre parlava. Conosceva di vista Sten Høeck, uno dei cacciatori di terroristi del Pet, lunga esperienza sul campo. Un paio d'anni prima era stato assunto alla Mærsk come capo della sicurezza. Ad Axel non era mai piaciuto particolarmente. Aveva quella tranquilla supponenza che gli uomini dell'intelligence ostentavano spesso nei confronti del corpo di polizia, cui Axel apparteneva; un concentrato di testosterone e arroganza in camicia da boscaiolo e jeans aderenti, che di sicuro si lasciava dietro una schiera di fidanzate affrante e mariti traditi. Axel provò un pizzico di senso di colpa. Sten Høeck poteva anche essere un idiota, ma nessuno meritava di morire in quel modo. Quasi nessuno.

«Sì, è appena successo. Aspettiamo i tecnici dell'anticrimine e il medico legale da un momento all'altro. Sai dirmi qualcosa di lui?»

«È stato prima che io entrassi al Pet, ma so che era nell'unità di osservazione dell'antiterrorismo. Con il ruolo di vicedirettore, mi sembra, coinvolto in moltissimi casi. Per questo è stato assunto come capo della sicurezza, credo. Hai esaminato la casa?»

«Superficialmente.»

«C'è confusione? Pensi che stessero cercando qualcosa?»

«Non saprei.»

«Ti mando qualcuno.»

«Sì, ma che sia abituato a fare indagini. Non voglio pesi morti.»

«Ho già in mente la persona che potrebbe esserti d'aiuto. La chiamo subito.»

«Mi serve anche il dossier personale di Sten Høeck.»

«Perché?»

«Questo non è un omicidio normale.» Axel faticava a proseguire. «Ha subito delle sevizie importanti.»

«No, cazzo...»

«Sì.»

«Di che si tratta, Axel?»

«Dovremmo cercare di scoprire se il delitto ha qualche rapporto con il suo ruolo nel Pet. Non ne sono ancora certo, ma... mi sembra che non abbia più le palpebre.»

«Che significa?»

«Quello che ho detto. Gli hanno tagliato le palpebre.»

2
2007

Henriette Nielsen stava facendo sesso, quando era arrivato l'sms del suo capo. Ora era tutta nuda nell'ingresso di un bilocale a Vesterbro e tremava dal freddo. Allungò una mano verso il pube dolente e insoddisfatto e passò distrattamente le dita tra i peli, mentre leggeva il testo sullo schermo luminoso.

«Troja atterra. Riunione alle 4.00.»

D'un tratto era sveglissima, con tutti i sensi all'erta, nonostante l'ultima mezz'ora di esercizi d'accoppiamento inconcludenti. Era la prima volta che le affidavano il comando operativo di un caso, peraltro ben diverso da quelli cui aveva partecipato fin lì.

Il suo capo, Jens Jessen, le teneva le briglie corte e aveva preteso che nessuno, dei circa cento uomini pronti a entrare in azione, fosse informato più dello stretto necessario. Henriette sapeva che i servizi americani e tedeschi, Cia e Bfv, erano coinvolti nell'operazione, ma non in che cosa consistesse il loro contributo né quali fossero i loro obiettivi. Una sala operativa completamente presidiata era pronta da quasi un mese nel quartier generale del Pet, nel sobborgo di Søborg, in attesa che i due obiettivi tornassero dal Pakistan.

Fin dall'inizio il livello di tensione era stato più alto rispetto agli altri casi di antiterrorismo cui Henriette aveva preso parte. Anche se nessuno lo ammetteva apertamente, l'interesse degli americani era un chiaro indizio che in ballo ci fosse molto più di due estremisti di un'isolata cellula locale intenti a giocare con i fertilizzanti. Ma a mano a mano che i giorni passavano e gli uomini della Cia, nella loro ambasciata a Østerbro, non davano segni di vita – in attesa dei colleghi di Islamabad, a loro volta in attesa dei loro agenti e informatori locali –, la tensione aveva cominciato a calare. Henriette era inquieta e sentiva il bisogno di distrarsi.

La distrazione si chiamava Danny, senza cognome. Un giovane toro di circa venticinque anni con la testa rasata, tatuaggi a tema vichingo sui bicipiti e un sorriso arrogante che gli anni avrebbero provveduto a smorzare.

Henriette l'aveva incontrato in un bar di Gothersgade, dov'era entrata d'istinto dopo l'ennesimo, lungo turno di guardia privo di avvenimenti. Lui aveva un corpo da mangiarselo a morsi. In più sembrava sveglio e capace di risponderle per le rime, quando si sentiva provocato.

«E se non fossi il mio tipo?»

«In questo caso ti perderesti la scopata della tua vita» aveva ribattuto lui.

Henriette l'aveva guardato negli occhi per un minuto.

«Allora andiamo» aveva detto poi.

La faccia sorpresa di lui le aveva instillato il dubbio di aver preso la decisione giusta.

Però era sembrata giusta quando lui l'aveva baciata per la strada, mentre aspettavano il taxi, infilandole la lingua in bocca, insistente e avido, e ancora di più quando gli aveva infilato la mano sotto la maglietta, in taxi, e aveva sentito i muscoli e la pelle calda, che era liscia e priva di peli.

Era tornata bruscamente sulla Terra quando lui aveva aperto la porta del minuscolo appartamento. Il tanfo di chiuso che l'aveva investita, i manifesti di vecchi film horror appesi al muro con le puntine, un teschio e altri cimeli heavy metal su uno scaffale. Le lenzuola, più grigie che bianche, puzzavano di sudore. Si era concentrata sul corpo e sugli occhi di lui. L'inizio era stato anche promettente, senza troppi preliminari, e Danny aveva un cazzo grande e bello. Ma dopo un po' Henriette si era accorta che lui andava per conto suo, seguendo il ritmo della propria eccitazione: la teneva troppo forte per i fianchi e la penetrava meccanicamente. Quando le crollò addosso chiamandola «bimba mia», lei cominciò a meditare su come filarsela senza ferirgli eccessivamente l'orgoglio.

A quel punto il telefono si era messo a vibrare. Henriette sapeva che era arrivato il momento. Nessun altro poteva cercarla alle due di notte. Lo fece fermare e gli si sfilò di sotto; con la scusa di dover usare il bagno, andò nell'ingresso a leggere l'sms di Jens Jessen. Poi tornò da Danny.

«Devo andare.»

«Perché tanta fretta?» domandò lui mentre lei si rivestiva.

Henriette gli rivolse uno sguardo che avrebbe dovuto ridurlo al silenzio. Ma non funzionò. Sdraiato di fianco nel letto, una mano sotto la guancia, le sorrise come se la conoscesse a fondo.

«Devo andare a casa a dormire» insisté Henriette.

«Sicura sicura?» disse lui, e fece per alzarsi dalla sua posa da antico romano.

Henriette andò in cucina in cerca di un bicchier d'acqua. Si guardò intorno mentre beveva avidamente. Cartoni di pizza vuoti e un lavello incrostato, pieno di piatti con striature di salse e condimenti vari.

Doveva andarsene, allontanarsi da lui e raggiungere Søborg, ma quando uscì dalla cucina se lo trovò davanti, sulla porta della camera da letto, con le mani appoggiate agli stipiti all'altezza della testa e un sorriso sicuro.

«Ho ancora qualcosa per te.»

Non si poteva fare a meno di notarlo.

Henriette lo guardò dall'alto in basso. Era giovane, ma

pur sempre un centinaio di chili d'uomo, sicuro di sé e deciso a soddisfare i suoi desideri. Non si muoveva e continuava a sorridere. Un bel problema.

«E anche tu lo vuoi» aggiunse.

«Okay, sta' a sentire: è stato bello, sei stato bravo, mi dispiace molto che non siamo arrivati in fondo, ma adesso devo andare. Perciò sii gentile e spostati.»

Il sorriso fu sostituito da qualcos'altro. Freddezza? Di sicuro non un'espressione di desiderio. Di potere, piuttosto. Pensava che lei lo trovasse eccitante? Figurarsi. Era lui che si stava eccitando. Non ci posso credere, pensò Henriette. Per un attimo provò una specie di allegria, perché quello che stava per essere costretta a fare era il miglior vaccino contro il rischio che la situazione si ripetesse. Ma poi venne la preoccupazione. Non doveva fargli troppo male. Niente ferite aperte, né troppo gravi. Se possibile. Bisognava fare in fretta, evitare problemi. E alla preoccupazione seguì la paura. Ne sarebbe uscita senza danni?

Quando lui alzò una mano, fece un passo avanti.

3
2011

Appena conclusa la conversazione con Darling, Axel vide il riflesso dei lampeggianti della polizia nello specchio d'acqua sotto di sé. Nel giro di pochissimo tempo tutta la zona avrebbe pullulato di uomini in uniforme. Axel si rivolse ai due agenti.

«Suonate a tutte le porte. Non voglio nessuno tra i piedi, quassù, a parte i colleghi, i tecnici e il medico legale. Nessun altro, finché non abbiamo messo al sicuro tutte le tracce.» Cercò di usare il tono più gentile che poteva. «Che ne è della donna che l'ha trovato?»

«È di là.»

«Chi è?»

«La vicina.»

Uno dei due agenti tirò fuori un blocco e lesse: «Ingela Gudmundsson.»

Axel controllò il telefono: le sei e un quarto, neppure mezz'ora da quando era arrivato.

«Come mai è venuta a cercarlo a quest'ora?»

«Dice che stava uscendo per andare a correre e si è meravigliata di vedere la luce accesa. Poi ha notato il sangue sul pianerottolo.»

«Le credete?»

I due si guardarono, poi uno fece segno all'altro di rispondere.

«Sì, sembrava sinceramente sconvolta. Non aveva tracce di sangue sui vestiti né sulle mani.»

«Grazie. Ottimo lavoro. Quello di voi due che ci ha parlato mi accompagnerebbe da lei?»

Il tizio che aveva vomitato sbuffò e annuì.

«Che nessuno entri in casa del morto, né cammini sul terrazzo o sul pianerottolo, prima che siano arrivati i tecnici. Ci pensi tu?» disse Axel all'altro agente.

È veramente Amager, questa?, pensò Axel entrando nell'appartamento a fianco. Amager, che qualcuno chiamava ancora "isola della merda", perché era il luogo in cui il comune di Copenaghen aveva svuotato per più di un secolo le latrine della città; il piccolo Klondike a est della capitale che aveva dato il nome a un tipico scaffale triangolare, a un panino e a un bel po' di tatuaggi. Di quella Amager non restava più molto, lì: solo il panorama doveva costare un paio di milioni, e si poteva godere comodamente seduti su una Æg o una Svane rivestita di cuoio marrone, o su una delle sedie Y di Wegner disposte intorno al tavolo di design del quale Axel non conosceva il nome.

In un giorno normale, la donna che lo accolse doveva essere elegante e ben tenuta come i suoi mobili, ma quello non era un giorno normale. Lo accolse in tenuta da allenamento: leggings neri aderenti, una maglietta Puma larga e scarpe da corsa. Aveva le guance bagnate e gli occhi rossi, sembrava esausta e sotto shock.

Lo invitò a sedersi e prese posto davanti a lui.

«Mi chiamo Axel Steen. Sono il responsabile dell'indagine.»

La donna mosse appena la testa. Axel immaginò che fosse suo il pianto che aveva sentito dietro la parete, e ne dedusse che Sten Høeck fosse per lei più di un semplice vicino.

«A quanto ho capito è stata lei a trovare Sten: ha voglia di raccontarmi com'è andata?»

«Sten? Lo conosce?»

«Sì, io... lo conoscevo.»

«A chi può venire in mente di fare una cosa del genere?»

«È quello che cercheremo di scoprire. Sono sconvolto anch'io.»

Era vero. Ai vecchi tempi non si lasciava mai impressionare da un omicidio, preso com'era ad assimilare ogni dettaglio, a ricostruire il quadro, ma adesso sì. Il luogo, l'atmosfera, il grido animalesco e gli occhi di Sten Høeck l'avevano colpito molto. Sostenne lo sguardo della donna. Lei annuì, come se lo capisse.

«Devo chiederle di raccontarmi cos'è successo. Dall'inizio. Da quando si è alzata dal letto. Che ora era?»

«Mi sono alzata alle cinque meno un quarto.»

«È molto presto.» Axel si guardò intorno. «Ha dei bambini piccoli?»

«No, e in genere vado al lavoro verso le otto. Oggi ho preso un giorno libero per...» Esitò. «Questo.»

«Perché si è alzata tanto presto?»

«Mi alzo sempre verso le cinque, vado a correre e poi sto un po' al computer, prima di andare al lavoro.»

«Okay. E poi?»

«Mi sono vestita e sono uscita. Da Sten c'era la luce accesa e questa cosa mi ha stupito. Non era mai successo.»

«Quindi è entrata a vedere?»

«No, ma mi sono fermata. Aveva avuto visite, stanotte: ho sentito la musica e qualcuno che parlava a voce molto alta.»

«Era normale?»

«No, appunto. Sten non era il tipo da feste. Aveva spesso ospiti, ma in genere uno alla volta.» La donna l'aveva guardato negli occhi tutto il tempo, ma su quelle parole distolse lo sguardo. Non voleva necessariamente dire che stava mentendo: Axel pensò piuttosto che quegli ospiti regolari dovevano essere delle donne, e forse lei era una di loro. Avrebbe approfondito al momento giusto.

«C'erano segni di vita nell'appartamento?»

«No. Avevo una strana sensazione, perciò mi sono decisa a bussare. Ma senza risultato.»

«Ha provato ad aprire la porta?»

«No, all'inizio no. Solo quando ho visto il sangue.»

«Dove?»

«Ho bussato due o tre volte e ho chiamato Sten. Ma non mi ha risposto nessuno. Poi l'ho visto, dalla finestra.»

«Che cos'ha visto, di preciso?»

«C'erano tracce di sangue nell'ingresso. Allora ho capito che era successo qualcosa di grave.»

«E che cos'ha fatto?»

«Ho provato ad aprire la porta e mi sono accorta che non era chiusa a chiave. Ho richiamato Sten, ma non ha risposto nessuno.»

La donna si portò una tazza alle labbra; era come se i suoi pensieri la precedessero di corsa in casa di Sten, su per le scale, fino al corpo martoriato. Inghiottì il caffè e le lacrime.

«Allora sono entrata. Sulle scale c'era altro sangue.»

«Si è domandata se fosse il caso di salire o no?»

La donna rifletté. Axel la trovava simpatica. Affrontava tutte le domande in modo sobrio e pratico, e lui si fece l'idea che avesse una solida formazione, probabilmente in una disciplina che richiedeva metodo e precisione.

«Sì. All'inizio ho pensato di tornare a casa e chiamare subito la polizia, ma sa, Sten era stato un poliziotto anche lui. Era un uomo forte. So che sembra assurdo, ma in qualche modo non riuscivo a credere che gli fosse successo qualcosa. Così sono andata di sopra e l'ho trovato lì. All'inizio non l'avevo nemmeno riconosciuto. C'era sangue dappertutto.»

«Cerchi di concentrarsi su quello che ha visto.»

«Ho visto un corpo sulla sedia. Era legato. Assomigliava a Sten, ma non ero sicura. C'erano mobili rovesciati, il pavimento era pieno di sangue.»

«Ha sentito qualche rumore?»
«No.»
«Si è mossa per la stanza?»
«Gli sono passata davanti e l'ho guardato in faccia. Non riuscivo a credere che fosse lui, ma ho riconosciuto i vestiti. Credo di aver gridato.»
«Non era già chiaro che qualcosa non andava, quando è arrivata in cima alle scale?»
«Certo.»
La donna guardò Axel come se cercasse d'indovinarne i pensieri. Forse è una psicologa, pensò lui, o una piedipiatti: capta tutti i sottotoni.
Decise di andarle incontro e spiegò: «Glielo domando perché molti sarebbero corsi a chiamare la polizia davanti a una scena come quella, anche se Sten dava le spalle alle scale. La stanza sembra un mattatoio, e l'odore del sangue è pesante.»
«Sì, può darsi. Ma io non ho paura di queste cose. Sono un medico, sono stata in missioni militari, ne ho viste di tutti i colori.»
«Cos'ha fatto allora?»
«Sono tornata giù e ho chiamato l'ufficio del condominio. Poi mi sono messa ad aspettare. Fuori. Uno degli addetti è venuto su, è entrato e ha visto quello che avevo visto io. È stato lui a telefonarvi. Da quel momento sono sempre rimasta in casa.»
«E Sten? Che cosa sa di lui?»
«È venuto ad abitare qui subito dopo di me. Lo conosco da nove mesi. Siamo amici.» Si fermò, guardò Axel negli occhi. «Eravamo amici. Per un breve periodo abbiamo avuto una relazione, ma poi siamo rimasti amici.»
«Come mai è finita?»
«Sten non era il tipo con cui ci si fidanza, non era interessato a un rapporto stabile. Se lo conosceva, saprà che

aveva uno strano magnetismo e che molte donne ne erano attratte.»

Si è già abituata a usare i verbi al passato, pensò Axel.

«Com'è finita la vostra relazione?»

Lei spinse lo sguardo verso la riserva naturale, dietro le spalle di Axel.

«Più che altro ero solo io che la intendevo come una relazione. Per Sten era... Sì, compagnia, amicizia, sesso. Non gli interessava altro. Me l'aveva detto chiaro e tondo, quando gli avevo chiesto spiegazioni. Eravamo andati a letto insieme qualche volta, e... io avrei voluto che tra noi ci fosse qualcosa di più. Ma lui no, appunto.»

«E così siete diventati amici? Subito?»

«Dopo un po'. Avevo bisogno di digerire il rifiuto. Ma lui restava una persona molto affascinante e premurosa, così abbiamo trovato un modo.»

«In che senso era premuroso?»

«Cosa vuole dire?»

«Ha detto che era una persona premurosa, in che modo lo dimostrava?»

La donna gli lanciò un'occhiata inquisitoria, che lui ricambiò.

«Non c'era più sesso tra noi, se è questo che intende, ma mi era d'aiuto in moltissime cose pratiche.»

«Va bene, torniamo a stanotte. Ha detto che Sten ha avuto visite. Una persona sola o di più?»

«Non lo so. Era tardi. Mi sono svegliata verso le due credendo di aver sentito delle voci forti e concitate, ma poteva essere stato un sogno. Comunque c'era musica a tutto volume, e volevo andare di là a chiedergli di abbassare.»

«Perché non l'ha fatto?»

«Ho pensato che ci fosse una donna. Non mi andava di piombare lì e interrompere qualcosa.»

«Quanto tempo è andata avanti?»

«Non saprei. Mi sono riaddormentata abbastanza in fretta.»

«Tra le donne che frequentavano casa sua, ce n'è qualcuna che ricorda in particolare? »

«No, erano parecchie. Non credo di averle viste tutte, ma almeno tre o quattro sì.»

«Che tipo di donne frequentava? Com'erano fisicamente?»

«Molto diverse. Alcune giovani, altre più mature, sempre carine.»

La donna esitò ancora; ad Axel sembrò che un velo di rabbia le passasse sul viso. Le aveva fatto così male essere lasciata?

«Disponibili» disse alla fine, come se fosse un concetto a lei del tutto estraneo. «Sten non era un tipo esigente. Come ho già detto, le donne gli piacevano e non aveva problemi a conquistarle.» Sulle ultime parole rivolse uno sguardo di sfida ad Axel.

«Okay, per ora avrei finito. Le devo chiedere di raccogliere gli indumenti e le scarpe che indossava stamattina e di consegnarmeli. Dobbiamo includerli nella nostra indagine.»

«Perché?»

«Le suole delle sue scarpe vanno esaminate, e alcune fibre dei suoi indumenti potrebbero trovarsi sulla scena del crimine: dovremo escluderle perché non siano confuse con le tracce lasciate dall'assassino.»

La spiegazione sembrò convincerla.

«Un'ultima cosa. Sten ha mai avuto visite da parte di uomini, da quando siete vicini?»

«Sì, una volta sono venuti a trovarlo due ex colleghi, credo. Erano entrambi molto diversi da Sten. Li ho incontrati solo quella volta. È anche lei del Pet?»

«No, sono della polizia di Copenaghen. Si ricorda i nomi?»

Lei rifletté.

«Uno si chiamava Per, mi pare. Aveva un'aria un po'

sciupata, ricordo di aver pensato che poteva essere un alcolista. Non c'entrava niente con Sten, ma erano amici. L'altro non l'ho visto, l'ho solo sentito parlare e muoversi di sopra. Ero lì per farmi prestare un po' di zucchero. Non so come si chiamasse.»

«Facevano ancora parte del Pet?»

«Questo non lo so.»

Axel lasciò l'appartamento, irritato con se stesso perché non riusciva a decidere se eliminarla o no dalla lista dei sospettati.

Forse sono agitato perché non posso permettermi di fallire, pensò. Era tornato in servizio da nove mesi, dopo un anno di assenza per motivi di salute, e questa era la prima volta che aveva di nuovo a che fare con un omicidio. Il nuovo capo della sezione non vedeva l'ora di liberarsi di lui ma, invece di andare allo scontro, Axel si era sottomesso alla gerarchia. Aveva bisogno di pace, per sé e per Emma. Aveva bisogno di applicarsi a qualcosa che conosceva bene e che sapeva fare. E gli omicidi erano la sua specialità. Doveva ricominciare da capo e rimettersi in sella lavorando. Niente conflitti. Era il suo nuovo stile.

4
2007

«Qualcosa non va, Henriette?» domandò Jens Jessen, esaminando il viso della collaboratrice con il suo sguardo un po' ossessivo.

Henriette doveva a lui la sua carriera. Nei tre anni in cui avevano lavorato insieme, Jessen era salito di grado fino ad accentrare sotto il suo comando le sezioni di antiterrorismo e controspionaggio, osservazione e analisi delle attività terroristiche. In pratica un sovrano assoluto, perché il Pet stava attraversando un'importante crisi di leadership e la maggior parte dei dirigenti era matura per il pensionamento.

La minaccia terroristica era esplosa dopo la crisi delle vignette satiriche su Maometto pubblicate dal quotidiano *Jyllands-Posten*. La sezione era riuscita a sventare diversi attentati contro obiettivi danesi, pianificati da giovani che frequentavano moschee e circoli animati dagli stessi predicatori estremisti che il Pet conosceva benissimo. Ma questo caso era diverso. Si capiva dal comportamento di Jens Jessen, che negli ultimi tempi saltava da una riunione all'altra, sia in città che all'estero, ed era sempre più teso e agitato.

Henriette era arrivata direttamente da casa di Danny, nemmeno il tempo di farsi una doccia o di cambiarsi. Era riuscita giusto a truccarsi il minimo indispensabile. Erano tutti in attesa intorno al grande tavolo della sala riunioni, mentre altra gente continuava ad arrivare e i portatili si accendevano, fra un trascinare di sedie e un fruscio di carte.

«No, tutto a posto» rispose lei in tono un po' troppo scostante, con l'unico risultato di farlo incuriosire ancora di più.

«Mi sembri un po' stanca. Hai dormito male?»

Poteva sembrare una domanda provocatoria, ma Henriette conosceva abbastanza il suo capo da sapere che non era il tipo. È vero che qualche anno prima aveva conquistato la moglie di un detective dell'anticrimine molto chiacchierato, ma quando si trattava di relazioni personali rimaneva di un'ingenuità sbalorditiva. Di certo stava solo pensando al caso che avevano per le mani, preoccupato che lei e tutti gli altri fossero pronti.

«Il fatto è che dormivo profondamente, quando è arrivato il messaggio. A che ora atterrano?»

«Nel pomeriggio, alle 16.10.»

Jens aveva un'aria stranamente soddisfatta. Gli occhi brillavano d'impazienza.

«Sono sullo stesso volo?»

«Sì» confermò lui. Poi si guardò intorno, si schiarì la voce e dichiarò: «Okay, ci siamo tutti?»

Intorno al tavolo si era radunata a poco a poco una ventina di persone. Alti dirigenti. Il capo dell'unità di osservazione, tecnici, traduttori, specialisti. Sulla parete in fondo c'erano dodici schermi, quasi tutti spenti, tranne i due su cui scorrevano le notizie della tv nazionale e della Cnn senza sonoro.

Tutti gli occhi erano rivolti a Jens.

«Due ore fa i colleghi della Cia ci hanno comunicato che – in base alle notizie del loro ufficio di Islamabad – Anwar e Shakir Lakhani sono su un volo diretto a Francoforte. In caso dovessero interrompere lì il viaggio, i tedeschi sono pronti, ma sembra certo che la loro destinazione finale sia Copenaghen. L'arrivo è previsto per le 16.10 di questo pomeriggio.» Fece una pausa e si guardò intorno, poi aggiunse: «Aspettavamo questo momento da un mese.»

Premette "invio" sul portatile, e due volti sostituirono la scritta OPERAZIONE CAVALLO DI TROIA sullo schermo alla parete. Henriette li conosceva così bene che qualche volta li sognava perfino. I fratelli Lakhani, Anwar e Shakir.

«Anwar è stato via sette mesi, Shakir cinque. Ufficialmente erano in visita dalla famiglia in Pakistan, per le nozze della sorella maggiore. Un motivo del tutto innocente, ma in realtà non sono stati molto a casa. Hanno fatto del loro meglio per passare inosservati, ma siamo riusciti a rilevare la presenza di Anwar in occasione di una sua visita alla Moschea Rossa di Islamabad, dopodiché ne abbiamo seguito le tracce nella regione del Waziristan, dov'è rimasto per quattro mesi in un campo di addestramento. È lui il capo della cellula, Shakir è il braccio destro. Ha seguito anche lui un addestramento, ma per meno tempo di Anwar. Non conoscevamo nessuno dei due, finora erano sfuggiti completamente ai nostri radar sulla radicalizzazione. Qui in Danimarca, Shakir ha avuto qualche contatto con un gruppo di studenti che fa capo a uno dei predicatori più fanatici, un ambiente frequentato da persone accusate o condannate per terrorismo. Anwar è interessante perché – anche se noi non lo conosciamo – ha avuto a che fare con la polizia di Copenaghen. Un anno fa era in un giro di bande criminali e ha subito due condanne per violenza privata, il che lo rende particolarmente pericoloso.»

Jens guardò Henriette.

«Ora Henriette v'informerà sui nostri piani, così potremo metterci al lavoro. Non c'è bisogno che vi spieghi quanto è importante che nessuno, fuori di qui, sappia niente di quanto diremo oggi.»

Fece un cenno a Henriette, che si alzò in piedi.

«Grazie. Nei prossimi giorni seguiremo queste due persone ventiquattr'ore su ventiquattro. Dovremo sorvegliarle con grandissima prudenza, senza farci scoprire, il che significa che non le seguiremo a ogni costo, ma ci concentreremo sulla possibilità di sorvegliarle in casa, o attraverso telefoni e computer. A questo compito abbiamo destinato cinquanta uomini, a rotazione, e tutto dovrà essere annotato e riferito. E quando dico tutto, intendo *tutto*. A me o a Sten Høeck.» Rivolse lo sguardo al collega, vicecapo dell'unità di osservazione, che sedeva in fondo al tavolo con un sorriso a trentadue denti. «Cominceremo dall'aeroporto. Pensiamo che il loro comune amico Walid andrà a prendere i due all'arrivo del volo. Dovremo pedinare anche lui. Il contenuto dei bagagli sarà esaminato e fotografato minuziosamente. Non solo le cose sospette: va registrato tutto. E quando arriveranno alla loro destinazione, che supponiamo essere l'appartamento di Anwar in Kapelvej, avrà inizio il tran tran. Se dovessimo scoprire l'esistenza di un altro domicilio, dobbiamo essere pronti a ritirarci e a spostare il focus della sorveglianza alla prima occasione. Qualche domanda?»

Jens Jessen aveva fatto comparire sul monitor più grande un'immagine divisa in quattro, che mostrava la prospettiva di quattro diverse telecamere nell'appartamento di Kapelvej: camera da letto, cucina, soggiorno e bagno. Non sapevano con precisione dove i fratelli avrebbero organizzato il presunto attacco, ma supponevano fosse in quell'appartamento, che perciò era stato riempito delle attrezzature più moderne messe a disposizione dagli americani.

Un tecnico alzò la mano.

«E i telefoni cellulari? A che punto siamo con quelli?»

«Abbiamo quattro numeri, ma dobbiamo supporre che cambino regolarmente gli apparecchi e usino solo carte prepagate. Chiunque li veda parlare al cellulare deve riferirlo all'istante, perché possiamo verificare se il telefono è sotto controllo. Disporremo una rete su tutta la zona e vedremo se riusciamo a trovarli.»

Henriette fece girare lo sguardo intorno al tavolo. Nessuno riprese la parola.

«Okay. Ci rivediamo qui alle 14 per l'ultimo briefing. E ricordate: non esitate a mettervi in contatto con me al minimo dubbio. In qualsiasi momento del giorno e della notte. Avete uno schema della catena di comando, con i relativi numeri, cui vi atterrete in caso di emergenza. Molti di voi si sono preparati per mesi a questa operazione. È il momento di dimostrare quanto valete.»

5
2011

Axel era sul terrazzo dell'appartamento di Ingela Gudmundsson. Si accese una sigaretta. La ringhiera lo attirava a sé e, pur sapendo che non avrebbe dovuto, Axel si avvicinò, tenendosi a circa un metro di distanza. Per un istante riuscì a ignorare lo strapiombo. Guardò il panorama, le nubi simili a bolle, il volo maestoso degli aeroplani, i runner, la gente che portava a spasso il cane: erano tutti puntini sotto di lui; ma la profondità, l'abisso, lo tentava. Per la prima volta in tanti anni sentiva di avere un controllo accettabile sul proprio corpo e sulla propria coscienza, sul proprio comportamento e sul modo in cui trattava la gente, ma non poteva ingannare le vertigini, e nemmeno la tensione e lo struggimento che lo richiamavano verso la ringhiera: saltare, galleggiare nell'aria, lasciarsi andare e liberarsi da tutti i pesi, morire, trovare finalmente pace. Quanto lo desiderava! E poi il terrore lo colpì come un pugno nello stomaco, perché si era lasciato andare, benché solo per un microsecondo d'incoscienza. Ma la sensazione si era già diffusa ovunque ed era troppo tardi per scrollarsela di dosso: s'impadroniva del suo buonsenso un morso alla volta, e Axel sentì tutto il corpo che urlava in preda al panico per l'impressione di cadere, di staccarsi dal suolo e sparire, andare a fondo o restare sospeso a fluttuare nel nulla. Guardò in basso, i suoi occhi si persero dieci piani più giù, mentre l'anima aveva già spiccato il salto e la terra si avvicinava velocissima, un metro alla volta, e lui era perduto.

Con la testa che gli girava e la nausea che gli serrava la gola si voltò, trovandosi faccia a faccia con l'espressione preoccupata dello Svedese. Axel iperventilava.

«Per la miseria, sembra che tu abbia appena visto la morte in faccia» disse il medico, che era il capo dell'Istituto di medicina legale.

Axel si sentì scoperto. Cos'era se non un imbroglione, un uomo aggrappato con la punta delle dita all'orlo della ragione e dell'autocontrollo? Davanti a Lennart Jönsson, per di più. L'uomo che per lui era come un padre, il primo che aveva capito che qualcosa non andava, quando Axel aveva mollato tutto e stava precipitando in una grave dipendenza dall'alcol e dalla droga; quando non ce la faceva più a gestire Emma, le donne, dei rapporti sociali normali e viveva solo per il lavoro, e poi nemmeno più per quello; quando alla fine viveva solo per la prossima canna, la prossima pista. L'uomo che l'aveva accolto insieme a Cecilie un anno e nove mesi prima, al risveglio dal coma, e l'aveva rimesso in piedi, trovandogli dei terapeuti in grado di liberarlo dalle sue dipendenze e fargli recuperare il rapporto con Cecilie e con Emma. L'uomo al quale doveva tutto, e che adesso avrebbe deluso un'altra volta. Perché doveva confessargli che non aveva voltato pagina, che voleva solo mollare tutto e sparire nell'oblio, bere, fumare, farsi, morire.

«Avevo voglia di buttarmi, Lennart, mandarvi tutti affanculo e saltare giù.»

Lennart lo guardò. Axel si portò la mano ai capelli. Le rughe, gli occhi grigi che lo fissavano senza vacillare gli diedero la sensazione che, in quel grande vuoto, qualcuno volesse prendersi cura di lui.

«Stai tranquillo, Axel, capita. Quando uno è stato dove sei stato tu, non ne esce mai del tutto. Devi passare attraverso l'inverno, se vuoi rivedere l'estate.»

Lennart non era deluso. E Axel non era stato scoperto. Non ancora.

Il medico gli mise un braccio sulle spalle e insieme entrarono nell'appartamento di Sten Høeck.

«Datti tempo.»

Il cellulare di Axel suonò. Mentre rispondeva, Lennart gli fece capire a gesti che voleva andare di sopra a esaminare il cadavere.

«Pronto.»

«Sono Khalid Taleb, del Pet.»

«Sì?»

«Dove sei?»

«*Chi* sei?»

«Sono il tuo nuovo compagno di squadra, mi manda John Darling. Sto salendo delle scale che non finiscono mai. Dove devo andare?»

«Non ti hanno dato l'indirizzo? Dovevi prendere l'ascensore, c'è la polizia qui sotto.»

«L'ascensore? Qui è un labirinto.»

«Non importa, ormai. Continua a salire, prima o poi arriverai, spero. Ti vengo incontro.»

Axel si mosse. Gli facevano male le gambe. Circa due anni prima, durante un'operazione sotto copertura contro una banda di narcotrafficanti di Nørrebro, gli avevano sparato a una coscia e allo stomaco. La pallottola aveva frantumato le ossa della gamba, e i chirurghi avevano faticato per ore a raccogliere tutte le schegge e a rimetterle insieme con viti e placche di metallo. Era tornato intero, ma aveva spesso dolori. Come in quel momento. Per fortuna il colpo allo stomaco aveva risparmiato gli organi vitali, ma avevano dovuto asportare qualche centimetro d'intestino nel punto che era stato trapassato dalla pallottola. Axel avvertiva fisicamente anche quella ferita, era come un mormorio nei tessuti che lo faceva sentire fragile e vivo.

L'attico si trovava nell'area più lussuosa dell'edificio.

Axel percorse un corridoio e sbucò su un ballatoio dal quale si vedeva il primo, enorme cortile del Numero 8.

Tutto il complesso edilizio aveva la forma del numero da cui prendeva il nome. Gli appartamenti erano disposti su diversi livelli: all'estremità che dava sul Fælled, dov'era la casa di Sten Høeck, l'edificio era tagliato obliquamente a formare due pendii, ricoperti da cima a fondo di muschio verde. I piani erano collegati da un sentiero di ardesia e pietre bianche, che si snodava per chilometri attraverso la struttura e finiva nel punto esatto in cui si trovava Axel. Khalid era diretto proprio lì. Axel cominciò a scendere per andargli incontro. Non tutti gli appartamenti erano stati venduti, ma davanti alla maggior parte c'erano terrazze con costosi mobili da esterno, carrozzine e barbecue. Di certo Sten Høeck poteva permettersi un posto del genere – che doveva costare almeno cinque milioni di corone – solo da quando era stato assunto alla Mærsk, calcolò Axel. Lo stipendio del Pet non sarebbe bastato.

Arrivato un po' più giù, vide una figura imponente che si muoveva veloce verso di lui. Capelli ricci e neri, giacca di pelle. Non avendolo mai visto né sentito nominare, Axel ne dedusse che era in servizio da poco e sperò che non ci si aspettasse da lui un tirocinio. Un tempo gli sarebbero girate le palle all'idea di dover lavorare con un novellino, ma decise di far finta di nulla.

Si fermò a cinque metri, disse «ciao» e tese la mano con un sorriso. Khalid gliela strinse ma continuò a camminare, passandogli davanti senza fermarsi.

«Ciao. Dov'è?»

Axel era così stupito che non riuscì a rispondere.

«Dov'è l'appartamento? Devo vedere subito Sten» incalzò l'altro.

Axel lo seguì, dicendo: «È qui sopra. Forse dovremmo scambiare due parole, prima.»

Khalid continuò a camminare senza rispondere, girò

l'angolo e raggiunse la casa di Sten Høeck. Non salutò nemmeno i due agenti: si fermò davanti alla porta e guardò dentro.

«Oh, Dio» disse, vedendo le tracce di sangue. Tirò fuori un paio di copriscarpe di plastica e se le infilò. Stava per entrare quando Axel gli mise una mano sulla spalla.

«Non senza la tuta protettiva.»

Khalid lo guardò con aria di sfida. Lo superava di mezza testa, aveva le spalle più larghe ed era molto più muscoloso.

«Dammene una, allora!»

Axel lo afferrò, lo sospinse delicatamente sul sentiero e disse: «Lo puoi vedere anche da qui. Nessuno può entrare prima che i tecnici abbiano finito di disporre le pedane.»

Khalid alzò gli occhi verso la finestra panoramica, dietro cui si scorgevano il viso e il torace di Sten Høeck.

«Cos'è successo ai suoi occhi?» disse in un gemito. Axel guardò in su. Davvero l'aveva visto da lì?

«Sono aperti. Gli hanno asportato le palpebre. E tagliato la gola. Tra l'altro.»

«Per la miseria, che razza di animale può aver fatto una cosa del genere?»

Tremava, s'inumidì le labbra con la lingua, sembrava volesse saltare nel vuoto, ma restò dov'era. I due agenti lo guardavano a bocca aperta. In quel momento arrivò un gruppo di colleghi in uniforme. Axel si girò verso i due di guardia: «Per favore, teneteli lontani da qui. Metteteli a interrogare i vicini e a delimitare tutta la zona. Fateli parlare con gli abitanti del palazzo, devono prendere i nomi e sentire se hanno notato qualcosa di anormale, qualsiasi cosa, da ieri sera.»

Khalid guardava la serratura, che non mostrava segni di scasso.

«L'assassino aveva le chiavi, oppure è stato Sten ad aprirgli» constatò, tenendosi vicino ad Axel.

Axel andò verso la ringhiera e ci posò una mano sopra, anche se stare lì lo metteva in agitazione. Ma Khalid gli aveva fatto scattare qualcosa dentro. Lo guardò. Si sentiva un po' sopraffatto, non solo dalla sua statura, ma anche dalla forza e dall'energia controllata che emanava. La prima cosa che l'aveva colpito di lui era la voce. Intensa e morbida, contrastava con il fisico massiccio quanto gli occhi scuri e gentili, che ispiravano una fiducia immediata. Eppure, fin da subito, Axel non aveva potuto fare a meno di notare qualcosa di respingente in quell'uomo, una specie di smania oscura che lo rendeva quasi minaccioso.

«Sten era un tipo a posto, lo conoscevo da anni» disse Khalid. Axel provò una punta di disagio. Era la seconda volta che Khalid si rivolgeva direttamente a lui, e adesso gli stava venti o trenta centimetri più vicino del normale.

«Da quanto tempo sei in servizio?»

Khalid lo fissò come se si accorgesse solo allora della sua presenza.

«Molto tempo» rispose, sfuggente ma senza particolari intonazioni. Poi si ritrasse, e Axel sentì che il senso di minaccia si alleggeriva.

Lo guardò.

«Che cosa ti ha detto Darling?»

«Di venire qui.»

«Di assistermi.»

«Assisterti?» ripeté Khalid, come se Axel fosse improvvisamente impazzito.

«Assistermi, è questo il tuo compito. Come ti ha detto Darling. E questo devi fare.»

L'altro lo fissò senza dire una parola. Rimasero così per un bel pezzo.

«Bene, ora cerchiamo di capire come dobbiamo procedere» riprese Axel.

Khalid fece un gesto difensivo. Si riavvicinò ad Axel e

disse con la sua voce calda: «Darling non ha parlato di assistenza. Mi ha detto di starti vicino per evitare che tu segua una tua strada personale o che ci nasconda qualcosa.»

Santo cielo, pensò Axel, sarà dura. Inspirò profondamente per reprimere la tentazione di mandarlo subito all'inferno.

«Ottimo, allora corri da Darling a riferirgli tutto quello che faccio, ma intanto qui abbiamo un caso da risolvere. È decisivo che troviamo una direzione da dare alle indagini entro le prossime ore. E per farlo abbiamo bisogno del dossier personale di Sten, di tutte le informazioni che riuscite a trovare su di lui e sulla sua cerchia di conoscenze. C'è ancora qualcuno che lo frequentava, da voi? Saresti così gentile da accertartene?»

Khalid fece un passo indietro.

«Sì» disse con voce un po' troppo stentorea, guardando Axel con un sorrisino indecifrabile tra il pungente, l'altezzoso e l'ironico. Di certo era tutto tranne che amichevole. Essere amichevole è compito mio, pensò Axel. Ma con Khalid sarebbe stato un compito difficile.

«Mi fa piacere. Sono certo che insieme arriveremo a una soluzione.» Khalid lo guardava come uno che si sente preso per il culo. «Dico sul serio, non volevo fare dell'ironia» si sentì in obbligo di aggiungere Axel. Da vomitare.

«Non vado da nessuna parte. Ti farò avere quello che chiedi, ma per ora il mio compito è assistere ai primi sopralluoghi sulla scena del crimine, per assicurarmi che non sia presente o non sia stato portato via del materiale classificato.»

A che gioco stai giocando, grandissimo stronzo ignorante?, pensò Axel. Mandò l'aria fino in fondo allo stomaco e disse invece: «Dovrai aspettare che i tecnici abbiano disposto le pedane di protezione. E lasciali lavorare in pace.»

6
2011

Emma aveva mal di pancia. Cercava di non pensarci ma non era una cosa che poteva decidere lei. Aveva inventato un sistema: tratteneva il fiato e contava fino a dieci. Se non funzionava, prendeva di nuovo l'aria e arrivava a quindici. Certe volte andava bene, altre il mal di pancia peggiorava. Allora si metteva a contare le cose: le finestre delle case, le anatre del lago, le lastre del marciapiede, i pali della luce e gli alberi di Øster Søgade.

Quando le veniva a letto, prima di dormire, non c'era niente da fare. Poteva solo desiderare di non averla, una pancia. Era il momento in cui avrebbe dovuto stare con lui, o perlomeno parlargli. Avrebbe potuto chiedergli: «Tutto bene, papà?»

7
2011

Una chitarra acustica vibrò nella tasca interna di Axel. Tutti s'irrigidirono e lo guardarono mentre prendeva il cellulare. Era Cecilie, la sua ex moglie, che aveva una suoneria tutta per lei: l'intro di *If You See Her, Say Hello* di Bob Dylan. Axel l'aveva scaricata in un momento di trasporto romantico, quando ancora s'illudeva che sarebbero tornati insieme. Quella sera aveva promesso a Emma di portarla a cena e poi al cinema, mentre Cecilie era a una consultazione giuridica.

«Ciao, Axel. Volevo solo sapere a che ora pensavi di venire.»

Axel si era un po' allontanato dall'appartamento, scendendo qualche gradino della scala che dava sul parco, sempre a distanza di sicurezza dalla ringhiera.

«Avevamo detto alle sei, mi pare.»

«Bene. Emma è a casa.»

«Sta male?»

«No, però stamattina aveva mal di pancia. Ha dormito male, ha di nuovo un po' d'ansia. Credo che c'entri l'impazienza di rivederti.»

«Te l'ha detto lei?»

«Aspetta, non ti sento più. Dove sei?»

«C'è stato un omicidio, sono sul posto. Che cos'ha detto Emma?»

Con la coda dell'occhio, Axel vide BB emergere dall'appartamento con indosso tuta protettiva, cuffia per i capelli e mascherina.

«Ma vieni lo stesso, vero? Ci rimarrà malissimo, altrimenti.»

«Certo che vengo. Che cos'ha detto?»

«Le solite cose. Che le manchi, e voleva essere sicura che stessi bene.»

«Verrò come promesso. Ora devo andare, Cecilie.»

Axel chiuse la conversazione. Per qualche anno anche lui aveva sofferto di una terribile angoscia di morte, e ora che era riuscito a liberarsene scopriva di averla lasciata in eredità a Emma. Con la differenza che lei non temeva per la propria vita, ma per quella del padre. Era una storia lunga e complicata, che perlopiù Axel cercava di rimuovere. Ma non poteva ignorare che le sue azioni erano la causa principale dell'infelicità della figlia.

Quando rientrò nell'appartamento, i tecnici erano in piena attività. Le pedane di legno erano state collocate sul pavimento e tutta la zona era stata recintata. Due colleghi esaminavano il sentiero in cerca d'impronte. Axel si diresse verso un uomo di mezza età che parlava al telefono su una pedana, in terrazza. BB era il tecnico forense più esperto di Copenaghen, responsabile di quasi tutti i casi di omicidio: non se ne sarebbe perso uno, nemmeno se era in ferie. Axel lo conosceva da molti anni e nel corso del tempo si erano scambiati diversi favori, anche se Axel era più spesso dalla parte del beneficiato, visto che era sempre lui ad aver bisogno di risultati veloci.

«Mandate un furgone attrezzato. C'è moltissimo sangue, ci serve tutta la strumentazione per analizzare le tracce. E altre pedane» disse, mentre si girava verso Axel.

«Axel!» esclamò, con un sorriso che fece vibrare le sopracciglia folte sopra le doppie lenti degli occhiali, le più esterne delle quali d'ingrandimento.

«Hai scelto un bel bagno di sangue, per il tuo ritorno.»
«Non è che puoi ordinarteli su misura, gli omicidi, BB.»
«Già. Come stai?»
«Bene. Contento di essere tornato.»
BB gli rivolse uno sguardo indagatore.
«Sì, mi sembri sano come un pesce, infatti. Sei guarito? Niente più dolori?» disse poi, esaminandolo dalla testa ai piedi.
«No, niente di speciale. Qualche formicolio ogni tanto.»
«E hai anche l'aria di essere in forma.»
«Piantala, o comincerò a pensare che ci stai provando.» Axel immaginava che intorno a loro tutti tendessero le orecchie e, per quanto apprezzasse l'interesse di BB, preferiva non attirare troppo l'attenzione. «Che cosa puoi dirmi?»
«Ancora niente, di sopra c'è un tale casino! Ci sono segni di lotta, e anche di tortura, a quanto pare; del resto, non sarà stato facile costringere su una sedia un uomo grande e forte come Sten, e legarlo in quel modo.»
«Tracce dell'assassino? Pensi che l'appartamento sia stato rovistato?»
«A prima vista no, ma il computer è acceso e ci sono tracce di sangue sulla tastiera, perciò forse cercavano qualcosa. Ma aspetto di sentire cos'ha da dire Lennart, prima di andare avanti.»
«Possiamo vederci più tardi per una ricostruzione, tu, Lennart e io? Esaminare gli elementi che avrete trovato per farci un'idea di come sono andate le cose?»
«Certo. Nel tardo pomeriggio, ammesso che Lennart sia già riuscito a fare l'autopsia.» BB posò una mano sul braccio di Axel e si chinò verso di lui. «Che mi dici di lui, quel Khalid? È uno dei tuoi amici?»
«Non esageriamo. È il mio nuovo compagno di pattuglia.»
BB lo guardò, aspettando che continuasse, ma Axel non aggiunse altro.

«Se vuoi la mia opinione, si comporta come un pagliaccio, o come uno che fa il pagliaccio per nascondere qualcosa.»

Axel si lasciò sfuggire un sorriso.

«Be', è del Pet. È nel loro mansionario.» BB sogghignò. «Ha trovato qualcosa?»

«No, ma dice che vuole requisire il portatile di Sten e l'hard disk del fisso, oltre al cellulare e all'iPad.»

«Questo semmai lo decidiamo insieme» disse Axel, mentre Khalid veniva loro incontro e si rivolgeva direttamente a BB, ignorando la sua presenza.

«Allora, quando posso portarli via?»

Axel inspirò e fece un passo avanti.

«Ascoltami bene, Khalid: non puoi portare via proprio niente. Hanno bisogno di tempo per i rilievi, e quando avranno finito toccherà a me esaminare tutto. Poi potrai prenderli.»

BB seguiva con interesse la conversazione, le mani appoggiate sui fianchi. Axel era deciso a non fornirgli lo spettacolo che aspettava, voleva chiudere la questione senza conflitti.

«I miei ordini sono diversi.»

«Non posso autorizzarti a portare via gli effetti più importanti di un'indagine, con il pretesto che conterrebbero qualche segreto, prima che li abbiamo esaminati. Possono esserci indizi determinanti per la risoluzione del caso, e questa è la cosa più urgente. Non è neppure certo che contengano dei segreti.» Axel fece una pausa. «O tu ne sai di più?»

Il volto di Khalid rimase inespressivo; non c'era il minimo segno di apertura, e questo fece infuriare Axel, che era convinto di essersi esposto molto più del solito.

«Ho ricevuto degli ordini» disse Khalid, come se questo chiudesse la faccenda.

Ficcateli nel culo i tuoi ordini, pallone gonfiato, gridò la voce interna di Axel. Tra un po' mi sventolerai sotto il naso la sicurezza del Regno, la carta segreta che quelli del Pet tirano sempre fuori per fare i loro comodi. Riuscì a controllarsi, ma la sua voce era gelida quando disse: «Ti propongo un compromesso. Appena i tecnici ce li restituiranno, li guarderemo insieme. Se c'è materiale riservato che ha a che fare con il terrorismo avrai tutto il tempo di occupartene, ma non ti lascerò portare via gli apparecchi elettronici prima di averli esaminati io stesso. È fuori discussione. E se non sei d'accordo possiamo fare due chiacchiere con Darling anche subito. Viene dalla omicidi, sono sicuro che capirà.»

«Darling non ha voce in capitolo, qui» disse Khalid. Poi, senza dare ad Axel il tempo di domandargli che diavolo intendeva, aprì la giacca di pelle e tirò fuori un fascio di fogli A4 da una specie di marsupio che portava a tracolla sul petto, e che ad Axel ricordò un giubbotto antiproiettile.

«Ecco qua» disse. «Dare per avere.»

«Che cos'è?»

«Quello che volevi, no? Il dossier personale di Sten.»

«Non m'interessa» ribatté Axel.

«Come? Perché no? Non è più rilevante, adesso?»

«Certo, ma non penserai mica di stare con le mani in mano. Ti devi occupare di tutto quello che riguarda il periodo in cui Sten è stato da voi. Leggerai il suo dossier, scoprirai in quali casi è stato coinvolto e se possono avere qualche rilevanza.»

«Perché dovrebbero?»

«Sei scemo?» aveva voglia di urlargli in faccia Axel, ma l'istinto gli diceva che il comportamento di Khalid nascondeva qualcos'altro.

«Perché questo non è un omicidio normale. Non si uccide così la gente, in Danimarca. Noi non tagliamo la gola alle vittime, e tantomeno le palpebre. Questa è una cosa diversa. E il morto era uno dei vostri cacciatori di terroristi. Ecco perché.»

8
2011

Una sera, quando Anton era già stato messo a letto, Emma aveva chiesto alla mamma se poteva andare a stare con suo padre.

«Come, a stare?»

«Abitare con lui a casa sua, come abito qui con te.»

«Vuoi dire passare più tempo con papà?»

«No, voglio dire uno scambio. Vado a vivere con papà e vengo a trovare te e Anton nel weekend.»

«Ma perché, tesoro?»

«Perché mi piacerebbe tanto.»

«Non sei contenta di stare qui, Emma?»

«Sì, ma vorrei vivere con papà.»

La mamma si era morsa le nocche.

«Perché, Emma? Che succede?»

Emma non aveva voglia di dirlo. E la mamma aveva gli occhi lucidi. Il nodo nello stomaco era tornato, perché la mamma era triste. Era diventato sempre più grande e poi era esploso, e anche Emma era scoppiata a piangere.

«Perché così posso stare attenta a lui. E non gli succederà niente.»

La mamma l'aveva abbracciata.

Quando era stata ora di andare a letto, Emma aveva avuto il permesso di telefonare al papà per farsi dire se era tutto okay. Poi la mamma era andata a parlare con lui giù in salotto. Parlava veloce e a voce alta.

9
2011

Axel Steen si girò verso Khalid, che dopo la recente discussione aveva un'aria stanca e abbattuta.

«Vuoi restare qui o vieni giù a parlare con l'amministrazione del condominio?»

«Vengo.»

Axel sollevò la striscia segnaletica, colorata come un bastoncino di zucchero, che delimitava la zona, e salutò in tono amichevole gli agenti in uniforme. Quando uscirono nell'ampio cortile del Numero 8 e cominciarono a percorrere il sentiero, videro tre colleghi dell'anticrimine che parlavano con una donna in lacrime.

«Non può essere» ripeteva a voce alta, scuotendo la testa come se questo potesse cambiare i fatti. Un'altra inquilina con cui ha scopato, pensò Axel. Presagì che sarebbe stato un lavoraccio passare in rassegna le conoscenze femminili di Sten Høeck, per non parlare delle loro relazioni coniugali. Un delitto passionale non era assolutamente da escludere.

Si fermò a salutare i tre assistenti di polizia con cui aveva lavorato in passato: Bjarne Olsen, Tonny Hansen e Vicki Thomsen. Li prese da parte e li mise al corrente delle ultime novità, poi chiese loro di occuparsi degli interrogatori porta a porta e di rintracciare le conoscenze femminili di Sten Høeck.

Continuò a camminare per il sentiero, con Khalid che lo seguiva a due passi di distanza. Quando ebbero fatto altri cinquanta metri, Axel si fermò e si girò.

«Ho dimenticato di dire una cosa a Vicki. Aspettami qui.»

Tornò indietro e prese da parte la collega.

«Vai su da BB e digli di fare una copia di tutti i dispositivi elettronici: computer fisso, portatile, iPad, telefoni. Così potremo consegnare tutto al Pet senza temere che cancellino qualcosa. Appena te le manda, controlla tutte le mail, gli sms e le chiamate. Non dire a nessuno delle copie, il tizio del Pet è già abbastanza isterico.»

Tornò da Khalid, che continuava a scendere scannerizzando l'edificio con lo sguardo. Sembrava un pugile che gira intorno al ring prima che il combattimento abbia inizio.

«La vicina ha avuto una relazione con lui» disse Axel.

«Be', non è un segreto per nessuno che Sten ci sapesse fare con le donne.»

«No, ma sarà un lavoraccio passare in rassegna tutte le sue storie.»

Khalid non commentò. Uscirono dal retro del complesso, all'altezza del quinto o sesto piano. Vista da lì, Copenaghen sembrava un miraggio di torri lontane, vibranti nella foschia del mattino.

«Ti andrebbe di raccontarmi un po' delle circostanze in cui hai lavorato con Sten? Che tipo era?»

«Era uno a posto, amico delle donne, sempre di buonumore» disse Khalid in tono indifferente, come se lo volesse liquidare.

«La vicina ha detto che Sten aveva due vecchi amici nel Pet, un certo Per non so cosa e un altro che non ha visto, l'ha solo sentito parlare. Li conosci?»

«Può darsi.»

«Ti andrebbe di approfondire?»

«Darò un'occhiata.»

«Ti sei fatto qualche idea su un possibile movente, in base a quello che hai visto?» insisté Axel, chiedendosi perché si sforzasse ancora di essere gentile. Di certo non c'entrava più la sua decisione di adottare uno stile meno aggressivo: Khalid aveva esaurito da un pezzo quel credito. Ma in lui c'era qualcosa che metteva Axel a disagio, e lo spingeva a fare dei tentativi di avvicinamento, senza rendersene del tutto conto.

«Sì. Non si tratta di un marito tradito. Sten non si sarebbe mai messo in una situazione del genere. È stata un'aggressione feroce, ma la passione non c'entra: è stato tutto calcolato, come se il colpevole volesse ottenere qualcosa da Sten. Sempre che non fossero più d'uno.»

«Più d'uno? Cosa te lo fa pensare?»

«È verosimile, considerata la ferocia dell'atto.»

«Le impronte delle scarpe indicherebbero il contrario. Sembravano dello stesso tipo.»

«Allora diciamo che l'assassino è uno solo. Ma continuo a non credere a un delitto passionale.»

Fin qui siamo d'accordo, pensò Axel.

«E credo ancora meno che abbia a che fare con i servizi.»

«Perché?»

«È la tua teoria, no? È più probabile che c'entri il suo lavoro attuale. Armatori, spionaggio industriale, ricatti e roba del genere.»

«È ancora presto per dirlo. Ma non ti andrebbe di approfondire l'ipotesi?»

«Non molto. Avevi detto che dovevo seguire la pista del Pet.»

«Era quello che avevo in mente, all'inizio, ma so per esperienza che è stupido mettere la gente a indagare su qualcosa che rifiuta in partenza. Penso che la compagnia di navigazione sarebbe perfetta per te.»

Khalid non rispose, ma dopo qualche passo si fermò di colpo e prese Axel per la spalla.

«Scusa, ma non capisco. Passi per il supereroe della omicidi, e ora sembra che te ne sbatti se indago in una direzione o nell'altra.»

«Cerco solo di essere collaborativo.»

«Oppure di togliermi di mezzo. Non vorrai farmi credere che non controllerai le mie ricerche, che siano tra i colleghi del Pet, gli armatori o le donne con cui Sten è andato a letto.»

«Sono certo che lavorerai come si deve, o avrei già chiesto di sollevarti dall'indagine» disse Axel, pensando che avrebbe dovuto controllare lui stesso la pista del Pet, che Khalid se ne occupasse oppure no.

Khalid s'inumidì un paio di volte le labbra, annuì, mormorò «Okay» e riprese a camminare.

Percorrendo il lungo sentiero erano arrivati al pianterreno, ed entrarono nel cortile. Axel indicò l'ufficio dell'amministrazione, che si trovava in alcuni locali rialzati e illuminati. Un uomo dai capelli neri tagliati cortissimi fumava davanti alla porta. Non li aveva mai persi di vista, aveva notato Axel, e li fissava intensamente, certo incuriosito dalla sparata di Khalid di poco prima.

«Siete della polizia?» domandò.

«Sì, e vorremmo parlare con l'amministratore della proprietà» disse Axel.

«Certo, siamo io e Svendsen, il mio capo, che è dentro. Sono stato io a telefonarvi.»

«Perciò è stato lei a salire nell'appartamento, quando la vicina vi ha chiamati?»

«Sì. Uno spettacolo orribile.» L'uomo deglutì. Si strofinò gli occhi un paio di volte, come se si fosse appena svegliato da un brutto sogno.

Axel stava per chiedergli di descrivere quello che aveva visto, ma Khalid lo interruppe.

«Lo conoscevate?»

L'uomo lo guardò, incerto.

«Sì, conoscevamo Sten.»
«Conoscete tutti gli inquilini?»
L'uomo esitò.
«No, non tutti.»
«Come mai conoscevate Sten, allora?»
L'uomo parve ancora più incerto, e ora anche risentito. Che tecnica d'interrogatorio del cazzo, pensò Axel. Forse era stata concepita per i terroristi, ma con un testimone non funzionava per niente.
«Conosciamo alcuni inquilini.»
«Ma perché Sten?»
«Ci conoscevamo e basta» ripeté quello, sulla difensiva. Pur essendo alto e muscoloso, era chiaramente intimidito dalla situazione. Axel pensò che fosse per la stazza e l'atteggiamento di Khalid. «Passava spesso qui da noi, era un uomo gentile. Ogni tanto dava una mano a una... a qualche inquilina, per le questioni pratiche.»
«Okay, poteva dirlo subito» disse Khalid con un sorriso sincero e conciliatorio. Impressionato, Axel lo vide passare da un interrogatorio aggressivo e insistente a una gentilezza che sembrava autentica e avvolgeva l'uomo cui era rivolta.
Quello mormorò qualcosa come: «Sì... potevo dirlo.»
Axel gli mise un braccio sulle spalle e lo portò lontano da Khalid. L'uomo si ritrasse un po', come se quel contatto lo mettesse a disagio.
«Che cos'ha visto, quando è entrato nell'appartamento?»
«C'erano tracce di sangue dappertutto e mobili rovesciati. La vicina era sotto shock, perciò sono salito subito di sopra e lì ho visto Sten.»
«Com'era?»
«Era sulla sedia, legato. E i suoi occhi... Spaventoso.»
«Grazie. Come si chiama?»
«James Craw.»
«È inglese?»

«Mio padre.»
«Da quanto tempo lavora qui?»
«Cinque mesi.»
«Grazie. Possiamo entrare?»
L'uomo compose un codice su una tastiera, e Khalid si unì a loro quando passarono per una porta a vetri, entrando in una stanza con il soffitto altissimo e ampie vetrate. Un uomo piuttosto anziano era seduto su una sedia da ufficio, con le spalle rivolte al cortile.
«Buongiorno, mi chiamo Axel Steen, della polizia di Copenaghen, sono il responsabile dell'indagine. Come certo saprà, uno dei vostri condomini, Sten Høeck, è stato ucciso nel suo appartamento. Abbiamo bisogno di farle qualche domanda su di lui e sulle modalità di accesso alla proprietà, sul sistema di sorveglianza eccetera.»
L'uomo si tolse gli occhiali da lettura e s'infilò una stanghetta in bocca. Poi si alzò e andò loro incontro.
«Ma certo. Avete già conosciuto James, vedo. Lui è il tuttofare qui, io sono l'amministratore.» Si presentò come Søren Svendsen e offrì loro un caffè. «Non è piacevole, naturalmente» disse. «Il complesso è nuovo, e avremmo preferito evitare di finire sui giornali per una cosa del genere.»
«Non siamo noi a scrivere sui giornali» ribatté Khalid, guardando Svendsen senza espressione.
«Certo, lo so. Mi chiedevo se questa cosa potesse essere messa a tacere.»
«Non dipende da noi» ripeté Khalid. Poi tacque e continuò a guardare Svendsen, finché quello non afferrò che l'argomento era chiuso.
«Come si entra nel palazzo?» domandò Axel.
«Tutti gli inquilini possono salire dal sentiero» disse Svendsen. «Ma per accedere alle scale ci vuole una chiave.»
«Chiavi diverse per ogni scala?»
«No. È la stessa.»
«E gli ascensori? Rimane traccia di chi se ne serve?»

«No.»
«Non ci sono telecamere, nessuna tecnologia moderna?»
«Moltissima tecnologia, ma nessuna sorveglianza.»
«Avevate notato qualche cambiamento in Sten, negli ultimi tempi?»
Svendsen scosse la testa e guardò James.
«No, non mi pare.»
Gli spuntò una ruga tra le sopracciglia.
«Non le pare?» domandò Khalid.
«Be', era una persona socievole, comunque. Frequentava altri inquilini, aveva spesso visite.»
«Come fate a saperlo?»
«Perché quando aveva visite veniva giù a prendere la persona che aspettava, poi percorrevano il sentiero insieme» rispose Svendsen, che faceva di tutto per evitare di definire il sesso degli ospiti.
«Quello che Svendsen cerca di dire, credo, è che Sten non era sposato e non aveva una relazione stabile, ma spesso venivano a trovarlo delle donne e lui non faceva nulla per nasconderlo» precisò James.
Axel guardò Svendsen, che annuì e riprese in tono avvilito: «Sì, mi chiedevo sempre come facesse. Non ad averne tante, roba che già mi faceva sudare, ma anche a tenerle separate, senza che nessuna si arrabbiasse.»
«Si arrabbiasse in che senso?» domandò Khalid.
«Sì, per evitare che qualcuna diventasse possessiva» spiegò Svendsen.
«C'è stato qualche disordine stanotte? La vicina ha sentito voci alte e concitate dall'appartamento di Sten. Avete avuto segnalazioni da parte di altri inquilini?»
Svendsen guardò di nuovo James.
«No, niente.»
«Torniamo a Sten: lo conoscevate bene?» domandò Axel.
«Era molto attivo nella nostra intranet, 8book. E poi

correva; era uno che si vedeva, qui nel palazzo» disse Svendsen.

«Correva?» domandò Khalid.

«Sì. Spesso su e giù per il sentiero.»

«Che impressione vi eravate fatti di lui?»

«Era un uomo molto gentile e benvoluto» rispose Svendsen.

«Andiamo!» obiettò Khalid. «Gentile e benvoluto: non c'era nessuna ex arrabbiata, nessun marito geloso? Non ci sono mai state scenate? Si è portato a letto almeno dieci inquiline.»

«Non ne sappiamo nulla.»

«Cosa sapete, allora?»

Non funzionò. La capacità di Khalid di passare da un tono cortese a uno denigratorio non era di nessun aiuto, in un interrogatorio in cui lo scopo era quello di procurarsi il maggior numero d'informazioni sulla vittima e sul luogo del delitto nel minor tempo possibile. Axel fu costretto a intervenire di nuovo.

«C'è stato qualcuno, tra questi ospiti, che vi ha colpito in modo particolare?»

«No.» Svendsen gettò un'occhiata al suo collega. «James, tu sei stato da lui qualche volta, vero?»

«Sì.»

«Come mai?» domandò Khalid.

«Sono andato su a installare una nuova bocchetta di ventilazione. Un'altra volta c'era qualcosa che non andava con la rete wi-fi, e l'ho aiutato a sistemare anche quella. Era un mongoloide, per quanto riguardava la tecnologia.»

«Mongoloide?» ripeté Khalid.

«Sì, insomma: non proprio un genio.»

«Il significato mi è chiaro. Solo non vedo cosa ci sia di spiritoso nell'usare la parola "mongoloide".»

Axel era esasperato dal nuovo collega. James fece un gesto difensivo. Prima che la situazione degenerasse, Axel domandò: «E non ha mai notato niente, in lui o in casa sua, le volte in cui è stato lì?»

«No.»

«Bene, per ora non c'è altro» disse Axel, che si rivolse poi a James. «Dobbiamo portare via le sue scarpe, per farle esaminare. È stato sul luogo del delitto e ha lasciato sicuramente delle impronte.»

L'uomo fece di sì con la testa e si chinò per sciogliere i lacci.

Quando uscirono, Axel fermò Khalid.

«Conosci l'espressione "poliziotto buono e poliziotto cattivo"?»

«Sì.»

«Be', è passata di moda. Non la usiamo più, e soprattutto non c'è alcun bisogno che cerchi di fare entrambe le parti durante un interrogatorio. Spaventa i testimoni. Perciò sentiti libero di usare la tua naturale simpatia, finché non incontriamo qualche delinquente vero.»

La risposta fu una specie di grugnito, e Axel rimase a guardare la schiena di Khalid. Dev'essere stato un pugile, pensò di nuovo. Ma come diavolo aveva fatto, uno con quel carattere, a finire nella polizia?

10
2007

Non era la prima volta che Henriette partecipava a un'operazione importante, ma nessuna era paragonabile a quella. Sulla parete della sala operativa c'erano sessanta schermi che coprivano ogni angolo del bilocale di Nørrebro, l'ingresso e il portone dell'immobile. Su altri monitor sfarfallavano le riprese del gate e della sala arrivi dell'aeroporto. Poi c'erano il negozio di frutta e verdura di Griffenfeldsgade, di proprietà di uno zio dei fratelli, e l'appartamento in Bangertsgade che questo zio condivideva con le due figlie: anche lì le telecamere controllavano ogni metro quadrato.

L'organizzazione era impeccabile, ma si doveva considerare l'eventualità che Anwar e Shakir avessero un altro nascondiglio, e l'idea innervosiva Henriette. Le informazioni degli americani riguardavano solo le due persone che costituivano l'obiettivo principale. Nelle ultime settimane avevano passato al setaccio la cerchia di conoscenze dei due fratelli, cercando segni dell'esistenza di un altro rifugio. Avevano infiltrato un informatore nell'ambiente, ma nemmeno lui era riuscito a captare notizie su possibili nascondigli. In compenso, sorvegliavano giorno e notte altri otto giovani uomini sospettati di avere un ruolo nell'operazione.

«Allora, tesoro? Sei pronta?»

Henriette si voltò e incontrò lo sguardo di Sten Høeck,

emanante la solita miscela d'incrollabile fiducia nelle proprie capacità, sicurezza e controllo fisico. Era un'impressione ingannevole: Henriette sapeva benissimo che il suo collega viveva di dubbi, ma era uno di quelli che buttavano l'insicurezza sugli altri, con un sorriso serafico.

«Non sono il tuo tesoro, Sten. Sono pronta, perché? C'è qualcosa che ti preoccupa?»

«No, mi riferivo a te. Sarai tranquilla solo quando li vedrai entrare in casa, sbaglio?»

«È chiaro» rispose lei, mentre il suo telefono cominciava a vibrare. «Devo rispondere.»

Era Khalid, il suo uomo sul campo.

«Henry, sono appena stato al negozio di frutta e verdura. La figlia stava salendo in casa per fare le pulizie, credo. Suo padre ha detto che i nipoti sarebbero tornati dal Pakistan oggi.»

Henriette alzò gli occhi allo schermo, e vide una ragazza che entrava nell'appartamento trascinandosi dietro un aspirapolvere. Fissava il velo, andava nel bagno e apriva un armadietto.

«Grazie, Khalid. La vedo sul monitor. C'è altro?»

«No. Che tornino a casa non è un segreto. Stasera faranno una cena, per festeggiare. Credo che nessuno sappia in che cosa sono coinvolti.»

«Nemmeno lo zio?»

«Negativo. Sembrano solo felici che tornino a casa.»

«Cosa prevedi per la tua giornata?»

«Tutto okay. Resto in zona a vedere che succede.»

«Ci vediamo per un caffè, prima che vada in aeroporto? Devo passare da casa a prendere un po' di vestiti.»

«Certo. Se hai tempo.»

«Ho mezz'ora. Ci vediamo al Café au Lait.»

Era un anonimo caffè francese, a Nørreport, che avevano usato spesso come luogo d'incontro, perché vedersi a Nørrebro era troppo rischioso.

«E se arrivasse qualcuno che conosci?» gli aveva domandato Henriette la prima volta.

«Potresti essere una donna danese che va pazza per gli arabi» era stata la risposta di Khalid. «Sarebbe un posto classico in cui vedersi.»

«Vuol dire che incontri spesso delle donne danesi qui?»

«Io no, ma molti miei amici sì» aveva spiegato Khalid con uno sguardo aperto, costringendola ad abbassare gli occhi.

«Quindi se incrociamo qualcuno dei tuoi amici dobbiamo giocare agli innamorati?» aveva ripreso Henriette in tono ironico.

La reazione di Khalid era stata d'imbarazzo, seguito da una specie di tristezza, il che aveva convinto Henriette che fosse arrivata l'ora di un chiarimento.

Era accaduto una volta sola: Khalid si era chinato senza preavviso su di lei e l'aveva baciata. Quindi si era ritratto e aveva fatto un cenno con la mano a un uomo, dietro di lei, il quale era poi venuto a salutarli mentre Henriette cercava di riprendersi, un po' delusa che non fosse durato di più, ma soprattutto orgogliosa, non tanto del bacio quanto delle doti teatrali e d'improvvisazione del suo collaboratore.

Khalid era palestinese, nato e cresciuto a Nørrebro in una famiglia grande e ramificata, una specie di clan. Era un insider da tre anni, entrato nei servizi come interprete dopo l'11 settembre ma inserito ben presto nei circoli palestinesi di Nørrebro, quando i suoi capi si erano resi conto delle sue qualità e delle buone relazioni di cui godeva. Agiva sotto copertura da esperto informatico, con una cura che Henriette apprezzava moltissimo. Negli ultimi tempi avevano cominciato a parlare dell'eventualità di abbandonarla, perché non poteva reggere a lungo. Alcuni membri della famiglia cominciavano a insospettirsi. Non c'era dubbio che il Pet avesse bisogno di lui, sia come analista sia come esperto informatico, per via del suo bilinguismo e della sua conoscenza dell'ambiente palestinese in Danimarca, che continuava a produrre molti giovani confusi dal forte potenziale terroristico.

Khalid aveva un fascino fuori dal comune: un fisico forte e prestante e un'intelligenza viva, uno sguardo calmo e profondo che faceva sentire speciali tutti quelli su cui si posava. Le donne gli cadevano tra le braccia appena lui le guardava o apriva bocca, e in circostanze diverse anche Henriette avrebbe potuto essere una di loro; invece era il suo capo, il suo mentore: Khalid era una sua creatura, e non le sarebbe mai venuto in mente di cedere agli impulsi che suscitava in lei.

Era stata costretta a ripeterselo con chiarezza, perché negli ultimi tempi lui aveva cambiato atteggiamento nei suoi confronti: la fissava a lungo non appena ne aveva l'occasione, senza farsi notare; indugiava sul suo viso e sui suoi occhi per troppo tempo, quando lei interrompeva il contatto visivo. Sarebbe stata costretta a mettere fine alle sue fantasie e a frenare le sue speranze.

Henriette si voltò verso un uomo seduto in fondo alla sala operativa, sprofondato nel portatile. Era Per Larsen, accademico e con formazione da giornalista, gran nevrotico e dotato di visione a tunnel quando si trattava di scovare informazioni, il che aveva portato alla sua assunzione.

Parlava e leggeva correntemente sei lingue, conosceva il Medio Oriente e i gruppi terroristici meglio di chiunque nei servizi, e quello che non sapeva era capace di trovarlo in rete o nei database più velocemente di tutti gli altri.

Henriette osservò i suoi capelli unti e il viso butterato: se lei non aveva avuto il tempo di farsi una doccia, Per non vedeva l'acqua da giorni. Una volta era passata a prenderlo a casa sua, a Nørrebro, e i dieci centimetri di appartamento che era riuscita a intravedere le erano bastati per domandarsi se il collega avesse qualche problema. Sembrava un deposito di bottiglie saltato in aria. Ma Per l'aveva accolta con un sorriso disarmante e lei aveva lasciato cadere l'argomento: in fondo il suo lavoro era impeccabile.

«Ragazzi» disse rivolta a Per e Sten, che formavano il coordinamento operativo dell'operazione Cavallo di Troia. «Terremo una breve riunione quando ci saremo fatti un'idea generale. Solo noi tre. Vieni con me all'aeroporto, Sten?»

«Sì.»

«Allora ci vediamo lì.»

11
2011

«Perché sei così pedante?» sbottò Khalid quando Axel lo raggiunse. «Voi sbirri credete di saperla più lunga degli altri, siete sempre lì a mettere paletti. Non potevi lasciare a me l'interrogatorio? Ho i miei metodi, e ti assicuro che funzionano e fanno parlare la gente.»

Axel si accese una paglia e aspirò con forza, guardando in alto. Dal fondo dell'immenso cortile vide le nuvole che si riflettevano nelle molte vetrate e qualche poliziotto sul sentiero che si snodava verso la cima, fiancheggiato dalle terrazze. Il sole era scomparso: nell'aria fredda e livida, il complesso sembrava un deserto di pietra il cui silenzio era rotto solo dagli ululati del vento.

«Era un consiglio, sei liberissimo di fare a modo tuo.» Cominciò a camminare. «Prendiamo l'ascensore» disse, agitando il passe-partout che gli aveva dato Svendsen. Axel si consolò pensando che l'effetto nocivo di Khalid avrebbe avuto un raggio limitato. Sperava di doverselo trascinare dietro solo per quel giorno e che non avesse fatto danni irreparabili, anche se entrambi gli uomini dell'ufficio amministrativo gli erano parsi un po' scossi dai suoi modi. Si avviarono insieme verso la galleria dorata che sbucava direttamente sui campi del Fælled. Due agenti avevano già preso posizione e parlavano con alcuni giornalisti che Axel conosceva, e che vedendolo s'illuminarono. Lui però si schermì con un gesto della mano, dicendo «Non ora», e proseguì oltre l'angolo verso le scale che conducevano all'appartamento.

«Odio la stampa» disse Khalid.

Axel finse di non aver sentito. Nei confronti del quarto potere non provava odio, ma una buona dose di scetticismo sì: lo vedeva come un male necessario, a volte decisivo per dare slancio a un caso, spesso l'ultimo espediente per tirare fuori la verità, quando il sistema e i capi facevano di tutto per nascondere le cazzate della polizia.

Salirono in silenzio.

C'era ancora un collega fuori dalla porta dell'appartamento, dove videro anche una valigetta della scientifica, con vari strumenti e tute nuove, mascherine, retine e copriscarpe.

«È in corso l'esame preliminare del corpo?» domandò Axel all'agente, mentre insieme a Khalid si trasformava in un'anonima figura biancovestita. L'uomo confermò con un cenno del capo.

Entrarono, camminando sulle pedane disposte sul pavimento. L'interno della casa ronzava di efficienza tranquilla. Tecnici della scientifica ovunque: inginocchiati a passare l'aspirapolvere, intenti a raccogliere oggetti o a rilevare impronte dal pavimento e dalle pareti con pellicole adesive. Di sopra, BB era impegnato a fotografare un computer portatile posato su una piccola scrivania ad angolo. L'aveva girato sottosopra e scattava immagini del fondo. Al centro della stanza, Lennart Jönsson era chino sul cadavere, la vecchia borsa di cuoio aperta sul pavimento. Il corpo spariva nel bianco, ma dallo sguardo, sopra i piccoli occhiali, si capiva che aveva notato il loro arrivo. Esaminò la gola, i margini della ferita, i tagli sulle dita e sulle mani e ancora le ferite al volto, mentre Axel e Khalid assistevano in silenzio.

Poi si raddrizzò in tutta la sua altezza: lo stomaco prominente tendeva la tuta bianca all'altezza della vita, le borse sotto gli occhi erano più ridotte del solito. Ficcò una mano in tasca e tirò fuori una scatola di Snus.

«Bene, signori. Immagino vogliate sapere tutto.»

Si mise un po' di tabacco in bocca, passò la lingua sulle gengive ed emise un piccolo gemito di soddisfazione.

«Ora va meglio. L'odore è terribile: probabilmente il poveretto si è svuotato al momento della morte, ma può essere accaduto anche prima, per le violenze subite. Ha anche urinato, suppongo prima di morire. Non è raro, quando capiscono dove si va a parare.»

«E le palpebre?» domandò Axel.

«Gliele hanno asportate mentre era ancora vivo. C'è stato un sanguinamento su quello che era rimasto della pelle. Le lacrime» continuò, sollevando le guance in una smorfia che dimostrava tutta la sua repulsione, «provano che il sangue circolava ancora. Per ora non sono in grado di dire che cosa abbiano usato. Un paio di forbici, un coltello affilato; avete trovato qualcosa?»

«No. E la causa della morte?»

«Gli hanno tagliato la gola. Un lavoro veloce e preciso, che ha causato il disastro che vedete. Un taglio unico, o almeno così pare. Avete trovato il coltello?» ripeté il medico legale.

«No» rispose Axel.

«Sarebbe d'aiuto. Comunque il sangue è sgorgato dalla carotide e ha riempito la trachea, anch'essa recisa, per poi schizzare tutt'intorno con il suo ultimo respiro. Questo spiega sia il lago che c'è qui, sia il pavimento che sembra verniciato con un aerografo. Penso di poter dire che si trovava già in questa posizione, quando è successo.»

«Si può fare una cosa del genere senza inzupparsi di sangue?» domandò Khalid.

«Certamente» disse Lennart. «Vieni.» E lo portò alle spalle del morto. «Mettiti qui. Immagina di afferrarlo per i capelli, lui è legato: gli tiri un po' indietro la testa, in modo da scoprire la gola. Il collo è teso, pieno di sangue che scorre rimbombando su e giù dal cervello e poi, con il coltello...»

«Grazie, ho capito» disse Khalid, scostandosi bruscamente.

Lo Svedese sollevò le sopracciglia.

«Non mi sembra che ci abbiano presentati: sei nuovo?»

«No, Khalid non è nuovo» intervenne Axel. «È dei servizi, dove anche la vittima ha lavorato per anni. Collaboriamo per capire se c'è qualche nesso con l'omicidio.»

«Una collaborazione, che bello! Forse riuscirà a guarire le ferite del passato» disse il medico, lanciando ad Axel uno sguardo divertito da sopra le lenti. Poi riabbassò gli occhi sul cadavere. «Supponiamo che l'assassino fosse qui, il che gli avrebbe facilmente permesso, per così dire, di fare tutto senza macchiarsi. Però dev'essere successo qualcosa, prima che la vittima venisse a trovarsi in questa posizione.»

«Sì, come c'è arrivato?»

«Non ne ho idea, ma di sicuro è stato sottoposto a una violenza considerevole. Non so dire se sia successo prima che lo legassero, ma tenuto conto della struttura fisica di Sten Høeck, suppongo ce ne sia voluta per renderlo inoffensivo.»

«Per esempio?»

«Be', dubito che sia bastato qualche schiaffone. Dovendo fare delle ipotesi, direi che l'hanno tenuto sotto il tiro di un'arma o che era privo di conoscenza, quando è stato legato. I colpi alla testa potrebbero essere stati così forti da farlo svenire.»

«Quando è morto?»

«La temperatura corporea è di venticinque gradi, perciò direi circa le due o le tre di stanotte.»

Nel frattempo, BB era passato dietro di loro per raggiungere il tavolo Panton e fotografare alcune tracce di sangue.

«Erik!» gridò a qualcuno che si trovava al piano di sotto. «Hai preso l'impronta delle tracce di sangue sul tavolo e raccolto dei campioni?»

«Sì» fu la risposta. «Di sopra ho finito.» BB annuì, prese il portatile che Axel l'aveva visto fotografare poco prima e lo posò sul tavolo. Axel seguì interessato i suoi movimenti. Lennart tossicchiò.

«C'è altro, Axel?» disse poi.

«Cosa pensate degli occhi? BB, ti sei fatto un'idea?» domandò Axel.

«Credo si tratti della vista, della capacità di vedere.»

«La prima cosa che ho pensato anch'io» intervenne Lennart. «Ma potrebbe anche essere un messaggio per noi, una firma.»

«E se fosse stata una specie di tortura?» domandò Khalid. Entrambi gli uomini lo guardarono incuriositi.

«Esistono metodi più semplici» rispose Lennart, che si era fatto una certa esperienza nel campo durante le sue missioni nei Balcani e in Ruanda. «Io gli avrei strappato le unghie o tagliato le dita, gli avrei infilato una busta di plastica in testa. Oppure l'avrei seviziato con una tenaglia, la lama di un rasoio, un martello, sui genitali o altre parti molto sensibili: le possibilità sono infinite.»

«Ma qui si tratta di guardare, di non poter chiudere gli occhi. Non pensate?» insisté Axel.

BB si tolse gli occhiali con un movimento lento e prese a gesticolare in aria.

«Sì, costringere qualcuno a guardare quello che gli stanno facendo. Non era in *Red Dragon* che tagliavano le palpebre al giornalista in questo stesso modo?»

«Sì, era Freddy Lounds, ma gli strappavano le labbra con un morso» disse Lennart.

«Macché! L'assassino voleva che Freddy lo guardasse, mentre gli mostrava...»

«Ti stai rincoglionendo, BB. Dolarhyde dice: "Se non apri gli occhi, t'incollo le palpebre alla fronte." Ma poi non lo fa. Gli morde la bocca e gli dà fuoco, mentre è incollato sulla sedia a rotelle.»

«Okay, potete rimandare a dopo i quiz cinematografici? Va bene che sono il compagno nuovo in classe, ma ho avuto l'ordine di assicurarmi tutti gli apparecchi elettronici che possano contenere informazioni rilevanti per il Pet. Specie se si tratta di materiale classificato» disse Khalid.

«Oh, no, ci risiamo» mormorò BB.

Axel guardò lo Svedese, il quale continuò il suo ragionamento, ignorando le parole di Khalid.

«Certo, non sono un tecnico» disse guardando BB, «ma ci vuole una forza notevole per una prodezza come questa. Sono sicuro che neanche l'aggressore è uscito indenne dallo scontro con la vittima.»

«Coadiuvare» disse Khalid a BB, alle spalle di Axel.

BB si raddrizzò gli occhiali e lo guardò preoccupato.

«Coadiuvare?»

«Sì, coadiuvare: è questo il tuo compito, no?»

«Non permetto a nessuno di dirmi qual è il mio compito, cazzo. Tiravo fuori pallottole dai muri e misuravo macchie di sangue prima che tu fossi concepito.»

«Può darsi, ma ora devi consegnarmi computer e telefoni. Il Pet ha la priorità, quando si tratta della sicurezza nazionale» ribatté Khalid.

Axel percepì un po' d'insicurezza nella sua voce, mentre pronunciava le ultime due parole.

Anche Lennart aveva interrotto il suo esame per osservare Khalid e il tecnico della scientifica.

«La sicurezza nazionale?» disse BB, indicando il morto. «Qui la sicurezza nazionale non c'entra. C'è un uomo morto e questa è la scena di un delitto. Io riferisco al responsabile dell'indagine, qui presente, perché l'omicidio è avvenuto nel suo distretto, il che gli assegna la piena autorità sulle indagini. Se ti crea qualche problema, amico, il mio consiglio è di andare a cercare la tua copia del regolamento di polizia e rileggertela con attenzione.»

Un confine sottile come un capello. Ed era stato quasi

superato. Se Khalid fosse stato bianco, qualcuno avrebbe potuto considerarla una discussione accesa. Ma Khalid non era bianco. E fece un passo in direzione di BB.

«Devi stare attento a come parli, vecchio.»

Axel si mise tra loro e posò una mano sul braccio di Khalid.

«Se no che fai?» disse BB alle sue spalle, alzando gli occhi al cielo. «Se no che fai, eh?»

Axel era incerto su come comportarsi. Sia Khalid sia BB lo guardavano come se si aspettassero qualcosa da lui.

«Prendo il computer e gli altri apparecchi elettronici. Troveremo una soluzione con Darling. Nessuno ti vuole fregare» disse a Khalid. «Ti restituirò il cellulare più tardi: ora devo portarlo alla centrale per verificare i contatti della vittima.»

«Devo protestare» ribatté Khalid. Si sentiva che era sotto pressione.

«Ascolta. Troveremo una soluzione, ti dico. E non credo che il cellulare contenga segreti di stato. Ci servirà solo per capire con chi era in contatto» mentì Axel.

«Se sapessi quante cose possono esserci, in un cellulare, al giorno d'oggi» ribatté Khalid. Si voltò e andò verso la scala, poi si fermò e si girò di nuovo verso gli altri.

«È sempre bello quando i nuovi colleghi ti accolgono con tanto calore» disse con la sua voce morbida e melodiosa, che diede alla frase una sfumatura di sarcasmo.

«Io vado» annunciò Axel a BB e a Lennart. «Ci vediamo alla centrale nel pomeriggio, terremo una riunione generale sull'indagine.» Sentì Khalid che usciva dall'appartamento. «BB, puoi venire anche tu?»

BB lanciò un'occhiata torva al punto in cui era stato Khalid fino a un momento prima.

«Purché non debba prendere ordini da quel furfante lì.»

12
2007

Jens Jessen si presentò nella sala operativa per annusare l'aria, come si espresse lui stesso. Prima di andare via, chiese a Henriette di poterle parlare. Lei lo seguì nel suo ufficio, arredato in un freddo stile industriale, elegante ma al limite dell'asessuato, e si mise a sedere guardando la foto sulla scrivania. Una bella donna con capelli castani, lentiggini e occhi scuri, e forse un leggero strabismo. Cecilie Lind, si chiamava: era giurista come Jens Jessen ed esercitava la professione di avvocato. Era stata sposata con Axel Steen, ispettore della polizia di Copenaghen, e aveva avuto una figlia da lui, ma ora viveva con Jessen. Per quanto Henriette l'apprezzasse come capo, non riusciva a capacitarsi di come una donna potesse sentirsi fisicamente attratta da lui. Lanciò un'occhiata fuori dalla finestra, vide il quartiere-dormitorio di Søborg, e ripensò a come si era conclusa la notte con Danny.

Parando il colpo in arrivo, gli aveva afferrato il polso e l'aveva fatto ruotare, sfruttando lo slancio e il peso del corpo che lui vi aveva involontariamente applicato. Danny era rimasto così sorpreso che non aveva quasi fatto resistenza.

«Ma che caz...» era riuscito a gemere, bocconi sul pavimento, con il braccio piegato dietro le spalle. Henriette sapeva benissimo quanto facesse male, ma non bastava, perciò gli premette il ginocchio sulla schiena. Era partita una costola? Forse no, ma il dolore l'avrebbe sentito per settimane.

«Che cazzo fai, brutta stronza? Volevo solo...»

«Sta' zitto. Quando una donna dice "no", vuol dire "no". Hai capito, idiota?» gli aveva sussurrato all'orecchio mentre spingeva il braccio ancora più in alto, fino a farlo urlare dal dolore. Sentì il desiderio di picchiarlo, allontanare tutto da sé per tornare a essere Henriette Nielsen, una persona normale, non un'ex paziente psichiatrica, una disadattata che cercava sicurezza e attenzione tra le braccia di un venditore di telefoni venticinquenne dalla testa rasata, uno stronzo pallone gonfiato che pensava di poter fare i suoi porci comodi, anche contro la sua volontà. Convinto che una cosa del genere la potesse eccitare. O, peggio ancora, eccitato all'idea che lei non si eccitasse. Sì, era questa la cosa peggiore.

«Anche se prima abbiamo scopato, un "no" è un "no"!» gli aveva gridato in faccia, schiacciandolo ancora di più sul pavimento e picchiandogli il pugno sulla schiena fino a farlo tossire. O piangeva?

«Volevo solo abbracciarti» aveva mormorato lui, senza fiato.

«Ti piacerebbe» gli aveva risposto Henriette. Poi l'aveva lasciato andare ed era uscita di corsa.

Jens Jessen la fece aspettare, mentre terminava una conversazione in inglese nell'ufficio accanto. Dopo il briefing era stato fuori quasi tutta la mattina, Henriette immaginò che fosse per un'altra riunione con gli americani.

«Tutto sotto controllo, Henriette?»

«Sì.»

«Bene. Dobbiamo parlare della possibilità che i bersagli siano più d'uno.»

«L'abbiamo previsto. L'intera cerchia delle loro conoscenze è sotto sorveglianza digitale.»

«Non mi sono spiegato. Non mi riferisco a loro, ma alla

possibilità che abbiano trovato aiuto dall'esterno, che ci siano più di due persone in viaggio per la Danimarca, che siano associati con altri, diretti qui.»

«Ci sono dati dell'intelligence che te lo fanno pensare?»

Jens sbatté le palpebre un paio di volte, e a Henriette bastò. Era turbata per averlo saputo così tardi, poche ore prima dell'atterraggio.

«È una possibilità: per questo ti ho chiesto di avere altri uomini pronti, nelle retrovie, in caso ci fosse bisogno di sorvegliare altri obiettivi.»

Il discorso era venuto fuori solo una settimana prima, ma lei si era fatta l'idea che si trattasse di altri personaggi locali che erano già stati nel mirino dell'antiterrorismo. Si maledisse per non aver pensato da sola a quell'ipotesi, che le avrebbe fatto guadagnare punti agli occhi di Jens: gli avanzamenti di carriera erano strettamente collegati alla capacità di leggere tra le righe e avere un approccio proattivo.

«Abbiamo uomini a sufficienza, comunque. Avevi in mente una squadra speciale?»

«Proprio così, e a pensarci bene credo che ne discuterò direttamente con Sten Høeck.»

Un altro schiaffo. Ma stavolta lei reagì.

«Okay, ma sarebbe d'aiuto sapere di chi parliamo, e quando e dove si prevede che arriverà, o arriveranno.»

La voce di Jens Jessen era fredda, quando rispose.

«Non occorre che tu e il resto della squadra sappiate di chi si tratta. Ma forse hai ragione, il resto potrebbe essere rilevante. Purtroppo però non posso dirti nulla, anche se vorrei, perché né io né i nostri collaboratori siamo in possesso di queste informazioni.»

«E questo modifica il nostro obiettivo principale?» domandò Henriette, cauta.

«Che sarebbe?»

Non era nel suo stile fare domande tanto banali: doveva esserci sotto qualcosa.

«Prevenire e sventare possibili attacchi terroristici.»
Jens Jessen rimase impassibile.

«Mettiamola così: questa operazione potrebbe rivelarsi la più importante della mia e della tua carriera in questa agenzia. E si tratta in gran parte di prevenzione, ma in un senso leggermente diverso da quello cui siamo abituati.»

Sollevò gli angoli della bocca in un sorriso meccanico, e gli occhi puntarono intensi e ossessivi quelli di Henriette, che si domandò ancora una volta come qualcuno potesse trovare attraente un uomo così.

«Ho una riunione, dobbiamo chiudere qui. Tienimi informato su qualsiasi cosa, anche piccola. Nessuna decisione operativa dev'essere presa senza il mio consenso.»

13
2011

Khalid aspettava sul ballatoio, davanti alla porta dell'appartamento. «Mi puoi dare un passaggio? Stamattina sono venuto in taxi.»

«Sì, certo» rispose Axel, benché non vedesse l'ora di liberarsi del nuovo compagno. Scesero insieme in ascensore, raggiunsero l'auto e salirono.

Il cellulare di Axel vibrò. Era la sua fidanzata.

«Ciao, tesoro. Come se la cava il mio ispettore della omicidi con il suo nuovo caso?»

«L'hai saputo?»

«Non credo ci sia un solo poliziotto che non l'abbia saputo. È una cosa complicata?»

«Abbastanza, a quanto sembra. Ma ci sono molti elementi su cui lavorare. Conoscevi Sten Høeck?»

Axel sentì Khalid irrigidirsi al suo fianco.

«Sì, lo conoscevo molto bene, un tempo. E ho anche saputo che ti hanno affiancato Khalid. Come va?»

Axel esitò. Avrebbe voluto chiederle di lui, ma in quel momento non poteva. Henriette aveva pronunciato il nome di Khalid aspirando la sillaba iniziale, e di sicuro l'interessato aveva sentito.

«Benissimo» disse Axel, poi aprì la portiera e scese.

«Non puoi parlare?»

«No.»

«Va bene, volevo solo dirti che non vedo l'ora di vederti alla festa di Darling, domani. Sarà dura non metterti le mani addosso: secondo te devo proprio?»

«Direi di sì. Anch'io sono ansioso di vederti.»

Axel la salutò e chiuse la comunicazione. Perché pronunciava così bene "Khalid"?

Poi provò a chiamare Darling per farsi chiarire la divisione delle competenze riguardo al computer di Sten Høeck, ma non ottenne risposta. Rimontò in macchina e disse al suo compagno: «Okay, prendi pure il computer. Vi faremo avere anche i telefoni, appena il mio collega avrà finito. Ma devo insistere perché mi mandiate i file e le registrazioni di tutti i movimenti: email in entrata e in uscita, traffico internet, chat room, siti di dating. Qualsiasi cosa abbia rilevanza. Naturalmente, se ci fosse materiale sensibile, potrete tenerlo per voi.»

La soluzione ideale: gli avrebbe fatto capire che cosa quelli del Pet volevano tenere segreto, senza che loro se ne rendessero conto.

Khalid lo guardò e annuì. Doveva aver già capito che Axel aveva una copia di tutto il materiale.

«Dove vuoi che ti lasci?»

«A Nørrebro.»

«Perché?»

«Perché Per vive lì.»

«Per... chi?»

«L'amico di Sten, quello che era andato a trovarlo a casa.»

Axel staccò gli occhi dalla strada. Scrutò il volto di Khalid, sperando che lo prendesse in giro, ma il suo nuovo compagno non batté ciglio.

«Lo conosci?»

«Sì. Si chiama Per Larsen e lavorava nei servizi. Un tipo a posto, ha lasciato l'agenzia qualche anno fa.»

«Quando l'hai scoperto?»

«Poco fa. Ho controllato i nomi e sono arrivato alla conclusione che la vicina si riferiva proprio a lui.»

«Subito prima che io lasciassi l'appartamento?»

«Sì.»

Axel scosse la testa. Era passato al massimo un minuto da quando Khalid era uscito sul pianerottolo a quando lui stesso l'aveva raggiunto.

«Per Larsen? Sai qualcosa su di lui?»

«Te l'ho detto, è una vecchia conoscenza.»

«E non ti andrebbe di rendermi partecipe e raccontarmi chi sia, che cosa facesse nel Pet e perché abbia lasciato i servizi?»

«Non c'è molto da dire. Era un analista, una specie di tuttofare.»

Axel avviò il motore.

«Vivi anche tu a Nørrebro?» domandò.

«Sì.»

«Da molto tempo?»

«Da tutta la vita.»

«Strano, non ti ho mai visto.»

«Perché, conosci molti immigrati?»

«Un bel po', in effetti.»

«Senza contare quelli che hai messo in prigione?»

«Sì, senza contare loro.»

«In compenso io ti ho visto molte volte.»

«Ah.»

«Sei una leggenda, della strada e della polizia.»

«Non mi dire.»

«La gente ti teme. Teme il tuo carattere. Sei famoso per dare di matto, se non ottieni quello che vuoi. So tutto di te: la storia di Jens Jessen, Cecilie Lind e Moussa; sapessi quanto sei popolare, nel mio ambiente. E le bande ti odiano.»

«Lo so, è per questo che mi sono trasferito.»

Era da un pezzo, se mai era successo, che non gli capitava di lavorare con una persona che lo rendeva tanto nervoso.

«Come sei diventato taciturno, tutt'a un tratto.»

«Ascoltami. Sono cose che mi sono lasciato alle spalle, ho voltato pagina. Il passato è passato. E voglio che la mia vita privata rimanga tale.»

«"Il passato è passato": è quello che sento dire da molti palestinesi. Ma non è vero. Il passato ti raggiunge sempre, prima o poi tutto si paga. Non credi che valga anche per te?»

La pazienza di Axel aveva raggiunto il limite. Per un secondo si domandò se era stato davvero una croce per quelli con cui aveva lavorato, ma poi decise che non era così, tutt'altro. Era rimasto quasi sempre zitto, aveva reagito solo quando ce n'era stato davvero bisogno. Come adesso.

«Parliamo un po' di te, sbruffone! Hai lavorato sotto copertura per anni, no? Proprio nel tuo ambiente. Perciò sai tutto, sei uno di quelli che hanno imbarcato dopo l'11 settembre. Però non sei un poliziotto, non sai niente di come lavoriamo noi, come tutti quelli di Søborg. E posso dirti che si vede benissimo.»

Per la prima volta, l'altro gli sembrò un po' scosso.

«Sono un poliziotto quanto te.»

«Come no» disse Axel, condiscendente. «Che ne dice il tuo passato del fatto che hai lavorato sotto copertura? Che hai dato al Pet informazioni sui tuoi? Non ti raggiungerà, prima o poi?»

«Il passato è passato, ma non tanto da non venirti a bussare alla porta, un bel giorno, per chiederti il conto. Ma quando quel giorno arriverà, io pagherò, non ho mica paura.»

Axel provò l'impulso di staccargli la testa. Si sbagliava, o l'altro aveva appena lasciato intendere che il conflitto con le bande di Nørrebro sarebbe stato vendicato? Che Axel sarebbe stato raggiunto dal suo passato? Respirò a fondo.

«Raccontami un po' di Sten Høeck, del periodo in cui avete lavorato insieme.»

«Non posso dirti niente, è materiale classificato.»

«Se sono informazioni rilevanti per le indagini, non sono classificate.»

«Non c'è niente di rilevante per le indagini.»

Axel si arrese.

Percorsero Ørestads Boulevard diretti al centro della città, sotto un cielo grigio e infetto. Il sole cercava di farsi strada nella coltre di nubi, ma riusciva solo a colorare le più basse di un giallastro malato, che ricordava la crosta di una ferita. Axel osservava gli edifici: alla loro destra, grandi blocchi futuristici, creati da architetti famosi, davano le spalle al viale. I binari sopraelevati della metro poggiavano su grandi piloni di cemento disposti in lunghi bacini, e le facciate di vetro delle case riflettevano il grigio del cielo, moltiplicandone l'effetto freddo e respingente. La strada consisteva solo in due corsie: doveva essere il boulevard più stretto del mondo, ed era la cosa più danese del mondo chiamarlo così. Come una gallinella che gonfia il petto e strilla: «Guardatemi!»

Per Axel, Ørestad era solo un quartiere nuovo, la direzione in cui Copenaghen si andava espandendo. Solo quando arrivò alla rotonda davanti al Grønjordskollegie, che era stato la sua prima residenza quando era arrivato in città, a diciannove anni, si sentì di nuovo in un posto familiare. Lanciò un'occhiata a Khalid, che era assorto nella contemplazione del suo cellulare.

«Come si pronuncia il tuo nome?»

Lui alzò gli occhi dallo schermo.

«*Hr*alid» disse, aspirando e arrotando l'iniziale come aveva fatto Henriette.

«Di dove sei?»

«Baggesensgade.»

«Andiamo, su. Da dove vengono i tuoi genitori?»

«Dalla Palestina. Perché me lo domandi?»
«Non era mia intenzione offenderti.»
«Tu dove sei nato?»
«All'ospedale comunale di Århus.»
«E dove sei cresciuto?»
«A Risskov.»
«Perciò che cosa sei? Danese-århusiano? O mezzo danese e mezzo århusiano?»
«Io...»
«Ed è normale che i tuoi colleghi s'informino sulle origini tue o della tua famiglia sulla scena di un delitto?»
Khalid lanciò un'occhiata ad Axel. Nella sua corazza non c'era l'ombra di un sorriso.
«Okay» disse Axel, «messaggio ricevuto. Per quanto tempo sei stato nel Pet?»
«Un po' di anni.»
«In che sezione?»
«Antiterrorismo, osservazione, analisi, roba così.»
«Sei stato coinvolto in molti casi?»
«Sì.»
«In che modo?»
«Questo non posso dirlo. E tu? Cos'hai fatto negli ultimi anni?»
«Quasi due anni fa mi hanno sparato, come saprai. E poi mi sono rimesso.»
«Non del tutto. Ho notato che trascini ancora un po' una gamba.»
«È una sciocchezza.»
«E poi? Che altro hai fatto, dopo che ti hanno sparato?»
«Sono stato in congedo per malattia, ho seguito una terapia di riabilitazione per un anno. Poi ho ricominciato. Sono specialista in omicidi, è quello che so fare.»
«Ma sarai un po' arrugginito, o no?»
«Sarebbe a dire?» domandò Axel, ingoiando un termine più crudo.

«Che non hai avuto casi di omicidio da quando ti sei bruciato il cervello con le sostanze, hai rovinato la piazza a noi di Søborg e sparato al re di Nørrebro, no?»

Axel accostò bruscamente in Njalsgade. La frenata fu così improvvisa che l'auto dietro di loro stava per entrargli nel culo.

«Primo, non sono stato io a sparare a Moussa. E secondo, scendi dalla mia macchina all'istante.»

«Calma, calma, non te la prendere tanto!»

«Basta che scendi.»

«Perché?» disse Khalid, ma ubbidì.

«Buona passeggiata. Ti farò risalire quando avrai imparato come ci si comporta.» Axel tirò a sé la maniglia della portiera.

«Che cazzo ti prende?» gridò Khalid, mollando un calcio alla carrozzeria.

Axel ripartì. Si sentiva bene. Quando arrivò sul Langebro, il sole era spuntato dalle nuvole e l'acqua del porto assomigliava a un foglio d'alluminio accartocciato. Amava l'inaffidabilità dell'estate danese. Un momento era freddo e umido, quello dopo un sole giallo inondava la città della sua luce.

14
2011

Un giorno, quando papà era venuto a prenderla, Emma l'aveva sentito parlare con la mamma. Lei le aveva chiesto di guardare Anton, ma, siccome Anton era tutto preso dalle sue macchinine, Emma si era avvicinata in punta di piedi alla porta per sentire cosa si dicevano.

La mamma aveva detto che papà doveva cercare di fare altro. Era contenta che lui si fosse ripreso, ma doveva sapere che Emma era ancora preoccupata per lui e aveva sempre paura che gli capitasse qualcosa.

Emma non era riuscita a sentire cos'aveva risposto suo padre, perciò si era avvicinata ancora di più alla porta, ma aveva capito solo che papà non era d'accordo, e l'aveva capito per via di quello che era successo dopo.

La mamma aveva alzato la voce e si era messa a sussurrare fortissimo, come sapeva fare solo lei, che «quando uno ha dei figli non va a fare il soldato in Iraq, o l'inviato di guerra, cazzo, se ha il cervello a posto», e che papà poteva provare a fare il suo «cazzo di lavoro» senza farsi mezzo ammazzare ogni volta e finire su tutti i giornali.

Emma sapeva che tra poco si sarebbe dovuta spostare, perché papà sarebbe entrato di corsa nel salotto, come faceva sempre quando litigavano. Era anche sicura che la mamma si sarebbe messa a strillargli dietro di non azzardarsi a scappare.

Fece appena in tempo a sentirla che diceva: «Pensa che tua figlia, a nove anni, vuole venire a vivere con te. E non perché le manchi o perché stia male qui, ma perché è terrorizzata che tu possa morire, perché hai mandato a puttane la tua vita non so più quante volte, e lei si è convinta che questo sia l'unico modo per impedire che succeda ancora. Se potesse ti accompagnerebbe anche al lavoro: ti rendi conto che follia?»

A quel punto papà entrò. Molto in fretta. Quando la vide cercò di sorridere come se nulla fosse, ma il sorriso gli venne fuori strano. Andò in cucina e prese un bicchier d'acqua, poi tornò da lei e l'abbracciò.

Emma cominciò a piangere. Odiava che litigassero, ma la cosa peggiore di tutte era quando litigavano a causa sua. Allora le veniva voglia di scusarsi, di spiegargli che andava tutto bene, che non dovevano dispiacersi, che lei non poteva stare sempre con tutti e due.

Papà disse: «Su, Emma, si sistemerà tutto. Troveremo una soluzione insieme.»

Ma lei non gli credette. Aveva appena visto con i suoi occhi quanto fosse arrabbiato.

15
2007

Henriette Nielsen era di fretta quando entrò al Café au Lait. L'incontro con Jens Jessen era stato un fuoriprogramma, e lei si sentiva molto agitata all'idea di dirigere un'operazione senza averne il controllo completo.

Khalid l'aspettava in fondo al locale. Si scambiarono due baci sulle guance e lui la chiamò «*habibi*», nel rispetto della loro copertura. Aveva trovato un tavolo che gli permetteva di dare le spalle al muro e sorvegliare la sala: era una spia fino alla punta dei capelli.

«Come va? Tutto okay?» domandò Henriette. Conosceva il rischio di trovarsi escluso dal proprio ambiente che Khalid correva, le sue incertezze e i dubbi che lo tormentavano, ma anche la sua ambizione a compiere grandi imprese e diventare qualcuno. Ma sapeva anche che uno degli stimoli più potenti in lui era il desiderio di appartenenza, di far parte di una comunità, di sentirsi accettato. E contava sul fatto che, forse inconsapevolmente, avesse già preso la decisione di voltare le spalle ai suoi.

«Tutto bene, Henriette.»

«Ottimo; sei molto teso?»

Secondo il piano, Khalid doveva avvicinarsi il più possibile ai due fratelli, possibilmente infiltrarsi nell'organizzazione e partecipare alla pianificazione di un attacco.

«Sono teso, sì, ma in senso positivo. Voglio fare il possibile per fermare quei due.»

«Bene. C'è una cosa su cui vorrei che indagassi, forse potrebbe aprirci una strada. È difficile procurarsi un'arma, nell'ambiente?»

«Non direi.»

«Che cosa succederebbe, se ci provassi?»

Khalid rifletté un momento.

«Qualcuno si stupirebbe. Non è una cosa che ci si aspetta da me. Ma forse non è una cattiva idea.»

«Frequenti la moschea e il circolo di studio. Supponiamo che Shakir riprenda a frequentarlo. Se tu fossi discreto, ma non troppo, in modo che vengano a sapere che ti sei procurato un'arma, e che non sei un criminale ma un credente, forse riusciresti ad avvicinarli.»

«Forse» rispose Khalid, ma poi rimase in silenzio.

«Qualcosa ti preoccupa?»

«Anwar non è come tutti gli altri condannati per terrorismo: lo sai, vero?»

«Sì, conosco il suo curriculum. È entrato in una banda a tredici anni, come sentinella in una piazza di hashish, ha subito condanne per furto, rapina e aggressione.»

«Ha dieci anni meno di me, ma siamo nati nello stesso quartiere. Era un bulletto, ma freddo come il ghiaccio, uno contro cui era meglio non mettersi.»

Storia già sentita, pensò Henriette.

«E cosa pensi della sua conversione?»

«La sua conversione all'islam? È devoto ad Allah quanto lo sono io: ha solo trovato un altro posto in cui coltivare il suo odio.»

«Gli sarebbe facile procurarsi delle armi?»

«Non tanto. Da quando è diventato un uomo pio, la voce potrebbe spargersi facilmente, e non credo voglia farsi una fama del genere. Distruggerebbe la sua copertura e molti prenderebbero le distanze da lui, se lo scoprissero.

Proprio per questo, se venisse a sapere che io ho delle armi, la cosa potrebbe funzionare.»

«Ma qualcun altro lo vedrebbe come un eroe, non credi?»

Quello era un punto dolente in tutte le loro conversazioni. Per quanto Khalid avesse preso una netta distanza da certi palestinesi, e nei suoi colloqui di lavoro avesse sempre condannato senza ambiguità l'ideologia terrorista, le violenze domestiche e la discriminazione delle donne, non tollerava che fosse un estraneo a parlare male del suo ambiente.

«Qualcuno, forse. Ma sono davvero pochi, Henriette.»

Continuò a bere il suo caffè, in silenzio. Henriette lo lasciò fare, finché lui rialzò gli occhi e disse: «Però, Henriette. Può darsi che Anwar non abbia accesso alle armi, ma di sicuro le sa usare. Ho avuto modo di notarlo diverse volte.»

«Vuoi dire con i tuoi occhi?»

«Certo. Dove imparate a sparare, voi sbirri?»

«Al poligono di tiro.»

«E non pensi che i ragazzi delle bande si esercitino anche loro?»

«Insieme a te?» Henriette era sbalordita.

Khalid scrollò le spalle. A un tratto, lei si sentì bruciare dal desiderio.

«Ma non è che chiunque può prendere e andare a sparare al poligono.»

Lui la guardò sorridendo, con un sopracciglio sollevato.

«Secondo te il proprietario di un poligono di tiro, se ben pagato, si fa qualche problema a mettere a disposizione la sua struttura per una serata di addio al celibato? E di certo non lo va a dire in giro.»

«Racconta. Forza, Khalid!»

«Ci sono stato una volta, con lui e altri sette. Mi hanno accettato solo perché mio cugino era suo amico, un tempo. Lo chiamavano "corso", per ridere. E posso assicurarti che non solo Anwar sa maneggiare sia la pistola sia il kalashnikov, ma che spara anche molto meglio di chiunque altro.»

«E ce ne sono ancora, di questi preziosi aneddoti del tuo passato?»

«Per ora no, Henry, ma se dovesse tornarmi in mente qualcosa sarai la prima a saperlo.»

Khalid sorrise e non disse altro. Henriette doveva proprio andare.

«E tu? Come mai non hai una fedele moglie palestinese e cinque bei figli a casa?»

Lui la guardò, e lei sostenne il suo sguardo.

«Devo ancora incontrare quella giusta. Ho insistito per scegliere da solo.»

«Non eri già stato sposato, una volta?»

«Sì, ma non ha funzionato. Lei veniva dal Libano. Eravamo troppo diversi.»

«Fidanzate danesi?»

«Nessuna.»

«E perché?» Henriette vide che lui si ritraeva.

«Non è capitato.»

«Nemmeno qualche storia di sesso? Ma dai. Dovrebbe esserci la fila!»

«No.»

Henriette cercò di decifrare l'espressione del collega: le sembrava di scorgere qualcos'altro, sotto il sorriso lusingato e disarmante.

«È perché non puoi portarle a casa? O non vuoi?»

«Te l'ho detto: non ho ancora incontrato la donna giusta.»

«Quindi la tua famiglia non avrebbe nulla contro un'eventuale fidanzata danese.»

«No.» Henriette era sicura che mentisse, ma poco male.

«E che mi dici di te?» contrattaccò Khalid.

«Mi vedo con uno. Non è della polizia, però. Non potrei mai scopare con un collega, o fidanzarmici» rispose Henriette, guardandolo negli occhi.

Aveva mentito due volte: non si vedeva con nessuno, e inoltre era andata a letto con diversi colleghi, sia del Pet sia di altri servizi. Mai però con uno dei suoi agenti, e nemmeno con un suo superiore, men che meno durante un'operazione come quella. Ma la bugia aveva funzionato.

Khalid la fissò con uno sguardo serio e un po' malinconico.

«Be', non siamo qui per parlare di queste cose» concluse Henriette, alzandosi. Le sembrò che Khalid volesse dire qualcosa ma glielo impedì, chinandosi in fretta e posandogli un bacio su ciascuna guancia.

16
2011

Axel raggiunse la centrale insieme a un temporale proveniente da sud, che investì l'edificio con tuoni e scrosci di pioggia. Normalmente avrebbe usato l'entrata principale: era un rituale consueto passare dal cortile delle colonne e lanciare un'occhiata al memoriale dei colleghi caduti, ma pioveva così forte che salì direttamente alla omicidi, come la sezione si chiamava ancora nel suo cuore, anche se con la riforma, due anni prima, era stata ribattezzata "reati contro la persona".

Forse avrebbe dovuto chiamarla così anche lui, dato che, come aveva detto Khalid, non si era occupato molto di omicidi negli ultimi tempi. Era stato di turno solo due volte, come responsabile della sezione, ma Sten Høeck era il primo che si era fatto ammazzare mentre era in servizio.

Al rientro di Axel dopo il congedo per malattia e il periodo di riabilitazione, il suo nuovo capo, Janus Josephsen – il terzo in tre anni – l'aveva allontanato dai casi di omicidio. C'era bisogno di far crescere le nuove forze permettendo loro di acquisire esperienza, era questa la motivazione ufficiale.

Axel si era sentito umiliato, ma aveva ingoiato il rospo. Anche se non ne era entusiasta, cercava di fare del suo meglio per risolvere i casi di violenza, incendi dolosi e simili che gli venivano affidati. I suoi vecchi angeli custodi, John Darling e Jens Jessen, erano stati trasferiti altrove, e

Axel aveva sempre bisogno di difensori capaci di sorvolare sui suoi metodi di lavoro poco ortodossi e al limite della legalità.

La nuova direzione era indifferente ai suoi meriti passati e Axel aveva bisogno di lavoro, denaro e stabilità per ricostruire la vita che voleva per sé e per Emma.

Ci furono molte chiacchiere, perché tutti sapevano che le indagini sugli omicidi erano la sua specialità, e capitava spesso che qualcuno dei giovani venisse a chiedergli consiglio di nascosto dal capo. Qualche volta avevano perfino richiesto l'assistenza ufficiale di Axel nell'analisi degli indizi, ma quelle richieste venivano sempre respinte. Axel aveva la sensazione che il veto fosse dovuto alla fama di soggetto intrattabile e protervo che si portava dietro, e che in definitiva il capo non vedesse l'ora di liberarsi di lui. Non era una cosa nuova per Axel, con la differenza che ora non poteva affrontarla nel suo solito modo. Aveva inaugurato un nuovo capitolo della sua esistenza, perché il suo vecchio stile di vita l'aveva quasi ucciso. Non solo per via dell'alcol, dell'hashish e delle altre droghe, che pure aveva ormai messo da parte; non solo per i danni fisici e, alla fine, per gli spari che avevano quasi completato l'opera, ma anche e soprattutto per la furia maniacale con cui affrontava il lavoro, e per la ricerca incondizionata di passione nella vita privata. Uno dei suoi obiettivi era trattenere l'impulsività e l'atteggiamento aggressivo, essere positivo e rilassato. O almeno provarci. Migliorare. Non denigrare la gente. Perciò si era adattato. Voleva trovare pace. Ascoltare, riflettere, tacere al momento giusto, invece di saltare subito su urlando. Ma era difficile. Era come se avesse cercato d'ingoiare un boccone troppo grande, d'imporre troppa bontà, troppo ordine alla sua vita, provocando un contraccolpo.

Lo sfogo contro Khalid non era un contraccolpo, però gli era già capitato di allentare la morsa d'acciaio in cui costringeva la sua esistenza, liberando l'Axel Steen che nel suo intimo sentiva ancora di essere. E non voleva che la cosa si ripetesse.

Perciò teneva la guardia alta quando entrò nella stanza di Janus Josephsen. I tratti più notevoli del suo nuovo capo erano i riccioli alla Mozart accuratamente pettinati all'indietro, il mento aguzzo, le labbra sottili e un paio di occhi freddi di un giallo piscio.

Aveva fama d'essere un leccaculo francofilo con un istinto sicuro per i casi che aiutavano a fare carriera, e non si faceva scrupolo di prendersi il merito delle imprese altrui, né di attribuirsi idee e iniziative dei suoi collaboratori. Come un altro dei precedenti capi di Axel, aveva l'irritante abitudine di unire le punte delle dita mentre parlava, per sottolineare il godimento che le proprie parole e la propria intelligenza acuta evidentemente gli procuravano.

Dalle rughe che sovrastavano il sorriso affabile, Axel capì che c'erano problemi in vista. Si sedette davanti a lui, parlò un po' degli ultimi sviluppi dell'indagine e poi attese. La pausa teatrale fu interrotta quando Josephsen, alzando il pollice destro in aria, fissò Axel con un'espressione che doveva essere di spietata analisi per poi appoggiare sul dito l'indice dell'altra mano.

«Tre cose» disse. «Avresti dovuto chiamarmi prima di muoverti. Quando c'è di mezzo il Pet, devo essere informato.» Pausa. «Sempre.»

Spuntò il secondo dito, e anche a questo toccò la visita dell'indice della mano sinistra. «Devo essere informato di ogni contatto con il Pet e, se si renderà necessario coinvolgere i livelli superiori, da John Darling in su, non farai di testa tua. Deve passare tutto attraverso me, anche se avete risolto non so quanti casi insieme e siete amici, e anche se conosci Jens Jessen. Segui la via gerarchica.»

Altra pausa. Accompagnata da uno sguardo concentrato, che doveva segnalare la sua intraprendenza e la sua intelligenza analitica. «Quando terrete la riunione della squadra investigativa?»

«Tra due ore.»

Entrò in causa il terzo dito. «Bene. Parteciperò anch'io e inviterò John Darling, visto che l'hai già coinvolto. Penso che potremo chiarire le eventuali questioni di competenza in un piccolo incontro preliminare» disse Josephsen, quasi eccitato all'idea di un abboccamento con Darling, che svettava a tre scatti di stipendio sopra di lui.

Axel annuì e si alzò. Josephsen sbatté le palpebre e sollevò il pollice; il suo sorriso artefatto sembrava comprato a un corso per motivatori aziendali.

«E... a proposito, Steen, ottimo lavoro, continua così.»

Aveva superato anche questa. In altri tempi si sarebbe sentito una merda, ora invece si fece scivolare tutto addosso: l'idiota aveva avuto ragione, e Axel la sua pace.

Quando Vicki Thomsen entrò nel suo ufficio, era assorto nel dossier personale di Sten Høeck. C'erano le informazioni di base: studi, specializzazioni e competenze; erano anche citate o riassunte diverse indagini cui aveva partecipato, ma quando Axel arrivò ai paragrafi sui casi di terrorismo, la maggior parte del materiale era nascosta sotto grosse strisce nere.

«Cos'hai trovato nel telefono e nel computer?» le domandò Axel.

«Ci sono un po' di email tra lui e Per Larsen. Argomenti vari. Per esempio: un mesetto fa Sten scrive a Per perché ha dei problemi con il computer, e Per promette di passare a dare un'occhiata. Diverse email dell'ufficio del personale e del suo attuale direttore, da cui risulta che tre mesi fa è stato convocato per due colloqui. Dal tono non sembrava una cosa amichevole. E poi un'infinità di e per diverse donne, e qui c'è un po' di tutto: dal saluto innocente al flirt esplicito, fino alle descrizioni accurate di quello che Sten Høeck ha fatto o vorrebbe fare con loro.»

Axel sorrise.

«A parte questo?»

«Non saprei. Ci sono un po' di foto.»

«Di donne nude?»

«No, non era il tipo. Sono foto di lavoro. Sia del Pet sia della società di armatori. Erano in una cartella sotto il nome "Stenpix". Ti ho mandato tutto il materiale, prova a guardarlo.»

Axel trovò la cartella e l'aprì. C'erano centottantanove immagini, che cominciò a passare in rassegna.

«Qualcosa di speciale?»

Vide esercitazioni e feste di lavoro, qualche auto di sorveglianza, una foto di Sten Høeck e un altro uomo; tra loro, un terzo personaggio dai lineamenti mediorientali, che al contrario degli altri due non sorrideva affatto.

«Ferma un attimo» disse Vicki. «Non ti sembra strano?»

«Perché?»

«È in arresto?»

«Dall'espressione si potrebbe pensare, ma non è in manette.»

«No, pensavo solo: in genere non è il Pet che arresta la gente, vero?»

«Quello a destra chi è?»

«Non ne ho idea, non somiglia a nessuno che conosco.»

«Si direbbe un agente, ma neppure io l'ho mai visto prima d'ora» disse Axel, che ormai si sentiva in grado di riconoscere parecchi agenti del Pet.

«Non so se è importante, dico solo che mi sembra strano. Però non ero venuta per questo. È per via di tutto quel sesso. Finora abbiamo interrogato nove donne che hanno avuto una relazione con lui nell'ultimo anno, ma ce ne sono di sicuro molte di più.»

«Sospettate di qualcuna?»

«Per il momento no. Sembra piacesse molto, lo apprezzavano per quello che sapeva fare, ma nessuna era innamorata.»

Axel ripensò alla vicina. Forse lei un po' sì?

«Spiegati meglio.»

«Sono tutte molto lucide. Nessuna s'illudeva che ci fosse più di qualche incontro occasionale.»

«È possibile che qualche marito o fidanzato si sia sentito offeso?»

«Pare di no, al momento. Sten Høeck s'interessava unicamente a donne single, poligame o comunque libere di scopare con chi volevano.»

«Mi sembra strano, comunque, che in questo carosello del sesso qualcuna non si sia fatta trasportare dai sentimenti» ipotizzò Axel.

«Sono d'accordo. Dobbiamo parlare con tutte, verificare se ci siano state gelosie, o se qualcuno intorno a loro possa essersi ingelosito. Ma devo dire che ho qualche difficoltà a vederlo come un dongiovanni.»

«Come sarebbe? Se gli si buttavano tra le braccia!»

«Forse, ma non le sceglieva. Ho l'impressione che fossero loro a scegliere lui. Non c'è nessuna profondità in quei rapporti. Se qualcuna lo voleva, se lo prendeva e basta.»

Axel pensò alla propria vita. Non era sempre stato scelto anche lui, dalle sue donne? E non gli era sempre andato bene così? Almeno finché non si avvicinavano tanto da stancarlo. Forse era la stessa cosa che succedeva a Sten Høeck?

«Bene, Vicki, continua su questa strada. Anche se per ora non abbiamo nessun indizio chiaro, può darsi benissimo che ci porti all'assassino.»

«Grazie; ti ho mandato i verbali e le registrazioni video degli interrogatori, se vuoi guardarli.»

17
2011

Una volta Emma si era svegliata di notte e la casa era tutta in silenzio. Lei era uscita in punta di piedi nel corridoio. Papà aveva passato la serata da loro, ultimamente veniva spesso. E certe volte restava anche per cena. Le sue scarpe erano vicino alle scale, ma non l'una accanto all'altra come si mettono quando uno se le toglie per bene: erano ad angolo retto in mezzo al pavimento. Emma scese in soggiorno per cercare papà, ma non c'era. Così tornò indietro e si mise in ascolto.

Il papà e la mamma erano in camera e dormivano. Erano sdraiati di fianco, la mamma dava le spalle a papà, ma non sembrava arrabbiata. Papà teneva un braccio intorno alla mamma e la faccia contro la sua nuca. Lei russava.

Emma tornò in punta di piedi in camera sua, prese il Nintendo e si mise a giocare sotto il piumino, con il volume abbassato. Era contenta. Forse papà poteva tornare a vivere con loro, e a lei sarebbe passato il mal di pancia, sicuro. Non sarebbe più dovuta andare in giro chiedendosi dove fosse e che cosa facesse, con la mamma che la veniva a prendere un giorno all'improvviso e la portava in ospedale perché lui stava per morire. Non voleva che capitasse un'altra volta.

Il giorno dopo papà era sparito. Ma a Emma non era venuto mal di pancia. Almeno fino a quando non domandò alla mamma se papà aveva dormito lì.

«Ma no, tesoro, come ti viene in mente?»

«Perché stanotte mi sono svegliata e ho visto che stavate insieme nel tuo letto.»

La mamma fece una faccia strana.

«Be'... sì, è vero. Papà era stanco, era tardi, e così ha dormito un po' qui» disse, come se le fosse tornato in mente solo in quel momento.

«Ma allora vi rifidanzate?»

«No, papà ha solo dormito qui stanotte» disse la mamma come se fosse una cosa normale, ma aveva sempre una faccia come se l'avessero beccata a barare a Kalaha.

«Però allora non capisco.»

«Che cosa, amore?»

«Perché eravate nudi?»

«Sì, hai ragione. È un po' difficile da spiegare. Il fatto è che, come tu senti la mancanza del papà, anche la mamma e il papà sentono la mancanza l'una dell'altro, qualche volta. E allora è bello dormire insieme.»

«Ma quindi non vi rifidanzate?»

«No.»

Emma sentì una fitta allo stomaco.

Papà era ancora solo.

18

2007

Sul volo da Francoforte i fratelli avevano viaggiato a dodici file di distanza l'uno dall'altro, in modo da non uscire nello stesso momento. Henriette li aspettava a venticinque metri dal gate, con un trolley rosso e un tailleur grigio da donna in carriera nel quale si sentiva scomoda. Altri, nella sua posizione, avrebbero seguito gli avvenimenti dalla sala operativa, ma lei voleva vederli arrivare di persona.

Il primo a uscire fu il minore, Shakir. Era più magro rispetto alle foto che avevano di lui, e Henriette pensò che il vitto e le prove fisiche nel campo di addestramento del Waziristan dovevano essergli costati qualche chilo. Sembrava nervoso, si guardava costantemente intorno mentre attraversava il gate con una sacca di cuoio sulle spalle. Senza fermarsi ad aspettare il fratello, cominciò a scendere verso la sala arrivi. Henriette ordinò a due squadre di seguirlo.

In quasi tutte le operazioni precedenti, quando erano andati a prendere qualche sospetto terrorista all'aeroporto, la persona in questione era stata fermata al gate o al controllo passaporti, dove i suoi documenti erano stati esaminati e i bagagli trattenuti e perquisiti con tutta calma. Quel giorno invece Henriette aveva dato istruzioni ai suoi di non fermare né trattenere Anwar e Shakir, se non in caso di necessità. Non dovevano sospettare nulla.

Due colleghi erano all'uscita del gate, travestiti da inservienti dell'aeroporto. Dovevano controllare se i due fratelli avevano avvicinato altri passeggeri. Già prima di vederlo spuntare, Henriette era stata informata che Anwar stava parlando in inglese con un uomo bianco di circa trent'anni. Henriette ordinò di perquisirlo al controllo passaporti e seguirlo quando fosse uscito dall'aeroporto. Dopo un po' lo vide anche lei, di profilo, mentre conversava con il loro obiettivo principale, che camminava a un passo dietro di lui.

Anwar era abbronzato e muscoloso, aveva i capelli corti e le guance lisce, anche se in una foto scattata di nascosto a Islamabad portava la barba lunga. Aveva gli occhi coperti da un paio di occhiali da sole, e non era smagrito come il fratello. Alla fine salutò l'uomo con cui stava parlando, si guardò attentamente intorno e cominciò a camminare. Henriette era a sei o sette metri da lui; c'era un discreto affollamento, e non sarebbe stato difficile seguirlo nell'aeroporto. Se ha qualcosa in mente si capirà presto, pensò. I soggetti meglio preparati imparavano anche a individuare eventuali inseguitori e a liberarsi di loro. Percorsi cento metri del finger, l'uomo s'infilò nella toilette. Henriette si mantenne a distanza e aspettò che uscisse. Dopo altri cinquanta metri lui entrò di nuovo in un bagno, ma stavolta, per non farsi scoprire, lei proseguì verso i nastri di riconsegna dei bagagli e comunicò agli altri di fare attenzione, perché entrambi i fratelli erano all'erta.

Nell'auricolare, Henriette sentiva i due attraversare lentamente la sala arrivi. Gli addetti al controllo passaporti erano stati sostituiti da tre agenti del Pet, incaricati di verificare i loro documenti e fare in modo che passassero senza problemi, mentre il loro passaporto sarebbe stato fotografato pagina per pagina. Superato il controllo, Shakir entrò in un chiosco e si mise a guardare libri e giornali per quattro minuti, senza comprare niente. Anwar fece un giro per la galleria commerciale, dopodiché proseguirono entrambi verso l'area di riconsegna dei bagagli.

Si erano dati venti minuti per la perquisizione delle valigie, e sei colleghi erano già pronti, con macchina fotografica e guanti di plastica, appena furono scaricate. Era il tempo massimo e dovevano essere il più veloci possibile, ma, poiché i due fratelli l'avevano tirata per le lunghe per accertarsi di non essere sorvegliati, non ebbero bisogno di aspettare molto prima che i bagagli cominciassero a sfilare sul nastro.

Anche Henriette si fermò accanto al nastro che scorreva. I due fratelli erano a distanza di trenta metri l'uno dall'altro. Anwar le dava le spalle, perciò era impossibile dire se stesse segnalando la propria presenza a Shakir, mentre quest'ultimo era di faccia e ogni tanto lanciava all'altro un'occhiata discreta. Per due volte Henriette gli vide perfino spuntare un sorrisino timido sulle labbra.

L'uomo biondo con cui Anwar si era fermato a parlare uscendo dall'aereo era stato fermato al controllo passaporti e sottoposto a interrogatorio. Risultò essere un uomo d'affari canadese che doveva partecipare a una riunione a Copenaghen. Presero il nome delle persone che l'avevano invitato, fecero una telefonata e lo lasciarono andare.

Quando le valigie cominciarono a scorrere sul nastro, Henriette uscì e raggiunse l'unità mobile che era fuori in attesa, dove Per, abbastanza agitato, sorvegliava da sei schermi altrettante zone della sala arrivi, del controllo passaporti, della riconsegna dei bagagli e dell'uscita.

Recuperata la valigia, Shakir non uscì: rimase immobile accanto al nastro.

«Che gli prende?» disse Per.

«Aspetta qualcosa. O qualcuno» rispose Henriette.

«Questo lo vedo da solo. Ma aspetta il fratello?»

Henriette si pentì di non essere rimasta vicino ai nastri. L'uomo non aspettava il fratello. Si guardava intorno come se cercasse qualcuno.

«A tutte le unità: tenete d'occhio Shakir. Aspetta qualcuno nell'area di riconsegna dei bagagli, si guarda intorno. Scoprite chi è la persona con cui cerca di mettersi in contatto.»

Nel frattempo anche Anwar aveva recuperato la valigia. Nello stesso istante in cui si mosse verso l'uscita, anche Shakir si mise a camminare.

«Nessuno deve seguirli. È possibile che ci sia un terzo uomo. Restate lì, poi defluite uno alla volta.» Nella sala arrivi era rimasta una sola unità d'osservazione, che si divise all'istante perché nessuno dei due fratelli si diresse verso il loro amico Walid, che aspettava fuori nel parcheggio per la sosta breve. Shakir scese al piano interrato e andò verso il treno per la stazione centrale. Tutti pensarono che Anwar avrebbe seguito il fratello minore, ma il programma era diverso. Lo videro entrare in bagno con la sua valigia.

«Che nessuno lo segua» ordinò Henriette.

Uscì tre minuti dopo, si guardò intorno, prese l'ascensore verso il capolinea della metro e si mise ad aspettare. Nonostante il divieto si accese una sigaretta, canticchiando.

«Che ne pensi, Per?»

«Sono molto attenti, direi.»

«Che c'era nelle valigie?»

«Niente d'interessante. Un Corano, abiti, spezie. Perfino troppo innocenti.» Per fissava intensamente gli schermi. I suoi occhi si spostavano da Shakir, fermo sul binario sotterraneo, ad Anwar, che si preparava a salire sulla metro. «Cazzo se s'impegnano» disse. «Ci sono due possibilità: o sono stati istruiti a individuare la sorveglianza...» Guardò l'amico, sempre fermo accanto all'auto nel parcheggio.

«Oppure?»

«Oppure sapevano che li stavamo aspettando.»

19
2011

Axel Steen pensava alla conversazione appena avuta con Vicki. Sesso e gelosia erano i moventi più antichi del mondo, per un omicidio. Anche la violenza associata al delitto suggeriva quella pista: la gente che uccideva per gelosia agiva quasi sempre in preda a un delirio di sentimenti rabbiosi, spesso con grande spargimento di sangue. E Sten Høeck, con la sua sfrenata attività sessuale, era davvero il tipo da infilarsi in un mare di guai. Axel aprì l'email che gli aveva mandato Vicki, con i verbali e i video degli interrogatori, per farsi un'idea più precisa del rapporto di Høeck con le donne.

Interrogatorio di Lene Juul Hansen, 33 anni, receptionist presso la Confederazione armatori navali (It Assarmatori). Incontra Sten Høeck per motivi di lavoro, in occasione di un convegno, lui la invita a uscire.

«Non lo conoscevo molto bene, ci siamo visti due volte per un caffè.»

«Abbiamo trovato un'abbondante corrispondenza elettronica, tra voi, dalla quale risulta che vi siete incontrati altre volte. E anche che avete avuto una relazione sessuale.»

«Devo chiamare un avvocato?»

«No, stiamo solo parlando. Parliamo con tutte le persone che hanno avuto a che fare con il defunto.»

«Verrà tutto fuori? Sulla stampa?»

«No.»
L'interrogata riferisce che lei e la vittima si sono frequentati per otto mesi, incontrandosi nelle rispettive case.
«Sten era un vero uomo, virile e affascinante. Mi faceva sentire speciale. Facevamo sesso, parlavamo di tutto. Aveva un modo tutto suo di pronunciare il mio nome, quando mi telefonava.»
«Che modo?»
L'interrogata pronuncia il proprio nome con voce profonda e carezzevole.
«Avevo sempre voglia di vederlo. Non avevamo un rapporto stabile, c'incontravamo una volta al mese, era il mio amante. Nessuno dei due ha mai chiesto di più.»
La donna non ha notato cambiamenti in lui, negli ultimi tempi, né ha mai incontrato altre persone in casa sua o sentito parlare di qualcosa che potrebbe avere un nesso con l'omicidio. È separata e ha un ottimo rapporto con l'ex marito: nessuno è mai stato geloso di Sten Høeck durante la loro relazione.
Si sono visti per l'ultima volta diciassette giorni fa, da lei, con le solite modalità: hanno mangiato e bevuto vino bianco, lui l'ha spogliata, hanno fatto l'amore (parole dell'interrogata). Qualche volta rimaneva a dormire, altre se ne doveva andare.
«C'era un lato inaccessibile in lui. Non potrei definirlo distante, ma era come se la parte bella e calda della sua personalità nascondesse un vuoto.»

Susan Schack, 37 anni. Giornalista del quotidiano Politiken.
«Chiamava una volta ogni tanto, chiedendo se poteva passare con una bottiglia di vino. Se mi andava bene, a volte dicevo di sì. È durata due anni e mezzo.»
Alla domanda se fosse innamorata di lui, ride.
«No, mai. Aveva quel fascino speciale, quel calore, tutto qui. E mi faceva sentire desiderata. Il sesso gli piaceva

da pazzi, ma non in senso viscido. Era sempre gradevole, anche se non proprio il tipo con cui sarei rimasta a chiacchierare per molto. Il nostro rapporto non era abbastanza profondo.»

«Come mai?»

«Non era abbastanza interessante. Lui non aveva granché da dire, sulla maggior parte degli argomenti. Per carità, anche questo può essere piacevole, per cambiare. In realtà ci ho provato, una ci prova sempre, ma la conversazione si arenava quasi subito. E quando si sforzava era peggio. In fondo mi dispiaceva vederlo in difficoltà, perciò lasciavo stare.»

«Quindi cosa c'era tra voi?»

«Sesso. Telefonava la sera tardi e diceva: "Susan, dormivi?", oppure: "Dove sei stata per tutta la mia vita?" Era tutta una posa, naturalmente, ma la sua voce mi faceva sciogliere. È molto triste che sia morto, ma non avrei mai voluto una storia con lui. Era un intermezzo, e credo lo sapesse. O forse no. Forse non lo sapeva. In ogni caso, non abbiamo mai preso in considerazione che potesse esserci qualcosa di più, tra noi. Non ho mai raccontato a nessuno di lui, non mi è mai venuto in mente.»

Sten non aveva mai detto niente che lei potesse collegare con l'omicidio. L'ultima volta che si erano visti risaliva a quattro mesi prima.

Sissel Grabowski, 54 anni, professoressa di liceo. S'incontrano facendo la fila all'Ufficio stranieri. Lui deve ritirare i documenti per alcuni collaboratori, lei per il genero afgano. Si frequentano per un anno e mezzo.

«Era un amante molto tenero. Mi massaggiava, tra le altre cose. Era molto bravo, dolce e premuroso. Mi faceva sentire apprezzata. Sono davvero dispiaciuta di sentire che è morto. Quando pronunciava il mio nome...»

Axel si arrese. Guardò le foto delle donne. Non si poteva dire che a Sten Høeck piacesse un tipo preciso. La prima era truccata, ossigenata e un po' troppo abbronzata per la stagione; la seconda era decisamente bella, capelli color mogano e occhi brillanti di un azzurro tendente al grigio. La terza era una signora ben curata, minuta ed elegante, e doveva avere una quindicina d'anni in più di Sten. Axel sfogliò altre sei schede, notando differenze di aspetto, età, professione, abitudini sessuali e modalità dell'incontro. Aveva voglia di riascoltare le registrazioni, solo i punti in cui le donne parlavano del modo in cui Sten pronunciava il loro nome. Si alzò dalla scrivania e andò al piccolo lavandino in un angolo dell'ufficio, poi si guardò negli occhi allo specchio. Sorrise con il sorriso più affascinante che gli veniva, sollevò il sopracciglio e pronunciò il nome della sua fidanzata. Lo ripeté diverse volte, finché non vide la faccia di Vicki sulla porta, con occhi e bocca spalancati per la sorpresa. Axel se l'era cercata. Gli uffici erano disposti in fila e tutti collegati tra loro, e a meno che la porta non fosse chiusa la gente si sentiva autorizzata a entrare, di comune accordo. E quel giorno la porta era socchiusa.

«Ti eserciti per un'occasione particolare?»

Lui si grattò la testa.

«Be'... devo ammettere che non ho capito molto di Sten Høeck leggendo i vostri interrogatori.» Si accorse subito che Vicki l'aveva preso come un rimprovero. «Ma mi ha colpito molto questa cosa dei nomi, e mi è venuta voglia di provare. Perciò hai ragione: potremmo dire che mi sto esercitando.»

Vicki sorrise.

«Susan» disse poi a sua volta, con voce profonda e carezzevole. «Lene. Sissel.»

«Devi lavorarci un po' anche tu» commentò Axel.

«Più tardi, magari. Ci sono novità su Sten e le sue donne.»

Axel raggiunse con Vicki la sala riunioni, dove non c'era più una sedia libera. La prima faccia che vide fu quella di John Darling, un tempo suo collega e capo, e accanto a lui c'era quella di Khalid; dall'altra parte, Josephsen al fianco di BB. C'erano dodici colleghi della sezione, il vicedirettore della polizia, un addetto stampa e due segretarie. Quando entrò, si girarono tutti verso di lui, che chiese a Vicki di seguirlo all'altro capo del tavolo e, prima di sedersi, salutò con un cenno del capo.

«Benvenuti. Oggi abbiamo ospiti dal Pet. John Darling, che, come molti di voi ricorderanno, era un investigatore di questa sezione fino a sei mesi fa, prima che il Pet ce lo rubasse. Con lui c'è Khalid Taleb, che coadiuva le indagini sull'omicidio e fa in modo che tutte le informazioni sensibili e classificate come segrete siano trattate in modo corretto. Inoltre, cura tutti gli aspetti dell'indagine che hanno a che fare con il Pet. Perciò, se avete domande o altro a questo proposito rivolgetevi direttamente a lui. Prima che ci mettiamo al lavoro vorrei dire qualche parola, a meno che qualcun altro abbia voglia di farlo.»

Guardò il vicedirettore della polizia, che scosse la testa, poi Josephsen, che gli rivolse un sorriso acido, rendendosi conto di avere appena perso l'occasione di pronunciare un discorsetto paternalistico alla presenza di uno dei capi supremi.

Axel li scrutò a uno a uno, aspettando che il silenzio facesse il suo effetto.

«Sten Høeck era un nostro collega, un tempo. Le informazioni sulla sua vita sessuale che emergeranno nel corso di questa riunione potranno far sorridere qualcuno, ma ricordate che potrebbe trattarsi di uno di noi. Chiunque si troverebbe in una posizione scomoda, sotto la luce fredda di un'indagine. Sten potrebbe essere stato ucciso a causa della sua vita sessuale, del suo lavoro nel settore dei trasporti marittimi o per altri motivi, ma non si può escludere che qualcuno gli abbia tolto la vita per questioni riguardanti il tempo in cui lavorava al Pet. Per aver fatto le cose che ciascuno di voi fa ogni giorno, perché era un poliziotto. Ricordatelo. Tutti corriamo dei rischi. E quelli che hanno pagato il loro impegno con la vita meritano che gli rendiamo piena giustizia, e arrestiamo i bastardi che li hanno assassinati. Grazie.»

Sapeva che quelle parole avrebbero avuto un peso diverso, se le avesse pronunciate chiunque altro dei presenti nella sala. Perché lui era Axel Steen, lo sbirro che era tornato dal regno dei morti. Guardando le facce che aveva intorno capì di aver colpito nel segno. Sten Høeck era stato uno dei loro, e questo rendeva la sua morte più vicina. Ognuna delle persone a quel tavolo stava pensando la stessa cosa: Poteva capitare a me? Mi capiterà, un giorno?

Axel continuò descrivendo per sommi capi la scena del crimine e riferendo degli interrogatori condotti fino a quel momento. Poi diede la parola a Vicki. Non era consuetudine che un'assistente di polizia come lei conducesse una parte della riunione, ma era la migliore, autonoma e dotata di un naturale scetticismo nei confronti dell'autorità. Inoltre, era la collega di cui Axel si fidava di più. Trent'anni, bassa e massiccia senza essere grassa, le guance rosse come mele e occhi scuri e ravvicinati che gli ricordavano quelli di uno scoiattolo, i capelli ricci legati con un elastico. Si alzò in piedi guardando i suoi appunti.

«Stiamo completando la schedatura delle sue conoscenze. Finora abbiamo interrogato nove donne con cui ha avuto una relazione negli ultimi dieci anni, e ne abbiamo identificate altre venti. Ma è possibile che il numero cresca quando avremo una visione completa dei suoi movimenti su vari siti internet.»

Si levarono fischi e mormorii, nonostante il richiamo di Axel. Perfino il suo capo partecipò ai commenti ma, quando vide il vicedirettore della polizia sollevare le sopracciglia e alzare gli occhi al cielo, scoppiò in una risatina da liceale. Axel li ignorò.

«La domanda principale è ovviamente questa: siamo davanti a un delitto di gelosia? È stata una di queste donne? È stato un marito o un fidanzato? Dai primi interrogatori non sembra, e non è questa la nostra pista principale, per il momento. L'elenco delle chiamate prova che ieri sera, tra le 18.30 e le 21.30, Høeck ha parlato con quattro persone diverse. Due di loro hanno un numero segreto; le altre due sono donne, e le abbiamo già convocate.»

Mentre Vicki parlava, Axel si alzò e scrisse su una lavagna bianca: "Moventi principali: sesso / dating / gelosia." Poi disse: «È un'ipotesi evidente. Confutata però da un dettaglio essenziale, che le persone presenti sulla scena del crimine avranno notato: le proporzioni fisiche. Sten Høeck non può essere stato ammazzato da una persona più piccola di lui, dev'essere stato qualcuno alto almeno quanto me e decisamente più muscoloso. Perciò dubito che l'omicidio sia stato commesso da una donna, anche se non si può escludere che sia stata una donna ad averlo causato.»

Axel si voltò verso Bjarne, chiedendogli di esporre i risultati provvisori delle ricerche sul posto di lavoro di Sten Høeck.

«Sì, in ogni caso metteremo anche quelli in bacheca. È venuto fuori che in realtà Sten Høeck non aveva nessun lavoro. Era stato congedato dalla Mærsk due mesi e mezzo fa. Abbiamo cercato di conoscerne il motivo, ma non hanno voluto dircelo, per paura che possa uscire sui media. Ora la trattativa è in mano ai nostri superiori, che faranno pressione sulla direzione della compagnia.»

«Che impressione vi siete fatti, riguardo al movente?» domandò Axel, mentre scriveva sulla lavagna il nome della società di trasporto, seguito dalla parola "licenziamento".

«Se vuoi la mia opinione, ha messo il pisello dove non avrebbe dovuto.»

«La volevo, infatti, e l'ho avuta. Si basa su qualche elemento concreto?»

«No, è solo la mia ipotesi. Ha sempre incasinato tutto quello che toccava, e la Mærsk non poteva gradire.»

«E i suoi casi? Come mi ha spiegato il collega, Khalid, è facile che il responsabile della sicurezza di una società di trasporto marittimo metta il naso un po' ovunque.»

«Ci sono state storie di ricatti, spionaggio industriale, rapimenti e riscatti. E Sten è stato coinvolto in tutte queste cose. Sono tutti argomenti sensibili per la compagnia, ma proveremo a farcene un'idea. Ho chiesto di essere informato sui casi di minacce e ricatti. Hanno promesso di raccogliere il materiale per domani» disse Bjarne.

Axel annotò gli argomenti citati sulla lavagna bianca.

«Se non vogliono darci le informazioni di cui abbiamo bisogno, suppongo che dovremo minacciare perquisizioni e cose del genere, no?» domandò poi al vicedirettore della polizia, un mellifluo giurista che rispose, annuendo: «In ultima istanza sì, ma sarebbe meglio non arrivare a quel punto.»

I vostri soliti, schifosi riguardi, pensò Axel; poi disse: «Okay, potrebbe essere un fatto personale. Sten Høeck era affascinante e benvoluto da tutti, ma non potrebbe avere pestato i piedi a qualcuno? Cosa sappiamo delle sue condizioni economiche, Bjarne?»

«Abbiamo trovato buste paga ed estratti conto bancari. Sten Høeck era benestante, lo stipendio della compagnia era alto, e da quando era stato licenziato lavorava come consulente per la sicurezza. Molto meglio di uno stipendio da sbirro, ve lo posso assicurare.»

Axel scrisse sulla lavagna: "conti in sospeso, inimicizie, conflitti", e poi: "economia".

«C'è un'altra cosa a cui vorrei che pensaste. Sten Høeck

ha avuto una colluttazione con il suo assassino. È stato sconfitto pur essendo in ottima forma, con parecchi anni di esperienza in diverse arti marziali. Non sappiamo ancora se sia stato narcotizzato, il che spiegherebbe qualcosa, ma sappiamo che gli hanno tagliato le palpebre prima che morisse. Per quale motivo? Si accettano tutte le congetture. Ma prima che le formuliate vorrei dire» – qui guardò negli occhi Darling e Khalid – «che questo dettaglio, insieme al fatto che gli hanno quasi mozzato la testa, ci riporta verso l'ipotesi terroristica e verso il periodo del suo servizio nell'antispionaggio: tortura, vendetta, esecuzioni. Se doveste scoprire qualcosa in questo senso, dovrete riferire a Khalid e a me. Copriamo questa parte dell'indagine nello spirito di una collaborazione aperta e positiva.»

Guardò le facce dei presenti: molti avevano un'aria perplessa. Tutti conoscevano gli scontri che Axel aveva avuto con il Pet in anni recenti.

Il suo sguardo si fermò su Khalid. Era arrivato il momento di scoprire le carte e svelare quello che gli aveva raccontato un ex collega, quando gli aveva telefonato per avere delle informazioni generali su Sten Høeck.

«Sten Høeck aveva partecipato alle più importanti operazioni di antiterrorismo di questo decennio. Aveva guidato squadre di osservatori, diretto tutta la sorveglianza e lavorava personalmente sul campo. Il movente dell'omicidio potrebbe essere qualcosa che aveva visto o sentito? La testimonianza in un processo? Dobbiamo scoprirlo. E se venite a sapere qualcosa, anche quella che vi sembra meno importante, fate subito rapporto.»

Khalid sembrava sorpreso. Axel scrisse la parola "terrorismo" e poi guardò il patchwork di moventi sulla lavagna: per un motivo o per l'altro, era molto lontano dal credere che il movente vero si trovasse lì. Poi Vicki diede inizio al brainstorming sulle palpebre tagliate. Axel le disse di annotare le cose più importanti e si ritirò, seguito da

Darling, dal capo della omicidi, da Khalid e dal vicedirettore della polizia.

«Possiamo parlare un momento?» domandò quando la porta della sala riunioni si fu richiusa dietro le loro spalle. Il vecchio Axel Steen sarebbe fuggito a cento all'ora, ma quello nuovo rimase, pronto ad accogliere le possibili critiche.

«Bel discorsetto, Axel» disse Darling.

Il vicedirettore della polizia annuì. E diede ad Axel una pacca sulle spalle.

«Se avessi saputo che avevi questi talenti, ti avrei assunto come autore» disse.

Josephsen si limitò a un sorriso maligno.

«Grazie» rispose Axel guardando il vicedirettore. Si sentiva in una posizione di forza: aveva dimostrato a tutti che il vecchio Axel Steen, con le sue stranezze, apparteneva al passato, e che quello nuovo sapeva delegare molto più di quanto si aspettassero.

«Tra un'ora BB e io incontreremo Lennart per una ricostruzione della scena del crimine, dopodiché per quanto mi riguarda la giornata è finita. Stasera ho mia figlia, ma seguirò gli sviluppi da lontano, e Vicki si occuperà di tutto il resto.»

«Posso occuparmene anch'io» disse il capo della omicidi con falsa umiltà e un inedito spirito di collaborazione. «Se ce n'è bisogno ti copro io, Axel.»

Axel represse l'impulso di mollargli un ceffone sonoro.

«Sono sicuro che il caso è in ottime mani, con Axel» disse il vicedirettore della polizia.

20
2007

Anwar non andò direttamente a casa. Si confuse nella moltitudine che affollava la stazione di Nørreport e ricomparve a Nørrebro solo due ore dopo, quando raggiunse il fratello nell'appartamento di Kapelvej.

Non era un buon inizio, e fu convocata una riunione d'emergenza. Henriette ebbe un breve scambio con Sten Høeck e la squadra di osservatori che aveva perso Anwar a Nørreport.

«Un paki color nocciola con una valigia enorme, e ve lo fate scappare da sotto il naso!» urlò Sten fuori di sé. «Vi sollevo dall'indagine.»

Henriette aveva annuito, dandogli degli idioti che meritavano di essere licenziati, e li aveva avvertiti di prepararsi a un ricollocamento, non certo verso l'alto.

Ora era seduta nell'ufficio di Jens Jessen, sforzandosi di non rosicchiarsi le unghie. Il silenzio si tagliava con il coltello. Henriette aspettava che Jens alzasse gli occhi dalla tastiera. Per e Sten erano collegati rispettivamente dalla sala operativa e da un'auto in strada.

Guardò Jens. Ammirava il suo modo di esercitare il potere senza mai alzare la voce, sempre tranquillo, misurato e concreto, in un modo che faceva sembrare perfino più violente le decisioni anche brutali che prendeva a volte. Era tutto tranne che un rammollito, al contrario di molti altri giuristi che Henriette aveva conosciuto al Pet: quanto più una conversazione era sgradevole, tanto più lui era diretto, guardava negli occhi e si rivolgeva con tutto il corpo all'interlocutore; non aveva paura di ascoltare la versione della vittima, e il suo giudizio era sempre inesorabile. Nemmeno stavolta si perse in convenevoli.

«C'era un terzo uomo?»

Era l'eventualità che entrambi avevano immaginato. E la conclusione cui era arrivata Henriette, dopo i fatti dell'aeroporto, era che fosse molto probabile, ma lo tenne per sé.

«Pare di no. Abbiamo passato al setaccio tutte le bande» disse Sten Høeck dal suo schermo.

Jens guardò Henriette: era evidente che aspettava la sua analisi dei fatti.

«Stiamo controllando la lista dei passeggeri. Oltre ai nostri due uomini ce n'erano centottantanove.»

«E...?»

«Anwar e Shakir erano gli unici mediorientali. Stiamo verificando l'identità di tutti, anche se non sarà facile. Per il momento siamo a quota sessantanove, e non abbiamo nessun sospetto.»

Jens Jessen chiuse gli occhi e, quando li riaprì, la fissò intensamente.

«Vi escludo un momento, rimanete in linea» disse, spegnendo gli schermi di Sten e di Per.

«Ne abbiamo già parlato, Henriette: è una parte decisiva dell'operazione individuare l'esistenza di altri contatti o complici. Qual è la tua ipotesi?»

«Io dico che tutte queste manovre possono essere un tentativo di capire se sono sorvegliati.»

«Ma sono fallite, no?»

«Sono fallite per quanto riguarda i fratelli. Ma, se c'è un terzo uomo, può darsi che lui ci abbia scoperti.»

«Perché avrebbe controllato se qualcuno seguiva i fratelli?»

«Sì.»

«Tu che idea ti sei fatta?»

«Che un terzo uomo potrebbe essere salito sull'aereo a Francoforte. Potrebbe essere il loro capo, o un collaboratore. Se ha un ruolo importante nell'organizzazione, di certo ha viaggiato con un passaporto falso, oppure è un bianco. A noi del tutto sconosciuto. Forse in questo potrebbero aiutarci gli americani.»

Jessen ignorò l'ultima frase.

Riaprì il collegamento con Sten e Per.

«Avete qualche spiegazione geniale su quello che potrebbe essere successo?»

«Forse sono stati avvertiti? Qualcuno li ha informati che saremmo stati sul posto? Questo spiegherebbe il loro comportamento» disse Per.

Jens Jessen annuì, ma aveva un'aria tutt'altro che soddisfatta. La pelle intorno agli occhi vibrava. Era in arrivo qualcuno dei suoi soliti tic?

«Spero per voi che non sia così» ribatté.

«Secondo me è un'ipotesi inconsistente» intervenne Sten Høeck.

Jens Jessen fissò lo schermo con una lieve irritazione.

«Perché?»

«Se questi due ragazzi, che non hanno mai fatto parte di nessuna delle cerchie islamiche conosciute, sono stati in un campo di addestramento di Al Qaida in Pakistan, per loro è decisivo rimanere nascosti.»

Per s'intromise, e Henriette ebbe l'impressione che tutto quello che poteva aspettarsi dai due colleghi era una spiegazione ben studiata del perché tutto in realtà fosse perfettamente okay.

«Nella prima pagina del manuale della guerra santa c'è scritto di non farsi notare e di sparire nella folla. Questi due tornano a casa per la loro grande missione e qual è la prima cosa che fanno? Giocano al gatto e al topo con noi per vedere se gli andiamo dietro.»

Jens Jessen lo interruppe.

«Ma noi non gli siamo andati dietro.»

«Invece sì, Jens» disse Sten Høeck, «e ora devi decidere che cosa vuoi. Né Per né io abbiamo avuto molte informazioni sugli obiettivi, ma Henriette dice che è essenziale che i due fratelli non si rendano conto di essere osservati. Perciò ci ha chiesto più volte di stare indietro, all'aeroporto e dopo. Possiamo seguirli facilmente, se non vogliamo che ci sfuggano, ma il rischio che ci scoprano è grande.»

La parola passò a Per, infervorato dall'analisi che lui e Sten avevano costruito insieme.

«È abbastanza evidente: sono seduti ai loro posti sull'aereo, raggiungono il nastro dei bagagli ognuno per conto suo, parlano con gli altri passeggeri, hanno un'aria strana mentre aspettano le valigie, per non parlare del fatto che vanno a casa separatamente. È un test, un tentativo di scoprire se gli stiamo addosso.»

«E non l'hanno scoperto. Grazie a Henriette» disse Sten Høeck.

Jens Jessen sbatté le palpebre quattro volte in rapida successione.

«Bene, dimentichiamoci per un momento che li avete persi. Spero che abbiate ragione, quando vi confermate a vicenda di aver fatto un buon lavoro. Ma devo ricordarvi che questa operazione – oltre a essere top secret – è molto, molto importante. Non occorre che copriate le reciproche mancanze e vi facciate i complimenti per quelli che sono errori grossolani.»

«Nessuno sta facendo una cosa del genere» protestò Henriette a bassa voce, sperando di non provocarlo. Alla fine del discorso Jens Jessen aveva alzato un po' la sua, cosa che faceva davvero di rado.

«C'è altro?» domandò lui.

«No.»

Jens Jessen ringraziò e chiuse il collegamento con Sten e Per.

«Ho bisogno di scambiare ancora due parole con te» disse Henriette.

«Sì?»

«Non potremmo chiedere agli americani di darci una mano con le liste dei passeggeri?»

Lui la guardò come se volesse farla sparire, e lei si fece piccola per avere osato tanto.

«Le stanno già guardando, Henriette, e sono abbastanza certo che sono molto più avanti di voi.»

Lei rimase di sasso. Non si aspettava che fossero coinvolti tanto direttamente in un'operazione sul territorio danese, al punto da condurre un'indagine parallela.

Sembrava che Jens Jessen le avesse letto nel pensiero.

«Consideralo come un aiuto da parte di una nazione alleata.»

«Allora perché sprechiamo tempo?» domandò ostinata, anche se conosceva già la risposta.

«Perché questa è un'operazione danese. Solo io sono a conoscenza della collaborazione degli americani. E ora anche tu.»

21
2011

Prima dell'incontro con Lennart e BB sul luogo dell'omicidio, Axel passò a casa, nell'appartamento di Dovregade. Si cambiò e mise un po' in ordine, un'impresa che gli sembrava possibile, trattandosi di due sole stanze. Abitava lì da un anno e mezzo, e Amager cominciava a entrargli un po' nel cuore, dopo vent'anni di Nørrebro. L'Isola, come qualcuno la chiamava ancora, era una specie di città a sé, ora in pieno sviluppo e con tutte le difficoltà della crescita. Ørestad, sul lato occidentale, era un corpo estraneo futuristico e non la vera Amager, che somigliava ancora a una cittadina di provincia dello Jylland, piena di tipi originali, operai, funzionari e gente di vari strati della classe media, completamente priva delle caratteristiche di società dell'*entertaining* per persone con troppi soldi e troppo tempo libero in cui il resto di Copenaghen si era ormai trasformato. Amagerbrogade era plebea e rétro senza saperlo, e la sua criminalità era quella dei bei tempi andati. Lì le bande d'immigrati non avevano ancora preso piede: l'isola, dal bosco di Kongelund fino a Christianshavn, era ancora territorio dei rocker.

La casa in cui abitava Axel risaliva agli anni Quaranta e avrebbe avuto bisogno di una mano caritatevole. Era circondata da pensionati, studenti, immigrati e beneficiari di sussidi statali; proprio dietro l'angolo c'era un grande cantiere e più giù, sulla stessa strada, si trovava Sundholm, il più grande ostello per persone senza fissa dimora della città. Sul lato opposto, a trecento metri di distanza, spiccava Eberts Villaby con i suoi caratteristici edifici della fine del Diciannovesimo secolo, come se un pezzettino di Hellerup si fosse smarrito nel cuore dell'"isola della merda", altro nome con cui il quartiere era conosciuto. Amager era così, popolata da gente di ogni tipo, senza un piano preciso, il che aveva un piacevole effetto liberatorio.

Axel prese l'auto per tornare al Numero 8. La pioggia aveva lasciato il posto a un cumulo di nubi color piombo, che pesavano gigantesche sull'orizzonte. Si lasciò inghiottire un'altra volta dai cubi di pietra e dalle facciate vitree di Ørestad, prive di ogni forma morbida, organica. Superò il centro commerciale Field's e il silo nero delle industrie farmaceutiche Ferring, oltre il quale il viale saliva e scavalcava l'autostrada per la Svezia. Altri cantieri in vari stadi di realizzazione, poi il paesaggio si apriva di nuovo, scoprendo all'orizzonte il Numero 8. Axel parcheggiò davanti al caffè e ignorò un cartello secondo il quale le scale erano riservate agli abitanti del complesso. Poi affrontò i centosessantuno gradini e, anche se nell'ultimo tratto sentiva la gamba cedere un po', non era neppure tanto affannato quando arrivò in cima. Il vento soffiava forte. Axel lanciò un'occhiata nervosa alla distesa verde e marrone dei campi e agli specchi d'acqua proprio sotto di lui, che lo tentavano con la loro promessa di pace e oblio eterno. Si affrettò a entrare nell'attico e salì al piano di sopra, dove BB e Lennart lo aspettavano in tuta bianca. Lo sguardo dello Svedese lo trapassò, facendolo sentire un tossico e un impostore.

«Sei pronto, Axel?» domandò.

«Sì.»

«Bene, ho qualcosa per te.»

Il corpo era stato rimosso, ma la pozza di sangue, l'odore e la confusione erano sufficienti perché Axel si rivedesse continuamente davanti lo sguardo vuoto e disperato di Sten. Quegli occhi troppo grandi senza palpebre. Lennart prese la parola.

«La mia ipotesi è che sia stato colpito alla testa con una bottiglia; si è spento come una candela.»

«E come si giustificano le impronte sulla scala?»

«Sono state lasciate da gente che ha camminato nel sangue: la vicina, Ingela Gudmundsson, James Craw, dell'amministrazione del condominio, l'assassino e anche tu. Non ci sono segni di colluttazione al piano di sotto e nemmeno sulla scala, perciò sono d'accordo con Lennart che tutto si è svolto quassù» disse BB.

«Ma se il colpo lo ha reso incosciente, come spieghi le lesioni da difesa sulle mani e le ferite al viso?» domandò Axel.

«Calma, Axel, ci arrivo. L'orecchio distrutto, il graffio sulla fronte e il grosso ematoma proprio sopra l'orecchio si spiegano benissimo. L'assassino l'ha colpito a morte con la bottiglia – abbiamo trovato dei capelli tra i cocci – e poi di nuovo con la bottiglia rotta, procurandogli le ferite sull'orecchio e sul viso.»

«Ma Sten Høeck non era il tipo d'uomo che si sarebbe fatto annientare da una bottiglia.»

«No, ma abbiamo controllato, e stimerei che il colpo è arrivato da dietro, mentre Sten era accovacciato o seduto e perciò impreparato. Inoltre, nel suo stomaco abbiamo trovato una quantità considerevole di vino rosso: non saprei dire precisamente quanto, ma di sicuro aveva bevuto un bel po'.»

Axel aveva una serie di obiezioni, ma Lennart lo zittì.

«Un po' di pazienza, Axel. Questa dinamica spiega com'è stato messo fuori combattimento, ma tutto fa pensare che si sia risvegliato, forse già parzialmente legato, e a quel punto abbia subito altre violenze. L'assassino ha usato un coltello, il che spiega i tagli sulle mani e sulle dita, e forse Sten è svenuto di nuovo o si è sentito male a causa del colpo in testa. In ogni caso, il suo avversario è riuscito a legarlo alla sedia, lo ha ferito e picchiato ripetutamente, sulla testa e sul resto del corpo, poi gli ha bloccato la testa e asportato le palpebre – ha usato un paio di forbici e fatto diversi tentativi, come si vede dai bordi della ferita, che sono un po' dentellati – e alla fine gli ha tagliato la gola.»

«Com'è possibile tagliare le palpebre a una persona senza ferirla in altre parti del viso?»

«BB e io abbiamo trovato tracce di nastro adesivo in vari punti del viso: concluderei che fosse impossibilitato a muoversi. È stato tutto molto brutale. Ma volevano solo tagliargli le palpebre o anche costringerlo a guardare qualcosa?»

«Tu che ne pensi, BB?»

BB si avvicinò al tavolo da pranzo, che era davanti alla sedia su cui avevano trovato Sten Høeck. «Le tracce di sangue ci dicono che durante l'aggressione il computer portatile era qui sopra, ma quando siamo arrivati l'abbiamo trovato laggiù» disse, indicando una scrivania in un angolo della stanza. «Per me significa che ha la priorità assoluta. Anche per questo ero contrario all'idea di consegnarlo al tuo nuovo amico del Pet. L'assassino ha fatto vedere qualcosa a Sten Høeck. Prima di ucciderlo.»

«E tu credi che gli abbia tagliato le palpebre per impedirgli di chiudere gli occhi?»

«È una possibilità.»

«Ce ne sarebbe anche un'altra» disse Axel.

I due uomini lo guardarono interrogativi.

«L'assassino potrebbe aver filmato Sten Høeck mentre moriva.»

22
2011

A Emma non piaceva l'uomo della soffitta. La mamma diceva che doveva stare da loro perché non si potevano permettere di tenersi tutta la casa, dopo che Jens era andato via.

Il primo giorno era venuto giù in salotto. Si era seduto sul pavimento, aveva preso in mano le automobiline di Anton a una a una e gli aveva domandato quali erano. Emma aveva capito benissimo che faceva finta. Quando aveva domandato anche a lei con che cosa giocava, lei gli aveva risposto che non giocava più.

«Gli piacciono i bambini» diceva la mamma. Ma non era vero. Non gli piacevano i bambini, gli piaceva solo Anton. Facevano un gioco dove Anton si doveva nascondere in una scatola di cartone. Stava lì dentro e guardava dal buco della maniglia, e aspettava di essere trovato. Quando diceva «cucù», l'uomo della soffitta arrivava e lo trovava, e Anton rideva come un matto.

Era stato Anton a battezzarlo "l'uomo della soffitta", perché abitava nella stanza sotto il tetto, poi la mamma l'aveva ripetuto e allora avevano continuato a chiamarlo così, anche se in realtà si chiamava Thomas.

La mamma diceva che l'uomo della soffitta non sarebbe stato quasi mai a casa, e perciò andava bene per loro. Aveva anche detto che era simpatico, con quel tono che voleva dire che Emma doveva essere d'accordo con lei.

Ma Emma non sapeva se poteva fidarsi della mamma.

23
2011

Tornò a casa e parcheggiò la macchina. Prese la bicicletta e pedalò verso il centro, passando per Amagerbrogade. Il tempo era completamente cambiato, il cielo era azzurro e limpido e l'estate appena nata si percepiva ovunque, luminosa e leggera. Si mescolava con il traffico indolente del pomeriggio e dava alla città un'aria frenetica e seducente, di libertà, come una droga che gli faceva esplodere i sensi.

Il vento lo spingeva come una mano invisibile per Amager, passò i bastioni e Christianshavns Torv, che pullulava di turisti interessati a Christiania e faceva pensare a un posacenere stracolmo; superò il ponte, Indre By e Kongens Have, dove il verde degli alberi risaltava contro il cielo azzurro e l'aria era tiepida e dolce. Nørreport gli venne incontro come uno shock, con il veleno caldo degli scappamenti, i motori diesel degli autobus che, a ogni cambio di marcia, emettevano bramiti meccanici dal profondo dei grandi corpi gialli e i nugoli di ciclisti che attraversavano l'estate, in un vorticare di ruote. Axel provò il desiderio di unirsi a loro, diventare parte di un movimento unico, senza pensare alla meta. Scivolò verso i laghi e affrontò il ponte, dimenticando per un attimo che Nørrebro era un capitolo chiuso per lui, che doveva andare da Emma, che il suo corpo era una membrana bucherellata che faceva male al più piccolo movimento, e che la sua vita non era più come una zattera alla deriva, portata dalla corrente. Si fermò a metà del ponte Dronning Louise, girò la bici e pedalò lungo il lago, un po' sorpreso da quel desiderio intenso e improvviso di mollare tutto e scomparire nella città.

Quando arrivò a Kartoffelrækker e fece passare a fatica la gamba malata oltre la canna della bici, fu accolto da un bambino che gli corse incontro dal giardinetto davanti alla casa. Non era figlio suo. Anton, il bambino di due anni che gli si buttò tra le braccia, era figlio di Jens Jessen, direttore operativo del Pet ed ex capo di Axel, nonché ex compagno della donna da cui Axel aveva avuto una figlia, Emma, e che l'aveva poi lasciato per mettersi con lui. Ma tutto questo apparteneva al passato, e Anton non ne sapeva niente. Nascose la testina nel collo di Axel, chiamandolo: «Acchel, Acchel, Acchel!»

Sentendo dietro di sé un rumore di pneumatici sull'asfalto, il motore di un'auto che si spegneva e una portiera che sbatteva, Axel si girò, trovandosi faccia a faccia con il padre di Anton, che non vedeva da mesi. Jens Jessen gli venne incontro con aria un po' impacciata.

«Hai in braccio il bambino sbagliato» esordì, con un tono un po' troppo freddo per essere simpatico.

Axel mise giù Anton, ma lui non diede segno di voler correre dal padre.

«Vieni qui, Anton, lascia tranquillo Axel» disse Jens, inginocchiandosi e allargando le braccia.

Anton andò da lui. Jens Jessen guardò Axel.

«Eri venuto a prendere Emma, o...» gli sfuggì di bocca, con sorpresa di entrambi. Tanto valeva domandare esplicitamente se Axel e Cecilie fossero tornati insieme.

«Sì.»

Axel si voltò, bussò alla porta e l'aprì. Fino a un anno e mezzo fa quella era anche casa di Jens Jessen, e Axel sapeva che per lui non era facile tornare lì, adesso. Si affacciò in soggiorno. Vide sua figlia seduta al tavolo a disegnare e sentì Cecilie indaffarata in cucina. Un tempo era stato il suo sogno più grande, tornare a tutto questo dopo una giornata di lavoro, vederle lì e sapere che aspettavano lui. Ma quel sogno era svanito. Appese la giacca nell'ingresso, si sfilò le scarpe e si avvicinò alle spalle di Emma, quatto quatto.

Cecilie lo vide. Per un attimo, prima di mettere le mani sugli occhi della figlia, Axel ritrovò lo sguardo che aveva notato la prima volta che l'aveva incontrata: la goccia d'oro nell'iride bruna, il leggero strabismo che trasformava il desiderio in qualcosa di contorto, sconcertante e meraviglioso. La pienezza delle labbra...

«Papà» gridò Emma.

Axel lasciò andare le mani, la tirò su e la strinse a sé. Lei gli diede un bacio.

«Mi sei mancata» le disse Axel.

«Ho un coniglio» annunciò Emma. «Si chiama Ciuffo, lo vuoi vedere?»

«Ciao, voi due; volete bere qualcosa? Caffè, vino?» disse Cecilie. L'invito era rivolto anche a Jens Jessen, che era entrato dietro Axel e sembrava a disagio. Il suo sguardo vagava inquieto, e sulle labbra gli uscì un sorriso forzato e timido, come se non volesse rispondere prima che Axel avesse dichiarato se intendeva rimanere o no.

«Ho appena preso il caffè, grazie» disse Axel. Voleva portarsi via Emma al più presto.

Anche Jens Jessen rifiutò con cortesia, quasi senza guardare Cecilie negli occhi, notò Axel. Le domandò se aveva preparato la borsa di Anton, e lei andò in corridoio e gliela indicò. Axel non riuscì a fare a meno di osservarli. Parlando, Cecilie guardava Jens negli occhi, mentre lui la evitava e quasi si rattrappiva. Nell'atteggiamento di entrambi Axel scorgeva i resti della confidenza che c'era stata tra loro, ma anche la distanza, l'angoscia, il dolore e la sottomissione. Per la prima volta la cosa lo lasciò del tutto indifferente. Jens Jessen gli urlò «Ciao» e sparì oltre la porta, con suo figlio in braccio.

«Sei pronta?» domandò Axel a Emma.

«No, non voglio venire» rispose lei.

«Smettila, Emma! Sono due giorni che non parli d'altro che di andare a mangiare la bistecca con papà, e ora che è arrivato...» disse Cecilie, poi guardò Axel. «Devo uscire solo tra mezz'ora. Se vuoi sederti e rilassarti un po', in attesa che torni la calma... Tesoro, fagli vedere il coniglio!»

«Sì, papà deve vedere Ciuffo.»

Axel osservò Emma, poi Cecilie, poi di nuovo la figlia. Trent'anni di differenza, stesso sguardo. Entrambe aspettavano che lui dicesse qualcosa.

Si mise a sedere.

«Okay, vediamo questo coniglio e dopo andiamo» disse a Emma. Si rialzò e sorrise a Cecilie. «Non occorre che tu lo faccia per me» sembravano dire gli occhi della donna. E come tante altre volte, Axel pensò che erano come un sole che continuava a scomparire dietro una coltre di nuvole nere.

«Come va con Jens e Anton?» domandò poi, pentendosene subito.

«Lui vorrebbe che tornassimo insieme. Io no. Gliel'ho spiegato in ogni modo. Sempre con calma, s'intende.»

Axel si chinò e cominciò ad allacciarsi le scarpe.

«Continua a pensare, sì, hai capito... *that we are getting back together.*»

«Di che state parlando?» domandò Emma.

«*You and me*» disse Cecilie, nel caso Axel non avesse afferrato. Lui continuò a stare chinato sulle scarpe, per evitare di guardarla negli occhi.

«Di niente, tesoro, sono solo chiacchiere tra adulti. Non dovevi fare vedere il coniglio a papà?»

Tutt'a un tratto, Axel si sentì felice che quel coniglio esistesse, e che Emma lo prendesse per mano trascinandolo verso il giardinetto sul retro. Una volta fuori, Emma lo portò a una gabbia in cui si aggirava un coniglietto, annusando qua e là.

Axel notò subito che era come se il viso della figlia si spegnesse appena rimanevano soli, come se tutta la gioia che aveva accumulato svanisse. Lo sguardo della bambina era concentrato e le era spuntata una ruga sulla fronte, che accennò a sparire solo quando prese dalla gabbia il coniglietto color caffè.

«Eccolo, non è carino?»

Axel prese l'animaletto terrorizzato dalle mani di Emma e lo tenne un po' tra le sue. La pelliccia della bestiola era morbida e il corpicino caldo; gli occhi scuri roteavano in preda al panico e il cuore batteva velocissimo, troppo per un cuore sano, pensò Axel, che ebbe un flashback dei propri attacchi di panico, risalenti a ormai due anni prima.

«Perché non posso dormire da te?» domandò Emma.

«Perché devo lavorare.»

«La mamma dice che non lavori, ma che può succedere qualcosa e allora devi lavorare.»

«È vero. Devo essere sempre pronto ad andare, se telefonano.»

«Quando muore qualcuno?»

«Non necessariamente.»

«È pericoloso?»

«Nemmeno un po'.»

«Qualcuno ti perseguita?»

«No, tesoro, perché pensi una cosa del genere?»

Axel rimise il coniglio nella gabbia, chiuse lo sportellino e abbracciò Emma. Lei lo respinse e lo guardò negli occhi.

«Non morirai, vero?»

«No, Emma, non succederà niente. È tutto passato, non devi avere paura.»

«Devi anche smettere di fumare.»

«Vieni, siediti qui» disse Axel, facendo posto alla bambina su una panchina bianca da giardino. La abbracciò e le promise che avrebbe smesso. Rimasero in silenzio, lei abbandonata tra le sue braccia e lui che sperava di essere riuscito a contenere l'ansia che la tormentava da quando, due anni prima, tutti i media avevano parlato per settimane di suo padre, che aveva sfiorato la morte in uno scontro con una banda di criminali di Nørrebro. Uno scontro che lo aveva anche convinto a lasciare il quartiere, sempre per proteggere lei.

Quando tornarono in cucina, Axel domandò a Emma se era pronta per andare. La bambina annuì in silenzio, il volto ancora imbronciato. Axel sentì i tacchi di Cecilie sulle scale e poco dopo la vide entrare nella stanza. E ricordò per l'ennesima volta a che cosa aveva rinunciato. Le lentiggini sulla pelle leggermente abbronzata, le labbra piene e gli occhi che bruciavano tutto quello su cui si posavano, di sicuro lui.

«Come va con la casa? Hai deciso cosa vuoi fare?»

«Sì: resteremo qui, ho trovato un inquilino. È un ingegnere edile jyllandese sui trent'anni, molto gentile, i bambini si trovano bene con lui. In più viaggia molto, starà qui solo metà del tempo.»

Axel fece il suo sorriso di circostanza, che cercò di controllare perché non comparissero crepe.

«Be', noi andiamo. Lascio qui la bicicletta; torniamo verso le dieci, sarai a casa?»

«Sì, è solo un gruppo di lavoro, dovremmo aver finito per le nove e mezza.»

Emma abbracciò Cecilie e seguì il padre.

Sul bus che li portava in centro, Emma non disse una parola. Era una cosa abituale, stare insieme era diventato più faticoso da quando Axel non si faceva più, o forse la nuova lucidità gli faceva cogliere le sfumature. Spesso la bambina lo tormentava, fissandosi ostinata su argomenti in cui lui non voleva che entrasse, e poi gli teneva il muso per ore. Succedeva in particolare quando andava a prenderla a scuola. A volte, entrando nel cortile, la vedeva correre su e giù ridendo a crepapelle, tutta presa dal gioco. Ma appena lo vedeva il suo viso s'incupiva, come se si fosse improvvisamente sintonizzata su un'altra frequenza, in cui regnava un conflitto perenne.

Secondo Cecilie, la bambina lo metteva alla prova per accertarsi che lui ci fosse, anche se tirava la corda; verificava se poteva contare su suo padre. Ma poteva crederle? Lei, che Axel aveva lasciato definitivamente un anno prima, poteva essere un'osservatrice imparziale e obiettiva del loro rapporto? Forse no, ma Axel aveva deciso di fidarsi del suo giudizio: negli ultimi sei anni aveva passato con Emma il doppio o forse il triplo del tempo che ci aveva passato lui, ed era una buona madre.

Mangiarono in un'hamburgeria che Axel aveva scoperto a Frederiksborggade, parlando di Ciuffo, delle vacanze e della scuola. Axel osservava la figlia di nove anni. Il disegno delle lentiggini sul naso ereditato da sua madre, i grandi occhi scuri, i denti che scopriva ridendo, le labbra carnose strette intorno alla cannuccia del frappè e le guance risucchiate in dentro, il gorgoglio e l'accurata aspirazione della schiuma sul fondo del bicchiere. Una risatina soffocata. Riusciva ancora a strapparle un sorriso, di tanto in tanto, e questo lo rendeva felice.

Gli sarebbe piaciuto portare Emma a casa con sé, ma era di turno come responsabile della sezione omicidi e poteva capitare che lo chiamassero con un preavviso brevissimo. Sospettava di dovere quel privilegio al fatto che quasi tutti gli altri erano invitati alla festa in giardino di John Darling il giorno dopo, e volessero evitare di essere disturbati. A lui andava bene. L'idea di svegliare Emma nel cuore della notte e consegnarla a Cecilie per andare al lavoro gli sembrava intollerabile. Perciò la riportò a casa alle dieci. Emma era stanca, Cecilie silenziosa, e Axel uscì illeso dall'idillio minaccioso di Kartoffelrækker.

Tornò a casa in bicicletta e la parcheggiò davanti al portone. Salì le scale lentamente, sentendo delle fitte alla coscia. Il telefono suonò. Era Vicki.

«Ciao, Axel, disturbo?»

«No, sono appena tornato a casa.»

«Sto guardando le email e i documenti. C'è qualcosa che dovremmo valutare. Sten è stato licenziato per le sue storie con le donne, lo consideravano un rischio per la sicurezza della compagnia. Era stato ammonito per aver avuto rapporti con due colleghe. Gli hanno fatto presente che era incompatibile con la loro politica del personale.»

«Sì, pensi che dovremmo approfondire?»

«Stiamo controllando queste due storie, per capire se qualcuno potrebbe avercela avuta con lui. A parte questo, nel suo hard disk c'è una montagna di materiale confidenziale, proveniente da un caso di terrorismo.»

«Di che si tratta?»

«Ci sono documenti, verbali d'interrogatori, file con i video di una telecamera di sorveglianza. Migliaia di ore registrate nello stesso appartamento.»

«Li hai guardati?»

«Sì, ma non ha molto senso, se non abbiamo una data né niente di concreto.»

«Okay, c'è altro?»

«Un po' di email da colleghi del Pet, te le ho inoltrate. Ritorna il nome di Per Larsen – a quanto pare erano amici – e c'è qualcosa di poco chiaro. A un certo punto, ad esempio, Per scrive di essere andato a portare dei fiori sulla tomba, al Vestre Kirkegård. E Sten gli risponde che deve dimenticare e lasciarsi il passato alle spalle.»

«Nessun accenno a chi fosse il morto?»

«No, ma possiamo domandarglielo.»

«Ti sei messa in contatto con lui?»
«No, pensavo che fosse il campo di Khalid.»
«Infatti, e credo che l'abbia cercato, ma non ho più sentito niente. Ci penso io. D'altra parte, non possiamo lasciare che si muova da solo: va bene collaborare, ma sotto la nostra supervisione.»
«Direi che è una buona idea, e in effetti c'è uno scambio di email anche tra lui e Sten Høeck. E tra Sten Høeck e Jens Jessen.»
«Qualcosa d'importante?»
«No, saluti cordiali, promesse d'incontri... ma non possiamo mica lasciarli soli a indagare su se stessi, no?»
«Mi è sempre piaciuto il tuo scetticismo, Vicki, e non potrei essere più d'accordo. È tutto?»
«No, c'è anche uno psicologo nella sua rubrica, e ho trovato un paio di sms in cui prendono un appuntamento.»
«Okay, mandami il numero, lo controllo domani.»
«È una donna.»
«Fa lo stesso. Un'ultima cosa. Dove tieni le copie dell'hard disk di Sten Høeck?»
«Sul mio computer, al lavoro.»
«Non va bene. Devi metterle anche in un altro posto, in caso sorgessero problemi.»
«Vuoi che faccia una copia della copia?»
«Sì, una copia su una chiavetta usb, casomai salti fuori qualcuno a chiedere la copia originale.»
«Pensi che possa succedere?»
«Spero di no, ma con il Pet non si sa mai. Ci vediamo domani, buon lavoro.»
Si spogliò e ripeté tre volte i suoi esercizi, finché non fu zuppo di sudore. In cucina grattugiò un grosso pezzo di zenzero in un bicchiere di succo d'arancia e lo bevve. Andò a letto e giocò una partita di mah-jong contro se stesso sull'iPad, finché le palpebre cominciarono a chiudersi.

24

2011

Si svegliò alle sei. Era il giorno dell'Ascensione; aveva dormito come un sasso, e tale si sentiva quando si alzò dal letto: rigido e pesante, rinchiuso nella testa che in più gli faceva malissimo, come se le meningi fossero un'unica, grande abrasione. Bevve un litro d'acqua e fumò una sigaretta che diede più energia al mal di testa, poi divorò tre pillole e si rimise a fare gli esercizi. Dopo tre quarti d'ora era pronto.

Il suo corpo era un paradosso: da un lato portava i segni delle ferite d'arma da fuoco, dall'altro era più in forma che mai, ma il miglioramento non si percepiva perché il dolore lo limitava tutto il tempo. Non che fosse insopportabile, però gli dava abbastanza sui nervi, perché gli ricordava di continuo la sua fragilità. Aveva imparato che le pillole lo alleviavano, per cui poteva quasi ignorarlo. Vi ricorreva spesso, anche se ogni tanto gli veniva voglia di un analgesico più forte. Di quelli che si fumavano.

Prese la bici e andò alla Torre Rotonda. La psicologa di Sten Høeck aveva lo studio lì accanto, al terzo piano di un edificio antico. Axel l'aveva chiamata privatamente, chiedendole un appuntamento anche se era un giorno festivo.

Gli psicologi l'avevano sempre agitato, perché era sicuro che avessero la chiave per accedere a un'interiorità di cui non sapeva nulla. E, anche se non aveva mai pensato di averne bisogno, gli avvenimenti degli ultimi due anni gli avevano fatto cambiare idea. Perciò, dopo che il suo caso più recente l'aveva sprofondato nelle tenebre della dipendenza e gli era quasi costato la vita, aveva accettato non solo di sottoporsi a un debriefing, ma anche di entrare in terapia con una psicologa della polizia. Era servito, ma non a fargli passare l'agitazione davanti agli psicologi.

Gli aprì la porta una donna sui sessant'anni vestita di marrone e ruggine, con una sciarpa e una specie di tailleur pantalone dall'aria costosa. La donna posò su di lui uno sguardo caldo e attento, che conteneva anche un po' di fragilità e lo fece sentire subito a suo agio.

Lo condusse in una stanza e lo invitò a sedersi su un divano. Sul tavolino davanti a lui c'erano un bicchiere d'acqua e una scatola piena di fazzoletti di carta. Axel sentiva gli uccelli cantare fuori dalla finestra e il caotico tappeto sonoro di Købmagergade, fatto di passi sul selciato, un musicista di strada che cantava *We Shall Overcome,* e un impasto di mille voci, da cui frammenti di discorsi si staccavano all'improvviso.

«Per quanto tempo Sten Høeck è venuto in terapia da lei?»

«Un anno e mezzo.»

«Perché?»

«C'erano diverse cose, nella sua vita, di cui non era soddisfatto. E che lo tormentavano.»

«Potrebbe essere stato ucciso a causa di una di queste cose?»

«Non posso rispondere a domande così generiche. Per che cosa viene uccisa la gente? Potrebbe essere tutto, a ben vedere, se le circostanze sono quelle giuste, o quelle sbagliate.»

«Non è facile uccidere una persona. Ci vuole un motivo davvero buono.»

«Dovrebbe farmi delle domande più concrete. Sono legata al segreto professionale, e non mi considero libera da quest'obbligo solo perché Sten è morto.»

«Ha una cartella o degli appunti su di lui?»

«Sì, ma non ve li consegnerò.»

Axel fece uno sforzo per dominarsi. Respirò a fondo un paio di volte, senza curarsi di nasconderlo alla donna dall'altra parte del tavolino.

«Sten Høeck aveva una vita sessuale o amorosa molto attiva. Sa se qualche donna lo tormentava, lo perseguitava o aveva manifestato qualche forma di astio nei suoi confronti?»

«No.»

«Niente?»

«No.» L'analista lo guardò. «Chiunque conoscesse Sten sapeva benissimo che era un seduttore, che non si legava mai a una donna. È stata una delle cose su cui abbiamo lavorato, ma ho l'impressione che fosse molto chiaro nel comunicare le sue intenzioni alle donne che incontrava, perché non si facessero illusioni.»

«Perciò scopava allegramente con una quindicina di donne senza che nessuna fosse mai gelosa né delusa né arrabbiata con lui?» Axel aveva difficoltà a crederci.

«Io non l'ho detto; ho detto solo che non l'ho mai visto particolarmente preoccupato per questi motivi. Lo angosciava molto di più il suo desiderio irrefrenabile, ma non mi sembra fosse questa la sua domanda.»

«No. Di nuovo: perché veniva qui?»

«Veniva per un motivo concreto.»

«E cioè?»

La donna accennò un sorriso, ma solo per indicare che non si stava divertendo affatto.

«Non voglio ostacolare in alcun modo la sua indagine, e mi sembra che le stia molto a cuore fare le cose come si deve, ma le ripeto che non risponderò a questo tipo di domande. Può venire quando vuole a espormi cose che pensa abbiano rilevanza, e sarò lieta di commentarle, ma non metterò a nudo la vita di Sten senza avere la chiara sensazione che siano cose utili alle indagini, e al momento non è così.»

«Sten è morto, che male può fargli? Non le sembra che dovremmo piuttosto pensare a catturare chi lo ha ucciso?»

«A me sembra che dobbiamo fare il nostro dovere.»

Axel era sul punto di perdere la pazienza, ma disperava di fare breccia nelle convinzioni di quella donna.

«Riformulo la domanda. Il motivo per cui veniva in analisi potrebbe essere collegato in un modo o nell'altro con il fatto che è stato ucciso?»

«Ne dubito. Sten era un uomo tormentato per via di certe esperienze che aveva vissuto. Era questo il motivo per cui veniva.»

«E a che cosa si riferiscono queste esperienze?»

La risposta fu un nuovo sorriso che non era un sorriso, ma piuttosto una smorfia, priva del calore che emanava dal resto del volto.

«Naturalmente può tornare quando vuole con un mandato del giudice, e io le consegnerò i miei appunti.»

«Perché non farlo subito?»

«Perché esistono dei principi, quando si lavora con le persone. Si tratta di riservatezza.»

«Non deve dirlo a me. Ma quando la gente viene uccisa i principi passano in secondo piano.»

Portò la bicicletta a mano fino a Nørreport e prese l'S-tog per la stazione di Buddinge. Durante il percorso telefonò a Vicki, che aveva convocato alla centrale l'ex capo di Sten Høeck alla Mærsk, per interrogarlo.

«È stato molto più loquace, sembra quasi che abbiano cambiato strategia. A sentir lui, Sten Høeck sarebbe stato un acquisto fatto alla cieca, che si è rivelato deludente. Non s'impegnava nel lavoro, faceva tutto con la mano sinistra:

pare siano stati costretti a ingaggiare una ditta straniera per difendersi dai molti attacchi di pirati che Sten Høeck – si sono resi conto abbastanza in fretta – era troppo apatico per affrontare. In compenso si occupava molto di due colleghe, al punto che il fratello di una di loro un giorno si era presentato negli uffici e l'aveva minacciato. Così era stato licenziato, visto che aveva già ricevuto un avvertimento. Non era proprio a causa delle sue storie, che avrebbero anche potuto tollerare: il fatto è che si volevano liberare di lui, e quello è stato il pretesto. Gli hanno riconosciuto nove mesi di stipendio, quindi non era indigente.»

«Okay. E quel fratello?»

«Andiamo da lui più tardi.»

«Bene, poi aggiornatemi.»

«Puoi scordartelo, andiamo direttamente alla festa di John Darling.»

C'erano molti punti oscuri, ma per Axel la questione scottante era solo una: il passato di Sten Høeck nel Pet, le operazioni cui aveva partecipato e la possibilità che una di esse fosse collegata con l'omicidio.

Perciò quella mattina stessa aveva telefonato a John Darling, pur sapendolo impegnato nei preparativi della festa, e gli aveva chiesto di organizzare un incontro nella sede del Pet, per farsi consegnare tutte le attrezzature informatiche sequestrate in casa di Sten Høeck, anche se si era già procurato le copie. Se non l'avesse fatto avrebbe destato dei sospetti, ma il suo vero scopo era ottenere informazioni concrete e di prima mano sul lavoro di Høeck nei servizi. Darling non aveva tempo di partecipare di persona, ma aveva richiamato un'ora dopo per dirgli che gli avrebbero preparato una cartella con i casi più importanti ai quali Sten Høeck aveva lavorato, le minacce che aveva ricevuto, le persone dei servizi che frequentava nella vita privata e i sospettati, se ce n'erano. Khalid e un avvocato dell'organizzazione avrebbero sovrinteso alla consegna dei dispositivi e dei documenti, nel pomeriggio.

Scese dal treno e passò sotto il ponte, diretto al Lavatoio, come in molti chiamavano ancora il quartier generale del Pet in Klausdalsbrovej, a Søborg, a nord del centro di Copenaghen. Non solo perché un tempo l'edificio ospitava una lavanderia, ma anche perché i servizi erano noti per lavarsi le mani del normale lavoro di polizia, e per l'abilità di nascondersi dietro perifrasi spalmate di vaselina, come «per riguardo alle potenze straniere» o «un pericolo per la sicurezza del Regno», quando volevano che i comuni mortali, nello specifico i colleghi poliziotti, fossero tenuti all'oscuro.

Axel entrò nell'atrio e si presentò. Una gelida receptionist, alla quale fu impossibile estorcere anche solo una parola, indicò con un cenno muto un locale in cui Khalid lo aspettava seduto a un lungo tavolo.

«Che succede?» domandò Axel. «Dov'è l'avvocato e dove sono i dispositivi di Sten Høeck?»

Khalid si strinse nelle spalle. «*Sorry*, non dipende da me.»

«Hai parlato con Per Larsen?»

«Sono andato a casa sua, ma non c'era nessuno. E ho provato a chiamarlo diverse volte.»

«Prova ancora. Torna da lui nel pomeriggio, lasciagli un messaggio. Dobbiamo trovarlo.»

«C'è un motivo preciso?»

«Sì, voglio fare il mio lavoro come si deve, il che significa non tralasciare nessun indizio. Ecco il motivo.»

La porta si aprì e, con grande sorpresa di Axel, entrò Jens Jessen, seguito da due delle avvocatesse più odiate dei servizi e da tre guardie del corpo, che andarono a mettersi in fondo alla sala.

Vedendo lo sguardo freddo delle accompagnatrici di Jens Jessen, Axel capì subito di avere le spalle al muro, e si congratulò mentalmente con se stesso per aver copiato l'hard disk di Sten Høeck. Ma la sua soddisfazione non durò a lungo.

Jens Jessen gli diede la mano. Era un'altra persona rispetto all'affranto padre separato del giorno prima. Lucido e concentrato. Axel lo avvertì fisicamente, dall'altra parte del tavolo, e la cosa come sempre lo spaventò. Negli ultimi sei anni, quell'uomo asciutto e allenatissimo si era immischiato nella sua vita lavorativa e in particolare privata in tanti di quei modi, positivi e soprattutto negativi, che Axel non riusciva più a orientarsi con lui.

Jens Jessen si mise a sedere e anche il suo seguito prese posto, con espressioni che dimostravano potere e superiorità, intrise di arroganza a labbra strette.

«Non ci siamo, Axel. Non ci siamo proprio. Ma prima di andare avanti, devo chiederti di firmare un accordo di riservatezza.»

La donna alla sua destra fece scivolare un documento sul piano del tavolo.

«Un... cosa?»

«Sono certo che capirai. Devi firmare una dichiarazione con cui t'impegni a non divulgare le informazioni che acquisirai durante questo incontro. Vale anche per quelle ottenute dal computer di Sten Høeck e dagli altri dispositivi informatici.»

Axel sentì puzza di bruciato: gli avrebbero legato mani e piedi.

«Stai scherzando, Jens. M'impedirebbe di lavorare. Se questi dati si rivelassero importanti per l'indagine, non usarli sarebbe un'inadempienza. Qual è il problema?»

«Il problema è che a casa sua sono stati trovati documenti e materiale video di estrema segretezza. Sten Høeck, per qualche motivo che ignoriamo, ha pensato bene di portarseli dietro, quando ha lasciato il Pet, senza dirci nulla. È una gravissima trasgressione alle nostre regole di sicurezza.» Fece una pausa, estrasse un documento dalla pila di carte che aveva davanti, lo tenne a mezz'aria guardando Axel e poi si mise a leggere. «Ma è una trasgressione altrettanto grave che questo materiale sia stato copiato da una persona a noi ignota su una chiavetta usb o su un disco esterno, alle 10.21 di ieri, come hanno appurato i nostri tecnici. Ritengo tu sappia chi è questa persona. Il materiale riguarda uno dei più gravi attacchi alla sicurezza del Regno, e non possiamo permettere che sia disperso negli uffici della centrale e finisca sotto gli occhi di chissà chi. Inoltre, mi è giunta voce che tu e i tuoi colleghi avreste ostacolato Khalid Taleb, che era stato inviato sulla scena del crimine per accertarsi che il materiale riservato non finisse nelle mani sbagliate. È per questo che ho convocato Brian Boldsen per questo pomeriggio, perché suppongo sia stato lui ad aver copiato il materiale e ad averlo passato a te.»

«Sei fuori strada. Procurarsi copie di tutto il materiale digitale ed elettronico è una delle prime operazioni che si fanno sulla scena di un crimine, è pura routine. L'ho chiesto io a BB, che per il resto non c'entra nulla.»

«Axel, siamo felici di coadiuvarti in questa indagine, anche se non crediamo esista alcun collegamento tra questo omicidio e il lavoro di Sten nei servizi. E per dimostrarti la nostra buona volontà sono pronto a informarti su tutti i casi che abbiano qualche rilevanza. Avrai accesso ai fascicoli, ai casellari giudiziali e ai dossier personali di chiunque potrebbe aver avuto motivi di vendetta, se è questa la traccia che stai seguendo. Ma prima devi firmare questa dichiarazione e riconsegnarci la copia. Subito.»

Axel si arrese senza combattere. Sapeva che Vicki aveva fatto una copia della sua copia.

«È la mia collega, Vicki Thomsen, che ha il materiale copiato. La troverete alla centrale.» I tre agenti seduti in fondo si alzarono e lasciarono la sala. «Per quanto riguarda BB, è completamente innocente.» Axel lanciò un'occhiata di fuoco a Khalid. «Sono stato io a ordinare la copia, BB ha solo consegnato l'hardware. Quando l'ho fatto non sapevo ci teneste tanto che nessuno lo vedesse.»

Non era vero: Axel guardò Khalid, che avrebbe potuto tradirlo subito. Invece fece come se nulla fosse.

«È vero, Khalid?» gli domandò Jens Jessen.

«Sì.»

«Bene, allora considererò chiuso l'incidente appena saremo tornati in possesso della copia. Torniamo a Sten Høeck.» Tirò fuori un voluminoso raccoglitore. «Qui ci sono i verbali sintetici di tutti i suoi casi, e ti puoi riprendere anche il computer. Abbiamo espunto i documenti riservati e alcune email. Dove eravate arrivati?»

«Da nessuna parte, le abbiamo usate solo per rintracciare la marea di donne con cui è stato» disse Axel.

«Sten Høeck ha guidato l'unità di sorveglianza dal 2000 al 2008, quando si è dimesso. Era un osservatore straordinario, perciò anche lui era spesso sul campo. Ha messo in piedi l'unità e ha occupato una posizione di primo piano nella gestione dei casi più significativi che abbiamo avuto. Questo vale per i casi di terrorismo venuti alla luce, ma anche per i tentativi di attentato contro la casa reale e contro il primo ministro, che sono stati tenuti segreti perché non fossero d'ispirazione per qualcun altro. Inoltre, ha partecipato a tutte le principali operazioni di sorveglianza sotto la nostra regia, o almeno ne era a conoscenza.»

Axel annuì. Le due avvocatesse si alzarono e lasciarono la sala. Khalid, Axel e Jens rimasero soli.

«Ora penserai che queste informazioni allarghino molto il campo d'indagine. Ma il fatto è che solo gli uomini dei servizi sapevano cosa Sten facesse in concreto, perciò in definitiva il campo resta limitato.»

«Come fate a esserne sicuri? Chi ci garantisce che l'assassino non avesse scoperto chi era e chi aveva sorvegliato?»

«Certo, neppure io sarei in grado di garantire una cosa

del genere. Abbiamo esaminato anche noi le sue operazioni sul campo, il suo passato nei servizi, le persone con cui è stato e i nemici che potrebbe essersi fatto. È emersa qualche possibilità, che lascio a te il compito di approfondire.»

«Ha testimoniato in qualche processo?»

«Due volte, in casi di terrorismo.»

«E non basta a fare di lui un bersaglio?»

«Crediamo di no. Abbiamo verificato le attività in rete, ma nulla fa pensare che l'omicidio sia una vendetta per il ruolo giocato da Sten in quei casi. Tuttavia, non si può escludere, naturalmente.»

«Ci sono state occasioni in cui ha avuto un ruolo pubblico?»

«No, non era il suo stile. Trovi tutto nel materiale che abbiamo preparato. Sia io sia i miei collaboratori abbiamo lavorato tutto il giorno per metterlo insieme.»

Axel si domandò se uno di quei collaboratori fosse la sua fidanzata. Sperava di no, ma sapeva che le probabilità erano molto forti.

25

2007

Anwar andò in bagno e aprì il rubinetto. Henriette lo vide lavarsi il viso, le mani, gli avambracci muscolosi. Si passò un po' d'acqua sui capelli e alla fine si lavò i piedi. Poi tornò in soggiorno e srotolò il tappeto da preghiera. Era solo.

La sera prima, i due fratelli erano stati a una cena di famiglia a casa dello zio, Mohamed Lakhani, che abitava in Bangertsgade. Un'ora prima, Shakir aveva lasciato l'appartamento di Kapelvej ed era andato alla Cbs, cui si era iscritto prima di partire per il Pakistan. La mattina, Anwar aveva fatto un salto da Runddel, il panettiere di Nørrebro, e poi era andato a fare un saluto ai suoi vecchi amici della banda in Blågårds Plads.

Henriette era nella sala operativa insieme a Per. Sten era a Nørrebro. Avevano preso un appartamento in Peter Fabers Gade, a soli cento metri dal domicilio dei due fratelli, e Sten lo stava allestendo con l'aiuto di una squadra di tecnici. La posizione era perfetta: dall'altro lato di Nørrebrogade e perciò separato dall'ambiente della zona di Blågårdsgade, che era difficile da sorvegliare dalla strada, piena com'era di giovani e ragazzi di tutte le età capaci di fiutare uno sbirro a un chilometro di distanza, anche se era uno sbirro in borghese del Pet.

Henriette studiava quel viso assorto, il corpo allenato, e

ascoltava la cantilena per lei incomprensibile. Quando finì di pregare, Anwar andò in cucina a bere un bicchier d'acqua. Poi si mise al computer, e Henriette si preparò a un altro giro nella giungla jihadista della rete. Invece lo vide loggarsi su Hotmail.

Per, che in due ore non aveva detto una parola, drizzò le orecchie.

«Henriette, monitor 3, è entrato in un programma di posta che non conosciamo. Ci sei?»

Lo schermo 3 era un'istantanea di tutto quello che succedeva sul computer fisso dei due fratelli. Non c'erano email nella posta in arrivo, ma Anwar non sembrava interessato a quella. Aprì la cartella delle bozze e cliccò su un testo.

Henriette sentì la voce di Sten nell'auricolare.

«L'ha scritto lui senza che ce ne siamo accorti?»

«Non credo» disse Per. «È di un amico che non vuole essere scoperto. È il loro metodo. Se mandano un'email, rischiano di finire nella rete della Nsa. Invece, usano un account di Hotmail al quale entrambi hanno accesso. Entrano e scrivono un'email che nascondono nelle bozze, poi escono. La persona con cui sono in contatto entra nello stesso account, legge la bozza, completa eventualmente il testo o lo cancella, ed esce. Finché la comunicazione avviene tramite bozze, riescono a non passare sotto i radar; a meno di non trovare qualcuno come noi, naturalmente, che raccolga tutto quello che fanno» spiegò Per con evidente soddisfazione.

«Che dice?» domandò Henriette.

«"Sia benedetto Allah, cari fratelli" *bla bla bla*, un mucchio di frasi di cortesia e saluti, "coraggio fratello", arriviamo al punto, "il riso cresce bene. Ci vediamo tra due settimane, in autunno, tuo devoto" *bla bla bla*, "Mohamed è l'unico profeta" *bla bla bla*. "Ricordati di annaffiare il campo ogni mattina. Fra tre settimane gli agnelli saranno macellati. Tieniti pronto. Allah protegge le tue azioni" eccetera.

Vi preparo una traduzione appena vedremo cosa risponde» disse Per. Anwar rimase un po' fermo, poi cominciò a dondolarsi avanti e indietro pronunciando qualche parola.

«Che cos'è?»

«Il "versetto della spada", Corano 9,5: è sempre ai primi tre posti della classifica di tutti gli jihadisti. Sta dicendo che è *halal* accopparci tutti. Non molto furbo da parte sua, dal punto di vista giuridico» disse Per.

Anwar si chinò verso lo schermo e rilesse la bozza. Poi la cancellò e uscì dall'account di posta. *Allahu akbar*. Si alzò, andò canticchiando in cucina e prese uno yogurt liquido dal frigo. Quando tornò al computer non cantava più.

Si risedette, cliccò su un motore di ricerca, scrisse "*xporn*" nel campo e fece comparire una home page piena di finestrelle con molta pelle e ancora più organi sessuali in primo piano.

Sten Høeck fischiò nelle cuffie.

Anwar si chinò sulla tastiera, scrollò su e giù per il sito, si fermò su un campo di ricerca e scrisse "*blonde facial*". Il risultato fu un'altra sfilza di finestrelle, con donne dai capelli biondi e il viso chiazzato, spruzzato, coperto parzialmente o interamente di sperma. Un tempo, spiare un uomo in una situazione così intima e per lui umiliante mi avrebbe riempito d'imbarazzo, forse perfino di vergogna, pensò Henriette. Ma aveva visto così tante registrazioni di gente che si spogliava, andava in bagno, faceva la doccia, si masturbava e faceva sesso che ormai quelle scene la lasciavano del tutto indifferente. Purché si sbrighi, pensò, vedendo Anwar che tirava fuori il cazzo, si sputava sulla mano e cominciava a sfregare su e giù, mentre cliccava su un video e una bionda con le radici nere, in una stanzetta dalla tappezzeria marrone, riempiva tutto lo schermo. Era nuda, aveva gli occhi troppo truccati e un uccello che le riempiva la bocca.

«*Allahu akbar*» esclamò Sten Høeck nelle cuffie.

Mouthfuck and cumshot rough, diceva il titolo. Henriette vide Anwar malmenarsi il cazzo come fosse un pistone, mentre sullo schermo un paio di mani afferravano la testa della donna e la scopavano a fondo, costringendola a chiudere gli occhi per non vomitare.

«Ma porca miseria!» protestò Henriette.

Nel frattempo la donna era riuscita a liberarsi e a prendere fiato; la saliva le colava sul mento e gli occhi erano umidi, pieni di lacrime per i conati, con il mascara sciolto. Negli occhi di Anwar c'era un misto di rabbia e desiderio violento. La sua mano si muoveva forsennatamente.

Che succede nella testa di quest'uomo?, pensò Henriette.

Sten Høeck si rifece vivo dentro le cuffie.

«È scatenato; hai visto, Henriette?»

«Con metà di un occhio» rispose lei, che in realtà li aveva chiusi tutti e due e sentiva solo i suoni emessi dalla donna che veniva violentata in bocca e i gemiti sempre più forti di Anwar.

«Scommettiamo che dopo guarderà un video di sgozzamenti, per rilassarsi un po'?» disse Sten.

Henriette diede ancora un'occhiata allo schermo, dove Anwar si contorceva tra i crampi dell'orgasmo. Finalmente. Ma non uscì quasi niente. Forse è per questo che gli piace vedere tutti quegli spruzzi nei video, pensò.

«Io dico che si fa una doccia e si mette a pregare.»

«Sei un pozzo di saggezza, Henriette. Però ha appena pregato. Piuttosto, abbiamo un messaggio dalla squadra che segue il fratello minore. È nella caffetteria della Cbs con un uomo che sembra europeo ed è un po' più vecchio di lui.»

«Ottimo, seguiteli entrambi, vedete se scoprite qualcosa. Ma non perdete di vista Shakir per nessun motivo. Io ti raggiungo.»

Era contenta dell'interruzione, aveva bisogno di uscire dalla sala operativa, di allontanarsi da Anwar e dalle sue fantasie porno, dagli occhi pieni di lacrime di quella donna. Per una frazione di secondo le venne in mente Khalid. Era anche lui così? Si sarebbe eccitato a quello spettacolo? Avrebbe pensato che era una figata scopare una donna in bocca fino a spaccargliela? Quei pensieri le fecero perdere la calma per un momento. Non devo fare niente con lui, disse a se stessa. Solo badargli. È il mio agente, la mia creatura, il mio *enfant prodige*. Uno dei loro che è diventato uno dei nostri. Loro e noi, in una sola persona.

«Appena avrai tradotto tutto convocheremo una riunione» disse a Per. «Ci hanno regalato un orizzonte temporale.»

«Sono d'accordo. Tra due settimane succederà qualcosa. Un incontro, direi. E fra tre settimane gli agnelli saranno macellati. È quello che accadrà. Dobbiamo solo scoprire chi devono incontrare e quali agnelli vogliono uccidere. E a quel punto li prenderemo. Si sono fregati con le loro mani, Henriette.»

Su questo Per aveva ragione ma, dagli scambi avuti con Jens Jessen, Henriette si era fatta l'idea che questa operazione si sarebbe svolta in modo completamente diverso da come il suo collega immaginava. Non l'avrebbero interrotta quando avessero deciso che le prove in loro possesso erano sufficienti. L'avrebbero interrotta solo quando Jens Jessen si fosse sentito soddisfatto.

26

2011

Tornò in bicicletta da Nørreport ad Amager, con una scatola di cartone piena di resoconti e rapporti sull'attività di Sten Høeck. Sull'S-tog aveva dato un'occhiata al materiale: c'era anche una lista di sospettati, imputati e condannati in quei casi, e i nomi delle tre donne del Pet con cui Sten aveva avuto una relazione. Axel aveva avuto un moto di sollievo vedendo che la sua fidanzata non figurava nell'elenco. E alla fine qualcosa aveva attirato la sua attenzione. Una lista brevissima con nomi e numeri delle persone che Sten Høeck continuava a frequentare dopo aver lasciato l'intelligence: un uomo del servizio di sorveglianza e una segretaria in cui si era già imbattuto durante le indagini, l'ennesima conoscenza femminile.

Ma nessun Khalid Taleb. E nemmeno Jens Jessen.

Arrivato a casa aprì la scatola, e per un attimo fu preso da un tale entusiasmo alla vista di quella quantità di carte, che pensò di avere un'ottima scusa per sottrarsi all'*housewarming* di Darling. Si mise a leggere e a sfogliare, subito innervosito dalle cancellature nere: a quanto pareva, la fiducia dei colleghi del Pet arrivava fino a un certo punto. La maggior parte del materiale riguardava tre casi di terrorismo, e in uno le righe nere erano particolarmente numerose. Il resoconto occupava duecentosettanta pagine: nelle prime centoquaranta non c'erano praticamente cancellature, ma nelle ultime centotrenta erano quasi un terzo del totale. Axel decise di cominciare da lì. Il "caso di Kapelvej", come l'avevano chiamato i media, risaliva a tre anni e mezzo prima e riguardava due ragazzi di origine pakistana, che erano stati in un campo di addestramento nel Waziristan e poi erano tornati in Danimarca per preparare un importante attacco terroristico. Uno dei due aveva fatto parte di una banda criminale. Dopo un'ora che leggeva, Axel guardò l'orologio. La festa di Darling era già cominciata da un quarto d'ora. Sapeva che avrebbe dovuto interrompere e prepararsi: in fondo, aveva promesso al suo ex collega che ci sarebbe stato, alla sua psicologa che avrebbe fatto uno sforzo per uscire di più e alla sua fidanzata che si sarebbero incontrati lì. Fece una doccia, si rasò e tirò fuori un paio di jeans, una camicia bianca e un blazer blu. Si sentiva in forma, ma inquieto. Era la prima volta che andava a una festa da quando era pulito. A parte qualche ricevimento tra colleghi e una cena in cui si era sentito nudo e vulnerabile, come se avesse perso ogni abilità sociale, incapace di sostenere anche solo una conversazione leggera.

La casa era in Sorrentovej, in un quartiere di confortevoli villette unifamiliari inizialmente destinate a famiglie di artigiani e accademici non particolarmente abbienti: cemento e verande fatte in casa. Ma la metro e la nuova area balneare – l'Amager Strandpark – l'avevano trasformato di colpo nella zona più cara dell'isola. Il volo delle rondini, i meli in fiore, lo spazio arioso tra le case e il cielo azzurro, quasi bianco, della sera risvegliarono in lui ricordi dell'infanzia a Risskov, alimentando il disagio che provò non appena parcheggiò la bicicletta e sentì le prime voci animate in giardino. Era arrivato con un'ora di ritardo, essendosi scoraggiato davanti allo specchio e al proprio viso pieno di cicatrici, al corpo fragile e ancora sofferente per le ferite vecchie di un anno e all'ansia, che riusciva a tenere a bada nella quotidianità ma che lo riassaliva al pensiero di affrontare un'occasione sociale senza il sostegno del lavoro, dell'alcol, dell'hashish o della coca.

Suonò alla porta sentendosi fuori posto. Provava solo quel malessere e non aveva idea di cosa dire, a parte «buonasera». Nessuno gli aprì. Allora fece il giro della casa, accorgendosi subito che era la strada sbagliata per arrivare al giardino, perché c'erano appena cinquanta centimetri tra il muro e la siepe dei vicini, ma ormai era lì. E la sua scelta si rivelò la più infelice, per uno che voleva entrare alla chetichella, perché svoltato l'angolo si ritrovò in mezzo al bar, tra un fusto di birra alla spina, un arsenale di bottiglie di alcolici e John Darling, in camicia hawaiana e cappellino da pescatore: uno spettacolo piuttosto insolito. Preferì comunque concentrarsi su di lui piuttosto che sulla marea di volti noti e seminoti che gli fluttuavano davanti come lanterne infernali, in un miscuglio di sorrisi ed esaltazione estiva. Quasi nessuno aveva notato il suo arrivo, prima che John Darling gridasse: «Axel Steen! *Dead Man Walking!* Benvenuto!» buttandogli le braccia al collo. Un comportamento stridente con la rispettabilità un po' ingessata che definiva il nuovo capo operativo del Pet, il quale però era già evidentemente più alticcio di quanto il suo ex collega lo avesse mai visto in vita sua. Le quindici-venti persone più vicine si girarono a guardarlo e per un attimo calò il silenzio, seguito da un'esplosione di saluti. Axel vide occhi lucidi che lo fissavano, bocche che si aprivano, teste che si accostavano e labbra che si avvicinavano a un orecchio, sussurri, sguardi: era inevitabile. La sua fama, l'abuso di sostanze in cui era sprofondato durante la sua ultima, clamorosa indagine e ora la storia di Sten Høeck, che era palesemente l'argomento di conversazione della serata.

Avrebbe avuto bisogno di una corazza invulnerabile di alcol, di vuotare qualche bicchiere, fumarsi una canna, tirare una striscia e sbattersene di quello che pensava la gente. Come se non bastasse, Darling fece in tempo a mettergli in mano un cocktail di benvenuto, prima di mormorare: «Ah, già, non bevi più» e sostituirlo con una bibita.

«Allora» gli urlò nell'orecchio, «di nuovo in forma?»

Axel borbottò qualcosa, si districò dall'abbraccio e si allontanò dal bar per mescolarsi tra la gente. Cercava un posto in cui essere meno visibile. La festa gli rimbombava nelle orecchie, con i suoi drink arancioni e gli ombrellini colorati nei bicchieri di plastica, il finger food e il cinguettio nell'aria, i sorrisi, le risate innaturali e le donne abbronzate e scollate. L'aria sapeva di pelle scottata, sudore e profumo e vorticava così tanto di battute fulminee, ironia e sarcasmo che Axel ebbe voglia di filarsela subito. Ma si trovò all'improvviso tra le braccia della moglie di John Darling, una psicologa che al momento era ubriaca almeno quanto suo marito. La donna lo presentò a due colleghe.

Axel porse la mano a una donna minuta, con un'attillata camicetta a fiori piena di ruche e un'enorme quantità di blush sulle guance. Poi la moglie di Darling lo prese per le spalle, lo fece girare e disse: «E questa è Joan. Lavora in polizia, vi conoscete?» Axel si trovò faccia a faccia con una donna dai capelli cortissimi, gli occhi nocciola e lo sguardo tranquillo e distaccato che in un attimo – Axel lo sapeva bene – poteva diventare affettuoso e comprensivo. Come nel debriefing durante il quale era crollato diverse volte, scoppiando in lunghi singhiozzi liberatori quasi fosse un bambino.

«Certo che ci conosciamo» disse, sostenendo lo sguardo. «In realtà è colpa sua se sono qui. Sostiene che devo andarmene in giro per il mondo e vedere gente.»

Le tre donne rimasero in silenzio. Joan si sporse in avanti e gli appoggiò una mano leggera sul braccio. Era la prima volta che lo toccava. Fino a quel momento non si erano neppure stretti la mano.

«Non è necessario che parliamo. Non sapevo neppure che saresti venuto» disse poi, a voce così bassa che Axel si chiese se gli altri avessero sentito.

Era stato in terapia con lei per nove mesi. Avevano lavorato insieme su quello che lei chiamava "l'approccio di Axel agli altri", sulla rabbia e l'aggressività, e messo in piedi un nuovo codice. Axel avrebbe cercato di essere positivo, non per gli altri ma per se stesso, di sostituire la rabbia con il dispiacere e di andare incontro al mondo senza pregiudizi. Il "nuovo Axel", come lui stesso lo chiamava, non era affatto nuovo. «In fondo, sotto tutto il resto, tu sei così» gli diceva Joan. «Ti sei solo nascosto.» Forse aveva ragione. Le aveva raccontato della sua paralisi interiore, della sensazione che nulla avesse più senso: riusciva a sentire solo sua figlia Emma, ma per il resto c'era il vuoto. «È una fase» aveva detto lei. «Accadrà, dovrai per forza incontrare il mondo senza l'aiuto di sostanze o alcol, senza i tuoi meccanismi di difesa.»

«Non importa, va bene» mentì Axel, e aggiunse: «Devo salutare una persona.» Il desiderio di una canna o di un drink aumentò, il suo corpo li reclamava a gran voce. Si accese una sigaretta e si avvicinò a Vicki e Bjarne, che chiacchieravano tra loro. Axel li salutò e consumò la sigaretta in due minuti, succhiandola con voluttà, mentre scambiavano commenti banali sull'omicidio del giorno. Poi prese da parte Vicki e le domandò se quelli del Pet si erano comportati bene.

«Sì, a parte che mi hanno preso il computer.»

«Avevi fatto un'altra copia di tutta la vita digitale di Sten Høeck, vero?»

«Sì, e un amico che s'intende di queste cose mi ha spiegato come procedere senza lasciare tracce.»

«Me l'hai mandata?»

«No, ma per sicurezza ne ho fatta un'altra ancora. E casualmente ce l'ho qui con me» disse, aprendo la borsa e mettendogli in mano una chiavetta usb.

«Grazie.»
Vicki tornò da Bjarne. Axel si guardò intorno.

Vide BB che conversava con Lennart; dietro di loro, un gruppetto di avvocati del Pet e di dirigenti della polizia circondava Jens Jessen e le sue due governanti, le stesse della riunione del pomeriggio, che gli leccavano il culo e ridacchiavano affabilmente a ogni parola che diceva. Ai margini, Josephsen cercava d'introdursi nella conversazione, gli occhi giallo piscio lucidi per l'entusiasmo di trovarsi così vicino alla troika del Pet. Axel aveva voglia di vomitare. Si sentiva circondato dal peggio: carrieristi servili in polo italiane e completi estivi grigioargento, camicie inamidate su gente inamidata, il tutto superato solo dalle bocche umide e avide di potere, pronte a divorare chiunque si trovasse più in basso di loro nella catena alimentare e a ingoiare la merda di chi stava più in alto.

Alle spalle di Jens Jessen c'era una donna alta, immersa in una conversazione con un uomo ancora più alto che chinava la testa verso di lei. Erano Henriette Nielsen e Khalid Taleb. Axel osservò lo sguardo assorto dell'uomo, gli occhi scuri e concentrati e le labbra che ogni tanto inumidiva con la punta della lingua, aspettando di poter dire la sua. La donna indossava un abito bianco e aderente. I loro occhi s'incontrarono e lei gli sorrise. Axel ricordò per un secondo lo sguardo che gli aveva rivolto neppure due anni prima, quando gli aveva salvato la vita.

Henriette si era scostata un po' da Khalid, appena aveva visto Axel. I ricci morbidi, il viso un po' largo, la fossetta sul mento e le iridi azzurre e brillanti le davano una bellezza un po' ruvida. I suoi occhi indugiarono ancora un attimo su Axel, con un bagliore che spinse Khalid a voltarsi nella stessa direzione e lei a distogliere lo sguardo. Si conoscono bene, pensò Axel. Come mai? L'arrivo di Jens Jessen gli impedì di riflettere oltre.

«Axel, come vanno le indagini?»

«Bene, non fosse che ho sprecato quasi tutto il giorno in una riunione con certi avvocati del Pet.»

L'altro sorrise.

«Mi rincresce di tutte queste formalità, ma come sai sono costretto a percorrere le vie ufficiali. Non posso permettere che i nostri rapporti privati influiscano sul lavoro.»

«È tutto okay, Jens.»

«In effetti è un po' che volevo parlare con te.»

«Ah, sì?»

«Volevo parlare...» Si bloccò. «Sì, lo sai... di Cecilie. Al momento tu e io ci troviamo nella stessa situazione, per così dire, perciò mi chiedevo se potevo farti una domanda.»

«Non siamo nella stessa situazione.»

«No, forse no. Tu la vedi molto più di me. A un certo punto credevo perfino che foste tornati insieme.»

«Non è così.»

«Bene, d'accordo, okay, allora.» Sembrava sollevato, e Axel pensò di aver risposto alla sua domanda.

«Cosa mi dici di quel Khalid, che tipo è?»

«È bravo» rispose Jens Jessen, ma non sembrava troppo convinto.

«Cosa c'è?»

«Il mio predecessore gli aveva lasciato un po' troppa mano libera, e io sono stato costretto a ristabilire certi limiti, perciò i nostri rapporti non sono proprio idilliaci.»

«Mano libera? In che cosa?»

«Con gli informatori, gli agenti negli ambienti islamici. Per me era tutto troppo poco organizzato, troppo disinvolto, troppo rischioso. C'erano di mezzo anche dei soldi, non era possibile. E lui non ha gradito.»

«Non ha una formazione da poliziotto?»

«Non ha frequentato la scuola di polizia, ma ha seguito qualche corso. Ha un diploma di interprete e conosce l'ambiente dall'interno. Ci siamo serviti di lui come agente sotto copertura per qualche anno. Se l'è cavata egregiamente. Domanda a Henriette, lei lo conosce molto bene.»

Ad Axel sembrò di cogliere un'intonazione particolare in quel "molto bene", ma la ignorò.

«Hai mai pensato di venire a lavorare con noi?» domandò Jens. «Voglio dire, ora che c'è anche John.»

«Preferisco restare dove sono. Il mio lavoro sono gli omicidi.»

«A volte fa bene provare qualcosa di nuovo. Abbiamo anche le nostre operazioni speciali, potrebbe essere interessante.»

«Vuoi dire lavorare sotto copertura? Protezione di testimoni e informatori?»

«Sì.»

«Non credo che possa più esistere una copertura credibile per me, in questa città.»

Jens Jessen non si lasciò turbare dal rifiuto di Axel.

«Pensaci. L'offerta è sempre valida» disse, strizzando leggermente gli occhi. Poi si dileguò nella marea di corpi.

Allora lei gli venne incontro. Dal suo sguardo Axel capì che non intendeva più nascondersi, e per un attimo si sentì l'uomo più fortunato del mondo. I suoi occhi erano così azzurri che somigliavano a due topazi, e Axel provò il desiderio di perdersi nel loro colore cristallino, in quello sguardo caldo e giocoso che a un tratto lo fece sorridere e arrossire. Era alta quasi quanto lui e, quando fu vicinissima, le mise le braccia intorno alla vita e la baciò. Vicki e Bjarne, che erano poco lontano, ammutolirono.

Axel ripensò all'allusione di Jens Jessen e a quello che gli era sembrato di notare poco prima. Lei gli aveva raccontato delle sue storie con i colleghi del Pet, cosa che normalmente glieli avrebbe fatti odiare tutti e l'avrebbe fatto ribollire di gelosia postuma e senso d'inferiorità: invece se n'era rimasto in silenzio con il suo dolore. Sapeva che lei non c'entrava, che dipendeva tutto da lui, dalla sua ricerca instancabile del fallimento. Non aveva mai potuto tollerare che la sua amata fosse l'oggetto del desiderio di qualcun altro, che ci fosse qualcosa di profondo, uno spazio fatto di fiducia e d'intimità, di abbandono e desiderio per la persona che amava, dal quale lui era escluso. E solo quando si era concesso di provarli, quei sentimenti si erano dissolti in silenzio.

Certo, avrebbe potuto evitare di fidanzarsi proprio con lei. Lasciarla stare e trovarsi un'altra, una che non avesse niente a che fare con la polizia e non avesse lavorato con tutti i suoi colleghi, una che non fosse la più stretta collaboratrice di Jens Jessen. Avrebbe potuto fare a meno d'innamorarsi di Henriette Nielsen.

27
2007

Henriette Nielsen stava andando da Khalid quando fu convocata di nuovo da Jens Jessen. Trovava insopportabile quel suo continuo immischiarsi.

«Mi sembra di capire che il fratello minore abbia incontrato un uomo alla Cbs.»

«Sì, è un tizio che sta mettendo su un'azienda di elettronica, ci risulta. Shakir era interessato a sapere come ci si può procurare certi componenti. Si è anche informato sulla pentrite.»

«Vuole fabbricare delle bombe?»

«Bombe, esplosivo al plastico... questo dimostra che non ha le idee molto chiare. La pentrite è l'elemento detonante nella miccia di un esplosivo al plastico, ma da sola non serve a molto. Certo, è comunque un buon segno, che avrebbe il suo peso in un processo. Pensi che dovremmo intervenire?»

«No, è troppo presto.» Jens la guardò concentrato, con i suoi grandi occhi inquisitori. «D'ora in avanti, dovete mandarmi per email le foto di tutte le persone che i due obiettivi incontreranno o con cui verranno in contatto in qualsiasi modo. Anche via email o con qualsiasi altra attività in rete.»

«Sì, certo.» Era nel suo pieno diritto, solo che non aveva mai chiesto niente del genere, prima di allora.

«Che mi dici del terzo uomo dell'aeroporto? Quello che secondo voi doveva controllare se i due fratelli erano seguiti? Esiste? E se esiste, siete arrivati a lui?»

«Non sappiamo ancora se esista o no.»

«Dimenticatene, Henriette.»

«Perché?»

«Perché l'uomo che cerchiamo, o al cui arrivo ci dobbiamo preparare, non è un galoppino qualsiasi. Non è un pesce piccolo che si aggira furtivo in un aeroporto per controllare se qualcuno sorveglia i suoi discepoli. È il capo di tutta la struttura, dirigerà l'operazione. Ammesso che arrivi.»

«E non posso saperne di più? Età, aspetto fisico?»

Jens Jessen la guardò come se la domanda fosse inopportuna.

«Quello che sai è anche troppo.»

Con l'aiuto dei collaboratori stranieri avevano già esaminato centosettantasei passeggeri del volo da Francoforte, ma non erano emersi sospetti di terrorismo, false identità o altri motivi di preoccupazione. Henriette era convinta che il terzo uomo dell'aeroporto fosse solo un prodotto dell'atmosfera surriscaldata del primo giorno. Ma il dubbio restava.

La routine cominciava a impadronirsi sia della squadra di sorveglianza di Sten sia del gruppo di comando, ma non risparmiava nemmeno i due obiettivi. Facevano una vita relativamente spartana, nutrendosi di kebab e hummus che compravano nel vicino shawarma bar di Blågårdsgade. Shakir era il più devoto: mangiava solo cibo arabo e frequentava la moschea di Ydre Nørrebro, da anni ritrovo di gente che si atteneva alle interpretazioni più restrittive e fanatiche dell'islam. Continuava a frequentare ogni giorno la Cbs, ma sembrava lo facesse più che altro per mantenersi attivo e dimostrare che lo era. Anwar, invece, era una contraddizione vivente. Anche lui mangiava arabo e pregava, ma in modo meno regolare. Quando lo faceva, tuttavia, era un modello di devozione e intensità e spronava il fratello, per cui ogni tanto recitavano versetti del Corano e cantilenavano lodi ad Allah fino a raggiungere una specie di trance. Henriette pensava si trattasse di un esercizio appreso al campo di addestramento. Quando era solo, Anwar divorava pizza e bagel, beveva Coca-Cola e ascoltava Beyoncé e Shakira, tutte cose *haram*. Girava per il quartiere e andava a trovare suo zio e i vecchi amici della banda di Blågårds Plads, ed era capace di tornare a casa sazio di bibite, hamburger e chiacchiere sulla droga per poi mettersi a pregare con uno zelo che faceva impallidire quello del fratello. A volte si sedevano al computer e guardavano video iracheni o afgani di predicatori famosi, sgozzamenti e propaganda, con mujaheddin che svuotavano i caricatori in aria; immagini di addestramenti militari in montagna montate insieme a bombe che esplodevano sul ciglio delle strade e soldati americani morti. «*Allahu akbar*» diceva Shakir, e poi ricominciavano a cantilenare.

Altre volte Anwar stava disteso sul suo materasso per ore, poi si alzava all'improvviso e, se era solo, andava al computer a masturbarsi a sangue, anche cinque o sei volte al giorno, guardando casalinghe americane dai seni enormi o ragazze giovanissime dall'aria innocente. Finivano tutte «con la faccia pitturata», secondo l'espressione poetica di Sten Høeck.

Erano tutte bionde.

Henriette pensava che Anwar sarebbe stato il più pericoloso dei due, in uno scontro diretto, ma anche che la sua fede fosse meno salda. Perciò era probabile che il fratello minore fosse il più pronto al martirio, in caso di azione suicida.

Quel giorno dovevano incontrarsi a pranzo in un caffè di Christianshavn. Stessa copertura di sempre, nel caso qualcuno avesse riconosciuto Khalid. L'agente arrivò cinque minuti dopo di lei, che lo vide eseguire una rapida ricognizione dell'ambiente prima di entrare e ne fu molto compiaciuta.

Khalid le diede due baci leggeri sulle guance e si mise a sedere, guardandola dritta negli occhi con un sorriso. Avevano scelto un tavolino appartato, per stare in pace.

«Ho comprato due pistole» disse Khalid. «Potete rimborsarmi?»

«Direi di sì, senz'altro. Che cos'hai preso?»

«Una Glock e una HK. Ex dotazione della polizia.»

Henriette scostò il lembo della giacca per mostrargli il calcio della sua pistola nella fondina da spalla. Una HK, per l'appunto.

«Come questa?» domandò.

Khalid sorrise.

«Sì, forse un modello più vecchio.»

«Non abbiamo mai usato le Glock; prima delle HK avevamo le Walther Ppk, ma erano meno efficaci. Minore forza di penetrazione.»

Khalid la guardò; il suo sorriso si era un po' spento.

«L'hai usata?»

«Certo. E anche spesso: sono una buona tiratrice.»

«Intendevo se hai sparato a qualcuno.»

«Sì.»

Khalid la fissava come se aspettasse il seguito, ma lei non aveva intenzione di accontentarlo.

«Okay, e dove le hai prese?» domandò invece.

Khalid sembrava deluso, ma si riprese e disse: «Henriette...»

«Sì, sì, *sorry*, ma dovremo saperlo, prima o poi. Quanto hai speso?»

«Ottomila corone. Ho avuto uno sconto per via dei vecchi rapporti di amicizia.»

«Farò in modo che tu sia risarcito, devi solo consegnarle.»

«Devo consegnare le pistole?»

«Sì.»

«Non se ne parla. Se scoprono che non le ho più sono nella merda.»

«Non potresti averle rivendute?»

«Stai scherzando?» Khalid cambiò espressione. «Mi prendi per il culo, Henriette? Devo dedurre che questa storia delle pistole non interessa a nessuno? Che ho perso tempo? Se le rivendessi non potrei usarle in un'azione con Anwar e quel pazzo di suo fratello, no? E a quel punto perché dovrebbero interessarsi a me?»

«È vero, poteva essere un modo per avvicinarsi a loro, ma adesso sono venute fuori altre possibilità, perciò forse non occorre che tu prosegua per quella strada, e devi stare attento. Se scoprono che sei un infiltrato, potrebbe costarti la vita.»

«Conosco quella gente meglio di tutti voi, e ti assicuro che non pensano così. Non gli verrebbe mai in mente che lavoro per i servizi. Ho le armi e ho sparso la voce tra le bande della Piazza che vado in moschea: sono sicuro che Anwar e Shakir lo verranno a sapere, in un modo o nell'altro. Stiamo a vedere che succede.»

Henriette non era entusiasta all'idea di avere un agente palestinese che scorrazzava nell'ambiente con due pistole cariche, ma non aveva il coraggio di deluderlo.

Il suo telefono emise un *bip*. Un sms di Per.

«Ho capito che cosa vuol dire "Ricordati di annaffiare il campo ogni mattina". Dovresti venire subito.»

28

2011

Era una sensazione nuova. Si frequentavano da neppure due mesi, ma a lui sembravano molti di più, perché con lei poteva evitare di chiedersi di continuo chi o che cosa fosse, e perché avesse fatto quello che aveva fatto. Lei lo prendeva così com'era.

Si erano rivisti alla festa del quarantesimo compleanno di John Darling. Axel se ne stava in disparte ma aveva deciso di rimanere, perché sapeva che il suo ex collega e capo teneva molto alla sua presenza. Proprio mentre stava pensando che aveva fatto anche più del proprio dovere, che era al quarto bicchiere di Coca-Cola e che doveva pisciare con urgenza, Henriette Nielsen era comparsa insieme ad altri due o tre colleghi del Pet.

Dopo aver salutato Darling era venuta dritta da lui, che si era sentito travolto da una gioia e un sollievo così intensi e sorprendenti, anche per lui, che gli erano venute le lacrime agli occhi e aveva dovuto fare uno sforzo per trattenerle.

Era passato quasi un anno e mezzo dall'ultima volta che si erano incontrati. In un magazzino in cui lei lo aveva trovato, gravemente ferito e a un passo dalla morte, e lo aveva salvato. Axel sapeva che era venuta in ospedale mentre lui era in coma, perché aveva lasciato un mazzo di fiori e un biglietto. In seguito aveva cercato più volte di mettersi in contatto con lei, ma senza successo, e si vergognava di non averla mai ringraziata di persona.

Henriette gli era venuta incontro sorridendo; gli occhi azzurri erano sempre più azzurri di qualsiasi altra cosa Axel avesse visto in vita sua, e lo guardavano interrogativi e un po' preoccupati.

«Axel! Come sono contenta di vederti!» La voce era bassa e roca.

Mentre si alzava, Axel aveva sentito qualcosa che gli esplodeva dentro, e tutto il suo malessere e la sua angoscia erano traboccati. Henriette aveva fatto per dargli la mano, ma lui aveva aperto le braccia e l'aveva stretta a sé, le aveva appoggiato la testa sulla spalla, quasi sorpreso di quanto fosse alta, ed era scoppiato in lacrime. In seguito aveva pensato che proprio la sua altezza era stata decisiva perché lui si lasciasse andare: si sentiva fisicamente al sicuro.

«Che cosa c'è, Axel?»

Henriette gli aveva scostato la testa e lo aveva allontanato un po' da sé, tenendolo per le braccia; lui si era messo a ridere tra le lacrime, di se stesso, del suo sfogo, di sollievo.

«È solo che... Non lo so, Henriette. Mi sentivo un po' perso, qui, e poi sei comparsa tu, dal nulla. Non mi aspettavo di vederti.»

Axel la guardò: i capelli castano scuro che le ricadevano sulle spalle in morbidi riccioli, la fossetta sul mento, il mascara nero che formava qualche grumo intorno agli occhi azzurri e scintillanti, dai quali si era sentito attratto fin dal loro primo incontro in un hotel equivoco di Nørrebro, durante un'indagine, quattro anni prima.

«È tanto tempo che volevo ringraziarti.»

Senza lasciargli la spalla, Henriette continuò a guardarlo. Poi sorrise.

«Ti trovo bene. Sei vivo, è proprio una bella cosa.»

«Sì, grazie, anche se non ne sono tanto sicuro, al momento.»

«Com'è andata? Sei guarito? L'ultima volta che ti ho visto sembravi più morto che vivo.»

«Sto bene. Sono pulito. Ho ancora degli strascichi, ma sopportabili. È solo che non mi trovo molto a mio agio, qui.»

«Ora non sei più solo.»

A un tratto le parole cominciarono a uscirgli di bocca come una cascata. Parlò degli ultimi minuti, quando era sicuro di morire, di lei che era entrata dalla porta e lo aveva salvato. Il viaggio in elicottero fino all'ospedale, che per tutti gli abitanti di Copenaghen è solo il Riget, durante il quale si era riconciliato con l'idea che fosse finita, e si era lasciato andare; Cecilie seduta accanto a lui, che aveva sperato di trovarci Henriette; la faticosa riabilitazione, le ore di psicoterapia, lo specialista per le dipendenze, la paura di ricaderci. Emma terrorizzata di perdere suo padre, quell'idiota del capo che non ne voleva sapere di lui e finalmente il nuovo Axel, che cercava di fare tutto per bene ma si sentiva sempre sull'orlo del fallimento. Tutto quello di cui normalmente non poteva parlare con nessuno gli sgorgò dalle labbra in un flusso ininterrotto e confuso di sentimenti, aneddoti, risate nervose e domande retoriche. Lei lo guardava, sorpresa e un po' preoccupata. Lui si fermò.

«Scusami, ti ho aggredita» disse. «È solo che sentivo... Quando ti ho vista...» Non riusciva a trovare le parole. L'aveva spaventata?

«Se devo proprio essere aggredita da qualcuno, Axel, sceglierei sempre te.»

Poi avevano lasciato la festa insieme, apparentemente senza che nessuno li notasse. Avevano camminato per la città, quella città che Axel amava, raccontandosi le loro vite a mano a mano che passavano in posti dov'erano vissuti. C'erano strade piene di dolore e delusioni, la panchina su cui Axel era stato piantato dal suo primo amore, ai tempi della scuola di polizia; l'appartamento di Nørrebrogade in cui era andato tutto a rotoli, dove aveva tradito, respinto e perduto tutte le sue possibilità, possibilità importanti, quasi la vita intera; la Casa della gioventù, dove Henriette aveva incontrato la sua prima fidanzata e trovato un po' di pace, dopo molti ricoveri nel reparto psichiatrico minorile del Bispebjerg Hospital e il periodo passato dai genitori, a Vedbæk, ad aggirarsi tremante in una paralisi mentale indotta dagli psicofarmaci; il parco in cui aveva dormito per un'estate intera insieme a Bella, una squatter tedesca, quando si era decisa ad andarsene di casa. Amager e la scuola di polizia con quei relitti del passato, incompetenti e razzisti dei suoi insegnanti, e l'appartamentino a Bryggen, condiviso con il suo amore di gioventù Lars, che aveva resistito pochissimo a lei e al livello delle sue ambizioni.

Axel le mostrò i luoghi in cui aveva superato ogni limite, la casa in cui aveva lasciato morire un assassino per vendicare la sua vittima. E lei gli raccontò di tutte le volte in cui aveva dovuto mettere da parte le sue convinzioni, per motivi di ordine superiore. «Le persone venivano usate come pedine di un gioco, ma in quel gioco qualcuno aveva perso la vita» disse, svuotata dalla vergogna. Ma gli aveva salvato la vita quando tutti gli altri l'avevano tradito e abbandonato, e per Axel questo bastava. Le perdonò tutto il resto.

Erano finiti a casa di lei. Avevano fatto l'amore ed era stato bello e tenero e senza troppe aspettative, i baci erano un gioco, lunghi e fluidi e senza fine; erano nudi, pelle contro pelle. Axel era più contento che eccitato, e quando alla fine si ritrovò nel letto esausto e grondante, liberato e felice, pensò di aver trovato la sua droga.

E adesso ce l'aveva davanti nel giardino di Darling, gli occhi negli occhi, e aveva la sensazione che tutti li guardassero. Lei sbatté leggermente le palpebre e solo in quel momento lui si rese conto che era un po' brilla. Di certo l'aveva innervosita l'idea di farsi vedere lì con lui, anche se era stata sua. Axel avrebbe voluto mostrarsi superiore, fregarsene degli sguardi della gente, ma la verità era che lo infastidivano. Si sentiva fuori posto e voleva andarsene.

«Ciao. Pare che tu e Khalid siate molto in confidenza» disse. In tono un po' troppo disinvolto, a voce un po' troppo alta.

«È vero. Bravo ragazzo. Preparato e simpatico.»

«Come no. L'ho buttato fuori dalla macchina proprio ieri.»

«Cos'hai fatto?» Henriette scoppiò a ridere scompostamente; Axel sentì di amarla per questo.

«Sì, non lo sopportavo più. Mi ha provocato, insinuava che mi dovrei rassegnare, perché prima o poi arriverà qualche balordo di Nørrebro a farmi fuori, e che il mio passato mi raggiungerà.»

Lei rise ancora più forte e si guardò intorno in cerca di Khalid. Poi si chinò verso Axel e gli sussurrò in un orecchio: «Guarda che è una trasgressione grave al codice di comportamento del nuovo Axel Steen. Non dovevi diventare un bravo ragazzo, che vuol bene ai suoi colleghi e a tutto il mondo?»

«È dura.»

«Vabbè, non importa, purché tu voglia bene a me. Stanotte, per esempio.»

Tornò il disagio; la gente li guardava, lei era bella e lui imbarazzato e confuso.

«Proverò.»

«Vedrai che troverete un'intesa, tu e Khalid. Non sarà che litigate perché siete simili? Mi ricorda un po' il vecchio te, e sappi che non è amatissimo neppure da noi. Jens trova che faccia un po' troppo di testa sua.»

«Io trovo che sia un pallone gonfiato.»

«Dagli una possibilità, Axel. Non è una cosa tanto da maschi, questa eterna rivalità o quel che diavolo c'è tra voi? Khalid è un uomo d'altri tempi; non quanto te, certo, ma avete sicuramente qualcosa in comune.»

«Rivalità? Per che cosa dovremmo rivaleggiare?» domandò Axel, cercando di mantenere un tono di voce il più neutro possibile.

Henriette esitò, poi gli rivolse un sorriso abbagliante.

«Di certo non per me, Axel. Allora, farete pace?»

«Non saprei. Io mi sforzo di evitare i conflitti, davvero. E ci ero anche riuscito, finché non mi hanno messo quell'idiota alle calcagna.»

«Non è neppure detto che tu debba mandare giù qualsiasi cosa con un sorriso. Devi fissare dei limiti. E hai fatto benissimo a buttarlo fuori dalla macchina, così la prossima volta starà più attento. Non potremmo farci buttare fuori di qui, a proposito?» Henriette gli si appoggiò contro. «Ho tanta voglia di andare a casa e sentire il tuo cazzo dentro di me.»

Si strinse a lui e lo baciò di nuovo, ma quando gl'insinuò la lingua in bocca, Axel sentì che era più di quanto potesse sopportare.

La allontanò dolcemente, ma con fermezza, dicendo: «Sì, andiamo via.»

«Qualcosa non va? Non ti posso baciare davanti agli altri?»

Gli si riavvicinò e lo baciò con la lingua, facendolo quasi morire dall'imbarazzo, ma nello stesso tempo sentiva che cominciava a eccitarsi.

Si liberò dall'abbraccio. Lei lo guardò a bocca aperta. Axel si domandò perché si comportasse in quel modo. Era a beneficio degli altri o solo suo? E perché lui non riusciva ad abbandonarsi a quei baci?

«Credo che mi prenderò un altro drink, intanto che decidi cosa vuoi» disse Henriette, voltandogli le spalle. Nei suoi occhi non c'era più ombra di eccitazione.

Axel rimase lì, con il bicchiere di Coca-Cola vuoto in

mano e tutti gli occhi addosso. Si accese una sigaretta e si allontanò nel giardino, inoltrandosi tra i cespugli, finché trovò una panchina nascosta da un arbusto di uva spina e si mise a sedere.

Inalò il fumo, fissando il terreno e le formiche che correvano qua e là tra i fili d'erba secca, e desiderò di essere piccolo come loro per scomparire nel buio, tra l'erba. Ma sapeva che si sarebbe dovuto abituare a quella nuova vita: doveva uscire allo scoperto e vivere nel mondo. Aveva trovato un accordo con Cecilie per vedere Emma molto più spesso di prima: cinque giorni a settimane alterne. E anche se Emma era diventata più difficile da gestire, stava costruendo un rapporto nuovo con lei. Un rapporto diverso, in cui sarebbe stato presente e avrebbe rifiutato tutti gli incarichi nei giorni in cui aveva sua figlia, per concentrarsi sul tempo da passare insieme e sulle cose che piacevano a lei. E Henriette lo lasciava in pace. Forse non era una passione da far tremare le vene ai polsi, ma chi ne aveva bisogno? Inoltre, con lei poteva essere quello che era.

Guardò l'orologio, erano già le undici. Nessuno se la sarebbe presa se fosse sparito, ma Henriette?

Voleva almeno salutarla. La vide al centro di un gruppetto, con Jens Jessen, Khalid e altri che non conosceva, ma immaginò fossero anche loro del Pet. I loro occhi s'incontrarono e Axel vide che era ancora più brilla di prima, con uno sguardo caloroso ma un po' sfuggente, che scivolò su di lui senza riuscire a fermarsi da nessuna parte. Però sembrava felice che lui fosse lì. Doveva fare del suo meglio per portarla via, ma quando vide il sorriso arrogante di Jens capì che non sarebbe riuscito a trattenersi.

«Eccoti qui, Axel, parlavamo proprio di te» disse Jens, al solito molto soddisfatto di sé. Axel si sentì travolgere dalla più assurda forma di gelosia mai provata, e dire che aveva un dottorato in materia. Per anni aveva avuto nostalgia di Cecilie, che viveva con Jens Jessen; era ossessionato da lei. E ora che aveva avuto la possibilità di riaverla, e l'aveva di nuovo lasciata andare, era finalmente in pace con Jens e con tutte le sue oscure ingerenze sulla propria vita: un po' erano interventi da angelo custode, ma soprattutto dimostrazioni di potere. Sapere che lui e Henriette stavano insieme dava a Jens una speranza di tornare con Cecilie, glielo leggeva negli occhi: ma qualcosa in lui si rifiutava di concedergliela, quella speranza. Non se la meritava.

«Ah, sì?»

«Sì, ci dicevamo che è buffo che un uomo tanto scettico nei confronti dei servizi inciampi di continuo in casi che ci riguardano. Ora anche in privato!»

«Non parliamo mai di lavoro, quando siamo insieme» disse Henriette, improvvisamente più lucida e sulla difensiva.

«Non sono scettico nei confronti del Pet, è solo che non mi piacciono i segreti. Il mio lavoro è svelarli. Da voi i segreti sono il metodo, l'essenza di tutto quello che fate, non è vero?»

Henriette scosse impercettibilmente la testa per sconsigliargli di proseguire, ma era già troppo tardi.

«Be', in fondo siamo tutti poliziotti» disse Jens Jessen.

«Non è vero» rispose Axel. L'atmosfera amichevole sparì. «Tu, per esempio, sei un giurista. In polizia siamo poliziotti, da voi invece si può essere qualsiasi altra cosa, e c'è una cortina fumogena di segretezza su tutto, per riguardo verso le potenze straniere o per la sicurezza del Regno; ci sono manovre tattiche e dichiarazioni politiche, informazioni e documenti che non possono essere verificati e forse nemmeno esistono, ma restano come un peso morto sullo sfondo di ogni indagine e minacciano di inghiottirla in un buco nero. E poi c'è sempre qualche fine che giustifica i mezzi, e i mezzi sono le persone, che diventano pedine del vostro gioco e ne pagano il prezzo. Nel mio lavoro l'unico riguardo è nei confronti della verità, e l'unico interesse risolvere il caso.»

Tirò il fiato e guardò le sopracciglia sollevate: poco male.

«Poi, certo, tra voi ci sono anche dei poliziotti.» Guardò Henriette, perché fosse chiaro a chi si riferiva. Lei sembrava impietrita, e Axel capì di aver rovinato tutto. «E per loro nutro il più grande rispetto. Senza di loro, tutto il vostro sistema andrebbe a rotoli e io sarei morto. Restano sempre in secondo piano, ma sono fondamentali per tutto quello che fate.»

Khalid emise un lungo fischio e Axel si chiese se fosse un segno di ammirazione o di disprezzo. Jens Jessen taceva, gli occhi enormi agitati dal solito tic morboso. Henriette si voltò e si diresse al bar, dove John Darling tentava delle evoluzioni con lo shaker.

Axel si guardò intorno e vide molte bocche aperte.

«Signori, mi auguro di non avervi rovinato questa bella festa. Ma per quanto mi riguarda, l'ora di andare a letto è passata da un pezzo.» Salutò con un cenno del capo e seguì Henriette.

La trovò al bar che fumava, cosa che non faceva mai.

«Non devi andare a cambiare il fusto di birra?» disse Axel a Darling, il quale, nonostante le sue condizioni, capì al volo il messaggio.

Henriette rivolse ad Axel uno sguardo deluso e stanco.

«Non era necessario, Axel. Davanti al mio capo, davanti a tre capi. Che ti è venuto in mente?»

«Proprio niente, ho solo espresso la mia opinione.»

«Sei proprio un bambino. Mi dici a che cosa è servito? Perché hai dovuto sbattergli in faccia che non sono dei poliziotti? La stessa sera in cui abbiamo reso ufficiale che siamo fidanzati.»

Bevve un sorso di un drink che aveva tutta l'aria di essere un Gin Tonic. Axel si sentiva confuso e si odiava per questo; aveva voglia di strapparle il bicchiere di mano e vuotarlo lui. Distogliendo lo sguardo, vide che Khalid li stava osservando.

«Lo sapevo che era una cattiva idea. Queste non sono cose per me, specialmente da quando non bevo più. Dovevo starmene a casa.»

«Neanche per sogno: io voglio stare con te, sono orgogliosa di te. Pensavo solo che avessi cambiato modo di fare. Speravo...»

«Che cosa speravi, Henriette, che sarei diventato un bravo ragazzo? Che sarei stato qui con un sorriso ebete mentre quel pagliaccio di Jens Jessen gongola a vederci insieme, perché pensa che le sue possibilità di riprendersi Cecilie siano aumentate?»

Henriette sbatté il bicchiere sul bancone del bar.

«Ora basta, non voglio più sentirla nominare, quella stronza! Se solo sapessi quanto ti ha preso per il culo!»

Buttò giù l'ultimo sorso e si allontanò in direzione della veranda.

Axel rinunciò a seguirla, andò a salutare Darling con una pacca sulle spalle e uscì a riprendere la bicicletta.

29
2011

Il traffico su Holmbladsgade non era particolarmente intenso, segno che molti avevano prolungato il weekend. Il sole brillava bianco attraverso il finestrino, poi sparì dietro le nuvole portandosi via le ombre dalla strada. Tutto divenne grigioazzurro. All'inizio degli anni Novanta, quando frequentava la scuola di polizia, Axel era vissuto per un po' in Prags Boulevard. Conosceva la Kofoeds Skole, e l'aveva sempre considerata un posto da alcolisti groenlandesi, malati di mente e drogati.

A quei tempi, i peggio ridotti tra gli allievi davano un'impronta colorata e talvolta rumorosa alla zona in fondo a Holmbladsgade, ma quando Axel girò l'angolo di Nyrnberggade non aveva ancora visto neppure una lattina con l'elefante in una mano tremula.

«*La porta dei demoni è chiusa*» disse a Khalid, che lo guardò senza capire.

«È una canzone dei Gasolin': *Sono passato davanti alla porta dei demoni, laggiù alla Kofoeds Skole. C'era gente che si beveva il cervello.* Oggi non c'è nessuno che si beve il cervello. Sai che cosa facesse Per qui?»

«No, mi hanno solo detto che ci lavorava.»

«Chi te l'ha detto?»

«Un collega che l'aveva incontrato da queste parti.»

Axel era certo che mentisse.

«Capisco.»

Scesero dall'auto ed entrarono in un atrio spazioso. Una parete era decorata con un grande affresco di Hans Scherfig che rappresentava una giungla verdissima. Mentre Axel guardava il dipinto, passò un groenlandese in tenuta da addetto alle pulizie e lo salutò con un: «Ciao!» Poi arrivò un uomo magro e calvo dagli occhi sporgenti che indossava un grembiule. Anche lui salutò Axel e Khalid, che guardò il compagno con aria interrogativa. Axel era sicuro che quelle persone fossero capaci di fiutare uno sbirro a dieci chilometri di distanza, e non era normale essere accolti con tanta gentilezza da gente per cui la polizia era sinonimo di problemi. Si avvicinò al bancone.

«Axel Steen, polizia di Copenaghen. Sto cercando un vostro collaboratore, Per Larsen. C'è qualcuno che mi può aiutare?» domandò.

«Per... No, oggi non è qui.»

«Lo immaginavo. Siamo stati a casa sua ma non l'abbiamo trovato nemmeno lì, e ho bisogno di parlargli: uno dei suoi migliori amici è morto. Forse qualcuno dei suoi colleghi potrebbe aiutarmi?»

Tre minuti dopo venne ad accoglierli un uomo di circa quarant'anni. Si chiamava Leif Poulsen, teneva un laboratorio multimediale alla scuola e conosceva Per da tre anni e mezzo.

Salirono insieme le scale fino al terzo piano ed entrarono in una stanza piena di computer, stampanti e tavole luminose; dappertutto c'era gente che lavorava. L'atmosfera non è molto diversa dalla redazione di un giornale, solo un po' più misera, pensò Axel. Leif Poulsen li fece passare in un ufficetto che non veniva pulito e riordinato da parecchio tempo. Si sedettero.

«Quando è stata l'ultima volta che ha visto Per?»

«La settimana scorsa. Lunedì, mi sembra.»

«Che cosa fa qui?»

«Lavora come volontario. È entrato grazie a una forma di sovvenzione salariale, dopo essere stato licenziato dalla polizia, tre anni e mezzo fa. Non potremmo più permetterci di tenerlo, ma lui... Lo conoscete?»

Khalid intervenne.

«Sì, io lo conosco. È un mago del computer, tra le altre cose.»

«Tra le altre cose, appunto. Quando è arrivato ha creato il suo lavoro dal nulla. Ci ha aiutati a mettere in piedi la produzione dei nostri giornali, per i quali ha anche scritto degli articoli, e ha progettato il nostro sito. Da quest'anno ha un piccolo ufficio al quarto piano, dove un paio di volte alla settimana dà una mano agli allievi della scuola a rafforzare la loro competenza digitale, soprattutto nella corrispondenza con le istituzioni.»

«Come se la passa in questo periodo?»

«Mi dispiace ma di questo non vorrei parlare, dovete chiederglielo voi. So che è stato licenziato per problemi di alcol, e che se l'è legata al dito.»

Khalid intervenne di nuovo.

«Ha detto di aver visto Per la settimana scorsa. È normale che non venga per così tanto tempo?»

L'uomo esitò e assunse un'aria preoccupata.

«In effetti ho provato a cercarlo diverse volte. In questi anni è capitato che si perdesse per un po', ma normalmente viene tre volte alla settimana e osserva l'orario d'ufficio.»

«E può assentarsi così dal lavoro?»

«È un volontario. Come vi ho detto, ho provato a telefonargli.»

Khalid stava per dire qualcosa, ma Axel alzò una mano per indicare che la conversazione era terminata.

«Grazie del suo aiuto. Ha altri recapiti di Per, oltre questo numero di telefono e l'indirizzo di Nørrebro?»

«È il numero che uso anch'io per comunicare con lui.»

«Ma potrebbe essere da qualche altra parte?»

«Non saprei. Ha una madre che vive in una villona qui ad Amager, un po' più fuori. Qualche volta la va a trovare, ma penso che le possibilità finiscano qui.»

«Grazie ancora. Potremmo tornare a disturbarla, se ne avessimo bisogno?»

«Sì, certo.» Tirò fuori un biglietto da visita e lo porse ad Axel. «Mi avvertite, se lo trovate? O se gli è successo qualcosa?»

L'uomo li riaccompagnò all'uscita. Ogni persona che incontravano salutava sia lui sia Axel e Khalid.

Ripassando davanti al banco della reception, Khalid si fermò per domandare: «Che cosa c'è? Perché salutano tutti?»

«Sono gentili, signor agente. Non è pericoloso.»

Khalid scoppiò a ridere.

«No, ma è così... poco danese!»

Appena fuori, Axel si avviò in tutta fretta verso l'auto, aprì la portiera e salì.

Khalid lo raggiunse.

«Che succede?»

«Dobbiamo andare a Nørrebro.»

30

2011

Emma aveva paura che Thomas diventasse il nuovo fidanzato della mamma. Era carino. Per niente grasso né pelato, e neppure vecchio. La mamma aveva riso di lei, quando l'aveva detto, e le aveva risposto di non preoccuparsi, ma con gli adulti non si poteva mai sapere. Emma non ricordava il periodo in cui Jens si era fidanzato con la mamma, ma aveva molto ben presente i giorni in cui era andato via. La mamma piangeva e Jens era stranissimo. A un certo punto aveva gridato: «Va bene, ti perdono tutto, Cecilie, troviamo una soluzione insieme!» Non aveva sentito bene quello che aveva risposto la mamma, qualcosa del tipo che era troppo tardi. Poi lui era andato via. Ora veniva ogni tanto a prendere Anton, ma era diventato ancora più strano, nel senso: un po' strano lo era sempre stato, ma a lei piaceva, perché ci si potevano fare giochi buffi e parlava anche in modo buffo. Ma ora aveva la faccia tutta rigida, come se fosse congelato.

Ursula, la sua migliore amica, aveva paura che i suoi genitori si separassero. Diceva che da quando erano nati i gemelli litigavano tutto il tempo, e se non litigavano o non stavano con i gemelli erano stanchi morti e pensavano solo a dormire. E quando non erano stanchi e non dormivano dovevano occuparsi di nuovo dei gemelli. Ursula aveva detto che se si separavano sarebbe stato uno schifo totale, ed Emma la capiva benissimo, anche se non era d'accordo.

Perché gli adulti si separavano, era una cosa normalissima. Da grande, anche lei avrebbe avuto un bambino e poi si sarebbe separata dal padre. Era così che funzionava.

Aveva anche provato a spiegarlo a Ursula, lei però si era arrabbiata e così avevano litigato.

31
2011

«Dai, Khalid, c'è qualcosa di poco chiaro. Non risponde al telefono, non si presenta al lavoro, a casa non c'è. Trova il numero della madre, chiamala e chiedile se sa dov'è.»

Mentre passavano sul Knippelsbro, Khalid chiamò qualcuno che Axel non conosceva. Due minuti dopo aveva un indirizzo e un numero di telefono. Provò, ma nessuno rispose.

La festa dell'Ascensione aveva svuotato le strade, ci misero un attimo ad attraversare la città. Quando superarono il ponte Dronning Louise ed entrarono a Nørrebro, Axel sentì una fitta di nostalgia all'idea di tornare nel suo quartiere. I laghi erano come specchi d'argento lucido, e le finestre delle case di Sortedam Dossering mandavano lampi che gli ferivano gli occhi.

«Non sapevo che stessi con Henriette» disse Khalid, dopo essere rimasto in silenzio per un po'.

Axel aveva ricevuto un sms da lei quella mattina: «Che serata! Io ero ubriaca persa, ma neanche tu sei stato una passeggiata! Ci vediamo stasera? Mi manchi, baci, H.»

Aveva risposto che anche lei gli mancava, ma che quella sera aveva Emma.

Non sentiva alcun bisogno di parlare con Khalid del rapporto con Henriette, specie dopo la conclusione ingloriosa della festa, perciò si limitò a un: «Mmh.»

Scesero davanti a un palazzo all'angolo tra Svanevej e

Frederikssundsvej. Axel cominciò a suonare tutti i campanelli, finché qualcuno gli aprì. Salì di corsa le scale e si fermò davanti alla porta di Per Larsen. E a quel punto ne fu certo. Provò ad aprirla, ma era chiusa a chiave. Sollevò lo sportellino della buca delle lettere, disse tre volte «cazzo!» e tirò fuori il telefono.

«Parla Axel Steen, mandate subito una squadra, un fabbro e BB.» Stava per dare l'indirizzo, quando Khalid lo raggiunse.

Axel si voltò verso di lui. Controllati, disse a se stesso, ma sentiva che era già troppo tardi.

«Fin dove sei arrivato, ieri?»

«Di che parli? Alla festa? Da nessuna parte. Non l'ho toccata.»

«Pezzo di deficiente, me ne sbatto di quello che hai fatto alla festa» sibilò Axel. Ma non era vero: che cosa cercava di dirgli Khalid? Era successo qualcosa dopo che lui se n'era andato? Aveva altro cui pensare adesso, eppure quell'allusione fu come benzina sul fuoco della rabbia che l'errore di Khalid aveva già scatenato. «M'importa che non lavori come si deve. Sei stato qui o no?»

«Sì, ci sono stato.»

«Non ieri, però, come ti avevo chiesto di fare.»

«No: non c'era tempo, prima della festa.»

«'Fanculo la festa.»

«Sono venuto due giorni fa, quando mi hai buttato fuori dalla macchina.»

«Vaffanculo anche tu, Khalid. Sei salito?»

«Sì.»

«Fino a qui, sul pianerottolo?»

«Sì.»

Axel gli si avvicinò fino a trovarsi a venti centimetri dalla sua faccia.

«Allora non ti funziona, quel cazzo di naso. Hai la febbre da fieno? Sei raffreddato? O è pieno di caccole?»

Khalid fece per dire qualcosa.

«No, non c'è più bisogno che parli, adesso. Non lo senti l'odore? Che cazzo, Khalid.» Si rese conto che l'altro cominciava a capire, ma non aveva ancora finito.

«Non ve l'insegnano, al corso di barba finta e occhiali neri, vero? E lo sai perché? Perché queste cose s'imparano in un posto solo: nella vita.»

Lo tirò per un braccio fino alla porta, lo fece chinare e riaprì lo sportellino. Vide Khalid fare una smorfia di disgusto e tirare indietro la testa.

«Carne morta, Khalid. È la carne umana morta che manda quest'odore, e mi ci gioco il tuo naso tappato che Per Larsen è lì dentro, ed è lì almeno da una settimana, cosa di cui potevi accertarti già due giorni fa, se avessi almeno toccato questo sportellino.»

Poi girò su se stesso e scese in strada, per allontanarsi dall'odore e fumare una sigaretta. Era furioso. Con Khalid, con Henriette. E con se stesso, per essere stato troppo gentile.

Un'ora dopo la porta fu aperta. Erano tutti in fila sulle scale, dietro il fabbro, in tuta protettiva e copriscarpe, mascherina e retina per i capelli. Axel in testa, poi i tre tecnici della scientifica guidati da BB, infine Khalid e due agenti che avevano avuto istruzioni di tenere gli estranei lontani dall'appartamento. L'odore di morte, di carne in putrefazione, da cui nessuna mascherina poteva difendere, si riversò sul pianerottolo: dolciastro, nauseabondo e onnipervasivo.

Axel entrò; alle sue spalle, i tecnici cominciavano a disporre le pedane per il passaggio. Per Larsen era in camera, disteso sul letto. Axel lo contemplò a quattro metri di distanza. Sembrava dormisse. Le mani composte sul piumino, a sua volta ben rincalzato intorno al petto. Aveva gli occhi chiusi e un'espressione pacifica. Il viso era gonfio e verdastro. Era morto, ma c'era vita in lui. Insetti. Axel represse un conato di vomito e si avvicinò. Non aveva bisogno di toccarlo per accertarsi che aveva la stessa temperatura del resto della stanza. Il tanfo si era fatto più forte; Axel vide le larve nelle narici, negli occhi e tutt'intorno alla bocca aperta. C'erano anche molte mosche adulte. Axel si chinò sul morto, ne studiò il viso e sollevò il piumino, ma l'odore divenne insopportabile e uno sciame di moschini si sollevò nell'aria. A giudicare dalla loro dimensione, il cadavere doveva essere lì almeno da una settimana. Non c'era nessuna causa di morte visibile, ma Axel era sicuro che fosse stato ucciso.

L'appartamento era arredato in maniera semplice: un divano, un televisore, una poltrona, una libreria con tre scaffali pieni di libri. Nella camera da letto, un armadio di mogano strapieno di vestiti. Nonostante i pochi mobili, l'ambiente era claustrofobico. Pile di vecchi giornali e ritagli ammucchiati sul pavimento, bottiglie di vino rosso sparse ovunque, posaceneri pieni di mozziconi, pipe, tabacco e scovolini, bicchieri vuoti con striature rosso rubino, il cui cristallo mandava deboli riflessi. Il sole filtrava dalle finestre, opache di polvere ed escrementi di uccelli. Axel andò a spalancarne una. Fuori c'era Svanevej. Venerdì di sconti e l'estate sul marciapiede. Clacson.

«Da quanto tempo è morto, secondo te?» domandò Khalid.

«Almeno una settimana: le uova ci mettono un po' a schiudersi, e gli insetti a diventare grandi come questi» rispose Axel, con un cenno del capo in direzione di Per Larsen.

«A prima vista non sembrerebbe un omicidio» disse Khalid.

Axel lo guardò e scosse la testa.

«Ascoltami bene: è stato ucciso. Lo capiresti subito, se fossi in grado di leggere l'ambiente. Non si discute. La questione non è se, ma come.»

Era la pace. Nulla in quell'appartamento era meticolosamente ordinato quanto il cadavere che giaceva nel letto.

Un alcolista non si mette a dormire in quel modo. Per Larsen era stato composto. Certo, poteva essere morto per cause naturali ed essere stato composto in seguito, da un parente o un amico che volesse dargli un po' di dignità nell'ultimo viaggio: era accaduto altre volte, ma Axel dubitava che fosse questo il caso.

Un giovane uomo entrò con una grande sacca e la posò in un angolo della stanza.

«Chi sei?» gli domandò Axel.

«Vengo dall'Istituto di medicina legale. Mi chiamo Leo Marquardt.»

Prima che Axel avesse il tempo di aprire bocca, l'altro continuò.

«E tu devi essere Axel Steen. Lennart mi ha parlato molto di te.»

«Perché non è venuto?»

«Anche lui ha diritto a un po' di vacanze, ogni tanto.»

Axel era contrariato. Considerava Lennart un fattore imprescindibile in un'indagine per omicidio, era così da sempre.

«Voglio un esame approfondito. Cerca di scoprire in fretta la causa della morte, ma prima devi lasciare che la scientifica faccia i suoi rilievi.»

L'uomo si avvicinò al cadavere infilandosi i guanti.

«Ha un'aria molto serena.»

«Proprio per questo. Tutta la casa parla di sbronze e caos; lui però è nel suo candido lettino, come se fosse stato preparato per un'esposizione pubblica. Non è un po' strano?»

Marquardt fece una risatina nervosa.

«Sì, può darsi. Hai già un'ipotesi?»

«Io non lavoro con le ipotesi, lavoro con i fatti. È per questo che mi serve la causa della morte, in modo che possiamo stabilire cos'è successo e andare avanti. Buon lavoro.»

Lasciò Leo Marquardt in compagnia del cadavere e tornò

in soggiorno. Sfogliò i mucchi di giornali. Erano stati tutti ritagliati. La maggior parte dei libri sugli scaffali era di saggistica: fisica quantistica, il Big Bang. C'erano anche vocabolari d'inglese, persiano, arabo e curdo. Su una sedia era appesa una giacca; Axel frugò nelle tasche e tirò fuori un logoro portafogli di pelle, con una tessera sanitaria, una carta di credito e una patente. La foto somigliava all'uomo nel letto. Per Larsen, nato nel 1969. C'era un mucchietto di altre tessere, tra cui quelle di un bar e della Kofoeds Skole; tre biglietti da visita: due con i nomi di due consulenti del comune e uno di un giornalista di *Information* che Axel conosceva. Su quest'ultimo era annotato un numero di cellulare. Se lo infilò in tasca e cominciò a cercare i documenti personali. Non ce n'erano, e questa era un'altra stranezza. La terza era che le superfici del tavolo da pranzo e dei mobili della cucina erano sgombre e pulite; il che poteva essere un caso, naturalmente, ma anche il segno che qualcuno si era preoccupato di eliminare eventuali indizi.

Tornò da Leo Marquardt.

«Sei in grado di dirmi qualcosa?»

«Non molto. Non ci sono tracce di violenza. Penso che la causa della morte sia stata un'ischemia o un'emorragia cerebrale. Non era in buone condizioni di salute, e ci sono segni evidenti di dipendenza dall'alcol. Potrò dirti di più dopo l'esame autoptico.»

«Da quanto tempo è qui?»

«Mmh, di certo più di quattro giorni, probabilmente una settimana.»

Era compatibile con la dichiarazione dell'amico di Per alla Kofoeds Skole, che non lo sentiva dal lunedì precedente.

E voleva dire che Per Larsen era morto prima di Sten Høeck.

32

2011

Thomas le aveva domandato quando avrebbe rivisto suo padre. Emma non aveva voglia di dirglielo. Perché non erano fatti suoi e perché secondo lei se ne doveva andare. Da quando lui viveva con loro, papà veniva meno spesso. O era da prima? Emma non se lo ricordava.

C'era una categoria di adulti ai quali i bambini non interessavano per niente, ma che avevano imparato a fingere per far piacere agli altri adulti. Perciò, quando si trovavano insieme agli altri adulti e ai loro bambini, li chiamavano «piccolo mio», gli facevano carezze sulla testa, gli dicevano «che bel vestito che hai» e altre cose imbarazzanti, ma quando erano soli con i bambini neppure li guardavano. Bisognava stare alla larga da quel tipo di adulti.

Thomas era uno di loro.

«Viene oggi» aveva detto. Perché era vero. Lei non vedeva l'ora, ma un po' anche no. Perché era difficile stare con papà, Emma si arrabbiava spesso con lui, anche se non capiva perché. Succedeva e basta. In compenso, quando erano insieme lei non aveva mai mal di pancia. Era come se potesse essere quella che era. Ma poi si arrabbiava, lo tormentava e lo trovava insopportabile. Un tempo sarebbero finiti a litigare, ma ora non più. Papà non si arrabbiava più con lei, e questo le faceva venire i nervi. E di nuovo non sapeva come uscirne e si metteva a piangere.

33
2011

Fece scendere Khalid all'angolo di Blågårdsgade. Non presero altri appuntamenti, Axel era felice di liberarsi di lui. Proseguì fino a Sortedam Dossering e parcheggiò. Tirò fuori il biglietto da visita e fece il numero.

«Parla Martin Lindberg.»

«Martin? Sono Axel Steen.»

Dall'altra parte ci fu un momento di silenzio.

«Sì, posso esserti utile in qualche modo?»

«Lo spero. Ti chiamo a proposito di Per Larsen, lo conosci?»

«Sì, perché me lo chiedi?»

«Vorrei parlare di lui con te.»

«Non posso, lo sai. È una fonte.»

«Era.»

«Come?»

«È morto. L'abbiamo trovato morto a casa sua, oggi.»

Un altro silenzio. E un'imprecazione soffocata, sembrò ad Axel.

«Perciò pensavo che forse avevi voglia di parlare con me, dopotutto. Ho trovato il tuo biglietto da visita nel suo portafogli.»

«È stato ucciso?»

«In apparenza è morto per cause naturali, ma non ne sono sicuro. Per il momento tengo tutte le soluzioni aperte, e m'interesserebbe sentire che cosa sai di lui.»

«Sì, scusami ma è un po' un colpo. È vero, ci siamo incontrati qualche volta. Va bene, in fondo ti devo un favore.»

Il favore risaliva a quattro anni prima. Axel aveva passato a Lindberg – che a quei tempi lavorava per un sito d'informazione di sinistra – il video di certe violenze da parte della polizia, che la direzione negava.

«Sei stato la causa indiretta della mia assunzione a *Information*.»

«Sì, ho notato che hai lasciato la controinformazione e hai fatto carriera. Ti va bene se ci vediamo tra un'ora?»

«Sì. Al Café Blå Time, in Store Kongensgade.»

Martin Lindberg non era molto cambiato. Aveva qualche filo bianco nella chioma bionda e ribelle e un piccolo ventaglio di rughe intorno agli occhi scuri; il cuoio della giacca era stato sostituito dal camoscio, ma i codici di abbigliamento della stampa libera erano rispettati grazie ai jeans logori e alle Converse, forse un tempo bianche, che ormai variavano tra il grigio e il marrone. Anche la sigaretta sull'orecchio era sparita, ma c'era un paio di occhiali tra i capelli.

Axel gli strinse la mano, ordinarono due caffè e si sedettero fuori, a un tavolino cromato, per poter fumare.

«Mi è dispiaciuto molto sentire di Per. Era fatto a modo suo, ma aveva una competenza sterminata. Era laureato in Giornalismo e aveva un gran fiuto per le storie. L'ho utilizzato spesso come fonte per le notizie di sfondo.»

«Che significa?»

«Sapeva come funzionano le cose al Pet. Era informatissimo sui gruppi di rifugiati del Medio Oriente, sull'ambiente dell'islam radicale, sulla politica e sulle prassi del Pet nei loro riguardi.»

«Perché ha lasciato i servizi?»

«Non so, so solo che non si trovava bene.»

«È stato a causa dell'alcol?»

«Ufficialmente sì. Però accennava spesso al fatto che i loro metodi non gli andavano a genio. Credo che si sentisse tradito. Ma è anche vero che beveva molto. A volte, quando era molto ubriaco, se ne usciva con le storie più incredibili.»

«Tipo?»

«Voli della Cia sul territorio danese. Il caso, messo a tacere, del capo della polizia che va a centottanta all'ora su una strada dello Sjælland. Arresti brutali. Insabbiamenti. Testimonianze manipolate davanti a commissioni d'inchiesta.»

«E tu che cosa ne facevi?»

«Prendevo appunti, e poi cercavo di farmi ripetere tutto quando era sobrio, ma in genere allora era molto più abbottonato.»

«Credevi a quelle storie?»

«Certo che ci credevo. Una volta me ne ha raccontata una anche su di te. Mi ha detto che hai lasciato morire un uomo che aveva violentato sua figlia.»

«Non bisogna credere a tutto quello che si sente.»

«Quello che credo io non ha importanza. Ha importanza solo quello che posso documentare.»

«E hai potuto documentare qualcuna di quelle storie?»

«No, è il problema del giornalismo. Trovare storie che potrebbero valere un premio Cavling non è difficile, il difficile è documentarle in modo da meritarlo.»

«Ma avrai fatto delle ricerche, no?»

«Sì, ma erano argomenti delicati. Rischiavo che qualcuno scoprisse che era Per, la mia fonte. E avevano già avuto sospetti su di lui.»

«Chi?»

«La polizia.»

«Il Pet o gli altri?»

«Che vuoi che ne sappia? Per me è tutta la stessa schifezza. So che qualcuno era andato a casa sua, che avevano avuto qualche "conversazione amichevole", per così dire.»

«Tra le storie che ti ha raccontato ce n'era qualcuna che gli stava particolarmente a cuore?»

«Sì, quella dei voli della Cia. Ci ritornava sempre sopra, sosteneva di sapere tutto. Anche da sobrio, ma non ha mai voluto raccontarmi di più.»

«E tu hai approfondito?»

«Sì, ho anche cercato di farmi aiutare da altre fonti del Pet.»

«E che cosa ti hanno detto?»

«Non hanno voluto confermare la storia. E Per ha avuto dei problemi, perciò ho smesso di scavare in quella direzione. In compenso, mi sono rivolto ai politici. Ho convinto alcuni di loro a indagare su questi voli, così hanno messo su un gruppo di lavoro e alla fine hanno emesso un rapporto. La conclusione, prevedibile, è stata che non era possibile documentare l'esistenza di voli irregolari sul territorio nazionale.»

«Che problemi ha avuto Per?»

«La sicurezza interna gli ha fatto perquisire casa.»

«Hanno trovato qualcosa?»

«Non lo so, ma so che in seguito a questi fatti lui ha avuto un crollo.»

«Quindi era in possesso di materiale rilevante?»

«La mia impressione è che avesse in mano qualcosa.»

«Quando sono stato da lui non ho trovato niente. Ho visto un sacco di giornali ritagliati, ma i ritagli non c'erano.»

«Quando era ubriaco e blaterava su sentenze manipolate e innocenti condannati, diceva sempre di avere la documentazione, sia scritta sia in video. Schiumava di rabbia e inveiva, li chiamava "maiali", "iene" e "avvoltoi", ma credo avesse paura di fare il passo decisivo e accusarli pubblicamente.»

«Quindi pensi che avesse un archivio.»

«Sì, ma non ne sono sicuro. È solo una sensazione di pancia. E se sapeva che il Pet lo teneva d'occhio, è molto probabile che non lo tenesse in casa. Non era mica scemo.»

«Dove potrebbe essere, allora?»

«Non ne ho idea. Non è detto che sia sterminato, potrebbe essere materiale che entra in una chiavetta usb. Forse al lavoro, o a casa di sua madre. Avete controllato?»

«Sai con chi altro era in contatto?»

«Aveva degli amici alla Kofoeds Skole e poi c'era un ex collega del Pet, un certo Sten. So che anche lui aveva lasciato i servizi.» Si azzittì di colpo. «Che cosa ci guadagno, io, in tutto questo?»

«Niente. Ora siamo pari.»

«Ma se scopri qualcosa, ad esempio su quella storia dei voli della Cia, mi fai un fischio, vero?»

«Non ci contare.»

«Invece sì. Ti conosco, Axel Steen. Tu sei uno di quelli che vogliono che la verità trionfi.»

Prima di salutare Lindberg, Axel gli domandò: «Dicevi di aver approfondito le storie che Per raccontava quando era ubriaco. Cosa ne hai fatto di quella su di me, che avrei lasciato morire un uomo che aveva violentato sua figlia?»

«Cosa vuoi fare con un pezzo di merda così, Axel Steen? Proprio niente.»

34
2007

Ogni mattina Anwar andava a fare una passeggiata. La meta era la panetteria Kvickly, sulla rotonda di Nørrebro, dove comprava un panino e poi tornava a casa. C'erano molte panetterie più vicine, perfino un fornaio arabo, ma Anwar faceva sempre quel giro. La via più breve sarebbe stata Kapelvej e Nørrebrogade, ma lui non passava mai di lì. Faceva di rado la stessa strada: utilizzava sentieri sempre diversi all'interno del cimitero storico, l'Assistens Kirkegård, e qualche volta faceva un pezzo di Nørrebrogade e poi rientrava nel cimitero.

«È il campo che deve ricordarsi di annaffiare ogni mattina! Da qualche parte, in quel tragitto, c'è l'indicazione su un *dead drop* che deve cercare. Ecco che cosa significa» disse Per con un sorriso di trionfo.

Aveva riportato tutti i percorsi di Anwar sul suo schermo, che ora Henriette era chinata a guardare insieme a Sten Høeck.

«Se partiamo dal fatto che cerca un segno, dovrà passare dagli stessi posti ogni giorno: non necessariamente all'andata e al ritorno, ma almeno una volta sì» continuò Per, guardandoli. Aveva la faccia unta e non profumava esattamente di bucato. «Se ora elimino dalla mappa tutti i posti dove non passa ogni giorno, rimangono tre pezzi di strada: *voilà*» disse premendo un tasto.

Sulla mappa rimasero solo un tratto di Kapelvej, una parte del viale di tigli nell'Assistens Kirkegård e una di Jagtvej.

«Ottimo lavoro, Per.»

Henriette era sicura che in uno di quei segmenti di strada si trovasse un segnale per Anwar. Un filo di spago annodato a un albero, un sasso su una lapide, un segno con un gesso, un pezzo di nastro adesivo o isolante su un muro. Il *dead drop* era un metodo classico, usato dagli agenti di tutto il mondo, per scambiarsi messaggi e oggetti senza necessità d'incontrarsi. Un segnale indicava all'agente che in un luogo di consegna segreto – la "buchetta delle lettere" – c'era un messaggio per lui. Poteva essere sotto una panchina, nella cassetta di scarico del bagno di un caffè, sotto un cestino dei rifiuti o nel buco di un muro.

Henriette era convinta che Anwar riceveva dei messaggi da qualche parte, e avrebbe dato tutto per capire come e dove avveniva lo scambio. Non che pensasse di avere qualche possibilità di leggerli, ma voleva almeno scoprire chi li consegnava.

La mattina dopo erano pronti. Cinque squadre, appostate nel cimitero di Assistens, si alternarono nel pedinamento con delle microcamere nascoste nella giacca. Henriette avrebbe voluto essere con loro, ma Sten Høeck aveva bocciato l'idea, perché Anwar poteva ricordarsi di averla vista all'aeroporto. Inoltre, Sten aveva messo sessanta osservatori a sorvegliare la zona, secondo un complesso sistema di rotazione, per ridurre al minimo il rischio che i fratelli riconoscessero le singole persone. Henriette era davanti agli schermi con Per e Sten, in Peter Fabers Gade. Vide Anwar lasciare l'appartamento e percorrere i quaranta metri di Kapelvej che lo separavano dall'ingresso del cimitero.

«Il segnale non è in Kapelvej» disse Per. «Troppo vicino a casa. Dobbiamo concentrarci sugli altri due tratti.»

Arrivato a metà del viale, Anwar si sedette su una panchina. Tirò fuori un pezzetto di carta dalla tasca interna, lo strappò e lasciò cadere i pezzetti dietro lo schienale.

«Ha strappato un foglietto, dobbiamo raccogliere i pezzi appena saremo fuori dalla sua vista» disse Henriette al microfono, rivolta a tutti gli osservatori.

Sten Høeck la fulminò con lo sguardo.

«Nessuno raccolga niente, avete capito? Attendete ordini.» Poi si strappò cuffie e microfono e, con un gesto del pollice, segnalò a Henriette di seguirlo in cucina.

«Che cazzo, Sten, ma perché? Era la nostra chance di avere qualcosa in mano!»

«Le squadre prendono ordini da me, Henriette. Quello che hai appena visto non è un biglietto, ma una trappola, un test. Tornerà indietro a vedere se è ancora lì.»

Rientrarono nella stanza dov'era Per, in un clima teso.

«Avete della carta che somigli a quel foglio, nella macchina a Nørrebrogade?» domandò Sten Høeck ai suoi uomini.

«Ne abbiamo di diversi tipi, capo.»

«Se ce l'avete potete raccoglierlo, ma solo se è uguale al cento per cento. Il gruppo 3 continuerà a seguirlo a distanza e riferirà quando lo vede rientrare nel cimitero. Il gruppo 2 si occupa del biglietto.»

Sugli schermi, due uomini muniti di guanti raccolsero tutti i pezzetti di carta e disposero un nuovo mosaico di frammenti bianchi dietro la panchina.

«Devi lasciare a me queste cose» diceva intanto Sten.

Due minuti dopo arrivò la risposta.

«È un foglio senza testo.»

«Devi lasciarmi fare, cazzo» ripeté Sten tra i denti.

Anwar comprò il suo panino e riprese la strada del cimitero.

Sten Høeck non è il mio superiore, pensò Henriette. Erano parigrado, vicecommissari, ma era lei il capo operativo di quell'azione e le decisioni, in ultima analisi, spettavano a lei. Tuttavia, aveva intenzione di lasciargli mano libera perché era bravo, più che bravo. A volte trovava snervante la sua campagna di seduzione permanente nei confronti delle donne, ma doveva ammettere che conosceva tutti i trucchi. E se fino ad allora avevano potuto sorvegliare così bene i due fratelli era stato solo merito suo. Quando Anwar fu di nuovo a casa, Henriette si rivolse a Sten.

«Come proponi di procedere?»

«Vuoi vedere quello che vede Anwar?»

«Sì, e i tuoi uomini non hanno trovato niente di concreto, vero? Seguirlo è inutile.»

«È vero, ma forse può essere utile precederlo. Conosciamo le zone in cui pensiamo che trovi i segnali, no?»

«Sì.»

«Se mandiamo tre, quattro uomini con una telecamera nascosta sul dorso della giacca a camminare a turno davanti a lui in quei tratti di strada, forse potremo vedere che cosa guarda. Ma non ci conterei troppo, fossi in te.»

«Perché?»

«Se è un professionista, non terrà a lungo gli occhi sul segnale. E lui è un professionista, o perlomeno è molto prudente.»

«Che cavolo, Sten, non facciamolo più furbo di quello che è. È stato qualche mese in un campo di addestramento, non sarà mica diventato la spia che venne dal freddo.»

«Certo, certo, non volevo dire questo.»

«Voglio che metti in piedi tutto per domani.»

«D'accordo.»

«E la persona che lascia i segnali?»

«Sì?»

«Possiamo scoprire chi è?»

«No, se non conosciamo il posto in cui li lascia. E se dobbiamo sorvegliare tutta la zona, il rischio che ci scoprano è troppo alto.»

«Già, e non deve succedere.»

«Tu chi pensi che sia?» disse Sten guardando Henriette.

Lei lo ignorava, anche se l'ipotesi di un terzo uomo, che ossessionava Jens Jessen, le sembrava plausibile. Ma non poteva dirlo.

«Chi lo sa? Potrebbe essere un tirapiedi o un personaggio centrale, prudente quanto Anwar. Se è questo il caso, non dobbiamo farci scoprire.» Rifletté un po'. «Ma non possiamo montare delle telecamere?»

«Certo, ma dobbiamo stare molto attenti. Siamo al confine con la zona delle bande, ci vuole poco a farsi individuare. E se fossi la persona che lascia i segnali, non mi farei vedere sul viale del cimitero. Li appenderei su un albero che lo costeggia, o che si può vedere dal viale. Scavalcherei il muro ed entrerei di notte.»

«Sì, ma allora dobbiamo trovare quel maledetto segnale, Sten. Non importa se non riusciamo a seguire l'uomo che lo lascia, ma voglio a tutti i costi almeno le sue foto.»

Il giorno dopo ricominciarono a seguire Anwar: si sarebbero limitati a due uomini, da far camminare a turno davanti a lui. Alla fine del pedinamento, Henriette guardò le riprese insieme a Per e Sten. Videro il volto di Anwar ingrandito sullo schermo, la sua espressione preoccupata; il passo spavaldo da membro di una banda era stato sostituito da un controllo nei movimenti che non riusciva a dissimulare il suo stato di allerta. Seguirono la direzione dei suoi occhi mentre percorreva il cimitero.

«Che facciamo se il segnale non è nel viale o in Jagtvej? Se abbiamo trascurato qualcosa in Nørrebrogade, o su una casa dall'altro lato della strada?» Henriette si sentiva frustrata: le sembrava di non avanzare di un passo.

«Lo seguiamo anche lì, stai tranquilla» disse Sten Høeck. «Direi che hai bisogno di alleggerire un po' la tensione.»

«Chiudi la bocca, Sten.»

«Sono qui, tesoro, non posso resisterti.»
«Piantala, ho detto.»
«Ah! Eccolo di nuovo!» disse Sten. Annotarono l'ora e il luogo. Era successo sei volte, durante il tragitto. Gli occhi di Anwar erano scivolati da un lato e si erano fermati su qualcosa. In modo tanto impercettibile che nessuno l'avrebbe notato, se fosse stato un semplice passante. Su Jagtvej il suo sguardo era più incostante, ma lì c'erano le auto e il rumore del traffico, molto più movimento rispetto al cimitero.
«Voglio uscire a vedere con i miei occhi» sbottò Henriette.
«*No way.*»
È perché sono una donna? Possibile?, pensò lei. Tutta questa parata da maschio dominante, amante delle donne, è un modo per nascondere la sua ansia? O il suo odio? Perché ce l'ha tanto con me?
Sten Høeck inspirò a fondo
«È una cattiva idea, Henriette. Non voglio che ti scoprano. Mandiamo fuori Per, ha una memoria fotografica. Se qualcuno ha una speranza di trovare il messaggio, è lui.»
Lei si arrese, ma annotò mentalmente che un giorno lo avrebbe affrontato per capire che diavolo ci fosse sotto.

Per si travestì da ubriacone che raccattava bottiglie vuote per strada: non che ci fosse molto da cambiare. Entrò così bene nel ruolo che riuscì a scolarsi parecchie birre durante la missione, ma non tornò a mani vuote.
«Ci sono tre posti possibili» dichiarò. «Un segno con il gesso sull'asfalto del viale di tigli, sicuramente non fatto dai bambini. Era azzurro, ma la pioggia potrebbe cancellarlo, quindi non credo sia quello. Un filo di spago su un ramo vicino alla tomba di Niels Bohr, ma anche qui ho dei dubbi. E poi un pezzo di nastro adesivo giallo su un muro di Jagtvej, a due metri da terra. È quello, ne sono sicuro. Anwar l'ha guardato.»

Per mostrò la ripresa agli altri. Videro Anwar alzare lo sguardo due volte. La prima quando uscì dal cancello dell'Assistens Kirkegård per imboccare Jagtvej, e l'altra quando arrivò a cinque metri dal nastro giallo.

Un occhio non allenato non avrebbe notato alcun cambiamento, tuttavia sul volto di Anwar accadde qualcosa.

«Guardate, ora metto a confronto le due espressioni del viso» disse Per, sprizzando gioia infantile da tutti i pori.

Nella prima immagine Anwar era nel cimitero, appena prima di uscire su Jagtvej, quando ci si poteva aspettare che fosse più teso e preoccupato che non ci fossero messaggi per lui. Lo sguardo era assente, l'espressione raccolta, con due rughe che andavano da metà della fronte alla radice del naso, la mascella molto contratta, come indicò Per con una penna. Nell'altra immagine il volto era lo stesso, le rughe però erano sparite, lo sguardo sempre lontano ma ora molto tranquillo.

«Sì, porca miseria!» esclamò Henriette. «È quello! Sei un mago, Per!»

«Quel pezzo di nastro giallo, Henriette» disse Per, «è stato messo lì dal suo contatto.»

35
2011

Tornò alla centrale, dopo aver parlato al telefono con Vicki che, nonostante il mal di testa, lavorava dal primo mattino sulla pista della gelosia e voleva discuterne con lui. La morte di Per Larsen aveva messo il turbo alle indagini, e anche il colloquio con Lindberg aveva fatto la sua parte. Non c'erano molti punti in comune tra i due delitti, e forse quello di Per Larsen non era nemmeno un delitto, ma era una coincidenza troppo incredibile che due ex agenti del Pet, un tempo entrambi impegnati in operazioni di antiterrorismo, fossero morti a così poco tempo di distanza l'uno dall'altro.

Trovò Vicki seduta al computer, con gli occhi rossi.

«Abbiamo sentito il fratello dell'impiegata della Mærsk con cui Sten aveva avuto una storia. Ha ammesso di averlo minacciato fisicamente e non ha neppure finto di essere dispiaciuto per la sua morte, ma ha un alibi di ferro, perché era a Oslo in viaggio d'affari.»

«E le altre donne?»

«Abbiamo sentito in tutto ventidue donne fra quelle che sono state a letto con lui negli ultimi due anni. Abbiamo verificato la loro situazione, matrimoni e relazioni sentimentali, ma non è venuto fuori niente.»

«E le telefonate sul cellulare di Sten, prima dell'omicidio?»

«Ce n'erano quattro. Due brevi, in entrata, da numeri che non siamo ancora riusciti a rintracciare. Le altre sono a donne che Sten ha chiamato. Abbiamo parlato con entrambe: dicono che lui voleva vederle ma nessuna delle due aveva tempo.»

«Perciò a che punto siamo?»

«È probabile che le telefonate anonime siano state fatte dall'assassino, ma non lo troveremo certo in questo modo. E direi che possiamo abbandonare la pista della gelosia, per il momento. Ci servirebbe qualcosa di concreto, un sospetto, qualcuno che lo odiasse. È davvero assurdo, considerando con quante donne è andato a letto! No, non credo che lo troveremo lì, il movente.»

«È vero, la freccia punta in un'altra direzione, ma non abbassiamo la guardia.»

«Certo che no.»

«Dobbiamo concentrarci sulla pista del Pet» disse Axel.

La morte di Per Larsen rafforzava la necessità di scoprire se gli omicidi erano stati commessi per vendetta. Insieme ai politici e agli autori delle vignette su Maometto, i militari e gli agenti dei servizi segreti erano ai primi posti nelle liste di obiettivi dei guerrieri islamici. Se l'assassino aveva preso di mira gli uomini del Pet, andava fermato prima che altri perdessero la vita, ma per farlo dovevano trovare il collegamento tra i due delitti.

«Prima però devi andare a parlare con Josephsen. È venuto a cercarti poco fa. A quanto ho capito, si tratta di una variazione nella strategia dell'indagine» disse Vicki.

Non prometteva bene.

Axel tornò nel suo ufficio e trovò Josephsen che si dondolava sulla sedia dietro la scrivania, le mani giunte in grembo e le labbra protese come per offrire un bacio, ma che in realtà esprimevano scetticismo e disprezzo.

«Ti aspettavo. Dobbiamo parlare.»

«Sono molto occupato.»

«Qualunque cosa sia, può aspettare. Non credo che tu abbia capito come funzionano le cose nella mia sezione» disse l'altro, e Axel pensò: Conosco questa sezione da quando tu portavi il pannolino, piccolo verme.

«Ti avevo chiesto espressamente di lasciare a me i contatti con i servizi.»

«Non ho preso alcun contatto. Sono stati loro ad affiancarmi un uomo, e non sono certo responsabile di quello che lui riferisce.»

«Nondimeno, sono molto contrariati dal fatto che, a quanto pare, hai deciso di indagare su di loro.»

«Io indago in tutte le direzioni. Due ex agenti del Pet sono morti, e dobbiamo scoprire se i due delitti sono collegati.»

«Esatto, ed è per questo che voglio parlare con te. Secondo il nostro accordo con il Pet, questa parte dell'indagine non ti compete. D'ora in poi indagherai su tutto il resto, approfondirai tutti i moventi, ma lascerai che sia l'agenzia a chiarire gli eventuali legami tra i delitti e le attività che le vittime hanno svolto sotto la sua regia.»

Axel era sul punto di esplodere. Non aveva senso, era un'idiozia e anche un errore, ma si sforzò di mantenere il controllo.

«Non funziona così. Non si può risolvere un omicidio se ti vengono a dire dall'inizio di chi puoi sospettare e su chi non puoi indagare.»

«Puoi sospettare di chi vuoi, ma non puoi indagare sul Pet. Se venisse fuori qualcosa al loro riguardo, devi venire da me, e io ne discuterò con Darling e Jens Jessen.»

«Stai dicendo che devo risolvere il caso solo se si dimostra che non ha nulla a che fare con il Pet? Se è così vorrei che me lo mettessi per iscritto, per evitare future accuse di inadempienza.»

«Non metterò per iscritto proprio niente. Prosegui l'indagine entro i limiti che ho precisato, oppure te la toglierò immediatamente. Sta a te decidere.»

«Vuoi dire che è Darling che conduce l'inchiesta nel Pet?»
«Sì, e riferisce direttamente a Jens Jessen.»
«E Khalid Taleb? È fuori dal caso?»
«Non lo so.»
«Okay, se non c'è altra scelta. Voglio solo attirare la tua attenzione su un problema sul quale avrai certamente già riflettuto. L'indagine per omicidio ci compete dal punto di vista giuridico: è nostra responsabilità risolvere il caso, e farlo in modo corretto, coscienzioso e imparziale. Se, in via del tutto ipotetica, si venisse a scoprire che un assassino ha agito sotto la regia del Pet, o che sono stati commessi errori gravi che l'agenzia ha cercato di coprire, e che tu gli hai dato ordine di indagare su se stessi, non credo possa esserci alcun dubbio su chi ricadrebbe la responsabilità.»

Josephsen si passò le dita sul tirabaci e rivolse ad Axel un abbagliante sorriso di superiorità, disse «Grazie per la lezione» e lasciò la stanza, ma Axel era più che sicuro di avergli dato molto su cui riflettere.

Uscito Josephsen, Axel rimase a fissare il vuoto. Doveva correggere il tiro e adeguarsi? Aveva problemi con Henriette, problemi con Emma e la sua ansia, non era capace di stare con la gente. Era il caso di procurarsi altri problemi con il suo capo? Tornare a occuparsi di omicidi era una piccola chance che gli era stata offerta: aveva senso comprometterla?

Forse doveva finirla lì, forse il suo modo di lavorare era troppo personale, come aveva lasciato intendere Cecilie. Forse era arrivato il momento di trovare un'altra strada. Ma nel frattempo doveva fare quello che gli ordinava la coscienza.

Si alzò e tornò da Vicki. La collega alzò gli occhi dalla scrivania.

«Dobbiamo stare lontani dalla pista del Pet» annunciò. «Su quella vogliono indagare loro.»

«Sembra una cosa che potrebbero aver pensato quelli

del ministero della Giustizia» rispose lei, scuotendo la testa. «Non fanno sempre così, quando si trovano nella merda?»

«Direi di sì.» Axel sorrise. «Che ne pensi?»

«Penso che dovremmo fare attenzione, tenere un profilo basso, ma... starne fuori?» La donna rise. «Non puoi dire sul serio.»

«Infatti. Non possiamo stare a guardare. Tanto varrebbe andare a dirigere il traffico. Ma non voglio che ti rovini la carriera per colpa mia.»

«Ho voluto lavorare con te da quando sono arrivata in questa sezione. Sono dalla tua parte, finché stiamo dalla parte giusta della legge.»

«Lo sai che non è il mio forte, vero?»

«Sì.»

«Hai guardato il materiale che non dovremmo avere?»

«Sì.»

«Trovato qualcosa?»

«Ho isolato tutte le email che hanno a che fare con il Pet. Tra Per e Sten e tra Sten e l'agenzia. Non sono molte. E poi ho guardato tutti i video delle telecamere di sorveglianza che ho potuto. Vengono dal caso di Kapelvej, lo conosci?»

«Sì, l'avevo seguito sui media.»

«È l'operazione più pazzesca che abbia mai visto. I due presunti terroristi non potevano mollare una scoreggia senza essere registrati. Nell'appartamento c'erano ben dieci telecamere, che da quanto ho capito sono state in funzione tutto il tempo, per tre settimane.»

«E che cosa si vede?»

«Il punto è che non so cosa cercare. Vanno in giro per casa, si allenano, pregano, si tirano seghe, mangiano, dormono, guardano video di decapitazioni: insomma, niente che abbia potuto causare la morte di Sten Høeck.»

«No, ma Sten Høeck è stato coinvolto in tutti i casi di terrorismo. Perché ha conservato solo questo? E perché al Pet sono tanto suscettibili al riguardo?»

«Sono suscettibili?»

«Molto. Ieri mi hanno consegnato la sintesi di tutte le operazioni più importanti cui Sten ha partecipato, e in questa diverse parti del testo erano espunte.»

«Continuerò a guardare le registrazioni, ma sarebbe utile sapere che cosa devo cercare.»

«Dividiamocele.»

«Buona idea, Axel. Così saranno solo duemilaseicento ore a testa.»

Doveva andare a prendere Emma. A un tratto era contentissimo di liberarsi per un po' dell'indagine. Aveva desiderato tanto tornare a occuparsi di omicidi, e già al terzo giorno il suo caso era stato intorbidato da questioni politiche e di giurisdizione, con riguardi per tutto tranne che per la sua risoluzione. Axel non ne poteva già più.

Il telefono suonò. Era Lennart.

«Accidenti a te, Axel. Potevi aspettare che mi fossi ripreso dalla festa, prima di trovare quel tizio!»

«Spiacente, Lennart, alcuni di noi si mantengono sobri.»

«A proposito, non te ne sei andato un po' troppo in fretta, ieri?»

«Appunto: la sobrietà ha i suoi limiti naturali, nelle serate come quella. Non mi divertivo più.»

«Mi domando se tu sia mai riuscito a divertirti.»

«Io e Henriette abbiamo litigato, ho visto serate migliori.»

«Tienitela stretta, Axel, è la donna giusta per te.»

«Volevi dirmi qualcosa?»

«Hai idea di che cosa voglia dire tagliare a fette un tizio, che già è ridotto com'è ridotto, quando hai i postumi di una sbronza? Ah, già, dimenticavo che anche tu hai una certa esperienza. A prima vista sembra morte naturale. Non ho trovato coaguli né emorragie cerebrali, perciò la conclusione dell'autopsia sarà che non è possibile indicare la causa della morte. Non c'era niente che non andasse in lui, a parte un consumo spropositato di alcol. È semplicemente spirato, una cosa che può accadere ai migliori di noi.»

«Sei sicuro? La casa sembrava proprio la scena di un crimine.»

«Non ci sono segni visibili che sia stato ucciso, ma potrebbe essere stato vittima di un delitto, certamente. Ne sapremo di più quando avremo i risultati degli esami tossicologici.»

«E quando sarà?»

«Di solito il laboratorio ci mette due settimane, a meno che non ci sia urgenza; ma in questo caso dovete mettervi le mani in tasca, e i vostri capi non ne hanno mai tanta voglia.»

«Di che tipo di delitto potrebbe essere stato vittima?»

«Be', potrebbero averlo soffocato con un cuscino, per esempio. Se fosse stato addormentato e stordito dall'alcol. O addirittura sedato.»

«Ma non si vede, se una persona è stata soffocata?»

«No, in effetti. Ma certi segni potrebbero indicare che è stata tenuta ferma, come tracce di pelle sotto le unghie o un lieve enfisema; ma l'avanzato stato di decomposizione ha reso difficile documentarli, e non sembra che abbia lottato per salvarsi la vita.»

«Capisco.»

«Il Pet ha richiesto un colloquio sull'autopsia, domani. Ci vediamo lì?»

«Non sono invitato.»

«Ora sì. L'hai trovato tu, per la miseria.»

«Ottimo argomento. Mandami un sms con l'ora. Scappo; ho promesso a Emma che sarei andato a prenderla, oggi.»

«Aspetta un attimo, c'è un'altra cosa. Su Sten Høeck.»

«Che cosa?»

«Abbiamo trovato una notevole quantità di vino rosso

nel suo stomaco: spero per lui che fosse ubriaco fradicio, con tutto quello che gli hanno fatto passare. E ha delle ferite sul corpo. Considerando che pesava centonove chili ed era alto un metro e novanta, possiamo escludere che siano stati un uomo minuto o una donna, a ucciderlo.»

«Credo anch'io.»

«Non dico che tra i due casi non possa esserci un collegamento, ammesso che Per Larsen sia stato vittima di un omicidio: ma il *modus operandi* è molto diverso. Ipotizzerei due assassini diversi, il che riduce molto le possibilità che il collegamento esista.»

«Me ne rendo conto, ma sto facendo aspettare mia figlia per un ripasso di criminologia?»

«No, no, in realtà volevo dirti una cosa a proposito degli occhi. Potrebbe significare che Sten Høeck ha chiuso gli occhi, ma poi è stato obbligato a guardare.»

«Sì, è quello che hai detto l'altro ieri.»

«No, l'altro ieri ho detto che l'assassino voleva costringerlo a guardare quello che gli faceva. Pensaci. La nuova ipotesi è più concreta. Sten Høeck ha chiuso gli occhi davanti a qualcosa, ed è stato punito per questo. Forse è stato addirittura obbligato a guardarlo più volte, il che spiegherebbe il computer sul tavolo davanti a lui. Che cosa può essere, che un agente del Pet chiude gli occhi per non vedere?»

«Un reato. In nome di una causa superiore. Molto perspicace, Lennart, peccato che io non abbia niente che lo provi.»

«Per ora, ma lo troverai. Sento dalla tua voce che sei tornato nella tua forma migliore, e anche che hai messo da parte le stronzate sull'essere positivi. Ottimo, amico mio. Ricordati solo di stare lontano dalla roba forte.»

«Promesso, babbo.»

«Figlio di puttana!»

36

2011

La porta si aprì e gli occhi scuri di Emma gli luccicarono incontro. Axel dimenticò per un attimo la giornataccia che aveva trascorso e la prese in braccio.

«Ciao, tesoro.» Poi affacciò la testa in salotto. «Dov'è la mamma?»

«Fuori, in giardino.»

Axel attraversò la stanza e l'angolo cucina e sbucò nel cortiletto sul retro. Cecilie si affrettò a voltargli le spalle e a buttare via una sigaretta.

«Ah, sei tu» disse. Raccolse la sigaretta da terra e fece un altro tiro. Poi la spense.

«Hai cominciato anche tu? Emma è già preoccupata che possa morire io, non basta?»

Cecilie lo fissò, socchiudendo gli occhi.

«Direi che non sono cose che ti riguardano, Axel. Io non m'impiccio della tua vita.»

Rientrarono in casa.

«Hai mangiato?» domandò lei.

«Sì» mentì Axel. Voleva andarsene con Emma il più presto possibile.

«Meglio che andiamo, o per quando arriveremo a casa la serata sarà già finita.»

«Emma, ora mangi un po' e poi puoi andare con tuo padre.»

Portò alla bambina un piatto di quella che sembrava pasta al ragù.

Emma cominciò a mangiare con gli occhi incollati allo schermo: era chiaro che aveva un certo allenamento.

«Come va?» domandò Cecilie, e Axel capì dal tono che non si riferiva al suo benessere generale.

«Sono molto impegnato con le indagini. Sono venuti fuori dettagli nuovi.»

«Sì, Jens mi ha detto quanto sei *impegnato.*» L'ultima parola fu pronunciata con enfasi. «È appena venuto a prendere Anton.»

Ma certo, Jens. Ecco chi doveva ringraziare, se l'atmosfera era tanto cambiata rispetto a due giorni prima. Eppure, in fondo aveva solo sancito il suo distacco da Cecilie, raccontandole di Henriette come Axel era convinto che avesse fatto. Non era un passaggio obbligato?

Conosceva Cecilie da più di dieci anni, ma ne erano passati sei da quando lei lo aveva lasciato. Qualche volta si erano riavvicinati, ma mai così tanto come quando Axel era stato dimesso dall'ospedale ed era tornato a essere quello di prima. Avevano ricominciato a frequentarsi, erano andati da uno psicologo con Emma, e poi una sera, dopo che si era addormentata, era successo. Proprio lì, in quella casa. Lui era seduto sul bordo del letto della figlia e le leggeva *Harry Potter*; Cecilie era entrata e gli aveva messo una mano sulla spalla, per aiutarsi a salire su una sedia e riporre degli abiti puliti nell'armadio di Emma. Scendendo, aveva rimesso la mano nello stesso punto e l'aveva lasciata lì. Aveva accarezzato con delicatezza la stoffa della t-shirt e poi era uscita. Axel si era sentito bruciare nel punto in cui lei l'aveva sfiorato. E in tutto il resto del corpo. Quando era tornato in salotto avevano fatto l'amore sul divano, poi erano saliti in camera ed erano rimasti abbracciati nel letto finché, alle quattro di mattina, lui era andato via perché Emma non si accorgesse che aveva dormito lì.

Lì, in quella casa, quella notte, si era sentito felice, forse perché lo desiderava tanto. Ma la felicità nascondeva una paura, la sensazione di essere in visita nella vita di un altro uomo: un uomo che non esisteva più, ma una vita che desiderava ancora tanto.

Ci avevano provato, senza successo. Era come se quello che c'era stato tra loro, quello che lui sentiva con tanta intensità – al punto che negli anni successivi alla separazione era stato come se gli avessero tolto la vita – si fosse consumato, lasciandosi dietro un'arida distesa di speranze perdute, tradimenti e gelosia. E nonostante i loro sforzi, non riuscivano più a far ricrescere nulla. Così lui si era tirato indietro, dopo un paio di mesi che si frequentavano; mesi in cui Axel restava, dopo che Emma e il suo fratellino erano andati a letto, e Cecilie tornava giù e gli metteva i piedi in grembo sul divano, lui glieli massaggiava e guardavano la televisione, e qualche volta si baciavano, qualche volta si addormentavano. Ma la distanza tra loro cresceva. Restava, perfino quando facevano l'amore. Axel non sapeva perché, se era colpa della sua nuova vita, dove non c'erano droghe né alcol in cui nascondere la sua insicurezza, dove non poteva cavalcare l'onda spumeggiante del desiderio, una vita dove tutto era scoperto e messo a nudo e lui si sentiva troppo piccolo e vulnerabile, o se invece qualcosa tra loro si era irrimediabilmente spezzato.

«Sei lontano» gli disse Cecilie una sera.

«Anche tu» le rispose lui.

«Sono successe tante cose, non siamo più gli stessi.»

Per un po' evitarono di guardarsi negli occhi, con il silenzio che cresceva tra loro.

«Non ce la faccio ad andare avanti così, Cecilie.»

«È colpa mia? Ho fatto qualcosa di sbagliato?»

«No, è che non riesco a ritrovare i sentimenti che c'erano tra noi. Non so che cosa sia successo.»

Gli fece bene pronunciare quelle parole. Ne apprezzava la sobrietà, l'obiettività, anche se sentiva che spegnevano la sua gioia di vivere. Era addolorato, gli pareva che la vita avesse perso di colpo ogni colore e passione. Gli sembrava di assorbire solo dolore e rimpianti, come un cancellino vecchio e rigido dimenticato in una classe vuota. Perfino quando facevano l'amore, quando entrava in lei, erano solo movimenti, era solo un fatto fisico. Il desiderio c'era, ma era nel corpo e non nel cuore; c'era troppa realtà e troppo poco sogno.

Come in quel momento, in cui sapeva benissimo che non avrebbe potuto lasciare la casa di Kartoffelrækker con sua figlia senza affrontare uno o più chiarimenti con Cecilie.

«Jens, certo» disse. «È un caso complicato, due dei suoi ex collaboratori sono stati uccisi. Sono tutti molto turbati.»

«Di che caso parli, papà? Qualcuno ti vuole fare del male?»

«No, Emma, nessuno» disse Cecilie. «Emma e io abbiamo parlato di una cosa, ma le farebbe piacere che te la chiedessi io, perché lei si vergogna un po'.»

«Va bene» disse Axel, sorridendo alla bambina. «Di che si tratta, tesoro?»

Emma si staccò dalla televisione, corse da Cecilie e cominciò a saltare su e giù, tenendole una mano sulla bocca. «No, mamma, non voglio, non glielo dire.»

«Va bene, va bene, tesoro. Sei sicura?»

«Sì, sono sicura.»

Emma tornò a sedersi a tavola e riprese a mangiare la sua pasta. Sembrava assorta dal programma in tv, ma Axel sapeva che il suo radar era in funzione.

Cecilie lo guardava, con un bicchiere di vino rosso in mano.

«Qualcosa non va?» gli domandò.

«No, niente.»

«È buffo come cambino i ruoli, vero? Un tempo smaniavi per tornare insieme, e adesso non vedi l'ora di essere fuori dalla porta.»

Axel la prese e la portò nell'ingresso.

«Cecilie, evita questi discorsi davanti a Emma. Non so che cosa ti abbia detto Jens, ma non ha niente a che fare né con te né con lei. Mi dispiace che le cose tra noi siano andate come sono andate, ma non posso farci nulla.»

«Ho detto che vorrei fossero andate diversamente?»

Gli piantò addosso uno dei suoi sguardi ostinati e di sfida, e Axel rivide un lampo del passato, ricordi oscuri di privazione e desiderio struggente.

«No, non hai detto niente. Cosa voleva chiedermi Emma?»

Cecilie si sistemò una ciocca di capelli dietro l'orecchio.

«In questo periodo è molto angosciata. Lo psicologo dice che sono i postumi dell'anno scorso, della paura che ha avuto per tutto quello che ti è successo, e che dovremmo cercare di trasmetterle quanta più sicurezza possiamo.»

Axel capiva ed era d'accordo, ma gli sembrava troppo dover anche sopportare che Cecilie recitasse la parte dell'innamorata respinta.

«È quello che cerco di fare.»

«Emma vorrebbe che tu dormissi qui, che dormissimo tutti insieme, nello stesso letto. Come una famiglia.»

Axel non sapeva cosa dire.

«Di' un po', pensi che io mi diverta?» aggiunse Cecilie.

«No, ma dobbiamo spiegarle che non è possibile.»

«Ci ho provato, ma è quello che desidera di più al mondo. Ripeto solo quello che mi ha chiesto di dirti. O dovevo starmene zitta, solo perché ora tu...» Prese fiato e cercò di controllarsi. «Solo perché tu non vuoi?»

«No, certo che no. Ma, Cecilie, nessuno di noi due vuole.»

«Vuole cosa?»

«Smettila, per favore. Capisco il desiderio di Emma, ma è importante che le dimostriamo che siamo solidali, che continuiamo a essere i suoi genitori, anche se non viviamo più insieme.»

«Vorrei che evitassi di spiegarmi come mi sento» disse Cecilie quasi sottovoce, guardando a terra.

«Non era mia intenzione.»

Lei rialzò la testa e lo fissò dritto negli occhi, e lui si sentì passato ai raggi X.

«Sei diventato molto ragionevole, Axel Steen. È strano: sembrava una cosa tanto desiderata e poi, quando finalmente è a portata di mano, a te non va bene comunque.»

Sorrideva: un sorriso che non era solo amaro, ma lasciava trapelare anche un po' di tenerezza.

Tornarono di là. Emma stava preparando la sua borsa.

«Non dimenticare il tuo iPod» disse Cecilie.

Per tutto il viaggio fino a casa, Emma restò sulle sue. Tirò fuori l'iPod e si ficcò gli auricolari nelle orecchie. Axel aveva imparato a lasciarle spazio, senza cercare di combattere il suo malumore. Dopo cinque minuti lei strappò via le cuffiette, spazientita.

«Sei stanca, tesoro?» domandò Axel.

«Abbiamo qualche caramella?»

«No; è troppo tardi, non devi mangiare caramelle a quest'ora.»

«Una sola.»

«In ogni caso, non ne ho.»

Emma aprì il vano del cruscotto e trovò un pacchetto di Läkcrol.

«Hai detto una bugia, e allora ne posso prendere una.»

«Rimettile a posto, Emma. Fa' come ti dico.»

Lei ributtò dentro il pacchetto e si girò verso il finestrino. Cecilie gli aveva raccontato che si era svegliata tre volte quella notte, chiamandolo.

«La mamma dice che fai brutti sogni su di me, la notte. Incubi.»

«Mmh.»
«Che cosa possiamo fare? Prova a dirmi che cosa ti piacerebbe, anche se è una cosa impossibile.»
«La mamma te l'ha detto.»
«Che cosa?»
«Lo sai benissimo.»
«Che cosa, Emma?»
«Che mi piacerebbe che tu dormissi con me, a casa sua.»
«È questo che vuoi?»
«Sì. No. Vorrei solo sapere dove sei.»
Le lacrime cominciarono a scorrerle sulle guance.
«Non mi succederà niente, tesoro.»
«Ma tutte le cose che dicono, tutti quegli uomini che ti cercano per farti del male. Quando finisce? Perché non puoi tornare a vivere a Nørrebro? Io odio Amager.»
Niente di nuovo. C'erano stati troppi cambiamenti: la separazione di Cecilie da Jens Jessen, il trasloco da Nørrebro, l'appartamento di Dovregade. Amager era diventata il simbolo di tutto quello che aveva dovuto mandare giù anche se non le piaceva.
Lo aveva implorato di riportarla a Nørrebro, aveva cercato di farsi promettere che sarebbero tornati lì, un giorno. E lui non poteva spiegarle che era impossibile, perché rischiava di mettere in pericolo anche la sua vita.
Nonostante fosse già troppo grande, la prese in braccio per portarla in casa, dove mangiarono un gelato parlando di *Harry Potter*. Dopo la mise a letto e rimase lì, ad aspettare che si addormentasse. Poi andò in soggiorno, aprì il portatile e c'infilò la chiavetta che gli aveva dato Vicki. Cliccò sui video della sorveglianza e scelse le ultime cinque postazioni, come avevano stabilito. Cominciò dall'ingresso. Una telecamera era sistemata in un angolo, sopra un attaccapanni, in modo da riprendere chiunque entrasse dalla porta. Erano ventidue file in tutto. Axel aprì il primo

e vide che copriva un periodo di ventiquattr'ore, poi il secondo, che durava sempre ventiquattr'ore. Tornò al primo video e cominciò a guardarlo. C'erano tre persone che entravano nell'appartamento. Cercò nel casellario giudiziale e riconobbe subito i due fratelli pakistani. La terza era una giovane donna, che sembrava un'addetta alle pulizie. Mandò avanti velocemente la registrazione, fermandosi quando vedeva delle persone. Per il primo file gli ci vollero quaranta minuti in tutto. Poi passò alle ventiquattr'ore successive, concentrandosi di nuovo sulle persone. Vide solo i due uomini. Lo schema rimase lo stesso per il terzo e il quarto giorno; il quinto ricomparve la ragazza. Nel frattempo era passata mezzanotte: Axel annotò i video che aveva controllato e passò al file numero venti, corrispondente al terzultimo giorno. Di nuovo i due fratelli. A un certo punto notò un salto temporale, come se una parte delle riprese fosse stata tagliata. Tornò indietro. Mancavano effettivamente alcuni minuti. Controllando l'orario, verificò che erano state tagliate tre lunghe sequenze. Allora confrontò la dimensione dei file, e si accorse che quello che stava guardando era uno dei più brevi. I video delle prime settimane avevano tutti la stessa lunghezza, ma quelli degli ultimi tre giorni duravano meno. Nulla faceva pensare che le telecamere registrassero solo quando nell'appartamento succedeva qualcosa, perché c'erano riprese di ore senza un movimento né un rumore.

Era lo stesso materiale al quale avevano avuto accesso gli avvocati difensori? Come mai non avevano preteso di vedere le registrazioni integrali? Si erano accorti che mancava qualcosa? Forse era una strada che poteva percorrere per capire come mai il caso di Kapelvej fosse tanto importante, senza che il Pet si rendesse conto dei suoi movimenti.

Si mise a letto.

Emma lo chiamò due volte nel sonno; lui andò da lei

e la tenne stretta finché il suo respiro non tornò calmo e regolare.

La mattina dopo la lasciò dormire mentre, sdraiato accanto a lei con il computer sulla pancia, cercava notizie in rete sui voli illegali della Cia. Era stata una trasmissione televisiva a scatenare un acceso dibattito sul tema, a seguito del quale era stata istituita una commissione d'inchiesta, ma i giornalisti avevano continuato a scavare nella vicenda: soprattutto Lindberg, con cui Axel stabilì di riparlare al più presto, per capire meglio i termini della questione e andare a fondo del suo potenziale scandalistico.

Emma aveva una festa – si festeggiavano insieme tutti i bambini che compivano gli anni in quel trimestre –, così Axel poteva risparmiarsi di riportarla da Cecilie. La bambina si era svegliata già stanca e scontrosa, e lui aveva fatto il buffone per divertirla, perché era divorato dalla preoccupazione e dal dispiacere per il suo dolore e la sua ansia. L'accompagnò in centro in macchina, parcheggiarono in una traversa di Øster Søgade. Quando scesero e cominciarono a camminare lungo il marciapiede, lui la prese per mano.

«Non devi dire niente» lo ammonì Emma, mentre si avvicinavano alla scuola.

«Cioè?»

«Non devi salutare le mie amiche e nemmeno rispondere ai maschi, se ti domandano se sei un poliziotto o se sei stato tu che hai sparato a quello là, o qualsiasi altra cosa.»

«Ma devo per forza rispondere, se mi fanno una domanda.»

«Allora non voglio che mi accompagni, ci salutiamo adesso.»

«Va bene, terrò la bocca chiusa, te lo prometto.»

«E quando arriviamo in cima alla scala dobbiamo fare un discorso che decido io.»

«Okay; su che cosa, per esempio?»

«Io potrei dire: "Dove andiamo in vacanza, papà?"»

«E io rispondo: "Avevamo parlato di andare in campeggio."»

«No, tu devi dire: "Andiamo in Spagna o in Italia", ma poi non devi dire nient'altro.»

«Ma non so se è vero.»

«Non fa niente, papà.»

«Posso salutare gli altri genitori, se loro mi salutano?» Axel non riusciva a fare a meno di sorridere. Diede una stretta alla mano della figlia.

Lei alzò la testa e lo guardò; c'era una certa soddisfazione nei suoi occhi. Poi, fissando decisa davanti a sé, disse: «Forse... ma piano.»

37

2007

Henriette non aveva ancora avuto il tempo di riflettere sulle implicazioni del nastro adesivo giallo quando Jens la convocò.

«È fondamentale che ci teniamo pronti a seguire il terzo uomo appena sarà individuato. Ci aspettiamo che una persona si metta in contatto con Anwar e Shakir, in prossimità della data in cui hanno pensato di attaccare. Ed è decisivo per la riuscita dell'operazione che questo accada senza che nessuno venga informato su chi è o cosa fa qui, è chiaro?»

«Chiarissimo. Che cosa facciamo se la minaccia terroristica diventa reale e siamo costretti a intervenire?»

«Valuteremo sul momento. E se succede, dovrò essere informato all'istante.»

«Significa che non saremo noi a identificare questa persona?»

«Dobbiamo ancora decidere, ma è molto probabile che i nostri alleati stranieri la conoscano, perciò non sarà necessario.»

«Devo dedurre che l'obiettivo non è sventare un attacco terroristico ma scoprire e catturare quest'uomo?»

«Puoi fare tutte le deduzioni che vuoi, ma è probabile che quest'uomo sia l'obiettivo principale dell'operazione.»

«Chi è, Jens?»

Il capo si limitò a guardarla.

«Ma se quest'uomo misterioso sta pianificando un attacco terroristico, come supponiamo, e noi pensiamo che questo attacco sia imminente, non dovremmo intervenire?»

«Naturalmente, ma la decisione spetta a me e a nessun altro, qualsiasi cosa accada. Potremmo essere costretti a tirarla per le lunghe molto più del normale.»

«Okay. Immagino che non mi dirai altro su chi è il vero obiettivo.»

«Hai ragione, ma sei libera d'indovinare, Henriette.» Jens Jessen la soppesò con lo sguardo e poi si raddrizzò sulla sedia. «E quando si arriverà a un eventuale arresto del vero obiettivo, è essenziale che accada senza alcun clamore. Niente stampa, nessuna squadra speciale: l'arresto non deve avvenire insieme a quello degli altri sospettati, perciò l'ho affidato a Sten, come missione speciale. Quindi, se qualcuno domanderà di questo terzo obiettivo segreto, tu lascerai cadere il discorso, è chiaro?»

Era così chiaro che Henriette cominciava a essere stufa di sentirselo chiedere in continuazione. E aveva anche capito che non c'era più spazio per le domande, anche se l'idea di dirigere un'operazione di sorveglianza su un uomo di cui non sapeva né avrebbe potuto sapere niente la metteva piuttosto a disagio.

Da quel momento l'indagine si concentrò su Anwar, sul segnale e sul *dead drop*. Le domande urgenti erano due: chi consegnava i messaggi? E dove si trovava il *dead drop*? Continuarono a seguire i movimenti di Anwar nel quartiere e montarono una telecamera sull'edificio di fronte al muro sul quale era apparso il nastro adesivo giallo.

«Vedrete che un altro topo cadrà nella trappola, è solo una questione di tempo» annunciò Sten Høeck in tono ottimista, quando il piano di sorveglianza fu a punto.

Henriette si sentiva meno sicura. E se il topo non fosse

più passato per Jagtvej? Era normale utilizzare più luoghi per le segnalazioni, e più di una “buchetta delle lettere”.

Passò un giorno, poi due, e si ritrovarono nel miscuglio di malumore e inerzia della settimana precedente. Lo sviluppo che avevano creduto di vedere era svanito. Non che avesse per forza qualche importanza: Henriette sapeva che l’attesa era l’essenza del loro lavoro, e chi non sapeva aspettare faceva meglio a cercarsene rapidamente un altro.

I due giovani nell’appartamento erano irrequieti almeno quanto loro: soprattutto il fratello minore era impaziente e nervoso, e non la finiva più di domandare ad Anwar se avesse notizie da “lui”. Ma non ce n’erano: nessun messaggio, nessun ordine da eseguire, e Henriette sapeva che chi si offriva come agnello sacrificale in un’azione terroristica non vedeva l’ora di finirla. Ed era come se le cinque preghiere quotidiane e le ore passate al computer, a chattare con altri estremisti da tutto il mondo sulle interpretazioni del Corano e gli attacchi jihadisti di successo, sugli infedeli e ipocriti del mondo occidentale e sulla guerra contro gli Usa e gli altri alleati di Satana in Iraq e Afghanistan, non facessero che peggiorare la situazione. Il fratello minore continuava a frequentare la Cbs, ma gli osservatori la consideravano solo una messinscena: ormai passava non più di un’oretta a leggere in mensa e poi tornava a casa. Anwar faceva una vita un po’ più varia, tra la sua passeggiata quotidiana per comprare il pane e le visite agli amici in un narghilè bar del quartiere o intorno a Blågårds Plads; e ogni volta che suo fratello non c’era si masturbava come un pazzo guardando video porno.

Una caratteristica comune ai casi di terrorismo era sempre stata che gli elementi sospetti si dedicavano alla produzione di esplosivi. Qui, invece, a parte l’incontro di Shakir con il venditore di articoli elettronici alla Cbs, non succedeva niente del genere. In apparenza i due fratelli non avevano armi, non compravano fertilizzante e non andavano da Matas a procurarsi sostanze chimiche per produrre Tatp. Non c'erano in giro manuali per costruire bombe né piani di sabotaggio. Solo una cosa dava a Henriette la sensazione di avere a che fare con due pazzi estremisti: studiavano la mappa di Copenaghen. E c'erano due luoghi che sembravano interessarli in particolare: Christiansborg e Kastellet. La sede del governo e quella del ministero della Difesa.

E nessuno, nella squadra di sorveglianza, ignorava che il ministro americano della Difesa sarebbe arrivato a Copenaghen dieci giorni dopo, per una visita non ufficiale. Un'unità speciale era stata incaricata di studiare a fondo le modalità di quella visita.

I tempi coincidevano con quelli in cui gli agnelli dovevano essere macellati, come diceva la bozza dell'email che Anwar aveva letto qualche giorno prima.

Khalid telefonò per chiederle un incontro. Dopo la piccola discussione sulle pistole si era tenuto un po' sulle sue. Henriette lo passò a prendere in macchina a Nørreport, poi andarono al porto turistico di Hellerup e fecero una passeggiata sul molo. I gabbiani stridevano e tre bambine li superarono, sfrecciando sul cemento in un rimbombo di pattini a rotelle. Il sole era nascosto dietro un velo di nubi candide.

«Non ho cavato un ragno dal buco, con le armi. Sono sicuro che sia Anwar sia Shakir hanno saputo che le avevo: incontro Shakir alla moschea, senza essere invadente, ma mi sembra che nessuno dei due abbia bisogno d'aiuto» disse Khalid.

«Ho avuto la stessa impressione. Direi che puoi chiudere questa parte e liberarti delle armi. Basta che me le consegni e le farò sparire.»

Lo guardò. Era davvero l'agente ideale: analitico e razionale, eccezionalmente ingegnoso ed eclettico nel lavoro sul campo. A prima vista poteva intimorire, sia a causa della sua statura sia perché era molto categorico nelle sue affermazioni, ma parlando spesso con lui, fin da quando l'aveva reclutato, Henriette aveva scoperto da un po' che sotto la corazza c'era un uomo sensibile e tormentato. Convinto sostenitore della democrazia e dell'illuminismo e degli ideali della società danese, minacciati da pazzi come Anwar e suo fratello, era però consapevole di quanto fosse lenta e precaria, a volte, la realizzazione di quegli ideali, specie per quanto riguardava i suoi connazionali. Ed era ancora più consapevole di come, date le sue origini, fosse difficile per lui criticare sia l'ambiente da cui proveniva sia quello in cui esercitava la sua attività lavorativa, diviso com'era tra due culture e due modi di vedere la realtà. Henriette sapeva che quello che faceva per lei era stabilire un ponte tra quei mondi, e avrebbe attraversato il fuoco per lui, per il suo impegno e per la sua lealtà.

«Non ti darò le mie pistole, Henry. È necessario che le reimmetta nel sistema, o avrò dei guai.»

«Allora sbrigati, per la miseria, e io farò finta di non aver mai sentito niente. Ma cerca di non farti beccare con quella roba addosso, per l'amor del cielo.»

«Tranquilla. Ma c'è qualcos'altro. Un po' di tempo fa mi avevi chiesto se poteva esserci un *dead drop* da qualche parte. Ho visto tutti i posti che mi avete indicato e stamattina sono stato in un narghilè bar in Blågårdsgade, dove Anwar è andato qualche volta. Ci ho passato alcune ore, a lavorare e fumare. A un certo punto è entrato un uomo, uno straniero; parlava inglese. Ha ordinato un tè alla menta e si è seduto per conto suo.»

«Cos'aveva di strano?»

«Stonava con l'ambiente. Ben vestito, in giacca e cravatta, gentile e sorridente in superficie, ma sotto era freddo, con uno sguardo di pietra. Mi ha fatto pensare a un soldato. Anche se stava in disparte, era evidente che ascoltava le conversazioni agli altri tavoli. Per esempio, c'era un gruppo di ragazzi pakistani, e sono certo che capiva quello che dicevano. Sono andato da lui e gli ho domandato in arabo se aveva una sigaretta, e mi ha risposto in un arabo impeccabile con accento levantino. La mia ipotesi è che fosse siriano.»

«E che cosa ne pensi?»

«Non è tanto normale che una persona capisca l'urdu e l'arabo e parli anche un'inglese impeccabile. Se è siriano, dove ha imparato l'urdu?»

«Nei campi di addestramento?»

«È una possibilità. Ho notato che gli mancava un mignolo e aveva delle cicatrici sul collo. Mi ha guardato un momento, e il suo sguardo diceva: "Fuori dai piedi."»

«Hai seguito il consiglio?»

«Sì, mi sono riseduto al mio tavolo.»

«Non l'hai seguito, vero?»

«Certo che no, ma ho domandato al proprietario del locale – un po' lo conosco – chi era lo straniero, e lui mi ha risposto che era già venuto altre due volte. Non aveva fatto altro che stare seduto a bere tè, ed era andato in bagno.»

Erano arrivati alla fine del molo; tornarono indietro.

«Bene, Khalid. Non è sicuro che voglia dire qualcosa, ma controlleremo. Ottimo lavoro.»

Dobbiamo installare un'altra telecamera, pensò Henriette, per controllare i clienti del bar. Non aveva potuto fare a meno di notare la soddisfazione di Khalid, ogni volta che gli faceva una lode.

«È verosimile che qualcuno venga in aiuto di Anwar e Shakir, non ti pare?» domandò Khalid. «Dovranno portargli le armi.»

Henriette vide una donna velata che camminava all'inizio del molo.

«Non lo so» disse, prendendo Khalid sottobraccio. «Ma lo scopriremo presto.»

Khalid la guardò come se quel contatto fisico l'avesse colto un po' alla sprovvista, ma non si allontanò. Salutò con un discreto cenno del capo la donna velata che veniva loro incontro spingendo un passeggino. Sembrava deluso.

«Tutto okay, Khalid?» domandò Henriette. «Hai tutto quello che ti serve?»

Khalid liberò il braccio.

«Non mi serve niente.»

Superarono la donna, che li guardò. Quando furono a una certa distanza, Henriette si fermò e prese Khalid per un gomito. Lui la fissò, con degli occhi che non le resero le cose più facili.

«C'è qualcosa di poco chiaro tra me e te, Khalid? Qualcosa di cui dobbiamo parlare?»

38

2011

Il commiato da Emma gli aveva lasciato una sensazione di vuoto, e dovette combattere la voglia di comprarsi una canna dal primo pusher che avrebbe trovato. Andò alla centrale e tenne un incontro con Vicki, la quale gli riferì che il movente del delitto non sembrava compatibile con le mansioni di Sten Høeck alla società di navigazione. Il responsabile della sicurezza non era mai stato minacciato né ricattato, e non risultava che il suo comportamento avesse mai provocato ostilità.

«Hai avuto il tempo di guardare i video?» domandò Vicki.

«Sì. E mi è venuta in mente una cosa. Durante il processo è saltato fuori che l'appartamento era sorvegliato ventiquattr'ore su ventiquattro, vero?»

«Sì.»

«Chi ha testimoniato?»

«Ho qui le carte. Sten Høeck e Henriette Nielsen.» Vicki lanciò un'occhiata ad Axel. «Puoi domandare direttamente a lei.»

«Non potrebbe essere questo, il collegamento che ha fatto l'assassino? Supponiamo che si tratti di una persona che si vuole vendicare della polizia, proprio riguardo a quella vicenda: Sten Høeck sarebbe stato l'obiettivo perfetto.»

«Sì. Sten e Henriette.»

«Perciò forse dovremmo controllare le persone che sono state condannate e quelle che hanno delle relazioni con loro, no?»

«Forse, ma temo non sia una strada percorribile.»

«Perché no?»

«Primo: perché quello è territorio del Pet; secondo: corre voce che ci sarà una vasta operazione di arresti.»

«Di chi?»

«Stamattina presto il Pet ha fatto irruzione in dodici edifici, e stanno facendo visita a diverse carceri.»

«Che cosa? Irruzioni nel nostro distretto?»

«Già, hanno scatenato un bel casino, perché nessuno sapeva che cosa stesse succedendo: le pattuglie continuavano a chiederci istruzioni, ma Josephsen è venuto di persona a spiegarci che dovevamo starne fuori.»

«Quel senza palle.»

Poteva solo voler dire che ora anche il Pet considerava gli omicidi come una vendetta, da parte dei condannati o di qualcuno che aveva a che fare con loro.

Axel si domandò che posizione avesse Khalid in quel quadro. Era l'incognita dell'indagine. Era in conflitto con Jens Jessen e aveva mandato segnali d'incoraggiamento ad Axel, ma da quando avevano trovato Per Larsen non si era più fatto sentire. Inoltre, gli aveva nascosto di aver avuto uno scambio di email con Sten Høeck.

Axel tirò fuori il cellulare e provò a chiamarlo. Khalid rispose con un rombo in sottofondo.

«Ciao, sono Axel. Vieni alla riunione all'Istituto di medicina legale, oggi?»

«Non posso, Axel.»

«Ah. Dove sei?»

«Top secret» ridacchiò Khalid. «Ho ricevuto ordini precisi di non condividere informazioni sul caso con te. Sia da Jens Jessen sia dalla tua fidanzata.»

«Perfetto, allora puoi stare sicuro che i delitti dei tuoi vecchi amici Sten e Per non saranno mai chiariti.»

«Sei molto severo, Axel. Quello che posso dirti è che sono diretto a un importante istituto penitenziario fuori Copenaghen, per parlare con un uomo che sta scontando una condanna per terrorismo.»

«Perché pensate si tratti di una vendetta?»

«Ovviamente, un superdetective come te c'era arrivato da un pezzo.»

«Già. Magnifico. Mi avrebbe fatto piacere esserci.»

«Sì, anche a me avrebbe fatto piacere averti qui, ma non è il caso, se voglio tenermi il lavoro. Mi dispiace, ora devo andare.»

Axel non ci vedeva chiaro. Khalid gli aveva dato sui nervi fin dall'inizio, e al tempo stesso aveva sempre avuto la sensazione che il suo comportamento coprisse qualcosa che aveva a che fare con l'indagine. E anche se forse aveva perso Khalid, non aveva intenzione di mollare quel nesso.

Telefonò a Henriette. Non c'erano stati altri messaggi da parte sua, dopo quello del giorno prima.

«Ciao, Axel, ho solo un minuto, sto andando a una riunione. Mi dispiace molto per l'altra sera. Non solo di essermi ubriacata, ma anche di averti visto così agitato. Possiamo vederci? C'è una cosa di cui dobbiamo assolutamente parlare.»

«Va bene, ma mi potresti anche dire che cazzo sta succedendo alla mia indagine? È vero che avete arrestato metà della popolazione musulmana dell'area di Copenaghen perché pensate che la morte di Sten e Per sia una vendetta per qualcuna delle vostre operazioni?»

«Non mi è consentito parlare con te di queste cose. Quando possiamo vederci?»

«Perché in tal caso ti consiglio di guardarti le spalle. Per quanto ne so, sei stata l'unica a testimoniare al processo, insieme a Sten.»

«Posso venire da te questo pomeriggio? Dobbiamo parlare. Adesso ho una fretta terribile, ma è necessario che parliamo.»

«Certo che puoi, Henriette. Ma dico sul serio. Se c'è qualcosa di vero in questa storia, è necessario che tu abbia una protezione.»

«Ci stiamo organizzando, Axel, saranno presi provvedimenti.»

«Okay; mandami un sms quando hai finito, tanto non ho niente da fare. Mi rifilano questa indagine di merda, con due morti ammazzati, e l'unica cosa che posso fare è scoprire se è stato qualcuno con cui hanno scopato, altrimenti...»

«Magari fosse così semplice, Axel. Ora calmati però, per favore. Ne parliamo più tardi. Ti chiamo.»

Mise giù.

Vicki lo guardò.

«Henryyy!» disse poi, imitando la voce suadente di Sten Høeck. «Forse dovresti provare con un approccio più accomodante, Axel.»

«Non è nella mia natura.»

«Ah, no? E io che pensavo fosse il tuo nuovo stile.»

«Hai notato qualcosa nelle riprese?»

«A parte che sono di una noia mortale?»

«Mi sembra che non abbiano la stessa lunghezza. I file hanno dimensioni diverse, in alcuni manca qualcosa. E dubito che sia una coincidenza.»

«Riguarda tutte le telecamere?»

«Ancora non lo so, per ora mi sono concentrato sul terzultimo giorno. Nelle riprese dell'ingresso ci sono lacune in tre momenti diversi, venti minuti in tutto, ma quelle della cucina sono piene di salti, mancano quasi due ore. Ho segnato i punti: te li mando più tardi, così puoi controllare i tuoi video dello stesso giorno.»

«Questa storia puzza, non ti pare? Almeno quanto l'inchiesta in solitaria del Pet.»

«Proprio così, Vicki, e di che puzza?»

«Puzza tanto del fatto che la tua fidanzata, l'ex marito della tua ex moglie e i loro amici abbiano tagliato qualcosa.»

«Ma l'avvocato della difesa non se ne sarebbe accorto?»

«Se è sveglio sì, ma non tutti lo sono. Guardano quello che passa loro il pubblico ministero, e credo debbano insistere per avere il materiale integrale.»

«Controllerò. Ecco la mia proposta: tu vai avanti con la parte d'indagine che ci compete ufficialmente; io intanto farò qualche verifica. Tra l'altro, vorrei risentire il collega di Per alla Kofoeds Skole. Chissà se il fatto che Per è morto non gli faccia venire voglia di parlare un po' di più.»

39
2011

Axel trovò Leif Poulsen nel solito ufficetto, che ora sembrava incasinato il doppio. L'insegnante di tecniche multimediali era carponi sul pavimento, intento a raccogliere pile di carta.

«Che cosa è successo?» domandò Axel. «Posso entrare?»

Leif Poulsen alzò gli occhi. Aveva un'espressione confusa, che diventò di collera quando vide chi c'era sulla porta.

«Preferirei di no. Ho avuto la visita di alcuni suoi colleghi, oggi, e oltre a lasciare il casino che vede, si sono anche portati via il mio computer. Si può fare?»

«Immagino che abbiano tirato in ballo la normativa antiterrorismo. Con quella si può fare praticamente tutto.»

«Siete fuori di testa.»

«Hanno detto come si chiamavano?»

«Liam e Brian. Due armadi, non particolarmente gentili. Hanno tirato giù tutto dagli scaffali; c'erano anche tre tecnici muti, che hanno copiato tutta la nostra rete interna. Sono stati qui tre ore e avranno detto sì e no quattro parole.»

«Mi dispiace, non ne sapevo niente. Hanno paura che Per nascondesse dei segreti di stato.»

«Sì, ma che cazzo di comportamento è? Non mi hanno detto quasi niente di Per.»

«Fuma?» domandò Axel.

«Sì.»

«Possiamo andare a fumarci una sigaretta fuori, così provo a spiegarle quello che so?»

Leif portò Axel al quarto piano, dove si trovava un ampio terrazzo condominiale. Passarono davanti a un ufficetto con le pareti di vetro che dava sul corridoio. Sulla porta, anch'essa di vetro, era appesa una lavagnetta su cui era scritto: SERVIZIO DI ASSISTENZA PER LA CORRISPONDENZA DIGITALE E CON LE ISTITUZIONI. La stanza non aveva subito la stessa devastazione dell'altra, e Axel avrebbe voluto entrarci subito, ma prima doveva conquistarsi la fiducia di Leif Poulsen. L'uomo aveva appena perduto un amico e, invece di dargli la notizia in modo civile, quei pezzi di merda di Søborg gli avevano distrutto l'ufficio. Meritava qualcosa di meglio.

Leif Poulsen si avvicinò alla ringhiera e si accese una paglia. Axel lo imitò, evitando di guardare in basso.

«Dopo essere stati qui siamo andati a casa di Per e l'abbiamo trovato nel suo letto, morto. A giudicare dall'odore, doveva essere lì da almeno una settimana. Non sono in grado di dirle com'è morto, ma tre giorni fa uno dei suoi ex colleghi è stato assassinato in modo molto brutale. Lui e Per erano amici. Si chiamava Sten Høeck: questo nome le dice qualcosa?»

«Nulla.»

«Non sappiamo cosa sia accaduto, ma è difficile pensare a una coincidenza. Il Pet sta cercando in tutti i modi di scoprire se la morte sia collegata ai trascorsi delle vittime nei servizi segreti. Se devo essere sincero, anche a me piacerebbe molto scoprirlo, ma per altri motivi.»

«Io ho avuto un'impressione diversa.»

«Che vuol dire?»

«Mi è sembrato che volessero proprio scoprire se Per conservava del materiale risalente ai tempi del suo lavoro nei servizi. Mi hanno domandato apertamente se avessi visto rapporti della polizia, documenti con il timbro CONFIDENZIALE, registrazioni di telecamere di sorveglianza.»

«Sì, ma è perché potrebbero avere a che fare con gli omicidi.»

«Gli omicidi? Mi sta dicendo che anche Per è stato ucciso?»

«Ne sono convinto, anche se non è stato ancora confermato. Senta: capisco benissimo che non volesse dirci niente quando siamo stati qui, ieri; eravate amici. Ma oggi le cose sono cambiate. Per è morto e io voglio scoprire chi l'ha ucciso, perciò le rifaccio la domanda: aveva notato qualcosa di diverso in lui?»

«Sì. Nelle ultime settimane l'ho visto molto agitato, e mi è sembrato che bevesse di più. Per ben due volte sono stato costretto a dirgli di andarsene a casa.»

«Perché?»

«E me lo domanda? Era ubriaco; le sembra che possiamo tollerare una cosa del genere, qui?»

«Le ha detto qualcosa di particolare?»

«Un paio di settimane fa ha parlato di un incontro importante, una riunione, alla quale avrebbe dovuto partecipare. "Riscriveremo la storia": sono state queste le sue parole. Diceva che tutti gli ipocriti e gli avvoltoi sarebbero stati smascherati. "Ho trovato il tassello mancante" diceva.»

«E lei cos'ha pensato?»

«Che ero contento per lui. Nonostante la sua dipendenza dall'alcol, Per era un uomo per bene, ma era anche una persona ferita; aveva vissuto qualcosa che lo aveva distrutto, al tempo in cui lavorava nei servizi. Continuavo a sperare che trovasse pace, ma nei tre anni e mezzo in cui l'ho frequentato non è successo. E alla fine avevo smesso di crederci. Non era la prima volta che annunciava grandi eventi che non si sono mai verificati.»

«Ha idea di quale potesse essere l'argomento di questa riunione?»

«No, ma quando era ubriaco Per parlava molto di certi voli che la Cia aveva effettuato sul territorio danese. Diceva di averne le prove. "Allora tirale fuori" gli dicevo io. Ma non l'ha mai fatto.»

«Cosa intendeva? Che la Cia utilizzerebbe gli aeroporti danesi per effettuare degli scali, o che dei cittadini danesi sarebbero stati portati fuori dal paese?»

«Entrambe le cose, e anche peggio. Diceva che il Pet era nelle mani degli americani per le questioni di terrorismo. Che i nostri servizi avrebbero fatto di tutto per compiacere lo zio Sam.»

«Le ha mai mostrato qualche prova delle sue affermazioni?»

«No, e quando era sobrio tendeva a ridimensionarle. Non fino a darmi l'impressione che non fossero vere, solo che non ne voleva parlare.»

«Senta, io sono un investigatore, indago sugli omicidi, è l'unica cosa che so fare. Scoprire la verità. E voglio scoprire la verità sulla morte di Per. Lei era suo amico; le prometto che, se troverò le cose che Per voleva portare alla luce, non le terrò nascoste, per quanto possano essere scomode. Ma ho bisogno di aiuto, e credo che lei possa darmelo.»

L'uomo soppesò Axel con lo sguardo.

«So benissimo chi è lei, è famoso. È quello dell'omicidio alla Casa della gioventù e dell'uomo delle impalcature. Non stava per morire, due anni fa?»

«Sì.»

Leif Poulsen buttò via la cicca e rientrò nel corridoio su cui si affacciava l'ufficetto.

«Venga con me.»

Si avvicinò alla porta di vetro, tirò fuori una chiave e l'aprì.

«Non so se qui troverà qualcosa. C'è un computer fisso, non collegato alla rete della scuola, che Per usava spesso; prima di lui lo usava un'altra persona che lavorava qui, Jutta.»

«Non aveva un portatile?»

«Sì, ma non è qui. Io almeno non l'ho visto da nessuna parte.»

Axel si mise davanti al computer e lo accese. Sul desktop c'erano diverse cartelle con il nome di Per. Una, molto voluminosa, conteneva la corrispondenza con le autorità in materia di regole per il prepensionamento, contributi per il mobilio, terapie di disintossicazione e cure odontoiatriche. Axel scorse i documenti, per assicurarsi che non nascondessero qualche altra cosa. Una cartella era etichettata "Commissione d'inchiesta", un'altra "Risposte Cia". Axel le aprì: c'erano settantanove documenti, tutti del parlamento. C'erano anche tre sottocartelle: due erano vuote, la terza era protetta da una password.

«Ha idea di quale potrebbe essere la password?»

«Purtroppo no.»

«Ha una chiavetta usb da prestarmi?»

Mentre l'uomo andava a cercarla, Axel continuò a esaminare il computer. Alla fine copiò le tre cartelle e si congedò. Per strada chiamò Vicki.

«Vado alla riunione all'Istituto di medicina legale, ma ti lascio in guardiola una chiavetta con il materiale dell'unico computer di Per che non è stato sequestrato. C'è anche una cartella protetta da una password, vedi se riesci a fartela aprire da uno dei tecnici.»

Chiuse la comunicazione, ma non fece in tempo a rimettere il cellulare in tasca che quello vibrò di nuovo. Un sms di Lennart lo avvertiva che gli uomini del Pet si sarebbero presentati a discutere l'autopsia solo due ore dopo. C'era ancora un po' di tempo. Axel trovò l'indirizzo della madre di Per e decise di andare lì: la donna abitava a trecento metri da lui, in Dovregade, in un villone di Eberts Villaby. Appena imboccò il viale capì di essere arrivato tardi: due fuoristrada neri sostavano davanti alla casa; la madre di Per aveva già ricevuto la visita del Pet. Axel passò sul marciapiede di fronte e alzò gli occhi sulla villa di mattoni rossi, dietro un giardino inselvatichito. Non vide niente, ma sapeva che in quel momento Liam e Brian – e forse anche Henriette – stavano buttando all'aria tutto. Quando vide la porta che si apriva affrettò il passo.

Un sms fece vibrare il suo telefono.

«Posso essere da te tra dieci minuti. Baci, Henriette.»

40

2007

«Non ti viene mai voglia di qualcos'altro, Henriette?»

Lei si chiese il senso di quelle parole. Qualcos'altro rispetto a che? Al lavoro? Alla situazione mondiale? A loro due? O forse era davanti a un agente tormentato dai dubbi, la cui corazza stava cominciando a sfaldarsi? Era un'evenienza del tutto normale, e richiedeva cura e dialogo.

«Non sono sicura di seguirti, Khalid.»

«Una volta ho divorziato» disse lui per tutta risposta. Henriette vide il proprio sguardo interrogativo riflesso nel suo.

«Ah, sì?»

«E non voglio passarci mai più» continuò lui. Si capiva benissimo che era un punto dolente.

«No, ci credo.»

«La prossima volta voglio essere più che sicuro. Ma non è facile...»

«Immagino che un uomo come te possa scegliere il meglio.»

Lui sorrise e la guardò di nuovo. Lei aspettò.

«Sì, ma a volte il meglio è già preso, no? Tu, per esempio, hai un fidanzato.» Henriette si rese conto che lui stava bluffando, sentendo per istinto che non era così. Ma non si tirò indietro.

Lo fissò e raffreddò il tono della voce.

«Sì, Khalid, ho un fidanzato. E anche se non lo avessi, non potrebbe esserci niente tra di noi. Per un motivo preciso: io sono il tuo capo, sono responsabile della tua incolumità, e non mescolo mai le cose.»

Suonò il telefono; Henriette ebbe appena il tempo di vedere lo sguardo ferito del suo collaboratore prima di voltarsi verso il mare e rispondere. Era Sten Høeck.

«Per aveva ragione. Il nastro giallo era il segnale, abbiamo ripreso un uomo che attacca una striscia sul muro. E seguiamo Anwar per trovare il *dead drop*.»

«Ho un'idea di dove possa essere.»

«Cosa? Come diavolo fai a saperlo?»

«Le mie fonti, Sten, le mie magnifiche fonti. Arrivo subito.»

Tornò a rivolgersi a Khalid.

«Comincio a pensare che tu abbia un sesto senso. Sai l'uomo che hai visto stamattina al narghilè bar? Scommetto che è stato lui a lasciare il segnale ad Anwar, su un muro davanti all'Assistens. E se è così, dobbiamo festeggiare. Perché vuol dire che sei il principe degli agenti, Khalid.»

Lui sembrava lusingato, anche se gli occhi erano come due fessure.

«Ottimo, Henriette. Molto bene.»

«Vorrei che venissi con me a Søborg, a vedere delle foto di quell'uomo.»

Henriette sapeva che Khalid era stanco di lavorare sotto copertura e non vedeva l'ora di ottenere un ruolo più ufficiale nell'organizzazione.

«Certamente» rispose lui con un sorriso. Forzato, pensò Henriette. Ma sperava di no, sperava di non aver perso il suo miglior agente.

41
2011

Entrò, appese la giacca al gancio, si annusò le ascelle e passò in soggiorno. Il rumore delle auto su Sundholmsvej, il sibilo timido del vento per le scale, le grida dei bambini in cortile. Lei sarebbe arrivata di lì a cinque minuti. Voleva parlargli, e Axel era sicuro che si trattasse delle indagini. Ma non era di quello che aveva bisogno. Voleva lei, voleva cancellare l'impressione della festa, allontanare i dubbi e l'inquietudine. Ma sapeva anche che ci sarebbe voluto un po' di tempo: niente era più immediato, per lui, ma ora gli era difficile lasciarsi andare, perfino con lei. E bruciava dalla frustrazione per aver perduto il controllo della sua indagine, tanto più perché lei e i suoi colleghi del Pet avevano preso in mano l'unica parte che sembrava promettente. Si chiese se Henriette sarebbe venuta direttamente dalla casa della madre di Per: per questo ci avrebbe messo così poco? Era lì con Khalid?

Hralid, come lo pronunciava.

Sentì bussare alla porta e andò ad aprire. Si trovò davanti i suoi occhi azzurri e luminosi. Il sorriso era un po' incerto, lo sguardo interrogativo, e lui l'amava per questo. Fece un passo avanti; Axel rimase dov'era e la tirò a sé, abbracciandola stretta. La trovò un pochino più bassa del solito; sbirciò le pratiche scarpe con la suola di gomma che portava durante le attività sul campo e pensò: Sì, viene direttamente dalla casa della madre di Per. Ma non gliene importava niente.

«Non ho molto tempo» disse lei, con la faccia sepolta nel suo collo.

«Cerchiamo di usarlo bene, allora.»

Scostò un po' la testa, e lei girò il viso per farsi baciare. Un bacio di prova, seguito da un altro e da altri ancora; un pezzetto di lingua uscì in esplorazione, come per un assaggio, tutto il corpo era concentrato in quello sfiorarsi, nell'incontro delle labbra che si aprivano, si chiudevano, mordicchiavano, s'intrecciavano. Axel le infilò la lingua in bocca e la esplorò a lungo, avidamente.

Lei gli allacciò le braccia intorno al torace, accarezzandogli la schiena.

«Vieni» disse Axel staccandosi da lei, poi la prese per mano e la portò in camera. Lei lo seguì. Rimasero in piedi accanto al letto, l'uno di fronte all'altra. Axel si sfilò la maglietta, mentre lei gli guardava il torace con un misto di desiderio e contentezza che lo rese felice. Continuò a svestirsi; anche lei buttò via la giacca e cominciò a sbottonarsi la camicetta, sfilandosi le scarpe con due calci. Portava un reggiseno sportivo di cotone bianco che le schiacciava il seno. Se ne liberò un po' a fatica e i seni saltarono fuori da sotto l'elastico, grandi, un po' cadenti. Si sbottonò i pantaloni e ne uscì agilmente, poi tolse anche gli slip di cotone bianco.

Gli andò vicino, e lui la strinse tra le braccia, sentì la pelle del corpo, bollente e umida di sudore, le passò una mano tra le gambe e riempì l'altra della morbidezza calda di un seno. Il capezzolo gli s'irrigidì tra le dita, mentre lei apriva completamente la bocca e spingeva la lingua nella sua.

Poi lei si sciolse dall'abbraccio e si sdraiò supina sul letto, con le gambe divaricate. Axel la guardò: le grandi labbra evidenti, bagnate e circondate dai peli; gli venne voglia di affondare il viso tra le sue gambe lunghe e forti, le braccia, i seni che sfuggivano di lato, le onde dei capelli scuri e lo sguardo azzurro. Scivolò dentro in un solo movimento; lei gli allacciò le gambe intorno alle cosce. Si baciarono a lungo, mentre Axel si muoveva dentro di lei.

Quando fu sul punto di venire, lo fermò.

«È meglio che esci, se non vuoi...»

Lui si mangiò il resto della frase con un bacio e continuò a muoversi, finché non venne con un grido dentro di lei.

«Perché mi hai piantato in asso l'altra sera, da Darling? Io volevo solo questo: venire a casa con te e sentirti dentro» gli sussurrò all'orecchio.

Lui l'abbracciò e la baciò di nuovo.

«Sì, è stata una serata del cazzo. Mi dava tutto sui nervi. Non ero a mio agio, mi riesce ancora difficile rilassarmi.»

Il sudore gli si era raffreddato sulla pelle, le ferite si facevano sentire. Henriette si girò sul fianco e appoggiò la testa su una mano, mentre con l'altra disegnava dei cerchi sul petto di Axel.

«Quando lavoravo sotto copertura ero uno sbirro che fingeva di essere un tossico, ma forse sono solo un tossico che gioca a fare lo sbirro» disse lui.

«Non è vero, Axel, tu sei fantastico, solo che non te ne rendi conto. Ci vuole tempo. Devi darti un po' di tempo; dobbiamo darne l'uno all'altra, e parlare sempre di tutte le cose che si mettono tra noi.»

Axel si sentiva a disagio, avrebbe voluto alzarsi dal letto, andare via. Forse l'aria tra loro era più pulita, ma c'era troppa intimità. Henriette lo attirò a sé.

«Magari mi sbaglio, ma mi è sembrato di sentirti più vicino che mai, poco fa.»

«È vero» disse Axel. Si sentiva lacerato da sentimenti contrastanti. «Ma sono anche frustrato per la piega che ha preso la mia indagine. Mi fa star male avere le mani legate.»

«Lo capisco benissimo» rispose lei, piegando la testa in modo da nascondergliela nel collo. Per un po' non disse niente, ma Axel sentiva che qualcosa era cambiato tra loro, da quando aveva menzionato l'indagine.

Alla fine, con un sospiro, lei disse: «Volevo parlarti anche di questo, in effetti.» Si allontanò un po' da lui. «Dobbiamo smettere di vederci, finché questo caso non sarà risolto. Non riesco a gestirlo, non riesco a tenere la bocca chiusa, con te. E la posta in gioco è troppo alta.»

«Stai scherzando.»

Lei si alzò e si guardò intorno, in cerca dei vestiti.

«Non ho scelta, Axel.»

«E chi lo dice?»

«Lo dico io. Non vedo altre possibilità.»

«Che cazzo di storia è questa? Vieni qui, fai l'amore con me, e poi te la squagli per andare a giocare sulla grande giostra segreta con Jens Jessen.»

«Ora ti dirò una cosa, Axel, ma devi far finta di non averla sentita da me. Il caso al quale abbiamo lavorato con Per e Sten è coperto dal massimo grado di segretezza, perché comprende cose che non devono essere rivelate a nessun costo. Sarebbe una catastrofe. E gli omicidi non c'entrano assolutamente niente.»

«Lo credi o lo sai?»

«Lo so.»

«Allora perché oggi avete fatto il giro di tutti quelli che hanno un rapporto anche marginale con il caso? Perché avete appena perquisito la casa della madre di Per Larsen, se non c'è nessun collegamento?»

Henriette lo guardò con la fronte corrugata.

«Perché siamo come te, Axel: quando lavoriamo a un caso non trascuriamo nessun dettaglio, nessuna possibilità, e tu lo sai benissimo. Ma sono io la responsabile di questa indagine, quindi smettiamo subito di parlarne. Tanto più se non hai ancora capito che devi tenerti lontano da questa parte. È necessario, Axel, per il tuo bene!»

Ormai era completamente vestita, mentre Axel era ancora nudo. Si alzò mentre lei s'infilava la giacca.

«Che cumulo di stronzate, Henriette.»

Lei aveva un'aria molto infelice.

«Axel, devi venire a patti con il mio lavoro. Una gran parte è fatta di segreti, e ci sono fonti e interessi che non posso rischiare di compromettere, perché le conseguenze potrebbero essere imprevedibili e devastanti per molte persone. Perciò ti supplico: fidati di me, dammi un po' di tempo. Stai lontano da me e dal Pet, risolvi il tuo caso e poi ci ritroveremo: qualche giorno, o qualche settimana, e tutto tornerà come prima. Pensa a come siamo stati oggi!»

«Io non funziono così, Henriette. Non mi potete escludere. I miei casi li risolvo a modo mio, che vi piaccia o no.»

Lei aveva le lacrime agli occhi.

«Sei impossibile, Axel. Devo andare. Spero tanto che tu riesca a starne fuori.»

42
2007

Henriette guardava lo schermo. Per aveva ingrandito l'immagine. L'uomo era stato ripreso dopo il calare della sera, ma il viso si distingueva bene alla luce dei lampioni. Era alto, la fronte sporgente, i capelli neri, di chiara origine mediorientale. Il viso aveva lineamenti duri e marcati. Per era elettrizzato, Henriette lo sentiva tremare in tutto il corpo, anche se si trovava a un metro di distanza.

«È lui» disse Khalid. Gli altri due staccarono gli occhi dallo schermo e li fissarono sul collega. «Non ho dubbi.»

Erano soli nella sala operativa del Pet, a Søborg. Sten era rimasto nell'appartamento di Nørrebro.

«Hai già informato Jens?» chiese Henriette.

Per le rivolse un'occhiata allarmata.

«È passato prima che voi arrivaste.»

«Cos'ha detto?»

«Niente. Ha solo chiesto di mandargli tutto il materiale.»

«Okay. Si parte.» Telefonò a Sten. «Hai visto la foto?»

«Sì.»

«Ti dice qualcosa?»

«A prima vista no.»

«Dobbiamo trovarlo. Priorità assoluta. Dov'è Anwar?»

«Sta andando al narghilè bar. Suppongo a ritirare il suo messaggio. Lo seguiamo.»

«C'è qualche possibilità di mettere le mani sul messaggio?»

«Lo escluderei. Lo farà a pezzetti e lo butterà nel cesso, oppure lo mangerà. Prudenti come sono, cancellano subito ogni traccia.»

Henriette interruppe la conversazione. Guardò Per, che invece cercava di evitare il suo sguardo. A causa di Khalid? Era perché lei aveva portato un altro agente nel *sancta sanctorum* quando l'ordine era di condurre le operazioni in maniera riservatissima, solo lei, Sten, Per e Jens?

«Chi è, Per?» gli domandò.

«Non so niente» rispose lui, un po' troppo in fretta.

«Hai parlato con Jens?»

«Certo, te l'ho appena detto.»

Per sembrava molto a disagio; Henriette era sicura che conoscesse l'identità dell'uomo. Come poteva essere altrimenti? Per, con il suo supercervello e la memoria prodigiosa, che aveva perso il cuore per il Medio Oriente, per la sua storia, cultura e religione, ma che odiava l'oscurantismo medievale e gli stati dittatoriali degli estremisti islamici, con la loro corruzione, la violenza e le torture. Per, che sapeva tutto su Al Qaida e al-Gama'at al-Islamiyya, sui talebani e sulle loro ramificazioni, affiliazioni e intersezioni; Per, che conosceva a memoria la geografia di Tora Bora e del Waziristan, che aveva visitato La Mecca, la Cupola della Roccia di Gerusalemme e la Moschea Rossa di Islamabad. Se qualcuno poteva conoscere l'identità di quell'uomo, era proprio lui. Forse Jens Jessen gli aveva chiuso la bocca? O intendevano tenerla fuori dalla sua stessa operazione? In quel momento odiava il Pet, il suo dannato, meschino cumulo di segreti e la paura che generava: paura di tradirsi, di restare esclusi dalla camera dei segreti, paura di tutto.

All'improvviso Jens Jessen comparve nella stanza. Si guardò intorno come se avvertisse un cattivo odore, squadrò Khalid dall'alto in basso corrugando le sopracciglia e poi posò gli occhi su Henriette, corrugandole ancora di più.

«Che ci fa lui qui?» domandò.

«Khalid ha individuato quest'uomo in un caffè di Blågårdsgade, dove probabilmente si trova un *dead drop*, e ha riconosciuto in lui la stessa persona che compare in quest'immagine» disse Henriette.

«Ben fatto» rispose Jens Jessen, rivolgendo un sorriso indifferente a Khalid. Henriette notò il disagio del suo agente. Era come se cercasse di farsi più piccolo. Le venne voglia di urlare in faccia a Jens di comportarsi come si doveva, ma non c'era niente di anomalo nel suo atteggiamento. Era il tono normale di quell'ambiente, dai capi in giù.

Fu invece Jens a dirle: «Ti devo parlare», portandola in una stanza accanto.

«Lui se ne va fuori dai piedi; mi sembrava di essere stato chiaro.»

«Sì, ma è l'unico ad aver incontrato di persona quell'uomo, ci può fornire informazioni ed elementi molto rilevanti.»

«Per esempio?»

Henriette gli fece un resoconto completo.

«Ma è perfetto. Scrivimi un rapporto basato sulle osservazioni di Khalid, mettici tutto quello che avete su questa persona e mandamelo insieme alle foto. Lo troveremo, ma per l'amor di Dio, senza allarmarlo, è chiaro? Scoprirò io chi è.»

«Vuol dire che Per non dovrà cercare di identificarlo?»

«Proprio così. Per ha capito cosa c'è in ballo, in caso contrario sarà fuori in un nanosecondo. Farà quello che sa fare meglio: mettere a punto l'operazione, fare in modo che abbiamo abbastanza uomini sul campo e sorvegliare quello che succede nell'appartamento.»

Per era il loro segugio, il ricercatore dalla visione a tunnel: l'incarico proposto da Jens era un puro spreco, ma Henriette non obiettò.

Tornarono dentro, Khalid stava descrivendo a Per l'accento dell'uomo del narghilè bar.

«Direi iracheno, siriano o giordano» ipotizzò Per. Khalid annuì e continuò, infervorato.

«Credo abbia una buona istruzione: ha frequentato di sicuro un'università in Occidente, dovrebbe essere facile da individuare.» Henriette sperava con tutta se stessa che Khalid tenesse la bocca chiusa. Ogni parola che pronunciava era una palata di terra sulla tomba della sua carriera, ma lui proseguì: «Direi che ha anche esperienza militare; in ogni caso, ha l'aspetto di un uomo che ha combattuto.» Per aveva notato che Henriette e Jens avevano smesso di ascoltare. Khalid li guardò a sua volta, quindi capì e cominciò a rimettersi la giacca.

Henriette era così imbarazzata che quasi non riusciva a guardarlo negli occhi. Sapeva come si sentivano gli agenti sul campo. Per loro era tutto impenetrabile, non avevano alcuna visione d'insieme e, quando alla fine avevano accesso alla nave madre, non vedevano l'ora di fornire una brillante prestazione, di capire il contesto, di ottenere la conferma che avevano fatto un buon lavoro.

«Bene, ora basta giocare agli indovinelli» disse Jens Jessen. «Khalid, le tue informazioni sono preziosissime. Ti siamo molto grati, ma adesso devi tornare sul campo: è lì che c'è bisogno di te.»

Henriette distolse lo sguardo: nell'aria l'umiliazione si tagliava con il coltello. Il potere in carne e ossa cacciava fuori dalla porta un agente, un ragazzo straniero che aveva sacrificato il suo mondo per diventare parte di qualcosa di più grande. Jens Jessen che roteava i suoi occhi da pazzo, e Khalid, bello e maestoso, con il suo sguardo calmo e pulito, che aveva già capito tutto. Lo stavano rimandando nel ghetto, perché era quello il suo posto.

Henriette lo raggiunse in corridoio. Avrebbe provato a salvare il salvabile, più tardi.

«Puoi prendere la mia macchina, se vuoi.»

Lui le rivolse un sorriso malinconico. Lei gli strinse il

gomito; aveva voglia di abbracciarlo, ma proprio in quel momento Jens Jessen uscì dalla sala operativa e li guardò. I suoi occhi si posarono un secondo sui punti di contatto tra i loro corpi; Henriette ritirò la mano, come se si fosse scottata. Jessen li superò con un incedere da danzatore e poi, girando appena il viso, disse: «Henriette, aspetto il tuo rapporto, il prima possibile.»

«Prendo l'S-tog: è più adatto a un uomo che opera sul campo» disse Khalid, voltandole le spalle.

43
2011

Henriette era andata via e Axel si sentiva solo. In un modo che conosceva anche troppo bene, fin da quando aveva memoria. Lo faceva sentire piccolo e spaventato, e avrebbe dato qualsiasi cosa per evitarlo. Anche dopo aver cominciato una vita nuova, essersi ripulito il cervello e aver avuto la possibilità di chiarirsi le idee su quello che provava, anche allora aveva fatto un altro tentativo: prima con Cecilie e ora con Henriette. Se non era per sfuggire alla sensazione di abbandono, che rischiava di farlo arrendere e tornare indietro, non sapeva davvero per cos'altro potesse essere.

Quando voleva difendere le sue decisioni si diceva che era in cerca d'amore, che chi non rischia tutto se stesso in quella ricerca non ottiene nulla. Ma il problema era che anche l'amore aveva sempre avuto costi inauditi per lui, lo consumava come le droghe e l'alcol. Le donne, il sesso, l'innamoramento e la passione – che a volte lo portavano fino all'oblio di sé – e la nostalgia di qualcosa che non sapeva neppure cosa fosse rispondevano a un bisogno profondo in lui, e quando stava con una persona che amava e desiderava si sentiva a un passo dal soddisfarlo. Ma poi perdeva quella persona, e gli restavano solo la nostalgia e l'odio per sé. Ora anche Henriette, della quale si sentiva così sicuro, aveva messo il suo lavoro davanti a lui. Axel era furioso, con lei ma soprattutto con se stesso, perché lo trovava inaccettabile. Perché era il modo in cui aveva vissuto gli ultimi dieci anni della sua vita. Con Cecilie. Con Emma.

Il suo cellulare vibrò. Lo Svedese gli ricordò che quaranta minuti dopo gli uomini del Pet sarebbero venuti a parlare dell'autopsia. Voleva esserci anche lui o si accontentava di leggere il referto? Certo che Axel voleva esserci: doveva uscire di casa, pensare ad altro.

L'anonimato della mascherina. Non si capiva se sotto gli occhi ci fosse un sorriso. Darling si manteneva a distanza. Jens Jessen sembrava teso e nervoso, lo sguardo febbrile. Axel tossiva e mangiava liquirizie Ga-Jol. Nonostante i disinfettanti e gli altri liquidi di conservazione, il fatto che Lennart avesse aperto il cadavere mezzo decomposto non aveva reso l'ambiente olfattivo più gradevole.

«Sì, signori. Quest'uomo ha smesso di respirare. I motivi potrebbero essere molteplici, ma non ho elementi per affermare che sia stato commesso un delitto.»

«Cosa vorrebbe dire?» domandò Jens Jessen.

«Vorrebbe dire che il risultato dell'autopsia è che la causa della morte rimane indeterminabile. Era un alcolista, e al momento del decesso aveva bevuto molto: ha il fegato grasso e un inizio di cirrosi; nemmeno il pancreas è in ottime condizioni, e anche nella trachea ci sono segni di abuso di alcol. In conclusione: non aveva molti anni da vivere, anche se non fosse successo questo.»

«Ma che cosa è successo?» domandò John Darling.

«Ha smesso di respirare.»

«Quando è morto?» domandò Axel.

«Difficile dirlo con precisione; di certo era lì da almeno sei giorni, ma non più di dieci. Perciò: tra mercoledì e domenica della settimana scorsa. Voi che ne dite?»

«Per il momento niente. Sappiamo solo di un amico che

l'ha visto per l'ultima volta poco più di una settimana fa» rispose Axel.

«Di sicuro non è morto da tutto questo tempo.»

Lennart si guardò intorno.

«È morto di morte naturale» dichiarò Jens Jessen, in tono neutrale ma con un'ombra di soddisfazione, tanto che Axel si domandò se poter escludere l'omicidio non portasse acqua al loro mulino dell'insabbiamento.

«Non ho detto questo. Dico che non posso determinare la causa della morte sulla base dell'autopsia. Ora che l'ho esaminato più attentamente, ho notato una leggera dilatazione negli spazi aerei periferici dei polmoni, ossia lievi segni di enfisema polmonare periferico, il che potrebbe voler dire che la vittima è stata soffocata con un oggetto premuto sulla faccia, per esempio un cuscino. Solo che non lo posso provare.»

«Ma non puoi neppure escludere che sia stato ucciso» osservò Axel.

«Esattamente. Per il momento il dubbio rimane. Non posso provare che sia stato commesso un crimine, il resto è affar vostro.»

«Siamo nella stessa situazione. Sul luogo del crimine non abbiamo trovato segni di lotta né cose del genere.»

Lo Svedese guardò Jens Jessen come se fosse un corpo estraneo, totalmente fuori posto nella sua sala autoptica.

«Bene, allora è tutto a posto, signori Steen e Darling. Sono certo che dei poliziotti esperti come voi non si faranno sfuggire alcuna anomalia e, se qualcosa non va, lo scopriranno. Mi mancano ancora i risultati degli esami tossicologici; avrete mie notizie quando li riceverò, ma ci vorrà un paio di settimane.»

Lo Svedese guardò Axel, che guardò Darling, che distolse lo sguardo. Quando Axel gli passò davanti, Lennart sibilò: «Maledetto idiota, fortuna che Cecilie si è liberata di lui!»

Quando uscirono nel corridoio e si tolsero le mascherine, Jens Jessen si precipitò alla toilette. Axel si rivolse a Darling.

«Che succede, John, ti sei dimenticato i principi di base?»

«Che vuoi dire?»

«Non hai visto il luogo del delitto, ma devi aver visto le foto. Per Larsen era composto come se si fosse addormentato tranquillamente, con le mani sul piumino, in un appartamento che sembrava la tana di un alcolizzato dopo un bombardamento. Neppure il presidente Mao sul catafalco, porco giuda! Ti sembra normale?»

«Nessuno ha escluso che Per sia stato assassinato.»

«Ah, vuol dire che non capisco più il danese. Come devo interpretare la scarica di logorrea che ho sentito lì dentro, e perché non hai detto niente?»

«Abbiamo ascoltato i risultati di un'obduzione; io ho capito perfettamente quello che ha detto Lennart.»

«Che diavolo sta succedendo, eh? Perché non posso indagare su questo caso come ho sempre fatto? Che avete trovato nel suo computer?»

«Non posso dirti niente, a parte che questo caso è coperto dal massimo livello di segretezza. Jens ha incaricato un tecnico di ricostruire le email di Per e di Sten Høeck, comprese quelle cancellate, e nemmeno io ho potuto vedere i risultati; non so se li vedrò mai.»

«E a te va bene?»

«Axel, io lavoro per i servizi, adesso. Non siamo più alla centrale, devi fartene una ragione.»

«Ma allora chi cazzo indaga su questo caso?»

«Henriette e Jens. Solo loro. È a loro che va consegnato tutto il materiale raccolto, prima che chiunque di noi lo veda. Può piacerti o no, ma quando certe parti di un'operazione sono segretate un motivo c'è sempre, anche se non lo conosceremo mai.»

Jens Jessen uscì dal bagno lanciando occhiate tutt'intorno, li vide e si avvicinò a loro con movimenti da robot telecomandato.

«Non ci staremo scambiando segreti di stato tra vecchi

colleghi?» esclamò allegro. Darling, assunse subito un'espressione ansiosa.

«No, Jens, mi chiedevo solo perché non posso considerare la morte di Per e Sten come due omicidi collegati tra loro, e investigare a fondo finché non sia provato il contrario.»

«Ogni cosa a suo tempo, Axel. C'è ancora bisogno che indaghi sulle relazioni di entrambi e conduca una normale inchiesta per omicidio, mentre noi verifichiamo i collegamenti con il nostro lavoro.»

«Ma non ha senso: appena comincio a parlare con qualcuno che conosceva Per, saltano fuori il Pet, sentenze dubbie e voli della Cia!»

Axel notò con sorpresa che Jens Jessen restò impassibile al sentir nominare la Cia.

«Non è mia intenzione tenerti fuori da tutto, Axel: riteniamo che il movente sia da ricercare negli ambienti dell'estremismo islamico. Sten Høeck aveva partecipato a molti processi e Per Larsen era suo amico, oltre a essere una persona instabile e un alcolizzato che aveva rapporti con gente di ogni tipo, e anche una certa tendenza a parlare troppo. Così almeno risulta dalla documentazione in nostro possesso.»

Jens fece una piccola pausa a effetto.

«Per lo stesso motivo, oggi abbiamo alzato il livello di allerta interna e istruito tutti i collaboratori a prestare particolare attenzione. Non intendiamo prendere questa indagine alla leggera, Axel. Stiamo considerando ogni possibilità.»

«Avete sorvegliato Per Larsen o messo sotto controllo il suo telefono?» domandò Axel. La calma di Jens Jessen s'incrinò.

«Cosa te lo fa pensare?»

«Mi sembrerebbe molto logico.»

«Non posso escluderlo, ma la verità è che al momento non lo so. Come ti dicevo, stiamo esaminando tutte le potenziali falle nel sistema, compresi gli ex collaboratori, se troveremo indizi del loro coinvolgimento.»

44
2007

«Henriette, vieni un momento a vedere» disse Per. Erano nell'appartamento di Peter Fabers Gade.

Lei andò a sedersi accanto a lui, che fece partire il video dell'aeroporto. Erano le riprese del gate, con i passeggeri che scendevano dall'aereo.

Eccolo lì. Giacca, cravatta e una valigetta da viaggio. Niente barba, ma la forma della testa, con la fronte sporgente, non lasciava dubbi.

«Per la miseria!»

«Sì, era sullo stesso volo.»

«Jens aveva ragione. C'era un terzo uomo. Chi è?»

«Si chiama Fernando Gómez. È un uomo d'affari spagnolo, quarantaquattro anni. Esiste, quindi il passaporto non è falso; resta da chiedersi se quella sia la sua faccia.»

«Mi stupirebbe. Dobbiamo trovarlo. Controlliamo gli alberghi, le auto noleggiate, le carte di credito.»

«Vado.»

Il telefono di Henriette suonò: era Sten Høeck.

«Anwar è stato al narghilè bar e ora è tornato a casa. Collegatevi. Stanno guardando un video sul cellulare di Anwar. C'è un tizio con la barba alla talebana, occhiali e capelli lunghi che gli parla.»

Per si collegò con le telecamere nascoste nell'appartamento.

«È Awala» disse senza esitare. «Tra i primi cinque al vertice di Al Qaida, ideologo, yemenita, miliardario e molto legato ad al-Zawahiri. Non è il tipo che ti chiama per farti gli auguri di compleanno, se non sei molto importante.»

«Che sta dicendo?» domandò Henriette.

Per mandò indietro la registrazione e cominciò a tradurle in simultanea meglio che poteva.

«Cari fratelli, *salam aleikum*. La pace sia con voi. Siete stati prescelti per un grande compito, un castigo che colpirà i miscredenti. Allah è grande. La lode appartiene ad Allah. Voi siete campioni della vera fede, e porterete a termine il vostro compito per la gioia di Allah. Allah benedica voi, le vostre famiglie e le vostre opere. La pace e la grazia di Allah siano con voi.»

«Niente di concreto?»

«Qualcosa mi è sfuggito. Non dovevi mandare via Khalid, lui avrebbe potuto tradurre tutto senza problemi» mormorò Per. «Ma è normale che non dica niente di concreto: non è lui che si occupa del lato operativo. Quello che hai visto serve a incoraggiarli, a tenere alto il morale. Ne avevo sentito parlare, ma non l'avevo mai visto di persona. Il video è stato salvato su una scheda di memoria, quella che Anwar è andato a prendere al bar.»

Proprio al momento giusto, pensò Henriette, perché i due fratelli erano come leoni in gabbia.

«Devi trovare quel Gómez, subito» disse a Per. Poi afferrò il cellulare, chiamò Jens e gli riferì gli ultimi sviluppi. Non sembrava stupito, e lei ebbe la sgradevole impressione di non avergli rivelato niente che non sapesse già.

Quando stavano per chiudere la conversazione, lui disse: «Abbiamo una riunione tra un'ora, Henriette. All'Hotel Admiral.»

«Con chi?»

«Amici americani. Vengono lì con me.»

Mezz'ora dopo, Per aveva trovato Fernando Gómez

all'Hotel Central di Vesterbro, vicino alla stazione. Si era registrato lo stesso giorno del suo arrivo in città, era rimasto due notti e poi aveva fatto il check-out. Il circuito di videosorveglianza dell'hotel aveva ripreso un uomo che sapeva benissimo dove si trovavano le telecamere e girava sempre la testa per evitare di essere inquadrato, ma le foto che avevano erano sufficienti. Per sicurezza, Henriette le girò per email a Jens.

«O alloggia in casa di un simpatizzante locale oppure è in un altro albergo, sotto un'identità diversa.»

«Propendo per la seconda ipotesi» disse Per. «La prima è troppo rischiosa. Se è un professionista, sa benissimo che tutti i locali sono sorvegliati.»

«Passa in rassegna gli alberghi dell'area metropolitana. Ci servono le liste degli ospiti a partire dal giorno in cui ha lasciato il primo hotel; controlliamo tutti gli uomini tra i venti e i sessant'anni. Puoi prendere tutto il personale che ti serve dal dipartimento di analisi. Pensi di farcela?»

«Certamente.»

«E continuiamo a non sapere chi è? Non l'hai riconosciuto?» Henriette posò sul collega un'occhiata gelida.

Per scosse la testa. Non fa niente, pensò lei. Lo saprò tra mezz'ora, o sarà la riunione più sgradevole della mia vita.

45
2011

Tornando verso casa in bicicletta, cercò di ricapitolare quello che aveva in mano. Duemilaseicento ore di registrazioni video su un caso di terrorismo, che forse non aveva un accidenti a che vedere con gli omicidi e i deliri alcolici di Per Larsen sui voli segreti della Cia. Entrambi erano territori interdetti alle sue indagini. Cos'altro? Due delitti eseguiti con modalità radicalmente diverse, due scene del crimine che non avevano nulla in comune. Niente, non stava in piedi.

Smontò dalla bici all'inizio del Knippelsbro e scese le scale, pedalò lento davanti alla Biblioteca reale – il Diamante Nero – e si mise a sedere su una panchina con vista su Christianshavn. Davanti a lui, l'acqua era una lastra d'oblio grigia e smerigliata. Tirò fuori il telefono dalla tasca dei pantaloni.

BB rispose al primo squillo.

«C'è già un rapporto della scientifica sui rilievi effettuati nelle due scene del crimine?»

«Sì: ho già mandato quello del Numero 8, ma non c'è molto di nuovo. L'analisi delle impronte nel sangue dimostra che nell'appartamento, oltre a Sten Høeck, sono entrate tre persone: la vicina di casa, James Craw dell'amministrazione condominiale, e l'assassino, che portava un paio di Adidas, probabilmente la marca più comune di scarpe sportive in Danimarca. Numero quarantaquattro.

Per il rapporto sulla casa di Per Larsen dovrai aspettare domani, ma i risultati delle analisi del dna saranno pronti solo tra due o tre giorni.»

«Che idea ti sei fatto di Per Larsen?»

«È stato ammazzato, è ovvio. Lennart non ha detto che l'hanno soffocato con un cuscino?»

«Non esplicitamente, ma ha accennato alla possibilità. Hai trovato qualcosa che la confermi?»

«L'appartamento è stato perquisito e poi ripulito a fondo, di questo siamo abbastanza certi. Il cuscino presenta segni di morsi ed è coperto di saliva: non è una prova decisiva, ma sosterrebbe la teoria del soffocamento. E poi c'è il modo in cui è stato trovato. Assurdo. Abbiamo raccolto le impronte digitali e un sacco di capelli, la maggior parte del morto, ma ci sono anche tracce di una nostra vecchia conoscenza. Martin Lindberg, te lo ricordi?»

«Sì, ci ho parlato, era un amico di Per. O meglio, Per era la sua fonte. Direi che possiamo cancellarlo dall'elenco.»

«D'accordo. Comunque ci sono altre impronte per cui non ho trovato una corrispondenza, ma credo valga la pena tenerle presenti per un eventuale confronto. Sono convinto che l'abbiano fatto fuori. Non sarà questa la conclusione del mio rapporto, ovviamente, ma appena avrai qualcosa tra le mani, qui ci sono le prove tecniche a sostegno.»

«Okay.» Una bella notizia. L'unico problema era che, per l'appunto, Axel non aveva niente tra le mani.

Salutò e si avviò verso casa. Arrivato a Sundholmsvej, invecc di girare a sinistra verso Dovregade continuò dritto. Voleva fare un'ultima sosta a beneficio dell'indagine.

Lasciò la bici accanto al caffè e si fermò un po' davanti alla casa, guardando in su. A ovest lo splendore del tramonto si rifletteva nelle finestre di tutto quel versante del Numero 8. Axel decise di prendere il sentiero pedonale che l'avrebbe portato in cima, così da poter vedere il sole che colorava di rosso il cielo della sua città. Con lo sguardo che spaziava sul parco, sentì un brivido di malessere all'idea di aggirarsi tra tutti gli appartamenti vuoti. Arrivato a quello di Sten Høeck, entrò e cominciò a passare in rassegna le stanze, a una a una. Lavorava con metodo e rigore, esaminando uno scaffale dopo l'altro, un metro quadrato alla volta. Qualcosa doveva pur esserci: tutti nascondevano qualcosa. E se Sten Høeck aveva portato via qualcosa dal Pet, non lo avrebbe mai nascosto nel computer. Perlustrò il piano di sotto e poi salì a quello superiore. Cercò di restare concentrato, ma i suoi pensieri tornavano sempre verso un luogo preciso, lo stesso che continuava a evitare. No, l'avrebbe tenuto per ultimo. Sapeva già quello che sarebbe successo, lo sapeva da quando aveva salutato Henriette, quel pomeriggio.

Dopo un'ora e mezza di ricerche intensive, aveva trovato solo un vibratore di gomma nera dalle dimensioni inquietanti, che aveva perfino un nome, King Kong, e del quale stentava a immaginare che Sten Høeck potesse avere bisogno. Urlava di solitudine e disperazione, nascosto com'era in fondo a un cassetto del comò in camera da letto, sotto due pile di boxer aderenti e multicolori. Axel si guardò intorno, cercando d'immaginarsi cosa fosse accaduto lì, e gli tornò in mente che tutte le testimoni avevano parlato della voce di Sten, che le faceva impazzire.

Poi passò nel soggiorno con la finestra panoramica e si diresse verso il luogo che aveva evitato fino a quel momento. Il mobile bar.

Aprì una bottiglia di vodka russa; non volle neppure annusarla, ma la portò alla bocca e l'assaggiò. Sentì la pelle della schiena che si staccava dai muscoli e una sensazione di gelo che dai lombi saliva fino alla cima del cranio. Poi si riempì la bocca e ingoiò. Emise un gemito di piacere e disse «ahhh» tre volte, ad alta voce, provando brividi in tutto il corpo.

Lo sapeva da quando Lennart gli aveva raccomandato di non ricaderci, che sarebbe successo. Mentre guardava il Fælled dall'alto e sentiva l'attrazione del vuoto, sapeva che avrebbe mollato. Aveva anche voglia di fumarsi una canna, ma non era ancora arrivato a quel punto.

In quasi due anni era la sesta volta che beveva. Non era molto, ma di sicuro era sbagliato. A differenza dei vecchi tempi, però, adesso era capace di controllarsi. Perfettamente. O almeno era quello che si raccontava, sapendo benissimo che non era vero. Ogni sorso che ingoiava era una vera calamità. Bevve ancora, e sentì il calore scorrergli dentro, la deliziosa fitta di dolore alla schiena, gli aghi minuscoli che gli penetravano nella pelle mentre si contorceva dal piacere e l'alcol gli bruciava lo stomaco vuoto.

Cazzo, quant'era bello!

Si guardò intorno. C'era una grande finestra sul soffitto, con sotto una scala retrattile: Axel portò fin lì una sedia di Charles & Eames e ci salì sopra. Estrasse la scala e si arrampicò fino in cima, poi tirò la maniglia della finestra e l'aprì, quindi salì altri tre gradini e fece sbucare fuori la testa. Era al colmo, in tutti i sensi. Vertigini? Cos'erano? Alla sua sinistra, il lato del tetto che declinava verso il Fælled era ricoperto di muschio e vegetazione; a destra, lastre color ardesia. Era bellissimo, cazzo. Axel tornò giù a prendere la bottiglia di vodka, si assicurò di avere le sigarette in tasca, risalì e uscì sul tetto. Si sedette a guardare il sole ormai quasi del tutto tramontato, accese una sigaretta e bevve un altro sorso dalla bottiglia. Il tempo passava, a un certo punto si alzò per pisciare, e, quando si risedette, prese il telefono e telefonò a lei.

«Henry» disse con la voce pastosa e invitante di Sten Høeck, che evocava vello sul petto e carezze lascive. «Dove sei stata per tutta la mia vita?»

«Sei tu, Axel? Che ti prende? Smettila, sei disgustoso.»

«Henry» ripeté lui.

«Piantala, ho detto, è uno scherzo macabro, sei ubriaco? Cos'è questa idea malata di mettersi a parlare come Sten Høeck?»

Bisognava lavorarci ancora un po', era evidente. Forse aveva effetto solo sulle donne con cui avevi un rapporto superficiale basato sul sesso, forse non funzionava con chi amavi. Contemplò il cielo rosso sulla città e si rese conto di aver preso tutto dal lato sbagliato.

«Io sono Axel Steen» disse allora.

«Axel, che cosa c'è?»

«Niente. Io sono io, non un altro; dico quello che penso: non mi va questo mezzo giochetto della gelosia con Jens Jessen e Khalid, e non mi vanno le mezze verità, Henriette. Io ti voglio, ma se non riesci a gestire questa cosa non potrà mai esserci niente tra noi.»

«Anch'io ti voglio, Axel, ma non la puoi mettere così. Non puoi chiedermi di scegliere tra te e il mio lavoro. Quello che sto facendo è qualcosa di cui posso occuparmi solo io, non posso farmi esonerare.»

«Di che cosa avete paura?»

«E tu, di che cos'hai paura?»

«Ho paura di perderti.»

«Non mi perdi.»

Axel allontanò il telefono e bevve una gran sorsata.

«Che succede?»

«Niente.»

«Sei ubriaco? Hai bevuto?»

«Sì.»

«Dove sei?»

«Non ha importanza. Lascia stare. Sto bene.»

«Che ti succede, Axel? Sei strano, dove sei?»

«C'è vento» disse lui. «Ma sto bene. Non importa, sono contento di averti sentita. Tra poco torno a casa. Non dobbiamo parlare, l'hai detto tu. Dobbiamo aspettare che tu abbia risolto il caso.»

«Vengo da te.»
«No. Non ci dobbiamo vedere. L'hai detto tu.»
«Per la miseria, Axel. Sto arrivando.»
Lui interruppe la conversazione.
Il sole era quasi sparito, e anche lui. Bevve un altro sorso e chiuse gli occhi. Sotto le sue palpebre c'erano colori caldi che passavano dal rosso al viola, all'azzurro, all'arancione e al giallo, in un piacevole moto circolare. Gli sembrava di sentire ancora la voce preoccupata di Henriette nel telefono. «Per la miseria, Axel» aveva detto. Voleva dire che ci teneva.
Richiuse gli occhi. L'ultima cosa che vide furono le luci della città, che davano al lembo inferiore del cielo un riflesso giallastro e grumoso, il buio che inghiottiva quello che restava del giorno, la notte estiva dall'azzurro di cristallo.

46
2007

«*Call me Marko*, Miss Nielsen» disse la Rana con un lieve inchino, porgendole la mano. I suoi occhi verdi la indagarono a lungo, facendola sentire al tempo stesso oggetto di studio e di desiderio.

Al loro arrivo, gli uomini della Cia erano già seduti intorno al tavolo, sotto le travi e tra gli specchi del Salt, il ristorante dell'albergo. La Rana si chiamava Volster, mentre il suo collega si presentò come Bjorkman, senza nome di battesimo. Sono la cortesia fatta a persona, un tipo di cortesia che non si vede quasi mai negli uomini danesi, pensò Henriette. Salutarono prima lei benché il capo fosse Jens, e quasi si scontrarono per scostarle la sedia, senza dar peso al fatto che era più alta di entrambi. Bjorkman confermava tutti gli stereotipi europei sugli americani, con la sua mascella larga e forte, gli zigomi prominenti sotto gli occhi di un azzurro intenso, che attraversavano la persona che si trovavano di fronte con una gentilezza studiata e un po' altera. I capelli, lunghi al massimo un centimetro, davano al viso un look un po' squadrato. Henriette ipotizzò un passato nell'esercito. Come Volster, anche lui era straordinariamente ben vestito. I completi su misura, le cravatte annodate in modo impeccabile e i colletti delle camicie che sembravano di gesso nel loro simmetrico candore. Bjorkman portava una giacca blu scuro e una cravatta di un verde cangiante, che riluceva come se fosse intessuta di smeraldi. Definire il suo stile "sportivo" sarebbe stato un eufemismo quasi oltraggioso: emanava una virilità efficiente e senza fronzoli da cui non si sentiva per niente attratta, anche se doveva ammettere che era un bell'uomo. Volster, invece, era vestito in principe di Galles blu, con un gilè che Henriette sospettava portasse solo per valorizzare la catena d'oro dell'orologio da taschino. Ben allenato, quasi quanto il suo collega ma un po' più basso, aveva l'aria del professionista spietato, cinico e sicuro di sé, che nella vita ne aveva viste di tutti i colori e non si sarebbe fatto impressionare da nulla. Non un capello in testa, gli occhi sporgenti, il collo troppo lungo e il sorriso subito sotto lo sguardo penetrante: Sembri una rana che potrebbe uccidere qualcuno da un momento all'altro, pensò Henriette.

Il titolo di Bjorkman non venne mai fuori, ma era un esperto di terrorismo islamico, temporaneamente distaccato presso l'ambasciata americana a Copenaghen, mentre Volster fu presentato come *Head of Counterintelligence and Special Agent Operations* di tutta la Cia.

Nei primi dieci minuti, Bjorkman si fece fare da Henriette un debriefing su Gómez. Jens le aveva raccomandato di rispondere a qualsiasi loro domanda sull'operazione in corso. Gli americani rimasero impassibili durante la sua esposizione, a parte quando citò il mignolo mancante, dettaglio sul quale Volster schioccò la lingua come se avesse catturato una mosca al volo. Quando Bjorkman ebbe finito, prese la parola Volster.

«Miss Nielsen, abbiamo sentito parlare molto bene di lei, e siamo felici che questa operazione sia affidata a mani tanto competenti.»

Lei aveva provato a ricambiare il "*call me Marko*" con un "*call me Henriette*", che però non aveva sortito lo stesso effetto, e per la prima volta in vita sua le sembrò che l'appellativo di "Miss" sottolineasse la sua inadeguatezza gerarchica in quel contesto: donna, nubile, formazione poliziesca, subordinata. Ma soprattutto donna. Più Volster era gentile, più quella sensazione si rafforzava.

«È un po' di tempo che ci aspettiamo un attacco in Europa. Dopo Madrid e Londra, Al Qaida è nella merda. Avete rinforzato il sistema di sicurezza, raddoppiato i mezzi e gli strumenti dell'intelligence e intensificato la collaborazione con noi. La popolazione danese ha detto "no" al terrorismo, prendendo le distanze dall'islam ancora più di prima, il che però, paradossalmente, ha allargato la base del reclutamento per gli islamisti radicali. Aggiungiamo pure la crisi delle caricature. Sapevamo da un po' che si andava preparando qualcosa, e ora quel qualcosa è arrivato in Danimarca.»

Un cameriere si avvicinò per servire la portata successiva e la Rana smise di parlare. La fissò con i suoi occhi sporgenti, poi lanciò un'occhiata al piatto e fece un commento a mezza voce sulle meraviglie della *New Nordic Cuisine*. Henriette guardò a sua volta la guancia di maiale con fragole verdi, rape bianche e aneto, sperando solo che l'altro andasse avanti.

«Per Osama bin Laden e la sua cricca la Danimarca sarebbe l'obiettivo ideale, a parte gli Usa, naturalmente; ma colpire voi sarebbe una grande vittoria per l'organizzazione. Solo una cosa potrebbe contare di più.»

Si fermò di nuovo e s'infilò tra i denti un succoso boccone di maiale, che masticò con cura guardando Henriette.

«Tra pochi giorni il nostro ministro della Difesa verrà a Copenaghen in visita non ufficiale, per discutere del nostro comune sforzo bellico e della futura collaborazione tra le nostre due nazioni. Siamo sicuri che sia lui l'obiettivo. E un obiettivo così ben protetto richiede uno sforzo straordinario. Richiede uomini, coordinamento, forse perfino un attacco diversivo. Richiede visione d'insieme. E Gómez, come lo chiamate voi, dispone di tutto questo.»

Altra pausa.
«Noi lo chiamiamo Abu Bilal, è questo il suo vero nome. Quarantasei anni, iracheno, caduto in disgrazia presso Saddam all'inizio degli anni Novanta, arriva in Siria, dove entra nell'esercito e inizia una carriera in spionaggio, interrogatori dei fuoriusciti e tortura, specialità nelle quali sembra sia un vero fenomeno. Nel 2000 scompare e si fa rivedere solo tre anni dopo, in Afghanistan e nel Nord del Pakistan.»
Si fermò e ammiccò a Bjorkman, che le fece scivolare due fotografie sotto il naso. Mostravano un uomo di circa vent'anni che avrebbe potuto essere Gómez, ma Henriette non avrebbe potuto giurarci.
«Sono le uniche immagini che abbiamo. Risalgono al tempo in cui serviva come capitano nell'esercito di Saddam. Un bell'uomo, vero? Però abbiamo dichiarazioni di testimoni oculari e impronte digitali, che ci permettono di associarlo a vari atti terroristici e tentativi di attentato degli ultimi sei anni. Oggi appartiene alla cerchia ristretta dell'organizzazione: è stato un capo operativo prima in Iraq, poi in tutto il mondo. E adesso è qui. Da voi.»
Volster sorrise. I suoi occhi scintillavano come se dentro ci fosse un fuoco.
«A onor del vero, Miss Nielsen, è la cosa più importante che ci sia capitata da un sacco di tempo.»
E questo la dice lunga, pensò Henriette. Torniamo con i piedi per terra.
«Che cosa sapete dei piani concreti per un attacco in Danimarca? Tempi, luoghi, persone?» domandò per mantenere il controllo, mentre cominciava a misurare le implicazioni di quanto aveva appena sentito.
Bjorkman prese la parola: mentre lo sentiva raccontare che l'operazione era pianificata da molto tempo, che il vertice di Al Qaida aveva dato l'ordine e che i fratelli erano carne da macello, le vittime destinate al sacrificio per la

causa, Henriette si domandò se davvero Jens Jessen avesse regalato Gómez alias Abu Bilal agli americani: si poteva fare? Era lecito? «Tutto è lecito nella lotta contro il terrorismo» le aveva detto proprio lui di recente.

«Non sappiamo di preciso cos'abbiano in mente» concluse Bjorkman.

«I due fratelli sono sotto controllo» disse Henriette, «ed entro oggi contiamo di poter dire lo stesso di Abu Bilal: non è facile nascondersi, in Danimarca. In compenso, non riusciamo a seguire il loro *modus operandi* perché non ci risulta abbiano armi a portata di mano, e nelle loro conversazioni non c'è traccia di piani operativi.»

«Accontentiamoci» rispose Bjorkman, mentre Volster tirava fuori l'orologio da taschino per la seconda volta. «Niente armi, per ora, ma un piano concreto potrebbe essere imminente. È chiaro che i due fratelli non sanno ancora nulla: se venissero arrestati non potrebbero fare rivelazioni. È un sistema comune, nell'ambiente. Cellule che fino all'ultimo momento ignorano l'esistenza reciproca e l'obiettivo dell'operazione. È il principio del *need to know*, la "necessità di sapere", quello che seguiamo anche noi» concluse Bjorkman: una spiegazione così banale che Henriette la percepì come un rimprovero. E come si permetteva di dire che un piano concreto poteva essere imminente? Quella era la sua missione, spettava a lei misurare le distanze.

«E Abu Bilal? Che starebbe facendo?»

«La nostra ipotesi è che stia aspettando qualcosa.»

«Che cosa?»

«Non lo sappiamo, probabilmente materiale esplosivo o armi. Armi potenti, razzi o qualcosa di analogo» rispose Bjorkman.

Il suo tono diventava sempre più distaccato e le sue risposte si facevano più sintetiche, finché Henriette ebbe l'impressione di aver esaurito la sua quota di domande.

«Ma come ne entrerà in possesso? Non è una cosa facile, in Danimarca» disse, molto tentata di aggiungere: «Al contrario che negli Usa.»

Volster si schiarì la voce e riprese la parola.

«Non lo sappiamo. Ma non è detto che si arrivi a quel punto. Non siamo interessati ai due giovani, Miss Nielsen, è Abu Bilal che c'interessa. Quell'uomo ha un valore inestimabile per noi. Possiede informazioni che potrebbero condurci ai vertici di Al Qaida, aiutarci a catturare i responsabili di alcuni tra i più gravi attacchi alla democrazia dei nostri tempi.»

Henriette aspettò il seguito del discorso, che però non arrivò. Perciò riprese: «Come mai ho la sensazione che non dovremo arrestarlo, quando lo troviamo?» Guardò Volster e poi Jens, che ripassò la palla a Volster.

«Per prima cosa dobbiamo assicurarci che sia davvero lui. Ci servono le sue impronte digitali. Inoltre, vorremmo capire chi o che cosa aspetta.»

Henriette annuì.

«È vitale che non si renda conto che siamo – *pardon*, che siete – sulle sue tracce. Inoltre, è necessario che il minor numero di persone possibile sia informato della sua presenza in Danimarca. Questo vale sia per la sorveglianza sia per quando sarà arrestato.»

Ogni dubbio era scomparso: Jens aveva regalato il loro obiettivo agli americani. La decisione doveva essere stata presa molto in alto, e Henriette era davvero sorpresa. Non tanto per le conseguenze operative, ma per essere stata ammessa nell'olimpo. Le fu impossibile nascondere un sorriso, quando disse: «La prima condizione è già in atto: nessuno è a conoscenza della sua vera identità; ma l'altra comporta qualche problema. La legge danese stabilisce che il prigioniero sia condotto davanti a un giudice dopo ventiquattr'ore, e a quel punto si scatenerà l'inferno. A meno che...» lasciò la frase in sospeso, guardando Jens.

Volster allargò le braccia e fece vagare lo sguardo acceso tra lei e Jens Jessen, il quale si affrettò a confermare che anche quel problema sarebbe stato tolto di mezzo.

«Non c'è di che preoccuparsi. Andrà tutto secondo i piani.»

Cinque minuti dopo, il pranzo era concluso.

Al momento del congedo, Volster riprese la mano di Henriette. Sta' a vedere che me la bacia, pensò lei. Invece l'uomo si limitò a stringergliela delicatamente e a dirle, guardandola negli occhi: «Spero di rivederla presto, Miss Nielsen. Sono rimasto molto colpito da lei.»

Tornarono a Søborg nell'Audi di Jens.

«È quello che penso che sia?»

«Non lo so, Henriette, cosa pensi che sia?»

«C'è il consenso del capo?»

«Sì.»

«E del ministero?»

«Ho informato il capo, siamo d'accordo che questo provvedimento rientra nel margine della nostra discrezionalità operativa. Se informassimo il ministero, diventerebbe una questione politica. E quei signori se la farebbero nei pantaloni al pensiero delle conseguenze, se la storia venisse fuori. L'operazione ci verrebbe tolta di mano e Abu Bilal fuggirebbe o finirebbe in carcere in Danimarca, dove si chiuderebbe come un'ostrica.» Jens la guardò. «Henriette, questo è il pesce più grosso che potremmo mai sognarci di prendere.»

«Ma non saremo noi a tirare la rete, vero?»

«Non ci pensare. Pensa solo ad Abu Bilal e ai fratelli Lakhani, all'operazione che non deve fallire. D'ora in avanti faremo così: tu e Sten starete su Abu Bilal, con Per come back-up. Dobbiamo trovarlo, adesso. Appena lo troviamo, ci procureremo le sue impronte digitali. Nessun altro deve conoscere la sua identità, nemmeno Khalid.» Le lanciò una breve occhiata in tralice. «Nessuno dell'antiterrorismo, nessuno delle squadre d'osservazione, è chiaro?»

«E quando lo localizzeremo, saremo sempre solo noi tre a occuparci di lui?»

«Certo che no, a questo penserà Sten. Non escludo che altri possano partecipare alla sorveglianza. Hai sentito Volster: ci sono poche probabilità che qualcuno sappia chi è Abu Bilal.»

«Okay.»

«Quando verrà il momento di arrestarlo, dovrà accadere lontano da Anwar e Shakir, è chiaro? I fratelli non dovranno sapere che lo abbiamo catturato, nessuno dovrà saperlo. Sarà Sten a occuparsi materialmente dell'operazione.»

«E se stasera s'incontrassero e si scambiassero informazioni su un'azione concreta, contro un obiettivo concreto? Un'azione imminente, per esempio? Non dovremmo intervenire?»

«No. In questo caso devi informarmi immediatamente. Nessuno deve intervenire senza la mia autorizzazione.»

«Okay» disse Henriette. Ma sapeva benissimo che il vero significato era: senza l'autorizzazione della Rana e di Bjorkman.

47
2011

Gli sembrò di sentire dei rumori, come se qualcuno si avvicinasse. Era Jens Jessen, e gli rideva in faccia: si sarebbe ripreso Cecilie, e Axel si sarebbe dovuto accontentare di Henriette. «Ma io non mi accontento» cercò di dire Axel, invano, la voce non usciva. C'era anche Cecilie, con Anton in braccio ed Emma per mano. «Ora andremo a vivere tutti insieme» ripeteva. «Dormiremo nello stesso letto, come una famiglia vera.» «Insieme, insieme» canticchiò lui. Cecilie portava l'abito del loro matrimonio ed era di una bellezza abbagliante.

Sognava o era sveglio? Non lo sapeva. Sbatté le palpebre e si trovò davanti gli occhi di Jens Jessen, ma non era lui: era un viso nascosto dal cappuccio di una felpa. Axel richiuse gli occhi e capì d'essere sveglio, e che c'era davvero qualcuno davanti a lui. Sentì il rumore di una finestra che si chiudeva e si alzò di scatto: l'avevano chiuso fuori, sul tetto. Intuì subito che qualcosa non andava: la persona che aveva visto non avrebbe dovuto essere sulla scena del crimine, ed era rimasta sorpresa di trovare lì Axel. Era l'assassino? Aveva lasciato la porta aperta? Di certo non l'aveva chiusa a chiave. Era qualcuno che voleva controllare l'appartamento, come aveva fatto lui? Le domande si rincorrevano all'infinito, senza produrre alcuna azione: comprensibile, era ubriaco. Quella consapevolezza lo gettò nel panico: si aggrappò alla cornice della finestra e tirò, ma invano; così raggiunse il bordo del tetto e guardò il terrazzo, cinque metri sotto di lui. Troppi.

Osservò le rampe ricoperte di muschio che correvano dal punto in cui si trovava fino alla base dell'edificio. Erano la cosa più affascinante di quel posto: due larghe piste verdi che guardavano il parco e si estendevano lungo tutto il complesso, da cima a fondo. Axel sentì dei passi veloci nel buio, come se l'incappucciato scendesse di corsa le scale che correvano lungo le rampe. Guardò di nuovo le piste verdi: la pendenza era notevole. Aveva ancora in mano la bottiglia di vodka; prese un gran sorso, la buttò via, borbottò «Che potrà mai succedere» e, ignorando la gamba ferita e le vertigini, si mise a correre. Era arrivato quasi in fondo quando perse l'equilibrio e rotolò per l'ultimo pezzo, atterrando sul tetto del bar. Si rialzò e corse fino al bordo: non era troppo alto, poteva appendersi con le braccia e lasciarsi cadere a terra. Si mise in ascolto, in silenzio.

I passi non si sentivano più, ma la persona che stava inseguendo non poteva essere arrivata giù tanto in fretta. Doveva essere ancora lì, da qualche parte. Axel sentì il rumore del vento, le voci nel caffè sotto di lui, una bicicletta che si avvicinava dal Fælled. Qualcuno parlava nella notte, ma non c'erano uomini incappucciati né passi sulle scale. Scivolò giù dal tetto e si lasciò cadere. Doveva chiamare rinforzi? No, non adesso che puzzava di vodka. Cominciò a salire per le scale; aveva la sua pistola di servizio. Controllava ogni piano: molti appartamenti erano illuminati, lui bussava alla porta e domandava se avessero visto qualcuno correre verso il basso.

Al terzo piano uscì un uomo in canottiera che, senza dargli il tempo di aprire bocca, gli domandò: «Lei vive qui?»

«No, ma...»

«Allora fuori dai piedi. Non è mica un'attrazione turistica, questa. È casa nostra.»

Axel tirò fuori il distintivo e glielo sventolò sotto il naso.

«Chiudi il becco, scimmione, sto indagando su un omicidio e cerco un uomo in fuga. Qualcuno è passato di corsa qui davanti?»

L'uomo sembrava scioccato. Rispose «no», e Axel passò rapido alla porta successiva. Al settimo piano, finalmente, una donna aveva visto un tizio che scendeva le scale al galoppo. Axel si domandò se fosse davvero arrivato al piano terra prima di lui: poteva essere risalito sentendo i suoi passi, ma allora dov'era?

Risalì di corsa, entrò nel cortile e guardò le scale da lì, poi ridiscese in fretta. Vide un gruppo di ragazzi fuori da un appartamento, intorno a un tavolo ingombro di bottiglie vuote, tazze e candele, coperte sulle spalle.

«Per caso è passato un uomo negli ultimi cinque minuti?»

Ci furono molte risposte, perlopiù contraddittorie: i ragazzi cominciarono a discutere tra loro, ma sembrava chiaro che nessuno aveva visto un uomo con il cappuccio.

O l'aveva perso lungo la discesa, oppure aveva le chiavi di un appartamento, il che voleva dire che era un inquilino del condominio. Axel si domandò che cosa fosse venuto a cercare in casa di Sten Høeck. Un indizio che aveva lasciato? Improbabile, la scientifica l'avrebbe già trovato. Doveva essere qualcos'altro, qualcosa che Sten Høeck aveva nascosto.

48
2007

Henriette s'incontrò con Per e Sten nell'appartamento. Le ricerche sugli ospiti degli alberghi non avevano ancora dato risultati. Per aveva raccolto informazioni su diversi uomini che si erano registrati in un hotel di Copenaghen lo stesso giorno in cui Gómez aveva lasciato la sua stanza al Central, ma nessuno sembrava corrispondere.

«Se è furbo, avrà fatto i due check-in lo stesso giorno» propose Per. «Ho cominciato a cercare dal momento in cui è atterrato a Copenaghen.»

Avevano discusso brevemente del nuovo obiettivo dell'operazione, nei limiti in cui se ne poteva discutere. Il misterioso Gómez. Sten Høeck annuì, come se non fosse sorpreso, mentre Per sembrava nervoso. Henriette ne dedusse che uno ne sapeva più di quanto volesse condividere con loro, e l'altro era arrivato da sé all'identità di Gómez; ma nessuno dei due fece commenti né domande, il che andava benissimo, perché voleva dire che erano concentrati sul lavoro.

«Novità dall'appartamento?» domandò Henriette a Sten.

«Niente da ieri. Dopo aver visto il video del Babbo Natale con la barba da talebano hanno pregato un'oretta o due, dondolandosi avanti e indietro come dei pazzi. Erano sovreccitati e zuppi di sudore; Anwar era quasi più su di giri di quando si uccide di seghe.»

«E il film?»

«Appena hanno finito di guardarlo, Anwar è andato in bagno, ha avvolto la memory card nella carta igienica, l'ha buttata nella tazza e ha tirato l'acqua.»

«Bene. Statemi a sentire: ci organizziamo per la sorveglianza di Gómez. Continuiamo a seguire i fratelli, ma dobbiamo essere pronti a intervenire appena avremo localizzato Gómez. Sten, tu allestirai una squadra che cominci a sorvegliarlo quando lo troviamo. Devono essere i migliori, i più invisibili. Non deve, ripeto: non deve assolutamente scoprirci. E dev'essere gente che non fa domande.»

«I miei uomini non fanno mai domande» rispose l'altro, in tono piccato.

«Ehi, Anwar ha aperto Hotmail» li interruppe Per.

Si strinsero tutti intorno al suo computer.

«Che cosa scrive?»

Per si chinò sullo schermo.

«Non scrive, legge. Il testo dice: "Fratello. L'appartamento è sicuro? Avete fatto le cose come si deve, avete controllato che nessuno vi sorvegli? Date conferma immediatamente. Allah è il più grande."» Per fece una pausa, e su un altro schermo videro che Anwar cominciava a scrivere. «"Siamo soli"» tradusse Per. «"Abbiamo preso tutte le precauzioni, da quando siamo atterrati. Nessun infedele ci segue, nessuno ci sorveglia."»

Rimasero in silenzio, in attesa. Abu Bilal era online?

«E ora che cazzo succede?» bisbigliò Sten.

«"Verrò da voi già da oggi, e resterò fino al grande giorno"» lesse Per, mentre le dita di Anwar si avvicinavano alla tastiera.

Anwar cancellò tutto il testo e scrisse: «Sia resa lode ad Allah!»

Henriette sentì una stretta allo stomaco, ma era un senso di liberazione. Finalmente succedeva qualcosa, qualcosa si muoveva, erano vicini.

Telefonò a Jens Jessen e gli raccontò tutto. Lo sentì esclamare «*Yes!*» nel microfono, e aggiungere in fretta: «Dobbiamo procurarci le impronte digitali di Abu Bilal il prima possibile. Appena usciranno di casa, nei prossimi giorni, dovete entrare e trovarle.»

Era sicura che stesse chiamando gli americani prima ancora di chiudere la conversazione con lei.

Per scese a comprare la cena. Si offriva sempre per quel compito; Henriette aveva l'impressione che ne approfittasse per farsi anche un goccetto, o che comprasse una provvista di vino rosso per tenersi su. L'uso massiccio di Ga-Jol non riusciva a coprire del tutto la puzza di alcol.

Quando furono soli, Sten domandò: «Che succede, Henriette?»

«In che senso, Sten?»

«Sai benissimo in che senso. Questa operazione è diversa da tutte quelle cui abbiamo partecipato finora, e il nostro amico, qui, non è la compagnia più simpatica che si possa desiderare.»

«Ne so quanto te.»

Sten la soppesò con lo sguardo.

«Quindi sai che si prepara qualcosa di molto speciale. Ieri Jens mi ha chiesto di organizzare una squadra e tenerla pronta a eseguire un arresto, ma che non devo metterci personale interno. È tutto quello che so, a parte che non dovremo arrestare i due fratelli e che l'operazione dovrà avvenire in assenza di testimoni.»

«Vuol dire che è importante, Sten. Importante, delicata e confidenziale. Soprattutto confidenziale.»

Lui continuò a guardarla senza batter ciglio.

«Non so nient'altro.»

«Be', a volte non si ha nemmeno tanta voglia di sapere altro» disse Sten Høeck.

49
2011

Scese all'ufficio dell'amministrazione e, in una finestra illuminata, vide James seduto davanti a uno schermo.

Si accese una sigaretta, sperando di togliere l'odore dell'alcol dall'alito, la fumò tutta osservando l'uomo. I capelli neri non potevano essere naturali: la pelle aveva le lentiggini color carota che si trovano solo nei rossi o nei biondi chiarissimi con la carnagione molto pallida. Bussò alla porta.

James si alzò e venne ad aprirgli con sguardo interrogativo.

«Come posso aiutarla?»

Axel raccontò quello che gli era appena accaduto.

«È andato sul tetto? Ma è proibito.»

Axel represse un rutto.

«Lo dica a Sten Høeck. È lui che aveva messo una scala lassù.»

«L'avevo notata, ma pensavo che fosse lì per precauzione in caso d'incendio: o almeno così mi aveva detto lui. Ma se quell'uomo è tornato su, come dice lei, deve aver preso l'ascensore.»

«E tutti i condomini hanno una chiave?»

«Sì.»

«Di quante persone parliamo?»

«Al momento sono stati venduti trecentocinquantanove appartamenti su quattrocentosettantasei, vale a dire almeno trecentocinquantanove chiavi, che può tranquillamente moltiplicare per due; contando anche quelle in possesso di agenti immobiliari, affittuari, ex inquilini, artigiani eccetera, si arriva tranquillamente a mille copie.»

«Vorrei una lista completa degli inquilini, con email e numeri di telefono. Domani faremo dei test del dna a tutti gli uomini tra i quindici e i cinquant'anni, per escludere che l'assassino sia tra loro.»

«Okay.»

«Anche lei e il suo capo dovrete sottoporvi al test.»

«È naturale.»

Axel uscì dall'ufficio e si avviò verso la bici. Poi cambiò idea, tornò indietro e prese l'ascensore fino al piano di Sten Høeck. Uscì con prudenza e si fermò in ascolto davanti alla porta. Dall'interno non veniva alcun rumore, a parte il vento sul tetto. Axel si sentiva perfettamente sobrio, piuttosto assetato e con un mal di testa incipiente. Entrò nell'appartamento, chiuse la porta e andò dritto al mobile bar. Pensò di cancellare le prove della sua ubriachezza salendo a prendere la bottiglia di vodka, ma non voleva distruggere eventuali tracce sulla scala o sulla finestra. Avrebbe affrontato le conseguenze. Aprì il mobile e sentì di nuovo la stretta di desiderio allo stomaco. Qualcosa in lui voleva solo scolarsi tutto l'alcol, scivolare nell'oblio idiota e farfugliante dell'ubriachezza, ma qualcos'altro contrastava quel desiderio. Afferrò le bottiglie a una a una e le esaminò con attenzione, escludendo quelle di vetro trasparente. Alla fine, trovò quello che cercava: sul fondo verde opaco di una bottiglia di Rémy Martin qualcosa tintinnò. Non c'era cognac, ma una chiavetta usb avvolta nella plastica e nel nastro adesivo. Riuscì a estrarla dal collo della bottiglia e se la infilò in tasca, rimise il tappo e andò a casa.

L'appartamento era immerso nel buio, Axel immaginò che Henriette non ci fosse. Nel telefono c'erano quattro sms e cinque chiamate, tutti suoi.

«Dove sei?»
«Sono stanca di aspettare, Axel: basta!»
«Devo andare. Chiama quando vedi il messaggio.»
«Spero tutto okay.»

Axel le scrisse di non preoccuparsi, che era a casa e che andava tutto bene.

Inviò l'sms e scese al distributore, dove comprò una confezione di birra da sei e un pacchetto di sigarette. Rientrato, accese il computer e inserì la chiavetta.

Era piena di file piccoli con degli orari. Aprì il primo: erano le registrazioni delle telecamere di sorveglianza nell'appartamento. Le passò in rassegna. Poi aprì il suo blocnotes, riprese la lista delle lacune nei filmati e la confrontò con i file. Coincidevano. Non mancava più niente. Passò le tre ore successive a guardare i video, le birre rimasero intonse. Quello che aveva visto sullo schermo cambiava tutto. Nell'appartamento non c'erano due uomini, ma tre.

50
2007

«*Wa aleikum salam wa rahmatullahi wa barakatuh.*» La voce era bassa e roca, l'immagine vicinissima. Henriette non aveva alcun dubbio: si trattava di Abu Bilal. Lo videro dare la mano ai due fratelli e baciarli in fretta sulle guance, tre volte ciascuno. I fratelli lo invitarono a entrare e gli fecero visitare l'appartamento. Aveva due borsoni e indossava un paio di jeans, una giacca a vento nera, t-shirt rossa e scarpe Nike. Si poteva prendere per un europeo.

«È successo qualcosa?» domandò Anwar.

«Niente di grave. Un uomo, in albergo, si è rivolto a me in italiano. Io parlo molte lingue, ma non l'italiano, perciò la mia vita come Lorenzo Rossi finisce qui. Ora vengo da Brighton e mi chiamo Peter Jones» disse con un sorriso, mostrando un passaporto.

Per tradusse più veloce che poteva.

«Ho bisogno di stare qui per un po'. Fratelli! Preghiamo perché la nostra impresa abbia successo.»

Henriette aveva già comunicato ai colleghi di Søborg il nome Lorenzo Rossi, chiedendo di trovare immediatamente l'hotel in cui l'uomo aveva soggiornato negli ultimi giorni e di far sigillare la stanza, per prelevare le impronte digitali prima che la pulissero.

Dopo la preghiera, Shakir cercò di sapere che cosa dovevano aspettarsi. Abu Bilal rifiutò di rispondere, gentilmente ma con fermezza. Lo prese per le spalle e, guardandolo negli occhi, lo incitò a essere forte nella fede.

«Lo saprai presto.»

Poi invitò i fratelli a sedersi.

«Dovete continuare a vivere la vostra vita pubblica. Frequentate il quartiere e la scuola. Andate alla moschea. Nessuno deve sospettare di voi. Dedicate abbastanza tempo all'addestramento e agli studi coranici?»

Annuirono entrambi.

«Sembrano davvero piccoli e umili in sua compagnia» osservò Henriette.

«A me sembrano più che altro impauriti» disse Per.

«Non dovete mentirmi. Dovete allenarvi ogni giorno, per molte ore, per essere in perfetta forma fisica, e leggere il Corano per essere pronti anche mentalmente. Avete sentito le parole che vi ha rivolto lo sceicco: sono pochi gli eletti cui è dato di vivere un tale onore, pochi gli eletti cui è affidato un compito importante come quello che vi aspetta.»

«Allah è grande» mormorò Shakir con le lacrime agli occhi.

«Ora lodano Allah e si bombardano a tappeto con frasi di cortesia» spiegò Per.

«Vorrei una stanza solo per me» disse Abu Bilal. Anwar lo invitò con un cenno della mano in quella in cui tenevano il computer, dicendo: «La mia casa è la tua casa, nobile fratello.»

Shakir fu spedito a comprare falafel, hummus e spiedini per Abu Bilal.

Sten informò i suoi uomini in strada che Shakir stava per uscire, e Henriette telefonò a Jens per dirgli che l'obiettivo era arrivato. Poi tornò a studiare Abu Bilal: con movimenti vigili e misurati, tranquilli come quelli di un gatto, si aggirava per la casa in cerca di apparecchi di sorveglianza. Lei si augurò che i dispositivi elettronici di Sten e degli americani fossero abbastanza progrediti da non essere trovati. Il volto di Abu Bilal era serio e dolce al tempo stesso, come una maschera di anonimato che doveva nascondere un misto di rabbia, mostruosa determinazione e profondo disprezzo per il nemico. Cosa lo muoveva? Pura devozione? Difficile crederlo. La sua esistenza girovaga da militare in Siria e Iraq faceva pensare che il suo obiettivo fosse un altro: prestigio, status, una battaglia personale? Era stato torturato dagli uomini di Saddam, prima di riuscire a fuggire. Era in quell'occasione che aveva perso il mignolo. Le cicatrici sul collo erano il risultato dell'attacco missilistico degli americani in Afghanistan, che era costato la vita a molti suoi commilitoni, mentre lui se l'era cavata con qualche ustione al torace e al collo. È un combattente, pensò Henriette. Cerca la battaglia, eseguirà la sua missione senza esitare: è un killer, un soldato.

51
2011

Squilli dall'inferno. Axel cercò il telefono a tentoni, giurando a se stesso che non avrebbe bevuto mai più. Aveva mal di testa e una sete terribile. Era rimasto in piedi fino alle cinque, ma prima si era ubriacato con la vodka di Sten Høeck; cazzo se aveva bevuto. Perché poi, quando avrebbe potuto benissimo farne a meno? Si vergognava di se stesso. Guardò l'orologio: aveva dormito due ore e mezza. La chiamata veniva da un numero sconosciuto.

«Pronto, parla Axel Steen.»

«Sono Ingela Gudmundsson, la vicina di Sten Høeck.»

«Sì.»

«Mi è venuta in mente una cosa che potrebbe essere importante.»

«Che cosa?»

«Quando siete stati qui... Quando avete trovato Sten... ho sentito una conversazione tra lei e altri uomini. Ero sul mio terrazzo a prendere un po' d'aria, e voi discutevate di telefoni e computer.»

«Sì, quindi?»

«Già allora mi era sembrato di riconoscere una voce. Non la sua, voglio dire, e nemmeno quella del medico legale, ma la terza.»

«Sì?»

«Sì, e ora, poco fa, mi è tornato in mente dove l'avevo

sentita. Le ho già detto che un giorno avevo incontrato un amico di Sten, mentre di un altro avevo sentito solo la voce: ecco, sono sicura che fosse la stessa voce che ho sentito dal terrazzo.»

CHE COSA?, aveva voglia di gridare Axel, invece si limitò a rispondere: «Okay, e quindi di chi era?», anche se conosceva benissimo la risposta.

«Mi sono affacciata all'angolo del terrazzo e l'ho vista insieme a un uomo molto alto e muscoloso, che sembrava straniero. Aveva una voce morbida, molto bella, difficile da dimenticare.»

«Ma non poteva essere quella di un altro?»

«Sì, forse. Ne avete molti così, nei servizi? Anche Sten aveva una voce fantastica, lui...»

«Grazie, sono molto felice che abbia chiamato, di sicuro ci sarà una spiegazione.»

«Sì, ho solo pensato che dovevo dirvelo.»

«Quando è stata la prima volta che ha sentito quella voce? Se lo ricorda?»

«Circa sei mesi fa, direi.»

«Grazie.»

Khalid. Non solo conosceva Per e Sten, ma si era scambiato email con Sten e li aveva frequentati privatamente. Insieme. E non gli era sembrato doveroso raccontarglielo.

Una domanda aperta, ma meno importante di quella sull'identità del terzo uomo nelle registrazioni delle telecamere di sorveglianza. L'uomo del quale in apparenza nessuno doveva sapere. Era lui il motivo per cui Axel non poteva lavorare al suo caso, lui che il Pet voleva nascondere. Axel ne era sicuro, ma questo lo portava più vicino all'assassino?

Andando alla centrale telefonò a Vicki, alla quale aveva mandato i filmati mancanti già quella notte.

«È stranissimo, Axel. Dove li hai trovati?»

«In una chiavetta, a casa di Sten Høeck. In fondo a una bottiglia di cognac vuota.»

«Mmh... Non l'avrai vuotata tu, spero.»
«Non tutta. Sto bene. Sarò lì tra poco, così possiamo studiare un piano.»
«Direi che ce n'è urgente bisogno. Josephsen mi sta con il fiato sul collo e non fa che chiedermi risultati.»

Aveva appena messo piede nel suo ufficio quando una segretaria lo prese per un braccio, dicendogli che il capo voleva vederlo immediatamente.
«Axel, entra.» Il suo sorriso era così falso che faceva le crepe come la lacca di un vecchio portagioie. «Facciamo progressi?»
«Non tanti, ma forse abbiamo una nuova pista. Ieri sono tornato sulla scena del crimine per fare un altro sopralluogo, e sono anche salito sul tetto. Mentre ero lì, una persona con il viso nascosto da un cappuccio ha chiuso la finestra e poi è scappata, scomparendo nel comprensorio. È molto probabile che avesse una chiave, e direi che stava esaminando l'appartamento a sua volta. Naturalmente non posso garantire che si trattasse del nostro assassino, ma è una possibilità.»
«Ottimo. Come procediamo?»
«Abbiamo chiesto una lista dei condomini e di chiunque altro abbia una chiave. Dovremmo riceverla per la tarda mattinata. E poi li controlliamo.»
«Pensavate d'interrogarli tutti?»
Axel si domandò come fosse possibile raggiungere una tale posizione di comando conoscendo così male il lavoro di polizia.
«No, cominceremo con il controllare la loro posizione nel casellario giudiziale, poi con il tuo permesso mi rivolgerei al Pet e consegnerei la lista, per vedere se qualche nome figura nei loro archivi. Se non otteniamo risultati dovremo ampliare la rete: sottoporremo al test del dna tutti i maschi tra i quindici e i cinquant'anni che

abitano nel condominio o lo frequentano. Avvierò tutto entro oggi.»

«Certo, hai la mia autorizzazione. Buon lavoro.»

Di ritorno nel suo ufficio, Axel telefonò a Darling e gli parlò della lista.

«Come procede la vostra caccia agli estremisti islamici?»

«In maniera estensiva.»

«Non tradirai certo un segreto di stato, riferendomi se tenete d'occhio qualcuno in particolare.»

«No, certo, ma non c'è nulla di clamoroso, né tra quelli a piede libero né tra quelli in prigione. Il che naturalmente non esclude il movente della vendetta, anche se io non ci credo.»

«Come mai?»

«Perché, malgrado la mia scarsa esperienza, non penso che si muovano in questo modo. Se volessero vendicarsi di qualcuno che li ha smascherati in Europa, lancerebbero un nuovo attacco terroristico. Perciò la palla torna a te.»

«Già, peccato che non ho un campo su cui giocare. Ci sono altre ipotesi, a parte la vendetta di qualche estremista? Non potrebbe essere successo qualcosa, durante una delle vostre indagini, che abbia fatto imbestialire qualcuno al punto da ammazzare Sten Høeck?»

«Certo, e infatti stiamo verificando anche questo. Ma non posso parlartene.»

Si salutarono. Axel andò da Vicki.

«Che ne dici?»

«Dico che nell'appartamento c'è un terzo uomo e i condannati al processo sono stati solo due. Chi è?»

«Non ne ho la minima idea, ma di certo non è un visitatore occasionale. È lui il capo, lo capisco anche senza conoscere l'arabo o l'urdu.»

«E quale pensi che sia il suo legame con gli omicidi?»

«Non lo so, Vicki. Non sono nemmeno sicuro che ce l'abbia, un legame, ma è chiaro che dobbiamo cercare di saperne di più.»

«Ma perché?»

«Me lo dice la pancia e, se non ti bastasse, perché Sten Høeck ha nascosto con molta cura questi filmati. Perché ieri in casa sua c'era un uomo, e sono sicuro che li stesse cercando. Perché Per Larsen aveva un archivio ricchissimo che nessuno ha ancora trovato, e perché tutti e due sono morti. Avete recuperato la password della cartella nel computer di Per?»

«No, i tecnici ci stanno ancora lavorando.»

«Ho il dovere di informarti di una cosa. Mi è stato fatto capire molto chiaramente che, se insisterò nel voler approfondire il caso di Kapelvej, le conseguenze sulla mia carriera e sul mio futuro nella polizia potrebbero essere devastanti. Si tratta di segreti di stato, e a questo punto sono certo che uno di quei segreti riguardi il terzo uomo. Perciò pensa bene se vuoi andare avanti o no. Potrebbe costarti caro.»

«Ci ho già pensato: voglio andare avanti.»

Le nuove scoperte non aumentarono lo spazio di manovra di Axel nelle indagini sugli omicidi. Non poteva rivolgersi direttamente alle persone coinvolte nel caso di Kapelvej, se non erano menzionate nei suoi due casi. Ma doveva cercare di identificare l'uomo che compariva nei video, perciò prese la bici e pedalò verso Nørrebro. Passò davanti all'appartamento di Kapelvej, le cui finestre aveva visto un milione di volte sullo schermo insieme al portone. Scrutò la strada da cima a fondo, pensando che non sarebbe stato possibile parcheggiare un'auto di sorveglianza nei pressi dell'edificio, in un quartiere dove riconoscevano uno sbirro a occhi chiusi, ma che nelle operazioni importanti il Pet teneva sempre una pattuglia nelle vicinanze, per essere pronto a intervenire in caso di necessità. Lasciò la bici dietro l'angolo e si avviò per Bangertsgade, dove, secondo il materiale che il Pet gli aveva consegnato, abitava lo zio dei fratelli con le sue due figlie. Trovò il negozio di frutta e verdura in Griffenfeldsgade, che era in prevalenza territorio somalo, ed entrò nel locale traboccante di merce. Lo zio, Mohamed Lakhani, era dietro il bancone e aveva un sorriso gentile. Una giovane donna fece capolino da una tenda che nascondeva il retro: Axel riconobbe subito la ragazza che faceva le pulizie nell'appartamento. Gli era stato proibito d'interrogarla, ma aveva stampato una foto del terzo uomo e voleva mostrargliela. Non che li avesse mai visti insieme nelle registrazioni, ma valeva la pena di fare un tentativo. Si appostò dietro uno scaffale di erbe aromatiche e attese. Dopo qualche minuto, la ragazza venne fuori e disse qualcosa al padre. Quando si avviò verso il fondo del negozio, Axel le andò incontro con un mazzetto di erbe in mano.

«Questo è coriandolo?»

«No, è menta» rispose lei in un danese perfetto.

Axel posò il distintivo e la foto del terzo uomo su una cassa di banane, poi domandò: «Lo conosce?»

La ragazza lanciò un'occhiata al padre, che stava servendo un altro cliente, poi guardò l'immagine e infine Axel.

«No.»

«Non l'ha mai visto in vita sua?»

Il padre si era accorto del movimento e si stava avvicinando.

«No.»

«Neppure nell'appartamento di Kapelvej?»

Lei guardò il padre con espressione ansiosa e gli fece una domanda in urdu. La cortesia del commerciante si trasformò in sospettosa prudenza.

«Che cosa vuole? Ho messo le carte in tavola, ho già detto tutto ieri: non sono stato contattato da Al Qaida né dal Fronte di liberazione islamica né da nessun altro. Voglio solo vivere in pace.»

Mentre l'uomo parlava, Axel non perse mai d'occhio la

figlia, che sembrava voler dire qualcosa. L'avrebbe fatto, se il padre non fosse intervenuto?

«Non ho intenzione di disturbarla. Voglio solo parlare con sua figlia.»

«Di che cosa?»

«Voglio sapere se riconosce quest'uomo» disse Axel, indicando la foto.

«Perché dovrebbe conoscerlo? È anche lei dei servizi segreti, come quelli che sono stati qui ieri? È venuto a calpestare il nostro dolore, a girare il coltello nelle nostre ferite? Non basta quello che abbiamo perduto? Ci lasci in pace!»

Axel alzò le mani per dimostrare che era d'accordo, che non era più il momento delle domande. Uscendo, si chiese se il negozio fosse ancora sotto osservazione. In quel caso, avrebbero già scoperto i suoi movimenti.

Quando tornò alla centrale trovò un messaggio di Vicki: lo aspettava nel suo ufficio.

«Ci sono novità. Due donne del Numero 8 hanno ottenuto un ordine restrittivo, una delle quali contro l'ex marito, già condannato per violenza e minacce ripetute a lei e al nuovo fidanzato, che nel frattempo è diventato a sua volta ex. E indovina con chi andava a letto, anche lei?»

«Non me lo dire.»

«Abbiamo convocato l'ex marito per interrogarlo.»

Axel tornò nel proprio ufficio, aprì il browser e cercò il vecchio caso di terrorismo. Nel giro di poco tempo trovò i nomi dei difensori di Anwar e Shakir e chiamò uno dei due.

«Mi chiamo Axel Steen, sono un investigatore della polizia di Copenaghen.»

«Hans Poulsen, che cosa posso fare per lei?»

«Mi serve un'informazione su un processo per terrorismo di cui lei si è occupato tre anni e mezzo fa. Il caso di Kapelvej.»

«Sì?»
«Gran parte del materiale era costituito dai video delle telecamere di sorveglianza. Quanti ne ha visti?»
«La polizia aveva selezionato una serie di sequenze, che io ho esaminato.»
«Non ha chiesto di vedere il resto?»
«No, perché avrei dovuto? Erano migliaia di ore.»
«Non dico che avrebbe dovuto, non ho idea di come lavoriate. Dico solo che forse, in linea puramente teorica, quei filmati contenevano qualcosa che avrebbe potuto alleggerire la posizione del suo cliente.»
«È possibile, ma non ho chiesto di vedere più di quello che mi hanno mostrato. Quei video contenevano già molte cose che non deponevano a favore del mio cliente.»
«Okay. Quante persone comparivano nelle registrazioni che ha esaminato?»
«Nell'appartamento di Kapelvej?»
«Sì.»
«Il mio cliente e suo fratello.»
«Nessuna donna?»
«No.»
«E nessun altro uomo?»
«No, le risulta che ci fosse qualcun altro?»
«Non lo so. Sto indagando su un omicidio, e molte persone sostengono che nella casa fosse presente un terzo uomo, di tanto in tanto. Il suo cliente le ha mai raccontato niente del genere?»
«Non è più mio cliente. E comunque no, non mi pare.»
«Okay, grazie.»

52
2011

Anche Jens aveva incontrato l'uomo della soffitta, ma non l'aveva quasi guardato. L'aveva salutato, questo sì, ma per il resto aveva tenuto gli occhi bassi mentre raccoglieva le cose di Anton. Più del solito, cioè. Come se si vergognasse. Thomas invece l'aveva guardato tutto il tempo, come se si conoscessero. Solo quando si era accorto che Emma lo teneva d'occhio aveva distolto lo sguardo. In quel momento la mamma era in cucina e non aveva visto niente. Quindi Thomas era un amico di Jens? Era lì per controllare che papà non tornasse? Emma era certa che fosse proprio suo padre, il motivo per cui la mamma e Jens si erano lasciati, e forse Jens aveva messo una spia dentro casa, per controllare papà. Erano cose che succedevano, l'aveva letto in un libro.

Poco prima di andarsene, Jens era tornato in cucina dalla mamma e aveva detto che doveva chiedere a Thomas un nulla osta di sicurezza, a causa della sua posizione.

«Ma dai, è ridicolo» aveva risposto lei.

«Sì, ma sono le regole. È solo una formalità, a meno che non sia un terrorista.»

Jens aveva sorriso pronunciando le ultime parole, ma la mamma no. Poi Jens era andato via.

Emma aveva sentito la mamma che saliva da Thomas,

bussava e gli diceva del nulla osta, con una voce come se si vergognasse un po'. Emma era contenta. Ora sarebbe venuto fuori che era un imbroglione.

53
2011

Axel prese la bicicletta e passò sul Langebro. Guardò giù, verso Islands Brygge e i suoi nuovi edifici di lusso. Quando era venuto a vivere a Copenaghen, all'inizio degli anni Novanta, a Bryggen – come il quartiere è chiamato familiarmente – si respirava un patriottismo locale simile a quello di Nørrebro: taverne oscure, continua moria di negozietti e lunghe code davanti agli uffici comunali. Ora il quartiere ricalcava lo stile da società del tempo libero di molte altre zone della città, e l'area del porto si era trasformata in un parco divertimenti che d'estate era aperto ventiquattr'ore al giorno. Axel percorse Njalsgade, passando davanti alla stazione della metro e alla nuova sede dell'università. Si sentì meglio solo quando arrivò all'ostello per i senzatetto di Sundholm e superò un chiosco davanti al quale due tizi con la faccia gonfia per l'alcol e la pelle color cuoio litigavano su chi avrebbe pagato il prossimo giro di Elephant. Continuò oltre Dovregade, diretto a Dyvekes Allé. Fermandosi all'incrocio di Englandsvej, ebbe la sensazione di essere seguito. Si voltò ma non vide niente di sospetto, e attribuì l'impressione alla mancanza di sonno e ai postumi cocenti della sbronza del giorno prima, che un momento lo facevano sentire lucidissimo e un attimo dopo infinitamente stanco. Appoggiò la bici contro una ringhiera arrugginita e osservò la vecchia villa, elegante ma circondata da un giardino piuttosto incolto. Percorrendo il vialetto, dovette chinare più volte la testa per schivare uno stelo o un ramo di melo cresciuto a dismisura.

Suonò il campanello: dei passi lenti lo fecero sperare che avrebbe finalmente conosciuto la madre di Per Larsen.

La porta si aprì e apparve una donnina dai capelli bianchi e occhi verdi gentili che lo squadrarono da una fessura tra il battente e lo stipite.

«Di nuovo la polizia?»

Axel sorrise.

«Sì, ma diversa da quella che è venuta ieri.»

«Staremo a vedere» rimbeccò la donna, poi tolse la catenella e aprì la porta. Indossava un abito azzurro che ricordava una veste da camera.

«Mi chiamo Axel Steen. Posso farle le mie condoglianze?»

«Certo che può» disse lei, precedendolo in casa. C'era un odore acre di polvere e di chiuso, come se nessuno aprisse le finestre dagli anni Cinquanta.

Entrarono in un salotto pieno di piante, grandi scaffali carichi di libri rilegati in pelle, tappeti persiani consumati e un persistente sentore di sigaro. Su un tavolino coperto da una tovaglia di damasco c'era un vassoietto di porcellana pieno di biscotti.

«E *lei* che cosa vuole, allora?» domandò la donna, calcando sul "lei".

«Indago sulla morte di Per. Non siamo certi che sia una morte naturale.»

«No» disse lei ma si fermò lì, per la meraviglia di Axel che si aspettava una reazione scioccata. Non solo il figlio era morto, ma forse era stato anche vittima di un omicidio.

«Gli agenti del Pet gliel'avranno già detto, immagino.»

«No, non me l'hanno detto.»

La donna lo misurò con lo sguardo.

«Ho l'impressione di averla già vista da qualche parte.»

«Non mi sembra di aver già avuto il piacere di conoscerla.»

«Di persona no» continuò lei esitante, mentre il suo sguardo vagava sulla faccia di Axel. «Ma in tv o sui giornali.»

«Può darsi. Sono stato coinvolto in qualche caso che ha suscitato molto interesse.»

«Ah, ecco, mi pareva.»

«Non sembra meravigliata dal fatto che suo figlio possa essere stato ucciso.»

«Non mi meraviglia molto che sia morto. Conduceva una vita poco sana, ma si stava anche occupando di qualcosa che non era esente da pericoli.»

«A che cosa si riferisce?»

«Senta, agente, io ho lavorato per tutta la vita nelle assicurazioni, gli ultimi anni come dirigente, perciò di rischi e pericoli me ne intendo. E se lei ha indagato sulla vita di Per – come immagino abbia fatto –, sa che dedicava quasi tutto il suo tempo a rovistare in casi nei quali aveva scoperto gravi mancanze da parte del sistema. E non parlo certo di assistenza domiciliare, anche se posso dirle per esperienza che ci sono parecchie magagne anche lì. Parlo del sistema giudiziario, e non credo esistano settori in cui la concentrazione del potere sia più forte, in Danimarca, perciò è evidente che la sua attività era molto pericolosa. Anche se non mi aspettavo che potesse addirittura costargli la vita.»

«Di che attività parla?»

«Magari lo sapessi. L'unica cosa certa è che negli ultimi tempi era molto preso dal caso al quale lavorava prima di essere licenziato. "Sono stati commessi molti errori, mamma" ripeteva. Ma non mi ha mai detto nient'altro. Era meglio che non sapessi, diceva, e forse aveva ragione, a giudicare dalla visita che ho ricevuto ieri.»

«Quelli del Pet hanno portato via qualcosa?»

La donna fece una risatina.

«Non si può dire che siano fulmini di guerra, per essere dei servizi. Per aveva preparato degli scatoloni per tenerli un po' impegnati, nel caso fossero venuti qui. Erano pieni di ritagli, libri sottolineati e cose del genere. Insomma, non so cosa ci fosse di preciso, ma niente di compromettente, si capisce. Dovevo dire loro che quello era il suo archivio e fargli vedere la stanza in cui si trovava.»

«E si sono accontentati?»

«C'era un tizio pelato che non sembrava molto soddisfatto. Credo di sapere chi fosse, e anche che non andava molto a genio a Per. L'altra era una donna alta; sembrava gentile, ma credo che anche lei abbia tradito mio figlio. Mi pare si chiamino Jens Jessen e Henriette Nielsen. Alla fine si sono accontentati degli scatoloni e di un'occhiata rapida alla sua stanza da ragazzo.»

Axel sorrise. Era il momento di conquistare la fiducia della donna. Normalmente avrebbe usato la sua retorica incendiaria, ma in fondo tra loro c'era già un po' di confidenza, e la vispa vecchietta non sembrava il tipo da farsi convincere a parole.

«Io non sono qui per scoprire se Per ha portato via del materiale confidenziale. Sono qui per cercare di capire chi l'ha ucciso.»

«Molto bene.»

«E per questo motivo è indispensabile che lei mi dia accesso all'archivio privato di suo figlio, signora Larsen.»

Lei lo fissò, a lungo.

«Sì. Avevo la sensazione che prima o poi sarebbe arrivato uno come lei. O forse dovrei dire che lo speravo. Non gliel'ho fatto vedere, a quelli di ieri, anche se avevano un mandato per mettere sottosopra tutta la casa.»

Axel si sentì attraversare dallo sguardo verde pallido dell'anziana signora.

«Ma senta, Axel Steen: gli altri non se la prenderanno con me, quando scopriranno che quello che cercavate tutti ce l'ha lei e capiranno che li ho imbrogliati?»

«Farò del mio meglio perché non accada, ma è chiaro

che il rischio c'è. Forse però vale la pena di correrlo, se può far luce sulla morte di Per, non crede?»

La donna non rispose. Si alzò e gli fece segno di seguirla.

Andarono al secondo piano. Lei si fermò nel corridoio e indicò una botola sul soffitto.

«Dobbiamo salire lassù.»

Axel avvicinò una sedia, ci montò sopra e tirò la maniglia della botola, che si aprì rivelando una pesante scala di legno fissata all'interno. La afferrò e la fece scorrere verso il pavimento.

«Vado da solo o viene con me?» domandò.

«Non lo troverà mai, da solo» disse lei, affrontando con prudenza i gradini.

Axel la seguì e sbucarono in un'ampia soffitta, calda e asciutta. I raggi del sole entravano dalle finestre opache del tetto, imprigionando la polvere in colonne di luce. C'erano scatoloni, vecchi mobili e oggetti messi via, oltre a una serie di modellini di aeroplani attaccati al soffitto con un filo trasparente. Axel si guardò intorno in cerca di qualche scaffale, ma non ne vide, e all'improvviso lo sfiorò l'idea che la signora avesse qualche rotella fuori posto.

«Per era molto riservato. Diceva sempre: "Un giorno verranno qui e cercheranno di prendersi tutto quello che ho raccolto: devi promettermi che non glielo darai."»

Passò dietro un appendiabiti pieno di vecchi cappotti e spinse le mani contro il muro, che cedette rivelando un'altra stanza, le cui pareti non inclinate erano interamente rivestite di scaffali. C'erano libri, raccoglitori, cartelle piene di documenti, antiquati mobili da archivio e grandi mucchi di ritagli ingialliti. In mezzo, un tavolo.

«Questo era l'ufficio di Per» disse la donna. «C'è da leggere almeno per due anni, agente. Buon divertimento.»

Axel si girò a guardarla.

«Aspetti un attimo. Ho ancora qualche domanda da

farle. Quando è stata l'ultima volta che ha visto Per o ha parlato con lui?»

«La settimana scorsa. Giovedì mattina. Mi ha telefonato per annullare il nostro appuntamento per cena. Ha detto che aveva un incontro importante.»

«Ha detto anche con chi? O di che cosa si trattava?»

«No, ma sembrava fuori di sé dalla gioia.»

«Bene. C'è un computer?»

«Certo.» La padrona di casa prese una pesante borsa di stoffa da dietro la porta e ne estrasse un MacBook, che porse ad Axel.

«Conosce la password?»

«Aisha. Significa "colei che vive".»

Ad Axel sembrava di essersi già imbattuto in quel nome, nel materiale che il Pet gli aveva messo a disposizione.

«Lo tratti con cura. Dentro c'è tutta la vita di Per» concluse la donna.

Axel si avvicinò agli scaffali che rivestivano una delle pareti e cominciò a leggere i titoli dei libri. C'erano saggi sul terrorismo e vocabolari specialistici di arabo, urdu e inglese. Fece scorrere la mano sui dorsi: aveva voglia di tirare fuori ogni singolo volume, per studiarlo e vedere se Per ci aveva annotato dentro qualcosa.

«Per chi lo fa?» La voce della donna lo fece trasalire: si era completamente dimenticato di lei.

Era un'ottima domanda, che non aveva una risposta semplice. Di certo voleva risolvere il caso, era la spiegazione cui ricorreva sempre: ottenere giustizia per le vittime, mettere i colpevoli di fronte alle loro responsabilità; ma era come se qui ci fosse qualcosa di più rispetto a un comune caso di omicidio. Axel aveva l'impressione di combattere contro un'entità più grande, che cercava di schiacciare lui e la sua ricerca della verità. Ma non sapeva se era la stessa che aveva schiacciato Per.

La madre di Per non sembrava stupita dal suo silenzio.

«Farà qualcosa per mio figlio?» Aveva gli occhi velati, e la voce le tremava. «Era un bravo ragazzo. Si era solo spinto troppo in là, dove non si tocca. Quando ha cominciato a lavorare per il Pet era un ingenuo. Pensava fosse facile fare il bene, poi si è trovato schiacciato da tutti quei compromessi, dalle scelte di comodo...»

«Come pensava di usare tutto questo materiale?»

«Stava scrivendo un libro sui servizi segreti e sul sistema giudiziario. Doveva esserci tutto, diceva, ma credo avesse paura di pubblicarlo finché io ero in vita. Temeva che il finimondo che avrebbe scatenato potesse nuocermi, ma non avrebbe dovuto aspettare.»

La donna tacque un attimo, come intenta a spostare qualche batuffolo di polvere dal tappeto con la punta della pantofola. Poi rialzò la testa e disse: «Lo farà?»

Axel non rispose.

«Sa, sono molto addolorata per la morte di mio figlio, ma mi addolora ancora di più che non abbia ottenuto quello che si era proposto. È la cosa più triste della vita, non riuscire a viverla appieno né a mettere a frutto i propri talenti. E Per aveva molti talenti, solo che sono stati usati nel modo sbagliato. Del resto, soffriva di depressioni ricorrenti, diagnosticate dai medici, per le quali prendeva dei farmaci. Ma io credo che alla fine li avesse sostituiti con il vino rosso. Non ha avuto la vita che desideravo per lui, ma credeva che fosse importante fare del proprio meglio, e credeva nella verità.»

«Farò quello che posso» disse Axel.

La donna annuì, fece due passi indietro, richiuse la parete e sparì.

Axel tornò a guardare gli scaffali. C'era un ripiano colmo di libri in francese, tedesco e inglese su servizi segreti, Cia, 11 settembre e cospirazioni varie. Passò la mezz'ora successiva a sfogliare cartelle d'archivio e raccoglitori ad anelli pieni di documenti delle autorità danesi: il ministero della Giustizia, la polizia di stato, il Pet, vari consigli e commissioni, il parlamento. Molto spazio era occupato da ritagli e contributi sui trasporti di prigionieri effettuati dalla Cia nello spazio aereo danese. Axel si mise al computer, tirò fuori una chiavetta usb e cominciò a copiare tutto il contenuto del portatile. Perse il senso del tempo e sprofondò nella biblioteca di Per. Trascorse così un'ora, poi due, mentre aspettava che la copia fosse completata. Tirò fuori il telefono e chiamò Vicki.

«Sono dalla madre di Per; ho trovato il suo archivio, credo che dovresti venire a dare un'occhiata anche tu.»

«Non puoi portarlo qui?»

«Mi servirebbe un camion. È sterminato. Stava scrivendo un libro sui rapporti tra la Cia e il Pet.»

«Capisco. Ho riguardato i file che hai trovato a casa di Sten Høeck. C'è ancora una lacuna nelle registrazioni del penultimo giorno – un'ora e tredici minuti, per essere precisi –, mentre il terzo uomo si trovava nell'appartamento.»

«Potremmo aver trascurato qualcosa?»

«No, ho controllato due volte.»

«Perciò hanno tagliato altre cose.»

Ormai aveva copiato quasi tutto il contenuto del computer.

«Okay, vengo. Qual è l'indirizzo?»

Axel glielo diede, chiuse la conversazione e rimase a contemplare la barra che avanzava lentamente. Mancava solo l'un per cento. Poi dei rumori interruppero la tranquillità e il cinguettio degli uccelli, attirando la sua attenzione. Motori d'auto, frenate brusche, stridio di gomme sull'asfalto. Axel si avvicinò a una finestra del tetto, e quello che vide gli fece lanciare un'occhiata impaziente al computer. Un minuto. Quattro fuoristrada neri bloccarono la via: due accanto ai marciapiedi, due in mezzo alla carreggiata. Le portiere sbatterono e dei poliziotti vestiti di nero fecero di corsa il vialetto d'ingresso. Non aveva bisogno di vedere altro. Ci aveva pensato e aveva scacciato il pensiero, attribuendolo ai postumi di una sbronza o alla paranoia, ma ora ne aveva la certezza: era sorvegliato. E probabilmente tenevano sotto controllo anche il telefono di Vicki.

Appena terminata la copia, estrasse la chiavetta e uscì dall'archivio. Richiuse la parete, rimise a posto l'appendiabiti e andò ad aprire una finestra sul tetto, che dava sul giardino dietro la villa. Cercò a tentoni un appiglio, poi si issò sulle tegole e si trovò circondato dallo splendore dei lillà, nel cielo pieno di rondini e di profumi. Trovò una fessura sotto una delle tegole e c'infilò la chiavetta. Richiuse la finestra, raggiunse la botola e cominciò a scendere per la scala. Appena il suo piede toccò il pavimento, il primo agente dell'unità speciale sbucò nel corridoio. La botola nel soffitto era scoperta, ma ormai non aveva importanza: se avevano ascoltato la sua conversazione con Vicki, che avesse trovato l'archivio di Per non era più un segreto. Gli dispiaceva solo per la madre di Per.

L'uomo, che Axel non aveva mai visto, gli mise una mano sulla spalla e gridò: «È quassù!»

Axel spostò la mano e lo guardò negli occhi.

«Se mi tocchi un'altra volta, sarà l'ultima cosa che fai nella vita.»

Era avvilito e furioso. Per essere stato sorvegliato, seguito e interrotto nel corso di un'indagine, dai suoi stessi colleghi. Perché quel caso era un vicolo cieco. Non c'era dubbio che Per avesse scoperto qualcosa che poteva rappresentare una minaccia per il Pet, e che fosse intenzionato a rivelarlo di lì a poco. Ma quella certezza non lo avvicinava di un millimetro alla risoluzione dei delitti.

Poi dal salotto arrivò una voce che gli fece correre un brivido lungo la schiena.

«Portalo giù» disse la voce, nel suo caratteristico accento copenaghese.

Axel scese le scale, seguito dall'agente dell'unità speciale. Henriette lo guardava dal basso, insieme alla madre di Per Larsen e a qualche altro collega nerovestito.

«Axel Steen» disse Henriette, «credevo fossimo d'accordo che non ti saresti immischiato.»

Era bella, anche se cercava di mostrarsi fredda e molto seria. Davvero erano passate solo ventiquattr'ore da quando avevano fatto l'amore? La sua vecchia vita era lastricata di drammi e conflitti come questo, ma Axel aveva sperato di liberarsene, e una delle cose che gli avevano dato più fiducia era proprio Henriette. Che adesso era lì, davanti a lui. Axel aveva voglia di prenderla per le spalle e scuoterla. Era furioso e si sentiva tradito.

«Sto indagando sulla morte di Per Larsen. Perché diavolo vi presentate qui in questo modo?»

Henriette lo ignorò e si rivolse alla squadra. I suoi movimenti rigidi e lo sguardo gelido dissiparono ogni traccia di desiderio dal corpo di Axel.

«Al lavoro. Passate tutto al setaccio.»

«Non c'è bisogno di setacciare niente. Salite in soffitta, là troverete quello che cercate. E trattate con un po' più di rispetto una signora che ha appena perso suo figlio.»

«Non ti immischiare, ho detto» ripeté Henriette senza guardarlo.

«Ehm ehm» fece la madre di Per, accanto a lei.

«Sì?» rispose Henriette in tono freddo, guardandola dall'alto in basso.

«Vorrei vedere un mandato di perquisizione, prima che qualcuno cominci a toccare le mie cose. Si usa ancora così in uno stato di diritto, se non sbaglio.»

«Ne otterremo uno con effetto retroattivo. Ritengo ci sia il rischio che quello che cerchiamo possa essere rimosso.»

«Signora Larsen, queste persone non sanno neppure cosa sia, uno stato di diritto. Le chiedo scusa per conto dei miei colleghi, visto che loro non lo faranno» disse Axel, guardando Henriette.

«Cominciate dalla soffitta» ordinò lei per tutta risposta. Poi si rivolse ai due gorilla alle sue spalle.

«Liam, tu e Brian perquisirete Axel Steen e confischerete tutto quello che gli troverete addosso. Poi lo porterete con voi a Søborg.»

«Vi ha dato di volta il cervello, cazzo!»

Henriette si avviò su per la scala, senza degnarlo di uno sguardo né di un'altra parola. Axel ingoiò il rospo: nessuno doveva intuire i sentimenti che provava in quel momento. Aveva incontrato Liam e Brian nel corso di un'altra indagine, e non aveva intenzione di dargli un facile pretesto per sfogare su di lui la loro aggressività. Erano troppo grossi e allenati. Si fece perquisire a fondo in silenzio, ma gli trovarono addosso solo l'arma di servizio, le sigarette, le chiavi, il portafogli, il cellulare e qualche spicciolo.

Gli sequestrarono tutto. Quando Liam tirò fuori le fascette di plastica per legargli i polsi, Axel gli mise una mano sul braccio.

«Questo non accadrà, mi sono spiegato?» Lo guardò. «Siamo colleghi, non ho fatto niente di male. Se mi metti quella roba, giuro che te ne pentirai per il resto della tua vita.»

Dall'espressione dei suoi occhi, Axel capì che l'agente non vedeva l'ora di incontrare resistenza. Sapeva che si sarebbe trovato le fascette ai polsi ancor prima di aver finito di parlare. Con una risata roca, Liam lo sbatté contro la parete e gli torse le braccia dietro la schiena.

Lo afferrarono in due per le ascelle e lo portarono fuori, nel vialetto. Quando arrivarono sulla strada, Axel vide Vicki che discuteva ad alta voce con due colleghi, a venti metri da lui. Gli uomini la trattenevano.

«Toglimi le mani di dosso, brutto coglione. Non vado da nessuna parte!»

Poi vide Axel e gridò: «Che diavolo succede qui, Axel? Questo stronzo vuole portarmi via.»

Un cerchio di curiosi era tenuto a bada da altri agenti; un fotografo scattava a più non posso e Axel distolse il viso, incassandolo nelle spalle.

«Fammi salire su quella cazzo di macchina e coprimi» sibilò Axel, pensando a Emma: se l'avesse visto in quella situazione, sarebbe stata una catastrofe. Lo spinsero sul sedile posteriore e gli buttarono sopra la sua giacca. Poi presero posto davanti e fecero scattare le serrature.

Aveva voglia di urlare per l'umiliazione e la rabbia. Dopo un po' che erano in viaggio, si scrollò di dosso la giacca.

«Sono in arresto?» domandò, vedendo che uscivano dalla città.

Nessuno mosse un muscolo.

«Sono un poliziotto, non mi potete arrestare senza dirmi di che cosa sono accusato. Siete pregati di togliermi queste fascette, fermare l'auto e farmi scendere.»

Liam scambiò un'occhiata con il suo collega, che scrollò le spalle. Non ci furono altre reazioni, e Axel si riappoggiò al sedile guardando Copenaghen sfilare fuori dai finestrini, mentre cercava di abituarsi all'idea di essere di nuovo solo.

Lo misero in un ufficio in compagnia di Liam, sempre poco loquace. Axel approfittò dell'attesa per ricapitolare quello che aveva scoperto. Due ex agenti del Pet erano morti. In una vecchia operazione antiterroristica c'era un terzo uomo, le cui tracce erano scomparse dal materiale disponibile. Poteva trattarsi di un agente sotto copertura? O faceva parte della storia della Cia che assillava tanto Per? La persona in questione poteva essere stata consegnata agli americani? Anche supponendo che fosse quello il motivo della smania di segretezza e delle reazioni violente di Jens Jessen e del Pet, non avrebbe comunque spiegato la morte di Sten Høeck e dello stesso Per Larsen. Erano stati uccisi perché stavano per scoprire una collaborazione illegale con la Cia? Se era così, Axel si trovava nel posto sbagliato. Perché forse i responsabili degli omicidi erano lì. Ma la sola idea che il Pet si fosse messo a far fuori i suoi ex agenti era assurda. Era comprensibile che cercassero di impedire la fuga delle informazioni segretate sul caso di Kapelvej, una volta scoperto che due dei loro ex collaboratori erano morti, ma la loro reazione era stata così violenta da far pensare che sotto ci fosse qualcosa di poco pulito. Axel sentiva che c'era un nesso, ma le tessere che aveva in mano non bastavano ancora a spiegare gli omicidi.

Gli mancava un movente.

54
2007

Erano passate sedici ore da quando Abu Bilal era arrivato nell'appartamento di Kapelvej. Si era informato sulle vie di fuga e aveva controllato il cortile sul retro, poi non era più uscito. Di notte aveva lavorato su un portatile, collegandosi a internet con il telefono. Non avevano potuto vedere quello che aveva scritto, né accedere direttamente al computer. Per era riuscito a fotografare qualche schermata, ma si trattava sempre di testi criptati. Tutte le informazioni erano state trasmesse a Jens, e Henriette sperava che gli americani ne tirassero fuori qualcosa. La mattina dopo, Abu Bilal aveva chiesto ai fratelli di lasciarlo solo nell'appartamento per quattro ore, perché doveva occuparsi di certe questioni. Shakir se ne andò alla Cbs, mentre Anwar fece visita al narghilè bar di Blågårdsgade.

«Dovete continuare a fare una vita normale» gli aveva detto Abu Bilal. «Vedere gente, fare baldoria come ai vecchi tempi, bere birra e fumare hashish con gli amici: non dovete attirare l'attenzione.»

Sten aveva proposto di mandare Khalid nell'appartamento per procurarsi le impronte di Abu Bilal, e avevano discusso di nuovo.

«E perché?»

«In quel palazzo c'è solo gente scura di pelle, un bianco lo noterebbero tutti.»

«Tu non hai nessuno?»

«Avrei un agente con genitori tamil, ma non capisce una parola di arabo, se dovesse servire. Khalid è del quartiere, mandare lui è la scelta migliore.»

«Dissento. Non è addestrato per questo genere di operazioni.»

«Dai, Henriette, ma se ha la faccia di uno che mangia bambini a colazione! Sarà pur capace di difendersi! Non era istruttore di pugilato?»

«Sì, ma quel tizio non è un pugile, è un terrorista e un assassino.»

«Dai una possibilità al tuo uomo, Henriette, gli farai un favore. In fondo è uno di loro, si potrebbe pensare che stia dalla parte dei suoi compatrioti. Così può dimostrare di aver fatto una scelta.»

«Non deve dimostrare un cazzo di niente.»

«Ehi, calmati, voglio solo aiutarlo. Non ci sarà mica qualcosa, tra voi due?»

«Sei un razzista di merda, Sten.»

Ora era con lui e con Per nell'appartamento di Peter Fabers Gade, a studiare il video in cui Abu Bilal era impegnato in un intenso programma di allenamento: addominali, dorsali, flessioni sulle braccia a ginocchia piegate. Era arrivato a sessantotto quando il telefono di Henriette suonò. Era Khalid. Henriette aveva acconsentito a contattarlo per proporgli l'incarico. Non si erano sentiti dal giorno della visita a Søborg, perché da allora lei aveva lavorato senza sosta. E perché non sapeva cosa dire su quanto era successo quel giorno. E perché l'euforia dell'operazione top secret aveva spinto in secondo piano il disagio per il modo in cui il suo agente era stato umiliato durante l'incontro con Jens. Andò a parlare in cucina, chiudendo la porta.

«Henriette, che succede? Non ti ho più sentita.»

«Lo so, siamo molto impegnati. Non te ne posso parlare.»

«C'entra il tizio che ho riconosciuto? Ci sono novità sui due fratelli? Ho appena visto Anwar, è qui in Piazza, insieme ai ragazzi di Moussa.»

«Ti va se ci vediamo?»

«Certo. Oggi?»

«Sì. Mi rendo conto che la situazione può esserti sembrata strana; quando la tensione sale i toni possono diventare un po' duri, è normale. Ma vorrei parlarti, ho un incarico per te.»

Qualcuno bussò forte alla porta della cucina.

«A Nyhavn, oggi pomeriggio. Ora devo scappare, Khalid. Ti mando un sms.»

Per si affacciò.

«Vieni subito, abbiamo un problema serio.»

55
2011

La porta si aprì e Jens Jessen entrò.

«Liberagli immediatamente le mani. E lasciaci soli» ordinò a Liam, che tagliò le fascette di plastica e uscì dalla stanza a testa bassa.

«Ciao, Axel.»

Axel non ricambiò il saluto.

«Così non va, Axel» disse Jens Jessen, senza staccargli gli occhi di dosso.

«Lo so: è la seconda volta che me lo dici, ma è la prima, nella mia carriera, che un collega mi ostacola nelle indagini.»

«Sicuro, ma non mi riferivo a questo. In un quadro più ampio non significa niente. Non va bene che tu ti comporti così. Voglio avvertirti, perché in fondo abbiamo qualcosa in comune. Rischi di perdere il tuo lavoro, Axel, se non ci fidiamo l'uno dell'altro.»

«Ascoltami tu: quando mi è stato affidato il caso dell'omicidio di Sten Høeck ci siamo incontrati qui, insieme alle tue avvocatesse, e abbiamo fatto un patto sulle fasi successive dell'indagine. All'indomani di quella riunione ho trovato Per Larsen morto, e sono stato escluso dalla parte che aveva a che fare con il passato delle due vittime nel Pet. Questo lo chiami fidarsi l'uno dell'altro?»

«Ormai non ha più importanza, Axel, risparmia le tue rimostranze per il sindacato. Se non mi ascolti e non fai come ti dico, potresti avere problemi molto, molto più seri e gravi di quelli che hai mai avuto in vita tua, ed è tutto dire.»

«Il terzo uomo» disse Axel.

Jens Jessen lo fissò, strizzando gli occhi.

«Il terzo uomo?» domandò aggressivo.

«Sì, il terzo uomo nell'appartamento. Chi è?»

«Dove l'hai sentito? Che cosa sai?»

«Non importa: so che c'era.»

«Quell'uomo non esiste. Hai capito? Non esiste, e deve continuare a non esistere.»

«Ma perché?»

«Perché non esiste.»

«E tu sei sicuro che non abbia niente a che fare con gli omicidi?»

«Al cento per cento. Quell'uomo non esiste; è tutto quello che hai bisogno di sapere. La tua collega, Vicki Thomsen, ha capito la situazione e se n'è già dimenticata. Me l'ha appena promesso. L'hai visto nelle registrazioni di Sten Høeck, benissimo, ma ora te ne devi dimenticare anche tu.»

«Che cos'ha fatto?»

«Axel, questa è una *no-go zone*. Non hai nessun interesse a saperne di più su quell'uomo, credimi. È per il tuo bene. Se non ti conoscessi personalmente, a quest'ora saresti già fuori. E se insisti su questa rotta, sappi che ti porterà dritto al licenziamento.»

«Non ho mai avuto una rotta, ho solo seguito la direzione naturale delle indagini: il collegamento delle duc vittime con il caso di Kapelvej.»

«Sì, è uno dei collegamenti, ma sei sicuro che non ce ne siano altri? Inoltre, non siamo sicuri che Per sia stato ucciso. Forse hai trascurato qualcosa.»

«Forse. Ci sono troppi "forse" in quest'indagine, Jens.»

«Già, ma non può essere altrimenti. Possiamo concludere questa conversazione? Spero che tu abbia capito il messaggio, così come spero che tu chiarisca l'omicidio di

Sten Høeck, perché c'è un assassino ancora in libertà, là fuori. Risolvi questo caso, Axel.»

Fuori dall'ufficio, Liam gli restituì il cellulare, le chiavi, il portafogli e le monete. Brian era accanto al collega, a braccia conserte.

«Mantengo sempre la mia parola» disse Axel ai due.

«Se vuoi che ce la vediamo faccia a faccia, da uomini, siamo a tua disposizione.»

«Andate a farvi fottere, Bibì e Bibò. Sono sicuro che avete un paio di bei posti nel bosco di Hareskov dove portate qualche giovane immigrato e lo ammazzate di botte con i vostri amici nazisti, ma io non vi renderò la vita così facile. Ricordatevi quello che vi ho detto. Un giorno, quando non penserete più a guardarvi le spalle, verrò a ringraziarvi per avermi ammanettato e umiliato davanti alla stampa e agli altri colleghi. Non occorre che mi accompagniate, conosco la strada.»

Camminando per il corridoio, provava una sensazione di sollievo. Vicki doveva avergli raccontato che avevano messo le mani sulle registrazioni di Sten Høeck. Non avevano trovato la chiavetta usb sul tetto, o Jens Jessen ne avrebbe accennato, ma la questione era come usarla, con quelle minacce incombenti sulla testa. Un'altra questione era se contenesse qualcosa in più di quella che aveva trovato a casa di Sten Høeck, sul fondo di una bottiglia di cognac vuota.

Dopo qualche passo, si fermò e guardò nella fessura di una porta socchiusa.

Henriette fissava lo schermo del suo computer. Axel proseguì in silenzio.

Prese l'S-tog verso Copenaghen. Erano le diciannove. Scese a Nørreport, camminò fino all'Ørstedspark e si sedette sulla panchina del piccolo belvedere accanto al quale, sette anni prima, avevano ripescato dall'acqua il cadavere di una ragazza. Un caso nel quale aveva rischiato di bruciarsi la vita e che gli era costato il matrimonio con Cecilie, ma adesso rimpiangeva quel fuoco.

Dal telefono uscirono le note di Bob Dylan: Axel rispose e sentì la voce di sua figlia.

«Papà, mi manchi.»

«Ciao, tesoro, anche tu mi manchi. Come va?»

«Bene. E tu? Tutto bene?»

«Sì, tutto benissimo, Emma. Sto tornando a casa dal lavoro. Non vedo l'ora di rivederti, tra due giorni.»

«Okay, papà, ciao ciao, ora devo andare a letto. Ci vediamo. Bacio, bacio, bacio.»

Guardò la superfice del lago, calma e lucida, che restituiva tutto ciò che vi si rifletteva – le piante acquatiche, i fiori, le chiome degli alberi e il cielo – in purissimo Kodachrome. Riprese il telefono e chiamò la psicologa di Sten Høeck.

«Mi ha detto che Sten veniva da lei perché qualcosa lo tormentava. Si trattava per caso di quello che era successo durante un caso, tre anni e mezzo fa, quando sorvegliavano dei pakistani in un appartamento di Nørrebro e un terzo uomo si era aggiunto alla compagnia?»

«Sì, ma non posso dirle nient'altro.»

«Mi ascolti bene: Sten Høeck non è stato l'unico a morire per quella vecchia storia. Il suo migliore amico e collega, che all'epoca partecipò all'operazione, è stato assassinato a sua volta, perciò io sto dando la caccia a un duplice omicida. Sono alla disperata ricerca di un movente, e sono abbastanza sicuro che si nasconda in quell'operazione. Se lei sa qualcosa, deve dirmelo!»

«Mmh... d'accordo. Sten diceva che avrebbe potuto impedire che accadesse qualcosa di orribile, ma non lo fece, perché prevalsero altre considerazioni. Era questo che lo tormentava.»

Non riuscì a saperne di più. Ormai si erano fatte le nove, e la luce della sera era diventata pallida e lattiginosa. Prese la metro per Amager e raggiunse a piedi la villa della signora Larsen, in Dyvekes Allé. La donna gli aprì la porta nello stesso vestito azzurro della prima volta. Aveva l'aria stanca.

«Spero che non le abbiano distrutto la casa» disse Axel.

«Devo ringraziare lei se me li sono trovati qui, vero?» ribatté la donna.

«Sono venuti a causa mia, sì. Il mio telefono era sotto controllo.»

«E pensavano che le avrei mostrato qualcosa che a loro non avrei mostrato?»

«Forse, ma non so se ci abbiano pensato così tanto. Quello che è certo è che tengono d'occhio le mie indagini. Questo era un bonus inaspettato.»

Mentiva. Mentre andava dalla madre di Per gli era sembrato che lo seguissero, e l'unità speciale del Pet diretta da Henriette doveva essere vicinissima, se aveva potuto raggiungere la casa in pochi minuti. Lo seguiva da più tempo? La sua fidanzata? Era aberrante.

«Cosa è venuto a cercare?»

«La mia chiavetta. Ho fatto una copia dei documenti di suo figlio che erano nel computer, appena prima del loro arrivo.»

«Non la troverà più. Hanno portato via tutto.»

«Sono usciti sul tetto?»

«No.»

«Allora è ancora lì.»

Quando Axel, recuperata la chiavetta, stava per andare, la donna lo afferrò per un braccio. Le dita sottili e ossute penetrarono fino alle ossa.

«Manterrà la sua promessa, vero?»

56
2011

Armato di una chiavetta usb piena di materiale che non poteva usare, Axel si avviò verso casa. Fermato, perquisito, ammanettato e scortato per tutta la città da due gorilla del Pet. I rimproveri di quella merda secca di Jens Jessen. Emma e il suo costante terrore che gli accadesse qualcosa. E Henriette: cosa doveva pensare di lei? Possibile che si fosse sbagliato così tanto sul suo conto? Il rapporto con lei era stato un'ancora di salvezza. Lui non sopportava di stare da solo ed ecco che era arrivata lei, e Axel aveva pensato di aver trovato la soluzione al senso d'incompletezza, al desiderio di appartenenza, di stare con qualcuno che lo capisse e lo contenesse. Ma Henriette in fondo era come lui. Il suo lavoro veniva prima di tutto. Anche prima di lui? Prima del loro amore? E lui si sarebbe accontentato? Sapeva benissimo di no. Perché voleva che fosse sempre lì per lui, e una che arresta il fidanzato non lo è.

Risalì lungo Amagerbrogade. Che diavolo ci faceva ad Amager? L'isola era come un ospedale per malati terminali senza pazienti, a confronto con Nørrebro. Amager era una dannata menzogna, come tutto nella sua vita, in quel momento: la sua battaglia con l'alcol e le sostanze, il suo rapporto con Henriette, il suo atteggiamento positivo. Oh, quanto sono stufo di tutto, e soprattutto di questo quartiere che gioca a essere una città, pensò Axel, percorrendo la sua malandata arteria principale. Amager era il sogno malato che nella capitale ci fosse posto per una città danese di provincia di medie dimensioni, governata da un rocker di nome Johnny e con un funzionario di polizia locale identico a Karl Stegger. C'erano sfaccendati in tuta da ginnastica, negozi di materiali per l'edilizia e tavole calde che offrivano un buffet completo a cinquantanove corone il sabato mattina.

Amager e Herning avevano lo stesso numero di centri estetici; l'isola soffriva dello stesso complesso d'inferiorità nei confronti della capitale e aveva lo stesso nazionalismo compiaciuto delle città di provincia dello Jylland: come diavolo gli era saltato in mente di poter vivere lì?

Arrivò a Dovregade ma, invece di salire in casa, prese la bicicletta e tornò verso il centro. Provò una sensazione di sollievo quando superò i bastioni e raggiunse Christianshavn: la piazza era una festa a cielo aperto per groenlandesi, ubriaconi e giovani che andavano o venivano da Christiania, con una voglia di sballo o di violenza in fondo allo sguardo. Attraversò Indre By e la sfilata di bar e locali di Gothersgade, con gli inservienti fuori a fumare in attesa dell'invasione notturna, poi l'idillio pacifico di Kongens Have e infine i laghi. Scese dalla bicicletta e cominciò a camminare sul ponte Dronning Louise. Si fermò a metà, si appoggiò al parapetto di granito e si fumò una paglia. Le finestre dei palazzi di Søtorv erano oro puro, e una luna grande e bassa sgocciolava pallida sul campus dell'ospedale comunale.

Non avrebbe dovuto trovarsi lì, ma non poteva stare da nessun'altra parte.

Si voltò verso Nørrebro e cominciò a camminare, con i lampioni che brillavano sul ponte come una promessa di notti magiche; Axel superò la scultura dei due giovani amanti e il chioschetto degli hot dog all'inizio di Nørrebrogade, che gli si apriva davanti come un torrente sanguigno nero di vita, un tumulto di ebbrezza, gioia, abbandono e piacere: tutto quello che gli mancava.

Attraversò la strada, raggiunse la piattaforma galleggiante del KaffeBar e ordinò una birra alla spina grande, poi si cercò una sdraio e si sedette a contemplare il viavai sul sentiero che costeggiava il lago. Gente in bicicletta, rumore di scarpe da corsa sul brecciolino, giovani che camminavano in gruppo, una coppia che si baciava su una panchina: la donna teneva tra le mani il viso dell'uomo e aveva gli occhi pieni di gioia e desiderio. Aveva mai visto qualcuno baciarsi, ad Amager?

Il suo bicchiere era vuoto: andò al bancone a prendersi un'altra birra. Il liquido fresco e trasparente gli fece venire voglia di averne di più. Più birra, più risate, più baci, più ballo. Più vita di quella che poteva offrirgli l'approccio difensivo che aveva adottato. Non era sopravvissuto? Non era tornato a vivere? E non era una cosa da festeggiare? Finì di bere e si avviò per Baggesensgade verso Blågårdsgade, dov'era vissuto per anni. Di che cosa doveva aver paura? Girò a destra e puntò ai locali alla fine della strada. Entrò all'Harbo Bar e prese un'altra birra guardando il resto dei clienti, che avevano tutti almeno quindici anni in meno di lui, ma nessuno batté ciglio nel vederlo lì. Attraversò la strada ed entrò da Props, si appoggiò al bancone e assistette al veemente dibattito fra tre giovani alticci, che frequentavano la scuola di scrittura e odiavano tutti quegli orrendi gialli e bestseller che inondavano il mercato. Ormai era buio: sentì il bisogno di uscire, raggiungere Nørrebrogade e riempirsi i polmoni della sua aria sporca, sentirne le pulsazioni, confondersi nel suo mare di luci. Luci e vita.

Era brillo e felice. Era quella, casa sua. Il posto in cui doveva vivere, minacce o no. Continuò a camminare e finì all'Ølbar, dove si mise su un alto sgabello accanto alla vetrina, con una birra e un whisky, a guardare il tranquillo viavai su Elmegade, dimenticando se stesso. C'era e non c'era. Era fatto così, non poteva farci niente. Un osservatore che assorbiva la rabbia repressa della città, la sua battaglia quotidiana per sopravvivere a se stessa, il flusso continuo di persone in movimento, l'eccesso di passioni e di sogni infranti, di vita e di morte, di gioia e di oblio.

Sprofondò nei ricordi di Cecilie e dei loro primi anni insieme, domandandosi se avesse smesso di amarla perché tra loro non era andata bene. O aveva smesso molto prima e aveva continuato a inseguire quello che era solo un riflesso del loro amore perduto? Se la rivide davanti, la sera in cui era venuta a trovarlo a Nørrebrogade, durante i disordini alla Casa della gioventù, e stava ancora con Jens. Come si era slacciata la camicetta guardandolo, il suo lieve strabismo, la goccia dorata negli occhi marroni che brillavano di dolore e desiderio, follia e rimpianto; c'era qualcosa d'insondabilmente fragile in quello sguardo, che contrastava con il resto della sua vita, con l'energia, la capacità di prendere decisioni e l'abilità dialettica, ma era per quello sguardo che lui aveva vissuto e respirato. Che cosa gli aveva fatto? Era malato, perché desiderava solo quello sguardo e non tutte le cose belle e sane che la vita poteva offrirgli? Fece scorrere il resto della sequenza, come aveva già fatto mille volte, e la vide passarsi le mani dietro la schiena e slacciare il gancio del reggiseno, i seni che si liberavano, il sorriso indifeso che le compariva sulle labbra sentendolo sospirare. Poi si era chinata, aveva afferrato i bordi delle mutandine, le aveva tirate giù e ne era uscita, una gamba alla volta, finché non era rimasta nuda a guardarlo, mentre lui lottava per liberarsi a sua volta dei vestiti. Ordinò un'altra birra e pensò a Henriette, che era così diversa da Cecilie. Alla pace che aveva provato la prima volta che erano stati insieme. Erano alti uguali, e aveva sentito di darsi a lei tanto quanto lei si dava a lui e l'idea della conquista, di dover fornire una prestazione, era sparita. Henriette era così priva di complicazioni, gli sembrava. Sentiva di poterle raccontare tutto perché non si arrabbiava mai e non era gelosa e, anche se non aveva proprio una buona opinione di Cecilie, su di lei si poteva contare. Inoltre, non era costretto ad alzare un dito in aria ogni volta che si vedevano, per misurare i suoi sbalzi d'umore. E poi questo. La sensazione che nulla contasse, che lei fosse pronta a buttare alle ortiche la loro relazione nascente per occuparsi del suo caso. L'ultima volta che avevano fatto l'amore era stato bello e semplice. Lui aveva bisogno di vicinanza, di sentire la sua presenza, ma era ancora possibile? O la realtà li aveva separati prima ancora che il sudore avesse il tempo di raffreddarsi sulla pelle?

Uscì dall'Ølbar e cominciò a camminare per Nørrebrogade, incantato dal traffico, dagli autobus, dall'urlo di un'ambulanza, le luci rosse dei freni che lo spingevano a inoltrarsi ancora di più nel viale. Seguendo un impulso improvviso, fermò un taxi e chiese di essere portato in Jagtvej, dove abitava Henriette. Voleva parlare con lei. Spiegarle che dovevano tenere duro. È perché sono ubriaco, che voglio riconciliarmi con il mondo intero?, si domandò, sprofondato nel sedile posteriore di similpelle. Pagò e scese, contento di aver fatto qualcosa. Suonò al citofono, senza ottenere risposta. Allora passò la mano su tutti i pulsanti, sentendo molte voci che dicevano «Sì?» e «Chi è?» e il ronzio della serratura elettronica che scattava, poi entrò e corse su per le scale fino al quarto piano, dove bussò a una porta. Doveva essere in casa. Bussò di nuovo, forte, chiamandola per nome. Più volte. La porta accanto si aprì e apparve un uomo di mezza età, in canottiera e con lo sguardo allarmato.

«Fila dentro» gli ringhiò Axel. Lui ubbidì, dopo aver lanciato un ultimo sguardo impaurito alla sua faccia. Dove diavolo era? Da Khalid?

Scese di nuovo in strada, fermò un altro taxi e si fece portare in Åboulevard, all'angolo con Blågårdsgade. Intanto cercò il numero di Khalid sul telefono. L'agente abitava a Murergården, un complesso di edilizia popolare. Axel pagò e scese in Korsgade; studiò i nomi sul citofono, ma poi entrò senza suonare, perché in quel momento una donna usciva dal portone. Salì in fretta le scale, scordandosi di tutti i suoi acciacchi: si sentiva forte e sano, e voleva solo mettere le cose in chiaro con Khalid. Dalla porta arrivavano frammenti di musica e voci basse; di colpo Axel si sentì molto nervoso. Henriette era lì? Si era fatto prendere in giro fino a quel punto?

Prese a pugni la porta. Dallo spioncino vide che dentro c'era qualcuno, quindi batté di nuovo.

«Khalid, apri, cazzo.»

La porta si aprì di scatto, e una donna velata lo squadrò. Aveva un bambino in braccio. La rabbia e la paranoia di Axel si sgonfiarono come una gomma bucata, sprofondando in un lago di vergogna e residua dignità da ubriaco.

«Che cosa vuole?» domandò la donna. I suoi occhi scuri erano pieni di collera. «Perché diavolo ha deciso di buttarci giù la porta? Lo sa che ore sono?»

«Mi scusi. Dovrei parlare con Khalid. È in casa?»

Lei aprì una fessura e agganciò la catenella di sicurezza, poi si voltò e tornò verso l'interno dell'appartamento.

«Bel momento» mormorò, scuotendo la testa. «Khalid!» chiamò. «Hai visite.»

Axel sentì una porta che si apriva, poi vide Khalid, con un'espressione confusa in faccia.

«Axel, come mai sei qui?» Un sorriso, seguito da uno sguardo indagatore. «Sei ubriaco?»

Axel fece un gesto difensivo. «Vorrei parlare.»

Khalid si guardò alle spalle con aria preoccupata e tolse la catenella.

«Ma certo, entra.»

Axel entrò. L'appartamento era grande; sentì Khalid che parlava con la donna.

«Chi è quel pagliaccio ubriaco, Khalid? L'ho già visto da qualche parte.»

«Tranquilla, Zafir. Lavora con me.»

«Lavora con te? Ma è un *akrash*.»

«Sì, ma mi ha chiesto di aiutarlo con certi programmi.»

Cambiarono lingua, e Axel sentì uno scambio accalorato in cui afferrò parole come "dati", "*fucking akrash*", "non lo voglio qui", "*trouble*". Khalid alzò la voce, un bambino cominciò a piangere. Axel se ne voleva andare, l'alcol gli aveva fatto prendere un abbaglio grossolano. Ci fu ancora qualche mormorio, poi Khalid gli venne incontro con la giacca addosso.

«Non è una buona idea restare qui, usciamo.»

Mentre scendevano le scale, Khalid lo fermò.

«Prendiamo la macchina. Non voglio farmi vedere per strada con te. Pensavo che non saresti più venuto da queste parti.»

«Io vado dove cazzo mi pare.»

«Datti una calmata, *akrash*.»

«L'ultimo che mi chiamava così è morto.»

Khalid sollevò le sopracciglia: ci voleva ben altro per impressionarlo. Aprì il portone e guardò da entrambi i lati della strada.

«Andiamo.»

Raggiunse a passo svelto una vecchia Toyota Corolla e aprì le portiere.

«Vieni, forza.»

Axel salì in macchina.

Khalid mise in moto e partì.

«Che diavolo ti prende?»

«Cioè? Ti ho solo fatto una visitina.»

«Piombi nel mio quartiere e quasi mi butti giù la porta. Ubriaco. Non pensi che ne abbia già abbastanza, di problemi?»

«Può essere. Non lo sapevo mica, che lavoravi nella sezione informatica della polizia.»

Khalid passò con il giallo imboccando Åboulevard e guardò Axel con un misto di stizza e divertimento.

«Tu la sai più lunga di tutti, vero? Ovviamente sanno che lavoro per la polizia, e in fondo è anche vero. Nessuno però sa che faccio parte del Pet, anche se Zafir sospetta qualcosa. E ora che ci sei piombato in casa sarà anche peggio.»

«Non sapevo che avessi moglie e figli.»

Khalid scoppiò a ridere.

«Zafir è mia sorella. Il bambino è suo.»

«Vivi con tua sorella?»

«E con nostra madre.»

«E il marito di tua sorella?»

«È dentro. Per questo non le piacciono gli sbirri. Non credo sia difficile da capire.»

«Sì, sì, d'accordo. Parcheggia lì» disse Axel. Avevano imboccato Øster Farimagsgade, e lui sentiva il bisogno di un'altra birra. «C'è un bar nel parco. Lì staremo in pace.»

«Ma sarà chiuso, è mezzanotte passata.» Khalid lo fissò. «Che cosa vuoi da me?»

«Voglio capire che cosa ti passa per la testa. Perché ti comporti come merda sciolta controvento. E il vento tira sempre dalla mia parte.» Nel tono non c'era nessuna aggressività. «Tutto qui.»

Ma era una cazzata. Axel sapeva dalla vicina di Sten Høeck che Khalid era stato a casa di Sten insieme a Per, e voleva capire se c'entrasse con l'operazione. Voleva anche scoprire che cosa ci fosse tra lui e Henriette. O in verità era solo questo? Si sentiva confuso e aveva perso tutta la sua sicurezza.

«Ci tengo quanto te a risolvere il caso, ma ho le mani legate.»

«E Henriette? Non è il tuo angelo custode?»

«È questo il punto, Axel? Sei così trasparente. Non voglio problemi, né con te né con nessun altro.»

«Non si può fare bene il proprio lavoro evitando i problemi, Khalid.»

«Che cazzo ne sai tu? I tuoi problemi non sono minimamente paragonabili ai miei. Tra me e Henriette non c'è e non c'è mai stato niente. Era il mio capo quando ero sotto copertura: è stata il mio ufficiale responsabile, per questo ci conosciamo bene.»

Seguendo Farimagsgade erano arrivati a Østerbro; Khalid parcheggiò davanti al Kruts Karport.

«No, tu resta in macchina: prendo qualcosa da bere, così possiamo parcheggiare da qualche parte e parlare in pace.»

Axel aveva voglia di birra, ma Khalid uscì qualche minuto dopo con due caffè in grandi bicchieri di carta. Raggiunsero Stockholmsgade e si fermarono di fianco all'Østre Anlæg. Axel tirò giù il finestrino e si accese una sigaretta. Sopra la sua testa, sentiva il frusciare secco del vento tra le chiome degli alberi. Sorseggiando in silenzio il caffè bollente gli venne fame. Oltretutto, era ancora un po' brillo.

«Sei religioso?»

«No.»

«Ma tua sorella porta il velo.»

«Il velo non ha niente a che fare con la religione. È una dichiarazione. Non ne capite un cazzo, ma ogni volta che lo vedete pensate di trovarvi davanti a una donna oppressa e vittima di violenza.»

«Loro, voi. Mai un "noi". Non ti senti a casa da nessuna parte, tu?»

«Mi sento a casa qui, in Danimarca, ma sono palestinese, e molti sentimenti mi legano alla Palestina. Cerco solo di vivere la mia vita senza dover essere per forza etichettato, in un senso o nell'altro.»

«In questo caso, ti sei scelto uno strano lavoro.»

«Che vuoi dire?»

«Non vivi una doppia vita? Da quanto tempo? Otto

anni, giusto? E sei stato ammesso nel bunker del comando per questo? Scommetterei di no.»

«Non capisco dove vuoi arrivare. Saresti contento se ti dicessi che hai ragione? Che hai capito le mie difficoltà? Due anni fa, qualcuno ha appeso nell'anta del mio armadietto quello schifo di vignette dello *Jyllands-Posten* sul profeta. E un altro di quei gorilla mi ha detto che il mio nome suonava come una scatarrata. È sempre una questione di "noi" e "loro", e io non appartengo a nessuna delle due categorie. Sono un "negro bianco". Uno "straniero di qualità". È questo che vuoi sentirmi dire?»

«No, certo. Immagino che non sia facile lavorare per i servizi, quando molti dei loro obiettivi sono tuoi compatrioti.»

«No, Axel, non penso proprio che tu lo possa immaginare. Mia sorella ti ha dato del pagliaccio, ma sei sempre un pagliaccio fortunato. La tua carriera non è ostacolata dal fatto che vieni da Århus. Non frega niente a nessuno.»

Axel non rispose.

«Guarda me: ho allenato ragazzi alla boxe per quindici anni. Posso metterti al tappeto in dieci secondi. Parlo arabo, inglese, urdu, turco e danese, e sarei in grado d'inserirmi in qualsiasi ambiente, creando un clima di fiducia intorno a me. Avevo costruito una rete di trenta informatori in diversi circoli religiosi, prima che Jens Jessen interrompesse la nostra collaborazione. E ora non sono niente. Non ho un titolo, né un distintivo, né un'arma di servizio, anche se ho seguito non so più quanti inutili corsi di polizia. E quando ho la possibilità di occuparmi di un caso vero, vengo a sapere che dovrò collaborare con il famoso Axel Steen. Perciò ho adottato certe regole di comportamento. Mi avevano detto che eri pazzo. Tutti concordi. E che non era facile comunicare con te.»

«Siamo partiti male, Khalid.»

«Sì, lasciamo stare. Tanto non credo che mi occuperò di questo caso ancora per molto.»

Axel cominciava a sentirsi un po' più lucido.

«Qual era il tuo ruolo nel caso di allora?»

«Non dovrei parlarne. Tu stai con Henriette, conosci bene Jens. Se sapessi come vanno le cose, lì dentro. La stasi è un campo scout, al confronto. La paura trasuda dalle pareti, e tutti hanno le orecchie lunghe.»

«Ma cosa facevi esattamente, quando lavoravi con Henriette al caso di Kapelvej?»

«Posso fidarmi?»

«Di me ti puoi fidare al cento per cento, ma se quello che mi dirai si rivelerà importante per la risoluzione del mio caso, la discrezione sarà l'ultimo dei miei problemi.»

«Ho lavorato sotto copertura nell'ambiente per tutta la durata dell'operazione. Ero vicino ai due fratelli. E allo zio.»

«Perché c'è tanto mistero intorno al caso?»

«Ero bassa manovalanza, perciò non so quello che è successo. Non avevo il quadro d'insieme.»

«Che cosa puoi dire dello zio?»

«È okay. Non è un terrorista.»

«E la figlia? L'ho vista, al negozio.»

«Di che parli? Aisha è morta.»

«Che cosa? Ma io...»

«Devi aver visto la sorella minore. Aisha è morta tre settimane dopo la chiusura del caso. Un infarto.»

«Ma non era giovanissima?»

«Sì. Diciannove anni, è stato terribile anche per la famiglia. Pensa che sono stato il suo istruttore di boxe, per un certo periodo.»

«Boxe? Una ragazza musulmana con il velo?»

«Piantala, idiota. Mi sembrava che avessi detto di conoscere molti immigrati. Intendevi svedesi e norvegesi? Sì, allenavo un gruppo di ragazze in palestra, tra cui lei. A suo padre diceva che andava a studiare con un gruppo di amiche. Era straordinaria, molto estroversa. Conosceva anche la maggior parte dei ragazzi della Piazza. Moussa e gli altri la rispettavano.»

«Che rapporti aveva con Anwar e Shakir?»

«Credo buoni, almeno finché Allah non li ha morsi nel sedere e li ha convinti che dovevano essere la sua spada contro gli infedeli.»

«Perché Aisha faceva le pulizie nel loro appartamento?»

«Per ordine del padre. Tutti in famiglia credevano che i due ragazzi, iscritti alla facoltà d'informatica e alla Cbs, fossero destinati a un grande futuro. Erano la loro speranza, e niente doveva disturbarli.»

«Ma che cosa le è successo?»

«Non so niente. Solo che è morta. A un certo punto girava voce che fosse innamorata di un uomo danese.»

«Chi era?»

«Non l'ho mai scoperto.» Khalid scrutò Axel. «Dove vuoi arrivare?»

«A capire perché Sten e Per sono morti.»

«Chiaro. Ma questo che rilevanza dovrebbe avere?»

«Forse nessuna, ma quel caso era molto importante per entrambi, tanto da conservare una serie di registrazioni che lo riguardavano e prendersi il disturbo di nasconderle.»

«Sai qualcosa che non mi hai detto?»

Sì, pensò Axel. Per esempio, che non mi hai ancora detto la verità sui tuoi rapporti con le due vittime. Ma tra poco ne avrai l'occasione.

«Sì, ma rimedierò tra non molto.»

«Sai che cosa è successo?» Khalid aveva un'aria preoccupata.

«No. Ma comincio a farmi un'idea.»

Quando tornò a casa, Axel si sentiva talmente esausto e indolenzito che andò a letto senza fare gli esercizi, senza bere una birra, senza nemmeno spogliarsi. Puntò la sveglia alle quattro e dormì. Quando si alzò, guardò fuori, nel buio, e fumò una sigaretta mentre trasferiva i file del computer di Per sul proprio. Erano gli stessi che aveva trovato in casa di Sten. Lesse l'email di Vicki, con gli orari dei pezzi mancanti nelle registrazioni del penultimo giorno. Cercò il video corrispondente e lo aprì. Ingrandì l'immagine sullo schermo e trascinò il cursore fino alle 15.43. Cinque minuti dopo, sapeva che cos'era accaduto nell'appartamento e ai danni di chi. Quando rivide il filmato, sentì lo stomaco contrarsi e vomitò.

57
2007

Henriette chiuse la conversazione con Khalid e tornò indietro con Per.

«Che succede?»

«È arrivata la ragazza, Aisha. Per fare le pulizie» disse Per.

Henriette perlustrò ansiosamente lo schermo; sentì dei lamenti, poi la trovò. Abu Bilal l'aveva trascinata nella propria camera. Stava dietro di lei e le premeva un coltello contro la gola. Il velo le era scivolato dalla testa.

«Che facciamo?» chiese Per. La voce gli tremava per il disgusto e la preoccupazione.

«Stiamo calmi» rispose lei.

«Non promette bene, Henriette. Per niente.»

«Chiudi il becco.»

Sentiva Abu Bilal che tempestava di domande la ragazza, che si sforzava di rispondere con la voce rotta dalla paura.

«Che dice?»

Per tirò su con il naso.

«Le chiede chi è e che cosa ci fa lì. Lei spiega che Anwar e Shakir sono suoi cugini, e che è venuta a fare le pulizie. Abita lì vicino, dice.»

Abu Bilal urlò.

«"Chi sono io?" grida lui. "Non lo so. Non sapevo che ci fosse qualcuno" risponde lei.»

Henriette chiamò Jens Jessen. Sten Høeck non aveva detto una parola. Era in piedi dietro di lei.

«Dobbiamo intervenire» disse Per. «E se le fa del male?»

«Ti devi calmare, Per, cazzo. Non interveniamo» ribatté Sten Høeck.

Jens Jessen rispose. Mentre Henriette gli raccontava quello che stava succedendo e lo sentiva ripetere per quattro volte che non dovevano muoversi, vide Abu Bilal che trascinava Aisha verso il letto.

«Sta per violentarla, Jens: dobbiamo fermarlo!»

«Nessuno ferma niente, siamo intesi? Se vi azzardate a fare qualcosa, non sarete soltanto licenziati, ma anche incriminati per aver messo in pericolo la sicurezza del Regno. Vi raggiungo. Nel frattempo tenetemi informato.»

Per aveva cominciato a piangere. Henriette sentiva arrivare dei conati di vomito, ma doveva resistere a tutti i costi.

«Controllati, Per» intimò al collega. «Dimmi che cosa dicono.»

«Non posso, non ce la faccio. Non possiamo stare a guardare senza fare niente.»

Per la mezz'ora successiva, Abu Bilal la violentò sul letto, senza smettere di tenerle il coltello puntato alla gola, e intanto le parlava. Aisha guardò per tutto il tempo. Henriette non aveva mai visto degli occhi così pieni di terrore.

Per era in lacrime, e non riuscì più a tradurre una parola. Evitava il più possibile di guardare lo schermo, ma il pianto della ragazza non lasciava scampo. I singhiozzi di entrambi si mescolavano in una tragica colonna sonora, da cui Henriette si sentiva divorare. A un certo punto, Per si alzò e disse che andava via. Sten Høeck si mise tra lui e la porta.

«Tu non vai da nessuna parte. E soprattutto non vai lì.»

«Ma Sten, non potremmo suonare e dire che dobbiamo consegnare un pacco?»

Sten guardò Henriette.

«Non si può. Ci faremmo scoprire. Capirebbero che li sorvegliamo.»

«Sono d'accordo, Per. Abbiamo ricevuto l'ordine di non intervenire.»

Henriette distolse lo sguardo dallo schermo. Per tirò di nuovo su con il naso. Sten Høeck si rimise a sedere, mormorando: «Merda, merda, merda.»

Dopo un po', Henriette dovette correre in bagno a vomitare.

Quando Abu Bilal ebbe finito, fece alzare la ragazza e le parlò. Per ricominciò a tradurre: «Le ha detto di rimettersi in ordine e andare a casa. Che se racconterà qualcosa, a loro o a chiunque altro, ucciderà sua sorella e suo padre, e alla fine andrà da lei e...» Per fu costretto a deglutire due volte, prima di riuscire ad andare avanti. «... e la sventrerà... la aprirà dal sesso alla gola, se dirà a qualcuno di averlo visto o incontrato.»

Appena l'uomo la lasciò andare, Aisha uscì di corsa dall'appartamento. Si era rimessa il velo, le spalle le tremavano.

Henriette era sotto shock, ma si sforzava di mantenere la calma, se non altro perché Sten e soprattutto Per sembravano ancora più impietriti di lei. Ma per quanto cercasse di convincersi dell'importanza della lotta contro il terrorismo, degli ordini di Jens e dell'incontro con la Rana e il suo cane da grembo, non riusciva a evitare la domanda che le attraversava la coscienza: Sono davvero diventata una poliziotta per assistere a uno stupro senza intervenire?

Jens Jessen era calmo, quando arrivò.

«Qual è la situazione?» domandò. Lei gli raccontò l'accaduto. Sullo schermo videro che Abu Bilal aveva ripreso il suo programma di allenamento.

«Vi siete comportati nel modo più giusto» disse Jens. «È stato terribile, ma necessario. State bene?»

Per sembrava ancora paralizzato, accasciato sulla sedia con lo sguardo fisso nel vuoto.

«Abbiamo lasciato che accadesse senza intervenire» disse, senza forze.

«Ascoltatemi, Per e voialtri. Siamo in guerra, e ogni guerra prevede delle vittime. Non posso dirvi di più, ma stiamo perseguendo un fine più grande che incriminare quest'uomo per violenza sessuale. Dovete fidarvi di me. Potremmo salvare molte vite umane.»

«Che facciamo adesso?» domandò Henriette.

«Voi non farete niente.»

«Ma che succede se la ragazza crolla e la violenza viene fuori? Se Anwar lo viene a sapere?»

«In quel caso, dovrete essere pronti a intervenire prima che si uccidano a vicenda. Ma è verosimile? Non pensate che starà zitta?»

Spero proprio di no, cazzo, pensò Henriette. Guardò Abu Bilal, che faceva gli addominali accanto al letto su cui aveva appena violentato la ragazza. Desiderò che morisse e che bruciasse all'inferno. E odiò se stessa per aver lasciato che accadesse senza muovere un dito, per la sua obbedienza cieca.

Jens Jessen le chiese di accompagnarlo in cucina.

«Ti porto i saluti di Volster. Anche lui è scosso per l'accaduto, ma mi ha incaricato di trasmetterti i suoi complimenti. Hai agito al meglio.»

Com'era possibile che Volster sapesse già tutto? Jens era arrivato subito dopo che Aisha era uscita dall'appartamento. Erano collegati anche loro con le telecamere di sorveglianza?

«L'obiettivo principale al momento è procurarci le sue impronte digitali. Poi aspetteremo la sua prossima mossa» disse Jens.

«Se questa cosa viene fuori siamo finiti, Jens. È pura follia.»

«Non verrà fuori niente, Henriette. Ci penseremo tu e io. E la follia non c'entra. Non è possibile combattere questo nemico senza mettere in conto delle perdite. E sono perdite che dobbiamo accettare, se ci permettono di arrivare a benefici molto superiori ai costi. Come in questo caso.»

Henriette non era sicura che avesse ragione, ma non insistette. Si sentiva esausta, infelice e cattiva.

L'atmosfera nella sala di sorveglianza era plumbea. Per e Sten avevano visto Aisha tornare a casa e buttarsi sul letto tra i singhiozzi. La sorella era andata a chiederle spiegazioni ma lei aveva respinto le domande, dicendo di volersi riposare perché aveva forti dolori mestruali.

«Bene» commentò Sten.

Bene per chi?, aveva pensato Henriette, ma sapeva perfettamente cosa intendeva dire il collega. Aisha avrebbe tenuto la bocca chiusa. Come poteva essere un bene?

Videro Anwar entrare nel negozio di frutta e verdura dello zio, prima di tornare a casa. Aisha aveva avuto un malore, quando era andata a fare le pulizie nel loro appartamento, gli disse la sorella. Notarono l'espressione spaventata del giovane, che salutò in fretta e corse verso casa.

«Squadre 1 e 2, tenetevi pronte a entrare. Armi in pugno» disse Sten Høeck nel microfono. Aspettarono. Videro Anwar aprire il portone e precipitarsi su per le scale, e videro Abu Bilal in ginocchio, rivolto verso La Mecca. Videro Anwar che apriva la porta di casa. Videro il coltello accanto al tappeto da preghiera.

58

2011

Seduto in macchina nel parcheggio davanti al quartier generale del Pet, a Søborg, Axel aspettava. Gli scoppiava la testa per i postumi della sbronza, ma non si sentiva stanco, solo furioso. Aveva svegliato uno degli interpreti con cui la polizia lavorava regolarmente e se l'era portato alla centrale, per fargli ascoltare il sonoro della registrazione. Pur senza vedere le immagini, l'uomo era rimasto sconvolto da quello che aveva sentito: le due voci, il pianto e il terrore. Come Axel, quando aveva capito perché l'assassino di Sten Høeck gli aveva tagliato le palpebre.

Alle dieci e un quarto, Jens Jessen entrò nel parcheggio alla guida della sua Audi nera. Una guardia del corpo nel sedile a fianco, altre due nell'auto che li seguiva. Queste scesero e perlustrarono l'area, prima che Jens Jessen scendesse insieme alla terza guardia. Axel si mosse verso Jens, che stava chiudendo l'auto, ma una delle guardie lo chiamò. Un'altra si era già messa tra lui e Jessen, pronta a far rientrare il suo capo in macchina, ma poi Jens riconobbe Axel. Nei suoi occhi si leggeva la sorpresa.

«Axel! Che fai qui?» domandò, mentre i due gorilla lo tenevano indietro.

«Dobbiamo parlare. Subito. Con Henriette. Ed è meglio che ti liberi di quei marcatori, se non vuoi che anche loro siano informati di quello che è successo in Kapelvej.»

Jens Jessen disse qualcosa alla guardia più vicina e fece segno alle altre due di lasciarli soli.

«Allora, che ti prende?»

«Piantala, Jens: il gioco è finito. So tutto: Aisha, lo stupro. So perché Sten e Per sono stati uccisi. È tutto nelle registrazioni che mi avete tenuto nascoste.» Prese Jens sottobraccio e si avviò con lui verso l'entrata. Le guardie del corpo li seguirono con uno sguardo diffidente, e Jens sembrava scosso. Nell'atrio, mostrò il distintivo e rivolse un sorriso forzato alla ragazza della reception.

«Lui è mio ospite: entra senza badge, ci pensiamo dopo.» Arrivando al corridoio dell'edificio principale rallentò il passo, senza aver recuperato la padronanza di sé.

«Non possiamo sistemare questa cosa tra noi?» domandò.

Axel scosse la testa e proseguì fino al piano di sopra; arrivato davanti alla porta di Henriette, la spalancò bruscamente. Lei saltò su dalla sedia.

Axel richiuse la porta alle loro spalle. Dai suoi occhi, capì che Henriette aveva intuito il motivo di quella visita. Sapeva già che lui ci sarebbe arrivato? Il modo in cui l'aveva salutato, l'ultima volta, acquistava di colpo un altro senso.

«Siediti» le disse. «Anche tu, Jens.»

«Che diavolo ti prende, Axel?» cercò di protestare Henriette, ma lui la zittì e posò il cellulare sul tavolo.

«Non ti permetto di registrare questa conversazione» disse Jens.

«Non registro niente. Aspetto una chiamata. E ora, se voi figli di puttana riuscite a fare silenzio per dieci minuti, vi spiego perché avete rovinato la mia indagine e perché dovete ringraziare il cielo di essere ancora vivi.»

In piedi davanti a loro, cominciò a parlare.

«Il sistema di sorveglianza in Kapelvej funzionava nonstop, ed era seguito dal vivo per tutto il tempo da pochissime persone. Tre, in effetti: Per, Sten e te, Henriette. Perché era una questione molto delicata. Perché nessuno doveva sapere chi era il terzo uomo. C'è forse stata un'ora di pausa in cui nessuno guardava gli schermi, lasciando al bastardo il tempo di violentare una ragazza di diciannove anni senza che nessuno lo fermasse? Vorrei tanto che fosse andata così; lo vorrei per voi, per Sten e Per; invece no. L'avete guardato su dieci schermi.»

Si passò le mani nei capelli.

«Avete lasciato che accadesse senza muovere un dito. Un uomo adulto ha stuprato una ragazza sotto i vostri occhi, e voi non avete fatto niente. E questo cosa fa di voi? Dei complici. Non per la legge, forse, ma di certo secondo i miei principi. E vi assicuro che l'assassino la pensa esattamente come me.»

La sorpresa che vide nei loro volti lo sconcertò. Sapevano chi aveva ucciso Per e Sten?

«Se sa che eravate davanti a quegli schermi, vi ritiene responsabili. E voi c'eravate, giusto? Per questo mi avete fatto girare a vuoto per giorni, come un criceto bendato. E non perché abbiate il minimo senso di colpa per quell'aggressione disgustosa, ma perché se venisse fuori sarebbe una catastrofe per la vostra operazione, non è vero?»

«Stammi a sentire, Axel» disse Henriette. «Non c'è niente che leghi i due omicidi allo stupro di Kapelvej.»

Axel rimase di sasso. Davvero non sapeva niente?

«Ma cosa dici? Non hai visto il video?»

«Calmati, certo che l'ho visto.»

«E hai sentito che cosa dice l'aggressore?»

Henriette non rispose. Axel capì che non lo sapeva. Guardò Jens Jessen. E lui?

«Non lo avete fatto tradurre?»

Silenzio.

«Lo avete distrutto e basta? Non posso crederci! Non capite che l'assassino possiede una copia, o comunque sa perfettamente che cosa è successo e che cosa è stato detto? Il suo obiettivo sono i responsabili, quelli che non sono intervenuti. Voi.»

«Ma tu come lo sai?»

«Perché, al contrario di voi, io ho ascoltato tutto il video, Henriette. E me lo sono fatto tradurre.»

Gli altri due lo guardarono a bocca aperta. Axel urlò: «Le palpebre, cazzo. Lei piange e implora, con un coltello puntato alla gola, e lui le dice di aprire gli occhi e guardarlo mentre la violenta...»

Respirò a fondo. La sola idea gli faceva rovesciare lo stomaco.

«Se no... "se no ti taglio le palpebre". Ci siete arrivati, adesso? L'assassino di Sten Høeck gli ha tagliato le palpebre. È stata una vendetta, il terrorismo o l'islam non c'entrano un cazzo. Una vendetta perché, in nome di un ipotetico interesse superiore, avete deciso di calpestare ogni solidarietà umana. Come avete potuto? Non c'era il tempo d'impedirlo? Eppure non è durata cinque minuti, ma ben quarantasette. Quarantasette!»

Le loro espressioni finirono di sconvolgerlo.

«Ecco, ce l'avete scritto in faccia. Siete stati a guardare, mentre succedeva. Avete deciso di non intervenire.»

«È chiaro che eravamo a disagio, ma il rischio era di compromettere l'intera operazione.»

«Vaffanculo, Jens! Mentre tu eri a disagio, una donna di diciannove anni veniva stuprata sotto i tuoi occhi. Siete malati.»

Il telefono di Axel s'illuminò sul tavolo. Lui rispose. Era Vicki.

«Che cos'hai scoperto?»

«È vero, Aisha è morta tre giorni dopo la conclusione del caso. Ma nel documento riassuntivo trasmesso dal Pet non c'è niente al riguardo. Il suo nome compare nella lista delle persone interrogate, ma non sono state sollevate accuse contro di lei. Nel documento non ci sono nemmeno le sue dichiarazioni.»

«Bene.»

«Un'altra cosa. Ho cercato nel nostro database. Tu avevi detto che era morta d'infarto.»

«Sì.»

«Non è vero. Si è uccisa. Con delle pillole.»

59
2007

«Mia cugina è stata qui?» domandò Anwar.
Abu Bilal si era alzato da terra. Teneva il coltello in mano, dietro la schiena.
«No, caro fratello. O meglio, non lo so: sono uscito per qualche ora.»
Anwar sembrava sollevato. Si scusò per la domanda e ne spiegò il motivo.
Abu Bilal si arrabbiò, perché nessuno lo aveva informato della cugina. Era stata una trascuratezza, e lei non doveva più tornare.
Anwar s'inchinò e chiese scusa. Abu Bilal fece scivolare il coltello in tasca.
Henriette telefonò a Khalid.
«Nyhavn, tra un'ora. Davanti al ristorante Havfruen» gli disse.
Andò all'appuntamento in taxi. Aveva bisogno di bere qualcosa: arrivò con mezz'ora d'anticipo, e riuscì a diluire lo shock dello stupro con due abbondanti bicchieri di vino bianco, prima di vederlo arrivare con il suo passo rilassato.
«Che cosa c'è, Henriette?» domandò, sedendosi di fronte a lei.
«Niente, è stata una giornataccia.»
«Ma *habibi*, sembri distrutta.»
Le mise una mano sulla spalla. Lei sentì i singhiozzi pre-

merle in gola. Doveva assolutamente controllarsi. Khalid si alzò e le si mise accanto, passandole un braccio intorno alle spalle. A quel punto lei scoppiò a piangere.

«Ma cos'è successo, cara? Ti hanno fatto del male?»

No, pensò Henriette, magari. Sono io che ho fatto del male a qualcuno. Aveva voglia di urlarlo a tutto Nyhavn.

«No, no, non è niente. I miei genitori» mentì. «Non ti preoccupare.»

«Ma come no! Racconta, ti farà bene.»

In qualche modo, la bugia la fece sentire meglio.

«No, Khalid, non ho voglia di parlarne.» Si asciugò gli occhi. Lui la lasciò andare. Henriette sapeva che era un errore farsi consolare da lui, ma c'era così tanta forza e premura in quel corpo e in quegli occhi, che per un attimo aveva dimenticato gli eventi disgustosi del pomeriggio. E ora aveva solo voglia di sentirlo di nuovo.

Fermò un cameriere e ordinò un altro bicchiere di vino bianco: il terzo? Non importava, se l'era ampiamente guadagnato. Si appoggiò di nuovo a Khalid e si lasciò andare al suo abbraccio.

Rimase così per un po', cercando di rimettere ordine nel caos. Era stata elogiata dal suo capo. E aveva commesso un peccato mortale.

Riaprendo gli occhi, vide un gruppo di giovani che avanzavano ciondolando lungo il canale. Riconobbe una faccia e s'irrigidì, il cuore diede un'accelerata. Era seduta con Khalid a uno dei tavoli più esterni, dietro un basso vaso di fiori, a un metro dall'acciottolato su cui passavano orde di turisti e svedesi ubriachi: non c'era modo di nascondersi. Sentì il sudore scorrerle dalle ascelle. Lui non l'aveva vista. Henriette fece un respiro profondo e cercò di riportare il battito cardiaco alla normalità.

«Che c'è, cara?» domandò Khalid, guardandola. «Non ti senti bene?»

Lei sorrise evasiva e abbassò gli occhi sotto il tavolo, sperando intensamente che lui non la notasse, sbronzo com'era, o che si vergognasse tanto da passare oltre pur avendola vista. Ma le sue speranze furono deluse. Danny, con tutti i suoi tatuaggi vichinghi, si fermò di botto, come folgorato, appena i suoi occhi si posarono su di lei.

«Ehi, ragazzi, è lei, cazzo! La stronza sadica che vi avevo detto», e indicava Henriette.

Khalid si alzò, tremante di rabbia.

«Via, sparite» disse. Il tono della sua voce, unito alla struttura fisica, avrebbe convinto chiunque a tenersi a distanza, tranne quei cinque giovani sotto l'effetto di un cocktail di alcol e testosterone incombusto.

«Stai attento che non ti leghi al letto e ti gonfi di botte, come ha fatto con me.»

«È la stronza sadomaso? È davvero la stronza sadomaso?» balbettò un altro.

«È pure vecchia, Danny» biascicò un terzo, che si era avvicinato al tavolo per guardarla meglio.

«Toglietevi dai piedi» ripeté Khalid.

«Perché lo dici tu?» gridò Danny, furioso. «Col cazzo. La tua puttana è fuori. Voleva portarmi a letto a tutti i costi, poi di botto ha sclerato e mi ha rotto tre costole perché ho cercato di abbracciarla. 'Sta troia di merda.»

Henriette era rimasta seduta, cercando di rendersi invisibile e sperando che finisse presto. Intorno a loro si era fatto silenzio, erano al centro di tutti gli sguardi. Si alzò.

«Andiamo via, Khalid.»

«Cazzo se è alta, Danny.»

«Ecco, brava. Fila, puttana.»

Khalid oltrepassò i vasi di fiori molto più in fretta di quanto Henriette credesse possibile, per un uomo della sua stazza. Afferrò Danny e, senza dargli il tempo di reagire, gli girò il braccio dietro la schiena, facendolo urlare di dolore.

«Non ci sono puttane qui, hai capito? E nemmeno stronze. Chiedi subito scusa o ti rompo il braccio.»

«Scusa? Col cazzo che chiedo scusa a quella troia.»

Gli amici di Danny rimasero sconcertati per un momento, poi uno di loro si avventò su Khalid, che continuò a tenere Danny con una mano e con l'altra diede un pugno in faccia al ragazzo, mettendolo al tappeto.

Non ci credo, non sta succedendo, pensò Henriette.

«Siete due cazzo di psicopatici violenti» strillò uno degli altri, ora tutti in patetiche posizioni di attacco intorno a Khalid.

Henriette li raggiunse, tirando fuori il distintivo e scostando la giacca in modo che potessero vedere la pistola.

«Silenzio. Sparite e portatevi via Danny. E tu» disse indicandolo, «tieni il becco chiuso, se vuoi evitare una visita dell'anticrimine e un bell'interrogatorio di garanzia per tentato stupro, siamo intesi? Lascialo, Khalid, andiamo.»

Appena Khalid lo mollò, Henriette cominciò a camminare. Si guardò alle spalle e vide Danny barcollare all'indietro, inciampando sul selciato.

«È una sbirra, Danny, che cazzo... Vieni via.»

Khalid la raggiunse; insieme alla distanza dal gruppo di giovani scalmanati aumentava anche l'intensità delle offese: «troia di una sbirra», «arabo di merda», «cazzo nero». Henriette guardò Khalid e vide che aveva del sangue sulla camicia. Lui distolse lo sguardo e accelerò il passo. Lei era quasi costretta a correre per stargli dietro.

«Aspetta, Khalid, aspettami!» chiamò. Ma lui girò intorno all'ancora in memoria dei marinai all'inizio di Nyhavn e attraversò la strada, diretto a Kongens Nytorv. Henriette rinunciò a seguirlo.

60

2011

«Che razza di comportamento è? Perché non c'è niente nei vostri documenti? Tre settimane dopo lo stupro, Aisha si è uccisa con un'overdose di pillole per il mal di testa. Non meritava d'essere riportato? Io non so perché si è suicidata ma ho dei sospetti, e vi prometto che non ho alcuna intenzione di lasciarli in sospeso. A voi invece deve aver fatto comodo che si sia tolta di mezzo, no?»

«Che assurdità. Non vorrai insinuare che abbiamo qualcosa a che fare con il suicidio?» disse Jens Jessen.

«Ora vi dico quello che succederà a partire da questo momento. Devo trovare l'assassino, e non voglio essere disturbato da voi. Voglio che mi mettiate a disposizione tutto il materiale, o vi venderò al miglior offerente, e ho idea che ce ne sarebbe più d'uno, là fuori, ansioso di mettere le mani anche solo su una briciola di questa storia.»

«Non sei nella posizione di minacciarci, Axel. Saremo lieti di collaborare con te alla risoluzione di questo caso, ma tutto deve avvenire ordinatamente e con le dovute cautele, considerata la delicatezza dell'operazione.»

«Stai cercando di capire come ha fatto l'assassino a entrare in possesso di queste informazioni, vero?» si intromise Henriette.

«Certo. Sono passati tre anni e mezzo. Che cosa è successo? Come ha scoperto che Aisha è stata violentata? È stata lei a raccontarlo a qualcuno? È andata alla polizia? Dobbiamo avere queste risposte al più presto. Voi che cosa sapete?»

Henriette guardò Jens Jessen e Axel capì che non poteva contare su di loro, su niente di quello che quei due gli avrebbero detto. Era troppo lontano dal loro modo di lavorare: la continua cernita delle informazioni, la necessità di occultare i fatti centrali, il maledetto principio del *need to know*.

«Non sappiamo niente» disse Jens Jessen. «Solo che si è suicidata e che, secondo le informazioni che abbiamo raccolto attraverso Khalid – che Henriette aveva infiltrato nell'ambiente e vicino alla famiglia –, l'avrebbe fatto per vergogna o per disperazione. Si era ritirata in se stessa: aveva detto così, mi pare.»

«Khalid sapeva che era stato un suicidio?»

«Sì, lo sapeva» rispose Henriette.

Le domande si affollavano nella mente di Axel, che ormai aveva capito che qualunque agente dei servizi era capace di mentire con più velocità e fantasia di quelle che usava per pensare.

«E Aisha sapeva che l'appartamento dei cugini era sorvegliato?»

Henriette accusò il colpo. Quando rispose, fu a voce bassa e rassegnata.

«Sì. A operazione conclusa, interrogammo tutte le persone che appartenevano alla cerchia dei due fratelli. Quando mostrai ad Aisha le foto in cui entrava in casa e faceva le pulizie, lei crollò.»

Axel non era sicuro che dicesse la verità, ma la verifica doveva aspettare.

«Dobbiamo passare tutti in rassegna un'altra volta. Chi conosceva la ragazza? Chi aveva accesso a quelle informazioni, e chi potrebbe averla voluta vendicare? E soprattutto: chi era in grado di uccidere Sten Høeck? Un uomo decisamente ben allenato. Escluderei il padre e la sorella, non ne avrebbero avuto la capacità; loro sapevano che Aisha era stata violentata?»

«Pensiamo di no.»

«Che lo pensiate non è sufficiente. Se lo sapevano, potrebbero averne parlato con qualcuno. La persona che l'ha vendicata doveva esserle vicina, molto vicina. Khalid mi ha parlato di certe voci, secondo cui sarebbe stata innamorata di un danese: ne sapete niente?»

Jessen guardò Henriette.

«No, niente. Non eravamo concentrati sulla ragazza. Inoltre, Khalid non me l'aveva mai detto» rispose lei.

«La domanda centrale, naturalmente» proseguì Axel, «è perché l'assassino non si sia vendicato del violentatore. Ma credo di avere la risposta.»

«Già. Perché non c'è» disse Jens Jessen. «Ti lascerò mano libera in questa indagine, per quanto posso, ma pretendo che l'affronti in modo diverso da un caso normale. È impensabile che tu vada in giro per Nørrebro a raccontare che la ragazza è stata violentata. Non deve venir fuori. Capisco l'importanza di questa pista, ma non posso permettere che cento agenti di polizia conoscano i retroscena.»

«Di questo riparleremo» disse freddamente Axel. «Ora dobbiamo concentrarci su come l'assassino abbia scoperto da chi sia stata presa la decisione di non aiutare Aisha. Vedo cinque possibilità. O meglio tre, perché sono abbastanza sicuro che non sia stato informato da uno di voi.»

«Tre? Sten, Per e...» contò Henriette.

«Una talpa interna.»

«Non ha alcun senso» disse Jens Jessen. «Conosci anche tu il livello di segrctezza da cui è circondato questo caso. Nessun altro, a parte noi quattro, ne sa nulla.»

«Qualcun altro deve pur conoscere l'esistenza dello stupratore.»

«Sì, ma non sanno niente dello stupro.»

«Vuoi dire che il Pet non conserva nessuna informazione sulla violenza avvenuta? Nessun file, nessun documento?»

«Proprio così» disse Jens Jessen, e il suo sguardo si smarrì per un secondo. «È stato tutto distrutto.»

Axel scosse la testa. Guardando Jens, chiese ancora: «Quando hai scoperto che Per e Sten avevano fatto delle copie del file?»

Jens Jessen parve sorpreso.

«Ignoravo che fossero state fatte delle copie. E anche che Sten ne avesse una. Certo, sapevo che Per era un personaggio a rischio, e per questo l'abbiamo seguito regolarmente. Io stesso l'ho incontrato e ho discusso con lui di quello che sapeva, e dell'importanza di tenerlo segreto, ma non avevo idea che avesse fatto delle copie di tutto. Una volta abbiamo perfino perquisito casa sua, senza risultato.»

«Se quello che dici è vero, l'assassino deve aver avuto le registrazioni o aver saputo cosa contenevano dallo stesso Per o da Sten. Potrebbe benissimo essere stato anche Sten: era tormentato dal rimorso di non essere intervenuto.»

Gli altri due sembravano di nuovo sorpresi.

«Non ho dubbi che fosse leale, ma aveva dovuto ricorrere all'aiuto di una psicologa, a causa del vostro comportamento vergognoso. Del resto, le modalità dell'omicidio suggeriscono che non abbia voluto rivelare nulla, perciò è più verosimile che la fonte sia Per. Me ne occuperò io. Voglio che mi mettiate a disposizione tutto quello che avete raccolto su di lui: verbali delle intercettazioni e della sorveglianza, materiale confiscato nella perquisizione in casa della madre. Tutto quello che può avere importanza per il caso.»

Jens Jessen guardò Henriette.

«Ci pensi tu?»

Lei si limitò ad annuire. Stava ragionando su qualcosa, e Axel aveva la sensazione che si trattasse proprio di quello che aveva appena detto.

«Con questo non voglio dire che vi considero assolti.

L'operazione Kapelvej era di un'importanza capitale, e molti dei vostri colleghi dovevano sapere che voi quattro formavate la cerchia ristretta. Se qualcuno è venuto a conoscenza dello stupro per altre vie, non ci sarà voluto molto a fare due più due e andare da Per o da Sten per estorcergli delle informazioni.»

«È inverosimile» disse Jens Jessen. «Non abbiamo gente così, qui dentro. Forse qualcuno si sarà sentito offeso o indignato da qualche aspetto dell'operazione, ma a nessuno sarebbe venuto in mente di vendicare la cugina di due islamisti schizzati.»

«Direi che stai già pensando a una persona precisa, Axel» disse Henriette sotto lo sguardo sconcertato di Jens, che non riusciva più a seguire.

«Infatti. Saremo costretti a indagare su uno dei vostri collaboratori. È stato in contatto con Per e con Sten, è andato a trovarli a casa. Dovrò controllare il suo traffico di email, sms e chiamate dell'ultimo anno. Se c'è qualcuno qui dentro che corrisponde al profilo dell'assassino, è proprio lui. E non possiamo escludere che fosse lui, l'uomo di cui Aisha era innamorata.»

Henriette scosse piano la testa, sembrava turbata. Ma di certo il discorso di Axel non la coglieva di sorpresa.

«Chi?» domandò invece Jens, agitatissimo. «Di chi parli?»

Seconda parte
2011

61

Ha bevuto. Era stato il primo pensiero di Henriette quando Axel aveva spalancato la porta del suo ufficio, trascinandosi dietro Jens. Gli occhi erano iniettati di sangue, ma non avevano lo sguardo folle e smarrito dei periodi più bui. Erano cupi e concentrati.

Henriette lo osservò mentre parlava: era ovvio che si trovava nel suo elemento. Dall'istante in cui aveva saputo che gli era stata affidata l'indagine sull'omicidio di Sten Høeck, aveva temuto che per loro due sarebbe stata la fine. Axel sarebbe andato fino in fondo, e non avrebbe mai capito né accettato le decisioni che erano state prese allora. E ora era arrivato molto più vicino alla soluzione di quanto non avessero mai fatto loro, animato da una passione che lei non aveva mai visto, da quando stavano insieme.

Lo vide teso e assorto, lucidissimo, e capì che era finita. Axel non aveva trascurato un solo particolare, e lei si rimproverò di non aver convinto Jens a informarlo di tutto fin dall'inizio, perché era evidente che l'avrebbe scoperto comunque, a modo suo. Forse così avrebbe potuto sperare nel suo perdono, anche se non ci credeva molto. Di certo, ormai era troppo tardi. Lui era Axel Steen e non capiva tutte le precauzioni che bisognava prendere, nel mondo dei servizi. Avrebbe continuato a indagare e avrebbe scoperto anche tutto il resto, e allora sì che sarebbe finita male.

Guardò Jens, che lo ascoltava con aria preoccupata e non aveva ancora capito di chi sospettasse.

Axel avrebbe chiarito gli omicidi, di questo era certa, ma Dio solo sapeva cos'avrebbe fatto delle informazioni scoperte. Una bella patata bollente, che per fortuna toccava a Jens: spiegargli qual era la punizione per chi rivelava segreti di stato. E quello era un segreto di stato bello grosso, tanto grosso che lei si era fatta accecare dall'orgoglio infantile di far parte della squadra, ammessa nel Gotha del potere insieme a Jens. Proprio lei, la ragazzona goffa e sempre a disagio, era diventata tanto importante da essere messa a parte di quei segreti: era stato come mostrare il dito medio all'infanzia solitaria, alla dolorosa esclusione subita a scuola e ai genitori, che non l'avevano mai incoraggiata. Ma negli ultimi tempi non era passato un giorno senza che si facesse la stessa domanda: Come sarebbe stata la mia vita, se Abu Bilal non l'avesse attraversata?

Sapeva benissimo che era solo una forma di procrastinazione, un modo per non pensare a quello che sarebbe successo. Perché, anche se Axel non aveva ancora pronunciato quel nome, lei sapeva che l'avrebbe fatto, e lo sapeva perché era logico.

Khalid. Gli occhi scuri, profondi. La voce calda. Il corpo grande e vitale contro il quale un tempo si era riposata. Il suo agente, che lei aveva cresciuto e curato, istruito e preparato per la missione sotto copertura più pericolosa di tutte: essere una spia nel proprio ambiente. Non poteva essere lui. Non doveva.

Era stato a stretto contatto con la famiglia: era l'unico collaboratore del Pet che la conosceva e, se fosse circolata qualche voce, avrebbe potuto cogliere la storia dello stupro. Nemmeno lui avrebbe tollerato una cosa del genere, in questo assomigliava ad Axel: per loro la violenza contro le donne era inammissibile, per non parlare degli abusi sessuali. Henriette sapeva che la zia di Khalid era stata violentata, in Libano, e non si era mai più ripresa da quell'esperienza. Il modo in cui gliel'aveva raccontato le aveva fatto capire che lo considerava un delitto più grave dell'omicidio. Ma era possibile? L'avevano perso? E il fatto che avesse subito il suo fascino ma che lei l'avesse rifiutato poteva aver influito in qualche modo? Henriette faticava a credere a una metamorfosi di quella portata. Il "negro bianco", l'arabo gentile che voleva farsi strada nella società danese e aveva lottato per farsi accettare, sarebbe arrivato al punto di uccidere dei colleghi? Le sembrava impensabile, ma forse era vero, tenuto conto del fatto che non aveva mai realizzato le proprie ambizioni. Per un breve periodo, sotto il capo precedente, gli era stata affidata qualche competenza, ma poi era tornato Jens e aveva fatto piazza pulita degli accoliti del predecessore, mandando al macero tutte le sue iniziative. Khalid era stato ridimensionato e aveva capito di non avere futuro nel Pet, nonostante le sue molte doti sia sul campo sia dietro la scrivania. Forse era consumato dal rimorso di aver rinnegato e tradito i suoi: molti di loro si sarebbero sentiti così, se avessero lavorato sotto copertura per la polizia, rivelando informazioni, segnalando sospetti terroristi; un sacrificio enorme, che tuttavia non era bastato ad affrancarlo dall'emarginazione. Forse si era reso conto che la scala su cui si era arrampicato non aveva più pioli.

Poi c'erano le due pistole che si era procurato durante l'operazione: che fine avevano fatto? Henriette non gliel'aveva più domandato. Poteva averne usata una per minacciare Sten Høeck?

Axel aveva fatto una pausa teatrale, ma lei lo prevenne e si fece sfuggire quel nome in un soffio: «Khalid.»

Jens sbatté più volte le palpebre. Rughe di preoccupazione gli scavarono la fronte, ma non c'era anche un pizzico di sollievo? Axel chiese di esaminare tutto l'operato di Khalid nell'ultimo anno. Non era una pretesa assurda, anzi. Ma Henriette non ci credeva, non era possibile. Perché avrebbe dovuto spingersi a tanto? Il suo Khalid, sotto la sua responsabilità. Eppure, per quanto cercasse di convincersi che Axel avesse torto, il dubbio si assottigliava sempre di più, fino a diventare quasi invisibile. Perché Khalid era l'unico a sapere. Sapeva che lei, Jens, Sten e Per erano i responsabili dell'operazione Cavallo di Troia. E sapeva dell'esistenza di un'altra operazione, molto più importante di quella che riguardava i fratelli di Nørrebro.

Era stato lui il primo a individuare Abu Bilal, ed era entrato nell'appartamento per rilevare le sue impronte digitali. Era logico che potesse fare due più due. E l'aveva fatto. Come aveva potuto essere tanto ingenua? Tornava tutto.

62

Ottenne solo Vicki, nessun altro. Anche se Henriette e Jens Jessen erano sembrati scossi dalle sue rivelazioni, al momento di discutere della squadra investigativa e della sua libertà di movimento non furono particolarmente generosi. Volevano essere sicuri che la faccenda rimanesse dominio di pochi; in compenso, gli offrirono di appoggiarsi al Pet per le competenze specializzate di cui dovesse aver bisogno. All'inizio Axel aveva chiesto cinque uomini della omicidi, ma la proposta non fu nemmeno presa in considerazione. Nessun esterno doveva essere coinvolto. Il compromesso fu Vicki.

«E deve firmare una dichiarazione di riservatezza» disse Jens Jessen. «Lo stesso vale per te.»

«Scordatelo. L'ultima volta che ho firmato me l'hai messo nel culo.»

«Allora l'indagine finisce qui, Axel. Ce la vediamo noi. Le cose che hai scoperto sono classificate al massimo livello di segretezza. Solo una ridottissima manciata di persone in tutto il paese sa dell'esistenza del terzo uomo.»

Axel immaginò chi fossero: il capo del Pet, forse il ministro della Giustizia e il sottosegretario, ma forse nemmeno loro, perché non sono cose che un ministro smania per conoscere, pensò. E aveva ottime ragioni per supporre che nessuno, ai livelli più alti del sistema, sapesse dello stupro.

Non era il suo campo, ma appena avesse avuto un momento libero avrebbe cercato Martin Lindberg, per farsi spiegare che conseguenze potesse avere consegnare alla Cia una persona arrestata in Danimarca e non ancora sottoposta a processo. Perché era proprio quello che doveva essere accaduto, e immaginò che il potenziale scandalistico fosse enorme, altrimenti non avrebbero tenuto tutto così scrupolosamente segreto.

Jens Jessen prese la parola: «Capisco perfettamente che tu sia arrabbiato e frustrato per essere stato tenuto all'oscuro, e riconosco che stai portando le indagini nella direzione che avrebbero dovuto prendere fin dal principio, ma anche tu devi capire qual è la posta in gioco, qui. Tu non conosci il nostro mondo, Axel. A volte bisogna assumersi dei rischi, e se va bene possiamo segnare dei punti decisivi nella lotta contro il terrorismo, salvando tante vite innocenti. Perciò bisogna accettare la possibilità che si verifichino dei danni collaterali.»

«E lo stupro di una ragazza di diciannove anni sarebbe un danno collaterale?»

«Non mi aspetto che tu lo capisca, ma sì, è così. Era fondamentale non intervenire. Ci ha dato un vantaggio che non puoi nemmeno immaginare, ti prego di credermi. Se si considera il quadro generale, ne è valsa la pena.»

«Se è così, non siamo affatto migliori degli psicopatici che combattiamo.»

«Come ho già detto, non ti sto chiedendo di accettarlo, ma voglio sottolineare che se non rispetti il patto di riservatezza sei fuori. Dall'indagine, dalla polizia, da tutto. Non è una minaccia, solo lo stato delle cose. È per questo che devi firmare la dichiarazione.»

Spinse un foglio verso di lui. Axel lo lesse. E firmò.

Poi chiamò Vicki e le chiese di raggiungerlo a Søborg, con tutto il loro materiale.

Tornò a voltarsi verso Jens.

«E Josephsen?»

«Me ne occupo io. Non ti disturberà più. Per quanto riguarda la tua collega, il principio del *need to know* vale anche per lei. Dovrà essere messa a parte del minimo indispensabile. Le basterà sapere che il movente principale è lo stupro.»

«E cosa le dico, se mi chiede dello stupratore?»

«Quello che ti ho già detto io: non esiste, è scomparso.»

«Vuoi dire che l'avete fatto scomparire.»

«Axel, questa è l'ultima volta che tocchiamo l'argomento. Non conosci il suo nome e non lo conoscerai mai. È scomparso. Tutto il resto è irrilevante.»

«Per me non sarà mai irrilevante che uno stupratore rimanga impunito.»

«Credimi, Axel, ha avuto la sua punizione.»

Gli fornirono un badge, e gli misero a disposizione una sala operativa e un gruppo di tecnici e investigatori. Henriette aveva già avviato le ricerche sulle email e le telefonate di Khalid, e si aspettava di potergli presentare qualche risultato nel pomeriggio.

«Dov'è Khalid?»

«Sarà qui da qualche parte. Sta ancora indagando sulla pista islamica.»

«Lasciamolo fare, finché non sapremo di più sui suoi movimenti» rispose Axel.

Jens Jessen li lasciò soli per rispondere al telefono. Henriette lo guardò con i suoi limpidi occhi azzurri.

«Axel, cosa significa questo per noi?»

«Significa quello che hai detto tu. Ne riparliamo quando il caso sarà chiuso. Fino ad allora siamo solo colleghi, nient'altro.»

«E poi? Finisce così? Mi butti via solo perché ho fatto un errore?»

«Non posso pensarci adesso.»

Henriette sembrava ferita, ma non c'era altro modo. L'aveva voluto lei.

«Piacerebbe anche a me vivere nel tuo mondo puro e immacolato, Axel. Solo che quel mondo non esiste. Più entri nel nostro, più cose scopri, più saranno i compromessi che dovrai accettare, il silenzio su fatti che dovrebbero essere svelati, il sacrificio di civili innocenti; è inevitabile. Un giorno capirai. Pensavo che te ne fossi già accorto l'anno scorso, quando eri sotto copertura.»

«Quello era diverso. Non avevo scelta.»

«Neanche noi.»

«C'è sempre una scelta, quando si agisce per conto di altri.»

«Tu non sai niente, Axel Steen.»

«È vero, ho ancora tante domande senza una risposta.»

«Per esempio?»

«Perché l'assassino non ha torturato Per?»

«Non lo so.»

Jens tornò nella stanza e Axel ripeté anche a lui la domanda, aggiungendo: «Immagino sia perché Per ha dato informazioni all'assassino, ma perché l'ha fatto? E come ha reagito allo stupro?»

«Perché abbia parlato non lo so» rispose Henriette.

«Qualcosa però dev'essere successo. Per ha confidato a un collega che stavano per venir fuori cose che avrebbero cambiato tutto. Eppure sapeva dello stupro fin dall'inizio. Perché aspettare tutto questo tempo per fare qualcosa?»

«Non lo sappiamo» disse Jens Jessen.

«Però sappiamo come ha reagito allo stupro» aggiunse Henriette, guardando Jens per chiedergli il permesso di parlare. Jens annuì.

«Ha cercato di impedirlo. Ha perso la testa e Sten l'ha dovuto fermare. Il giorno dopo l'azione è crollato ed è stato mandato a casa, ma si è ripresentato qui ubriaco fradicio. È entrato nell'ufficio di Jens nel bel mezzo di una riunione e ha buttato per terra tutto quello che c'era sulla scrivania, urlando accuse di tradimento, ipocrisia e altri misfatti. L'hanno rimandato a casa, e qualche mese dopo è stato licenziato.»

Jens Jessen prese la parola: «Non subito: abbiamo anche cercato di tenercelo, ma poi il suo problema con l'alcol è peggiorato. Abbiamo scoperto che era in contatto con un giornalista, che gli faceva un sacco di domande: cose innocenti, ma ce n'era abbastanza per licenziarlo.»

«E sicuramente a voi ha fatto comodo. Ma lui come l'ha presa?»

«Non bene. Ci ha minacciato di rivelare ogni cosa, abbiamo dovuto parlarci varie volte. Alla fine ci siamo accordati su un piano di prepensionamento molto vantaggioso, dal punto di vista economico. E si è calmato.»

«Ma non è durata, vero?»

«Abbiamo continuato a seguirlo e a parlarci, ogni tanto; l'ho fatto anch'io.»

Già, pensò Axel, come tu e Khalid avete rivisto anche Sten Høeck. Ma vi siete ben guardati dal farmelo sapere.

63

C'erano email indirizzate sia a Per sia a Sten Høeck. Mandate dall'account di Khalid presso il Pet e cancellate, ma poi ripristinate dai tecnici. Erano compromettenti, per vari motivi: Khalid aveva incontrato entrambi, sia singolarmente sia insieme. Non c'erano email sull'organizzazione dell'incontro con Sten, ma Khalid era andato a trovarlo con Per, che in seguito aveva visto da solo per discutere del caso di A.

Henriette era turbata. Quando le avevano dato in visione il materiale non c'era niente del genere, né sul computer di Per né su quello di Sten. Secondo le istruzioni, l'unico ad avere accesso alle telefonate e alle email delle due vittime era Jens Jessen, con l'assistenza di un tecnico. Jens aveva eliminato tutti i messaggi sensibili, ma non aveva senso cancellare quelli di Khalid. Se non per impedire ad Axel di scoprire qualcosa.

Axel era uscito e sarebbe tornato nel pomeriggio, ma non si poteva aspettare. Dovevano interrogare Khalid. Arrestarlo. Possibile che si fosse sbagliata fino a quel punto? Tornò con la memoria al giorno terribile in cui Aisha era stata violentata e lei aveva incontrato Khalid a Nyhavn. Era tornata nell'appartamento di Peter Fabers Gade e aveva cercato di riprendersi. Per, già totalmente sbronzo, beveva vino da una tazza di polistirolo, come se questo potesse ingannare qualcuno: l'aveva mandato a casa. Jens Jessen aveva chiamato per autorizzare Khalid a entrare nella casa di Kapelvej, per rilevare le impronte di Abu Bilal. Lei aveva abbandonato le remore iniziali all'idea di affidargli l'incarico. Magari così si rasserena, pensò. Una missione sul campo, un vero lavoro da agente.

Rivide Khalid, la mattina seguente, entrare nello stabile di Kapelvej, mentre lei lo seguiva sugli schermi insieme a Jens Jessen, dall'appartamento di Peter Fabers Gade. Khalid aveva con sé uno scanner, messo a disposizione dagli americani, su cui erano memorizzate le impronte di Abu Bilal. Una volta riconosciute, doveva lasciare immediatamente la casa. Sten Høeck era nella sala operativa mobile dietro l'angolo, e ognuno dei tre obiettivi era sorvegliato da una squadra con possibilità di rinforzi, sotto forma di agenti in tenuta antisommossa e pronti a procedere all'arresto, nel caso in cui qualcosa fosse andato storto e i fratelli o Abu Bilal si fossero avvicinati a Khalid. Anwar era con i vecchi amici della banda in un juice bar di Blågårdsgade, mentre Shakir leggeva il Corano nella mensa della Cbs. Abu Bilal si muoveva per Copenaghen con l'esperienza di una spia allenata a individuare gli inseguitori, ma Sten Høeck lo teneva sotto controllo. Il pericolo principale per Khalid era Anwar, che si trovava a pochi minuti a piedi dall'appartamento.

Sugli schermi, Henriette vide Khalid che entrava in casa, tirava fuori lo scanner nel soggiorno e lo passava su uno stipite, sul quale avevano visto Abu Bilal appoggiare la mano destra, ma senza risultato.

«Prova ancora» gli disse lei al microfono, e lui eseguì, ma non trovò corrispondenze. Continuò a muoversi per l'appartamento, stanza per stanza, fermandosi più a lungo nella camera in cui dormiva Abu Bilal. Andò in bagno, afferrò gli spazzolini da denti e li passò allo scanner, prima uno e poi l'altro, di nuovo senza risultato.

Henriette gli disse di andare in cucina, dove Khalid analizzò il ripiano su cui Abu Bilal si era appoggiato quella mattina.

«Anwar è in movimento. Probabilmente sta tornando a casa» disse la voce di Sten Høeck nell'auricolare.

Henriette guardò Khalid, che procedeva con tutta calma.

«Khalid, forse Anwar sta tornando a casa, tieniti pronto a uscire.»

«Tranquilla, so quello che faccio» le rispose. Sia la voce nell'auricolare sia l'immagine sugli schermi lo confermavano: in lui non c'era ombra di nervosismo. Lavorava metodico sul ripiano della cucina.

«Anwar è in Griffenfeldsgade. Eta: settanta secondi» disse Sten.

«Khalid, preparati a uscire» gli intimò Henriette.

L'ordine non provocò reazioni da parte di Khalid, che continuò a lavorare.

«Cinquanta secondi. Anwar è passato davanti al negozio di frutta e verdura dello zio. Eta: cinquanta secondi. Henry, fallo uscire subito!»

«Khalid, esci.»

«Lasciami fare» rispose lui, con la sua voce profonda e melodiosa. «Avvertimi quando è a venti metri dal portone.»

«Che cazzo gli prende?» disse Jens.

Ci tiene tanto, pensò lei, vuole fargli vedere quanto è bravo.

«Rilassati, sa quello che fa» rispose.

Nel frattempo, Sten Høeck li aveva informati che Abu Bilal stava aprendo un armadietto nel guardaroba della Biblioteca reale, ma non potevano occuparsene adesso.

«Anwar ha svoltato l'angolo di Kapelvej. Eta nell'atrio: quindici secondi. Fai uscire il tuo arabo, Henriette! Subito!»

Khalid era ancora impegnato con lo scanner.

«Deve uscire subito» ansimò Jens.

«Smettila» lo zittì Henriette. «L'abbiamo visto lasciare le impronte lì. Khalid sa quello che fa.»

«Anwar è a quindici metri dal portone» disse poi al suo agente.

A quel punto lo scanner emise un *bip*, e Khalid sorrise.

«Fallo uscire!» le urlò Sten nell'orecchio. «Anwar è davanti al portone. Cazzo, quello stronzo fuori di testa ha trovato un riscontro!»

Su uno schermo, Henriette vide Anwar tirare fuori la chiave del portone. Sull'altro, vide Khalid continuare a muoversi nella casa. Nonostante la stazza aprì la porta, uscì e richiuse senza il minimo rumore, poi salì per le scale, scomparendo dagli schermi, mentre Anwar raggiungeva l'appartamento. Gli altri erano furiosi, perché Khalid non era uscito quando gliel'avevano ordinato, ma l'entusiasmo per il riscontro mise tutto in secondo piano.

Ripensandoci adesso, la colpì il fatto che fosse andato in giro per almeno un minuto senza passare nulla allo scanner. Cercò le registrazioni e le riguardò tutte. Khalid era rimasto senza scannerizzare soprattutto nella camera di Abu Bilal. Sul comodino c'era un passaporto: lui l'aveva aperto e l'aveva guardato per qualche secondo. Poi si era toccato l'orologio al polso. Aveva fatto una foto? Il documento non dava la vera identità di Abu Bilal, e il gesto poteva essere stato dettato dalla curiosità. Oppure Khalid sapeva già che in quella casa era successo qualcosa e aveva cercato di scoprire la verità per conto suo. Henriette non ne era sicura, ma era un'altra cosa di cui avrebbero dovuto chiedergli conto.

Scese nella sala operativa e salutò Vicki, la collega di Axel. Si scambiarono qualche frase poco impegnativa sul caso. La donna sembrava preparata e attenta, e le fece intendere di aver capito che "il terzo uomo", come lo chiamava lei, non rientrava nel suo campo d'azione.

«Eri presente all'arresto dei due fratelli, in Kapelvej?» le domandò. Henriette richiamò alla memoria quel momento.

Un'ora dopo che Khalid se n'era andato, Abu Bilal tornò a casa con la valigetta che aveva ritirato alla Biblioteca reale. L'aprì sul tavolo da pranzo, mentre i fratelli gli si stringevano ai lati.

«*Allahu akbar*» esclamò Shakir quando il coperchio si sollevò, facendo apparire tre pistole, un mitra e vari pacchi di munizioni e di esplosivo al plastico.

«Saranno almeno dieci chili. Abbastanza da far saltare in aria mezzo isolato. Si mette male. Dobbiamo entrare e sottrarglielo al più presto» disse Sten Høeck.

Era sera. Jens se n'era andato da qualche ora, ma Henriette gli telefonò per aggiornarlo. L'ordine fu il solito: «Non procedere all'arresto finché non si separano e possiamo prendere Abu Bilal da solo.»

«Jens, è un rischio immenso. Se quella roba esplode morirà un sacco di gente.»

«È un ordine. Abu Bilal saprà come si tratta l'esplosivo.»

Per il resto della serata, Abu Bilal mostrò ai fratelli come maneggiare il plastico e innescarlo con una telefonata dal cellulare. Mancava poco alla visita del ministro americano della Difesa a Copenaghen. Aspettarono. La notte trascorse. E anche la mattina.

Sten cominciava a perdere la pazienza e cercò come al solito di buttare il suo nervosismo sugli altri. Sgridava i suoi uomini e chiamava Henriette "tesoro": le propose più di una volta una sveltina sul tavolo della cucina, per allentare la tensione.

Abu Bilal chiese ai fratelli di uscire, ma di tenersi pronti a tornare a casa di lì a cinque ore. Un'ora dopo, indossò la giacca di pelle e uscì. Sten lasciò l'appartamento nello stesso istante.

Dopo venti minuti chiamò: «Ce l'abbiamo, Henry, è fatta. Puoi andare a prendere i fratelli.»

«Bene; che dice?»

«Che vuoi che dica? In questo momento dorme come un sasso in un furgone modificato per l'occasione, in corpo ha una bella dose di sonnifero.»

Henriette raccontò a Vicki l'arresto di Shakir e Anwar, spiegando che in quel momento il terzo uomo non era presente. Descrisse l'eccitazione e l'allegria dei due fratelli mentre mangiavano pane arabo, hummus e peperoni in agrodolce. Lei si trovava sulle scale, in quinta posizione, dietro a quattro uomini dell'unità d'intervento. Quando il primo infilò la chiave nella toppa, i due alzarono lo sguardo speranzosi, pensando che fosse il loro maestro di terrorismo. Invece furono circondati da quattro uomini e una donna in tenuta antisommossa, con maschere e mitra spianati, che urlavano ordini. Anwar fece in tempo ad alzarsi un po' dalla sedia prima di essere buttato a terra, dove il fratello già si contorceva, gemendo. Non riuscirono nemmeno a sfiorare la valigetta con le armi e l'esplosivo.

«Stando a quanto hanno riferito i giornali, la polizia non è stata in grado di spiegare in che modo gli accusati siano entrati in possesso della valigia, ma suppongo che non sia così, vero?» domandò Vicki.

«Quella è la versione ufficiale. Il resto è segretato, anche per te» disse Henriette.

Poi raccontò come avevano incappucciato i due, ancora a terra, e lei si era chinata e li aveva informati che erano in arresto per violazione delle leggi antiterrorismo. Omise di aver mollato un calcio nel fianco di Anwar e di aver aggiunto, dopo avergli spiegato quali erano i suoi diritti: «Quella valigia ti costerà l'ergastolo, brutto maiale. E in galera non ci sono bionde prosperose da annaffiare.»

Omise anche di essere entrata nella camera di Abu Bilal.

Riusciva a malapena a guardare il letto, ma era necessario. Aveva preso un grande sacco dell'immondizia e ci aveva messo dentro cuscino, piumino e lenzuola, dopo averli ripiegati con cura. Poi aveva tirato fuori la valigia di Abu Bilal, ci aveva messo dentro il beauty-case, l'aveva chiusa e aveva portato tutto in macchina.

Si era fermata un attimo a guardare la folla di giornalisti in fondo alla strada, che era stata transennata per duecento metri: tutte le abitazioni erano state evacuate per motivi di sicurezza. Poi era andata a fare una passeggiata all'Assistens e da lì aveva chiamato Khalid. L'aveva lasciato libero dopo aver elogiato il suo lavoro del giorno precedente, in casa dei fratelli. Nessuno dei due aveva accennato all'episodio di Nyhavn.

Henriette gli raccontò dell'arresto. Lui lo sapeva: la notizia era già arrivata a Søborg.

«E il tizio senza un dito, quello di cui mi avete mandato a cercare le impronte? Avete preso anche lui?»

«No, lui ci è sfuggito.»

«Quindi il mio giro nell'appartamento è stato inutile? Un po' come la storia delle pistole?»

«Sì, purtroppo, ma ciò non toglie che tu abbia fatto un ottimo lavoro. E il tuo contributo al successo dell'operazione è più importante di quanto tu non creda. Alla riunione sei stato elogiato» mentì lei.

Khalid non aveva risposto. Quella era stata la loro ultima conversazione, nelle rispettive vesti di ufficiale responsabile e agente. Poi avevano preso strade diverse, pur rimanendo a lavorare per l'agenzia.

Erano passati tre anni e mezzo da allora. E adesso lei doveva interrogarlo sul duplice omicidio dei loro ex colleghi.

64

Martin Lindberg lo fece entrare nel suo piccolo ufficio, che pareva più una tana che un posto di lavoro, ingombro com'era di pile di carte, scaffali carichi di faldoni e giornali che tappezzavano la scrivania e gran parte del pavimento. Lindberg spostò due mucchi di fogli e invitò Axel a sedersi.

«Ci sono novità su Per?»

«Non abbiamo ancora la conferma definitiva, ma sono certo che sia stato ucciso. Al momento non posso dire di più, ma ti informerò appena possibile. In compenso, mi piacerebbe sapere qualcosa sulla storia dei voli della Cia. Quali informazioni aveva, Per, che potevano far scoppiare una bomba qui da noi?»

«C'entra qualcosa con le indagini sulla sua morte e su quella dell'altro tizio del Pet?»

«Se a ogni domanda mi rispondi con un'altra domanda, non la finiamo più.»

«Se rispondi a questa, ti prometto di non chiedere più niente. Almeno per un po'.»

«Può essere. Non credo, ma non posso escluderlo. Tantomeno se non mi spieghi come stanno le cose.»

«Se Per avesse potuto provare che le autorità danesi erano al corrente del fatto che la Cia era entrata nello spazio aereo danese, o addirittura che aveva utilizzato gli aeroporti danesi per fare scalo con dei prigionieri, si sarebbe aperta una crisi gravissima.»

«Perché?»

«Perché il governo ha assicurato che non ne sapeva nulla. I governi di quasi tutti i paesi affermano la stessa cosa, ma ci sono molte prove che questi trasporti avvengono. Hai mai sentito parlare di *extraordinary rendition*?»

«Qualcosa.»

«È un'operazione con cui la Cia mette i "combattenti illegali", come li chiamano loro, su voli privati e li manda in giro per il mondo, nelle carceri segrete dell'Egitto, dell'Europa dell'Est, a Guantánamo o nelle basi militari americane del Medio Oriente o del Kosovo.»

«Dopo l'11 settembre?»

«Sì, ma anche prima. Negli anni Novanta, gli americani rapivano gli islamisti e li mandavano in Egitto per farli interrogare dai servizi locali, che ricevevano le domande dalla Cia e poi le riferivano le informazioni. L'esempio più noto da parte nostra è quello di Abu Talal, uno dei leader dell'organizzazione terroristica egiziana al-Gama'at al-Islamiyya. Gli avevamo offerto asilo in seguito alla condanna a morte in Egitto, perciò non poteva essere estradato. Scomparve in Croazia, nel 1995. Pare che quando uscì di casa, a Nørrebro, per andare in macchina ad Amsterdam e da lì prendere un volo per Zagabria, fosse seguito dal Pet, dalla Cia e dagli agenti egiziani. Fu rapito immediatamente dopo il suo arrivo, trasportato su una nave militare americana nel mare Adriatico e interrogato per un paio di giorni, prima di essere consegnato agli egiziani e torturato. È morto. Il Pet non ha mai ammesso il suo coinvolgimento nel caso, e nessuno l'ha mai potuto dimostrare, ma è chiaro che un'operazione del genere, ai danni di un cittadino che gode di asilo politico in Danimarca, non può avvenire senza il consenso del Pet.»

«E i voli?»

«Non ci sono prove, ma è ovvio che la Cia ha utilizzato lo spazio aereo danese. Il programma segreto prevedeva anche uno scalo in Groenlandia, ma è impossibile documentare l'effettiva presenza dei prigionieri.»

«Che problema c'è a trasportare un po' di figli di puttana nello spazio aereo danese?»

«Axel Steen! In questo paese rispettiamo i diritti umani, non torturiamo la gente e non la mettiamo in galera senza processo, quindi non si può nemmeno usare il nostro spazio aereo, tantomeno fare scalo qui da noi, per portare i prigionieri alla tortura e al carcere. Se ti interessa approfondire, ti mando un paio di link.»

«Grazie, ma la mia vita è troppo breve per dedicarmi a queste cose. Perché non me lo spieghi tu? Che conseguenze avrebbe avuto, se Per fosse stato in grado di provare che quei voli hanno violato lo spazio aereo danese?»

«Il governo ha assicurato di non essere a conoscenza né del programma della Cia né dei voli nel nostro spazio aereo. Lo stesso vale per il Pet, ed è qui che la faccenda si fa interessante. Aspetta, vedo se lo trovo.»

Si voltò verso il computer, continuando a parlare: «Sia il ministero della Giustizia sia il Pet, a loro dire, erano completamente all'oscuro dei trasporti di prigionieri da parte della Cia, per non parlare di rapimenti, interrogatori e carceri segrete, prima che noi cominciassimo a scriverne. E sostengono di non aver mai saputo niente neppure dagli yankee. Guarda qui: il 7 febbraio 2008, rispondendo a una consultazione della commissione giuridica, il ministro afferma che "non dev'esserci alcun dubbio sul fatto che la collaborazione tra i nostri servizi e quelli stranieri avviene in ottemperanza al diritto danese e internazionale". Se Per avesse potuto dimostrare che il Pet sapeva, o che addirittura aveva concesso alla Cia di entrare nello spazio aereo danese, si sarebbero trovati davvero nella merda.»

«Parliamo solo di voli? Abu Talal è l'unico a essere stato rapito, in Danimarca?»

«In che senso?»

Doveva pesare bene le parole.

«Se dici che prima dell'11 settembre rapivano islamisti in tutta Europa e poi li torturavano, oggi che cosa fanno?»

«Ci sono tanti casi di cittadini arabi rapiti, ma non in territorio danese. Però le voci non mancano. E anche a questo il governo ha risposto. Senti qui: "Il governo di questo paese non accetterebbe mai, per nessuna ragione, attività illegali di servizi stranieri sul suo territorio, e le autorità danesi interverrebbero immediatamente, se dovessero venirne a conoscenza."»

Quella frase era più che sufficiente, per Axel: spiegava perché l'aver permesso agli americani di occuparsi del terzo uomo fosse un punto tanto sensibile.

«E se Per avesse potuto dimostrare che, invece, una cosa del genere era accaduta?»

«Sarebbe stato lo scandalo peggiore degli ultimi decenni. La prima testa a cadere sarebbe stata quella del capo del Pet, seguita da quelle di chi sapeva o aveva autorizzato una cosa del genere; cioè, con ogni probabilità, il sottosegretario, il ministro della Giustizia e il primo ministro.» Il giornalista sorrise ad Axel. «D'altra parte, in mancanza di prove molto concrete, è probabile che la faccenda sarebbe stata messa a macerare per tre o quattro anni in qualche innocua commissione d'inchiesta, come accade di solito.»

65

Quando fece ritorno al quartier generale del Pet, a Søborg, Axel non trovò né Vicki né Henriette. Andò nell'ufficio di Jens Jessen, ma non c'era nemmeno lui. Così domandò alla segretaria, che lo guardò seria.

«Mi hanno detto di chiedere a un collega di scortarla nel seminterrato.»

Prese il telefono e bisbigliò qualcosa, talmente piano che Axel non riuscì a sentire. Poco dopo apparve sulla soglia Liam, che si fece da parte per consentirgli di passare.

«Non ti facevo così cerimonioso. Che è successo?» domandò Axel.

Liam lo fissò, freddo.

«Quando ci sei di mezzo tu viene sempre fuori qualche casino. Buffo, no? Adesso abbiamo un collega in custodia cautelare.»

Poteva riferirsi solo a Khalid.

«Già, invece tu l'hai accolto a braccia aperte, vero? Chi gli ha appeso le caricature di Maometto nell'armadietto? Chi ha fatto girare la voce che il suo nome sembra una scatarrata?»

Liam rimase a bocca aperta, e Axel ipotizzò di averci preso almeno su una delle due.

«Che c'è, brutta fogna nazista, ti hanno tagliato la lingua? Hai notato che è successo? Ieri mi hai messo le manette e mi hai umiliato in pubblico. Oggi ho un ufficio qui dentro, un badge e l'accesso a tutte le informazioni che voglio, e appena chiuderò questo caso mi occuperò di te e del tuo amico. Farò uscire la vostra xenofobia alla luce del sole, così tutti capiranno che razza di merde siete. Aspetta e vedrai.»

Liam non aprì più bocca, accompagnò Axel in cantina e bussò a una porta di ferro. Vicki lo fece entrare e lui si guardò intorno, stupito. Era prevedibile che il Pet avesse un locale del genere, e del resto solo loro potevano concepirlo: dietro un vetro si vedeva una sala interrogatori che sembrava tolta da una puntata di *24*, solo che non c'era Jack Bauer alle prese con un folle bombarolo. C'erano Jens Jessen e Henriette, chini su un tavolo al quale sedeva Khalid, rigido come una statua di sale.

«Che è successo?» domandò Axel.

Vicki lo informò degli scambi e degli incontri fra Khalid, Sten e Per.

«Afferma che il padre di Aisha sospettasse che alla figlia fosse capitato qualcosa, prima che morisse. E avrebbe chiesto a Khalid di indagare. Lui dice di aver fatto il suo dovere di bravo musulmano.»

«Già, a parte il fatto che non è proprio per niente un bravo musulmano. Il padre che dice?»

«Ci sto andando adesso. Volevo aspettarti. Vieni con me?»

«No, preferisco restare qui. Perché lo stanno interrogando loro due?»

«Non c'è stata discussione.»

«Hai sentito tutto?»

«No, nei primi quindici minuti non ero presente.»

«Vai a cercare il padre.»

Vicki uscì.

Axel rimase un po' a guardarli. Sentiva le loro voci: la cadenza piena e morbida di Khalid non c'era più, sostituita da un tono spezzato e innaturale. Dai suoi occhi trasparivano disperazione e rabbia. Jens Jessen gli stava elencando i contatti che aveva avuto con le due vittime, con una tranquillità asciutta e arrogante.

Axel bussò alla porta.

Tutti alzarono lo sguardo, Henriette aprì e si affacciò.

«Continuo io» disse Axel. «Ti dispiace far uscire Jens?»

Lei lo guardò seccata, ma si voltò e chiamò il capo. Khalid allungò il collo per vedere cosa succedeva. Jens uscì e si chiuse la porta alle spalle.

«Non ha senso che lo interroghiate voi due. È un vostro collega, e siete stati anche coinvolti nel caso. Continuo io. Lo tengo sulle spine finché non sentiamo cos'ha da dire il padre.»

«Non vuoi sapere cosa ci ha raccontato?»

«No, l'interrogatorio inizia adesso. Diciamo che l'avete ammorbidito, ma d'ora in poi sarò io a interrogare i sospettati. Preferisco che restiate qui fuori.»

Entrò senza dargli il tempo di protestare.

«È per colpa tua che mi trovo qui?» gli domandò Khalid appena lo vide.

Indossava dei jeans e un'ampia felpa grigia, lo sguardo era stanco e deluso.

«Era innamorata di te, Khalid? Eri tu il fidanzato segreto di Aisha?»

«Ma che vi prende, a tutti? Certo che no. Cosa volete da me?»

«Suppongo che i nostri colleghi te l'abbiano spiegato. Se no, te lo dico io: è per colpa tua che sei seduto qui. Ma è vero, sono stato io a scoprire che eri stato a casa di Sten Høeck e che non avevi sentito il bisogno di informarmi, durante le indagini. Hai finto addirittura di non sapere dove abitava. Hai una spiegazione?»

«Non pensavo che il fatto di esserlo andato a trovare avesse rilevanza per le indagini.»

«Chiunque sia stato a casa di Sten Høeck è rilevante per le indagini.»

«Ma non io. Non ho fatto niente. Conoscevo sia Sten sia Per, non te l'ho mai nascosto, e non avrei mai torto un capello a nessuno dei due.»

«Allora perché nascondere che avevi avuto diversi contatti con loro?»

«Erano vecchi colleghi. Non è mica un reato continuare a frequentarsi.»

«No, certo. Proviamo a ricominciare dall'inizio. Loro due hanno lasciato l'agenzia circa quattro anni fa, a sei mesi di distanza l'uno dall'altro. Che tipo di rapporti avete avuto da allora?»

«Li ho incontrati una volta insieme e una volta separatamente.»

«Quanto tempo fa?»

«Un annetto, all'incirca. Un giorno il padre di Aisha mi ha fermato per strada e mi ha invitato a casa sua per un tè. Con lui c'era la figlia minore, Yasmin. Mi ha detto che gli era venuto il dubbio che all'epoca, nell'appartamento, fosse successo qualcosa alla figlia. Aveva sentito dire che avevo conoscenze nella polizia e voleva che verificassi. Mi ha supplicato, voleva che sua figlia trovasse pace. Gli ho confermato che conoscevo dei poliziotti e che l'avrei aiutato.»

«E poi che cos'hai fatto?»

«Ho chiamato Sten e gli ho proposto di bere una birra insieme. Lui ha accettato. Ci siamo visti in centro, al Café Europa, e abbiamo parlato. Gli ho detto che quello di Kapelvej era stato il caso più importante della mia vita, ma che c'erano cose che ancora non capivo.»

«E lui cos'ha risposto?»

«È stato evasivo. Ha detto che quando si lavora nei servizi ci sono sempre cose che non si capiscono, ed è giusto che sia così. Fa parte del mestiere.»

«E te lo sei fatto bastare?»

«No, gli ho chiesto di Aisha. Gli ho detto che girava voce che le fosse successo qualcosa, nell'appartamento. Lui ha risposto che non ne sapeva nulla, ma ho capito che mentiva.»

«Che altro gli hai detto?»

«Ma niente, non sono mica un cretino. Abbiamo parlato un po' di tutto. Mi ha fatto un sacco di domande sui servizi e su Henriette. Diceva che gli mancava, che era il miglior capo che gli fosse mai capitato.»

«Ha aggiunto qualcos'altro?»

«Ha detto che era l'unica che non era mai riuscito a scoparsi. Voleva sapere com'era.»

«Com'era cosa?»

«Trombarsela. Ma su questo non avevo niente da raccontargli.»

«E sul caso? È stato detto qualcos'altro?»

«No.»

«E poi che è successo?»

«Abbiamo bevuto qualche birra e alla fine mi ha chiesto di passare a trovarlo, un giorno o l'altro. Aveva invitato anche Per. Credo che il lavoro gli mancasse.»

«E tu hai accettato?»

«Certo. Erano stati loro due a occuparsi di quel caso.»

«Solo per quello?»

«Cioè?»

«Hai accettato solo per quel motivo o perché ti piacevano?»

«Non avevo niente contro di loro.»

«Te lo domando perché sulla scena del crimine hai avuto una reazione molto emotiva, quando hai scoperto che Sten era morto.»

«Mi piacevano tutti e due. Nessuno merita una morte del genere.»

Axel fece una pausa. Controllò il bloc-notes, che era pieno di appunti su un caso precedente.

«In che rapporti eri con Sten?»

«Buoni.»

«Era uno di quelli che non ti avevano accolto bene, qui dentro?»

«Erano sciocchezze.»

«Quando uno dice che nessuno merita una morte del genere, è quasi sottinteso che quella persona non gli piace.»

«Non ti seguo.»

«Sten ti disprezzava per le tue origini mediorientali? È stato lui ad appendere le caricature di Maometto nel tuo armadietto?»

«Ora basta. Non ho fatto altro che chiedere a tutti e due informazioni sul caso. Per era un tipo a posto, non ho mai avuto problemi con lui. Sten era un po' più riservato. Ogni tanto faceva qualche commento da cui si capiva che non mi considerava uno di loro. Uno di voi.»

«Ad esempio?»

«Le solite cose: "Non vogliono pagare le tasse", "Hanno una cultura diversa, un'altra mentalità, un altro rapporto con la legge", "Sono dei parassiti". Poi mi lanciava sempre un'occhiata, dicendo: "Ovviamente non parlo di te, Khalid."»

«E allora?»

«Non capisci che significa?»

«Certo, che ti disprezzava.»

«Appunto. Non dico che fosse razzista, era solo come molti di voi.»

«Quindi non ti piaceva...»

«Più che altro, io non piacevo a lui.»

«E Per?»

«Lui mi piaceva, te l'ho detto, ma non ho fatto in tempo a conoscerlo bene, prima che lo licenziassero. Era diverso. Era indifferente al clima generale di competizione e non aveva paura di sbagliare.»

«Perciò vi siete visti tutti e tre, a casa di Sten. Ti ricordi se a un certo punto è arrivata la vicina?»

Khalid rifletté, e Axel si accorse che aveva capito chi gliel'aveva detto.

«L'hai sempre saputo» rispose, guardandolo ammirato. Ammirato e ferito.

«Sì, però mi sono fidato di te, Khalid, quindi non fare quella faccia da cane bastonato. Se hai assistito anche a un solo interrogatorio in vita tua, saprai che funziona così. Mi sono tolto i guanti di velluto e ti strapazzo finché non mi dici la verità.»

Lo osservò, lasciando passare il tempo. Khalid sostenne il suo sguardo.

«Di cosa avete parlato?»

«Del loro lavoro, del Pet e di com'era stato collaborare con Jens e Henriette.»

«E loro cos'hanno detto?»

Khalid esitò.

«Che era stato okay» mentì. Axel lasciò correre.

«Avete parlato di qualche caso?»

«Sì, diversi. Anche del caso di Kapelvej.»

«Racconta!»

«Visto che c'erano tutti e due, ho ripreso l'argomento. Sten non ne voleva parlare. Per lui era storia chiusa. Se n'è andato in cucina. Per e io eravamo in terrazza a fumare; ho avuto l'impressione che Sten ci avesse lasciati soli apposta. Per ha detto che quel caso aveva segnato entrambi, ed era stato il motivo per cui avevano lasciato il Pet. Ma non ha voluto aggiungere altro, perché lui e Sten non la pensavano allo stesso modo al riguardo.»

«E poi?»

«Poi ho fatto in modo d'incontrare Per da solo. Ci siamo visti al Café Castro, in Nørrebrogade. L'ho fatto bere e gli ho raccontato dei sospetti del padre di Aisha.»

«E Per che ha detto?»

«Che gli mancava qualche tessera del puzzle, e non poteva raccontarmi niente finché non l'avesse trovata.»

«Tutto qui?»
«No; ho insistito molto, e alla fine lui ha confessato che era successo qualcosa di terribile, nell'appartamento, ma che non poteva dirmi di più.»
«E tu come hai usato questa informazione?»
Khalid si agitò sulla sedia.
«Sono tornato dal padre e gli ho detto che a sua figlia non era successo niente.»
«Anche se avevi appena saputo il contrario?»
«Sì.»
«Perché?»
«Perché sì. Non potevo fare altrimenti. Ce l'hai anche tu una figlia, no?»
«Sì, ma che c'entra? Hai mentito.»
«Tu cos'avresti fatto?»
«Non importa cos'avrei fatto io. Voglio sapere perché hai mentito.»
«Perché sono stato un vigliacco. Non sono riuscito a dirgli una cosa tanto terribile e al tempo stesso così vaga.»
«Che cosa pensavi fosse successo?»
«Che l'avessero violentata.»
«L'altro ieri, quando abbiamo parlato, non è venuto fuori niente del genere.»
«Sapevo che avrei avuto dei problemi, se avessi ammesso di aver indagato per conto mio.»
«Hai detto che dal colloquio con Per hai dedotto che fosse stata stuprata. Da chi?»
«Da uno dei due fratelli. O dall'uomo che era andato a stare nell'appartamento alla fine.»
«E dopo quell'ipotesi come ti sei mosso?»
«Cosa vuoi dire?»
«Khalid, ho controllato le visite in carcere.»
«Sono andato a cercarli. Hanno negato.»
«E tu ti sei lasciato convincere.»
«No, li ho provocati.»

«Con che risultato?»

«Non brillante; non hanno detto niente, ma erano stupiti, per cui ho pensato che i casi erano due: o non era successo, o non erano stati loro. Ma io sapevo che c'era un terzo uomo, l'avevo visto a Nørrebro. Non ho avuto dubbi che era lui il colpevole, se c'era stata violenza.»

«Ti sei fermato lì?»

«No, sono andato al casellario per vedere se c'era una denuncia di stupro.»

«C'era?»

«Sì.»

Il cuore di Axel si mise a battere più forte, mentre lui cercava di dissimulare la sorpresa.

«Dov'è stata presentata?»

«Da te. Alla tua sezione.»

«Ah.»

«Non lo sapevi?»

«No.»

«Quando?»

«Due settimane dopo la fine dell'operazione.»

«E cos'hai scoperto?»

«Che la denuncia era stata archiviata. Non c'erano prove che i fratelli si trovassero in casa, al momento indicato da Aisha, né c'era traccia della presenza di un terzo uomo, come lei sosteneva. Non sapevo più cosa pensare.»

«Perché?»

«Perché so che, se una cosa è importante, le prove possono sparire.»

«A quel punto hai lasciato perdere?»

«No; sono andato da Henriette e ho domandato a lei.»

«E lei cosa ti ha detto?»

«Che non c'era niente da scoprire. Il terzo uomo si trovava in casa, ma non aveva violentato nessuno: erano accuse false.»

«Non era stupita della domanda?»

«Sì. Le ho detto che mi ero imbattuto per caso nella denuncia, mentre cercavo dei documenti.»

«E se l'è bevuta?»

«Non credo, però mi ha pregato di dimenticarmene e non ne abbiamo più parlato.»

«È la verità o lo dici solo perché sai che ascolterà questo interrogatorio?»

«È la verità.»

«Hai seguito il consiglio di Henriette?»

«No; sentivo che qualcosa non tornava, ma cosa potevo fare?»

«Diciamo che lo stupro è avvenuto. In quel caso, dovrebbe essere nei nastri delle registrazioni, no?»

Khalid studiò l'espressione di Axel.

«Sì.» La risposta gli uscì esitante.

«E se è nei nastri, qualcuno l'avrà visto, no?»

Qualcuno bussò alla porta. Axel lo ignorò.

«Cosa vuoi dire?»

«Evita di fare il finto tonto con me. Lavori qui da sette o otto anni: sai benissimo che in un'operazione del genere è prevista una sorveglianza di ventiquattr'ore su ventiquattro, che c'è sempre qualcuno davanti agli schermi e una squadra speciale pronta a fare irruzione con le armi in pugno.»

Khalid taceva.

«Perciò, se qualcuno stava commettendo uno stupro, avrebbero dovuto impedirlo. Non è questo che pensi?»

«Sì, certo.»

«E chi avrebbe potuto impedirlo?»

«Smettila.»

«Per e Sten, no? E ora sono morti entrambi, e tu, dopo accurate indagini, hai scoperto che Aisha è stata violentata. Ti sei messo in contatto con loro e sei l'unico a sapere che Per e Sten erano i responsabili della sorveglianza, che seguivano tutto ciò che succedeva in quella casa, perché hai partecipato anche tu all'operazione, giusto?»

Khalid si passò le mani nei capelli.

«È assurdo. Non avrei mai...»

«D'accordo, allora vediamo se riesci a convincermi che è vero. E vediamo cos'hanno da dire i tecnici sul tuo dna e le tue impronte digitali. Dov'eri la sera di due giorni fa?»

«Qui.»

«Qualcuno lo può testimoniare?»

«È possibile verificare, entro con il mio badge.»

Dunque, aveva un alibi per la sera in cui Axel aveva visto l'uomo con la felpa e il cappuccio al Numero 8.

«Continuo a non capire perché non mi hai detto che li conoscevi bene, e che li avevi incontrati anche dopo che avevano lasciato il Pet. È chiaro che era rilevante per le indagini, così come il tuo contributo al caso di Kapelvej e quello che sapevi su Aisha.»

«Sono del Pet, che ti aspetti? C'insegnano a non parlare, che tutto si deve svolgere secondo il principio del *need to know*. Chiedi alla tua ragazza: è la legge suprema.»

«Ora però abbiamo a che fare con due omicidi, quindi basta con i segreti. Hai visto il cadavere di Sten, hai visto Per composto nel letto: avresti dovuto capire che non era il momento di nascondere informazioni. Non ha senso, a meno che tu non l'abbia fatto per sviarmi dai sospetti che avrei naturalmente avuto nei tuoi confronti.»

Khalid scosse la testa.

«Hai perfino cercato di farmi credere che Aisha era morta d'infarto.»

«Era la versione ufficiale della famiglia. Non pensavo che la sua morte fosse collegata a quella di Sten e Per. E continuo a non pensarlo.»

«E poi c'è stato il giorno in cui sei andato da Per. Chiunque avrebbe sentito la puzza di cadavere, ma tu no. L'hai fatto per lasciare alle larve il tempo di distruggere le prove?»

«Axel, non sono stato io. Non avrei mai potuto.»

«D'accordo, facciamo una pausa. Verifichiamo le tue

affermazioni e sentiamo se il padre di Aisha conferma la tua versione. Rifletti bene. Se hai qualcosa da dire, dilla adesso. Tanto lo scoprirò in ogni caso. Scopro sempre tutto.»

«Il padre di Aisha non confermerà la mia versione. Non dirà niente. Gliel'ho chiesto espressamente. Gli ho detto di non dire a nessuno, per nessun motivo, che mi ha chiesto di indagare sulla sua morte.»

«Comodo, eh? Aspettami qui. Torno.»

Axel uscì dalla stanza, paonazzo per la rabbia.

«È vero?» domandò a Henriette.

«Sì, è vero.»

Aveva sempre faticato a capire come si potesse restare a guardare un uomo che violentava una ragazza, ma l'idea che avessero negato anche in seguito, quando Aisha aveva denunciato lo stupro, superava la sua immaginazione.

Osservò Henriette, mentre quella nuova consapevolezza si faceva strada in lui. Era turbato, e non solo perché lei gli aveva mentito di nuovo, ma anche perché aveva distolto lo sguardo mentre lui sperava in una spiegazione. Dal primo momento in cui Khalid ne aveva parlato, il suo cervello aveva cercato di capire cosa fosse successo, mantenendo un barlume di speranza che non fosse vero, che non avessero chiuso il caso quando la vittima era andata a chiedere giustizia, proprio loro che avevano permesso che succedesse, che ne avevano le prove.

Adesso doveva concentrarsi su Khalid, doveva trovare l'assassino, ma quella storia gli faceva talmente male che per un attimo perse lucidità e voglia di proseguire.

«Sei stata tu a prendere la decisione?»

Lei scosse la testa, rassegnata.

«Axel, avevamo istruzioni precise per tutto ciò che riguardava quell'operazione. Se non le avessi seguite, mi avrebbero licenziata. E lei non avrebbe comunque avuto giustizia.»

Era una verità che si prestava a molte interpretazioni, e Axel aveva raggiunto il limite.

«Chi si occupava della denuncia?» domandò.

«Il tuo collega, Bjarne Olsen.»

«Torno subito» rispose Axel. «Non dirgli niente.» Andò di sopra: l'edificio sembrava deserto. Attraversò la reception e si accese una sigaretta nel parcheggio. Tentò di mettersi in contatto con Bjarne, sia sul cellulare sia in centrale, ma senza successo.

«Credo sia in ferie» disse Vicki, quando riuscì a parlare almeno con lei. «Stavo venendo da te. Il padre nega tutto. Non ha notizie di Khalid da anni. Dice che è una conoscenza di quartiere, non gli ha mai chiesto di indagare su Aisha. È con le spalle al muro.»

«Sto registrando l'interrogatorio.»

Axel chiuse la comunicazione e scese di nuovo nel seminterrato. La smentita del padre era un problema serio per Khalid, ma Axel non era convinto della sua colpevolezza. La sua sorpresa era sembrata sincera, quando Axel aveva collegato lo stupro con la sorveglianza dell'appartamento. Era evidente che non ci aveva neanche pensato, come rifiutava di vedere un nesso tra lo stupro e gli omicidi di Sten Høeck e Per Larsen. E se era innocente, le sue affermazioni dovevano essere vere; se era innocente, non poteva sapere che l'assassino aveva tagliato le palpebre a Sten perché il terzo uomo aveva minacciato di fare lo stesso ad Aisha, mentre la violentava. Ma Axel era picno di dubbi su Khalid. Ormai aveva conosciuto così tanti lati della sua personalità che non sapeva più a quale credere.

66

Il peggio che poteva capitare era se papà annullava l'appuntamento, se non poteva venire perché doveva lavorare. Allora le veniva una gran paura. Tratteneva il respiro e provava a contare tante volte, ma non serviva a niente, perché papà era solo. Nessuno si prendeva cura di lui.

«Papà è triste perché non ci possiamo vedere?» domandò alla mamma.

«Sì, Emma, ma vi vedrete presto.»

«Promesso?»

«Promesso.»

«Secondo te come sta?»

«Non c'è niente che non va, Emma, papà sta bene.»

«È solo?»

«Emma, papà è al lavoro, non gli succede niente.»

A quel punto si mise a piangere, perché la mamma stava perdendo la pazienza.

«Emma, mi fai impazzire con tutte queste domande. Non c'è niente di cui avere paura.»

Emma era sicura che mentiva e che papà stava per morire, e glielo disse anche, ma la mamma rispose che non sarebbe successo. Emma era tentata di crederle, solo che l'ultima volta lui era quasi morto. Anche se la mamma diceva di no, Emma si ricordava benissimo di quando l'aveva visto in ospedale, immobile nel letto, con tutti quei tubicini nel naso e nelle braccia. Sembrava che dormisse, ma Emma non lo doveva svegliare. «È in stato d'incoscienza» aveva detto la mamma, «si sveglierà da solo.» Ma si vedeva benissimo che non ci credeva neppure lei, perché le veniva sempre da piangere. Parlava a bassa voce con i dottori e i colleghi di papà, ed erano tutti molto seri, tranne quando si accorgevano di lei: allora facevano dei gran sorrisi, che gli si appiccicavano alle guance. E poi perché la lasciavano sempre con la nonna o con Jens, mentre la mamma era in ospedale? Se non era grave...

Poi aveva visto un giornale. C'erano delle foto di papà e un titolo che diceva che gli avevano sparato, e sotto si parlava di droga e di tanti morti. Anche davanti al chiosco di Farimagsgade aveva visto una sua foto, su un grande manifesto giallo. C'era scritto a lettere grandissime: SGOMINATA L'ORGANIZZAZIONE DI TRAFFICANTI. E sotto, più piccolo: EROICO POLIZIOTTO GRAVEMENTE FERITO.

A scuola i maschi parlavano di lui. Dicevano che era «troppo tosto». «Tostissimo.» All'improvviso la sommergevano di domande. «Quanti ne ha ammazzati?» «È vero che ha sparato a cinque gangster?» «E a lui quante volte hanno sparato?» «Si vedono i buchi?» Emma non voleva ascoltarli.

Papà aveva chiamato per dire che forse Emma non poteva andare da lui, dopodomani. Però gliel'avevano passato.

«Stai bene, papà?» si era informata.

«Sto benissimo, Emma» aveva detto lui, ma dalla voce si capiva che non era vero.

67

Quando scese nell'anticamera della sala interrogatori, ritrovò Jens Jessen.

«Lo portiamo dal giudice?» chiese. Gli occhi avevano di nuovo la luce esaltata che metteva sempre a disagio Axel.

«Certo, quando sarà il momento. Ma mancano ancora più di venti ore alla scadenza dei termini: secondo me dovremmo approfondire il suo alibi per entrambi gli omicidi, e controllare se è vero che ha dato istruzioni al padre di Aisha di non dirci la verità. Potete controllare il suo badge per sapere se era qui, la sera in cui ho visto un uomo a casa di Sten Høeck?»

Senza aspettare la risposta, rientrò da Khalid e gli si sedette di fronte.

«Dov'eri quando Sten è stato ucciso?»

Khalid rifletté.

«La mattina dopo mi hanno telefonato a casa, quindi ero lì. Ho dormito tutta la notte.»

«Qualcuno può confermarlo?»

«Mia sorella e mia madre.»

«Buon per te, perché hai bisogno di aiuto. Il padre di Aisha dice che non ti ha mai chiesto di indagare su quello che era successo alla figlia. E a pensarci bene non fa nemmeno molta differenza, che lo dichiari o no. Avresti potuto ucciderli lo stesso.»

«Ma perché avrei dovuto?»

«Perché tutto porta a pensare che il motivo per cui Sten e Per sono stati uccisi è che la ragazza è stata violentata senza che nessuno intervenisse. Perché erano in pochi a saperlo. E perché tu hai indagato proprio su questo, senza dire niente a nessuno.»

«Non sono stato io. Continuo a non capire per quale motivo colleghi la morte di Per e Sten allo stupro. Se fosse come dici tu, anche Jens e Henriette sarebbero morti.»

«Forse era questa l'intenzione, Khalid, ma loro due sono stati messi sotto sorveglianza da quando abbiamo scoperto questa storia, per cui magari non sei riuscito ad avvicinarli... O non te la sei sentita? Forse non sopportavi l'idea di dover uccidere Henriette?»

«Non capisco cosa vuoi dire.»

«Io credo che tu capisca benissimo, Khalid. Non hai amici qui. Sono tutti pronti a lasciarti cadere come una patata bollente. Forse scoprire che Per e Sten erano rimasti a guardare senza intervenire, mentre la ragazza veniva stuprata, è stato troppo per te. Forse è stata la goccia che ha fatto traboccare il vaso.»

«Se l'avessero fatto, sarebbe imperdonabile.»

Mi hai tolto le parole di bocca, pensò Axel.

«Ma non arriverei mai a uccidere qualcuno per questo.»

«Ascoltami. Tu la conoscevi. Eri il suo allenatore. Mi hai detto che era fantastica. Il danese di cui era innamorata era il suo istruttore di boxe? Eri tu?»

«Basta, finiscila. Non hai rispetto di niente? Non abbiamo mai avuto una relazione. La conoscevo, te l'ho detto, e la rispettavo, per chi mi prendi? Io non sono così, cazzo, chiedilo a lei» urlò, indicando il vetro riflettente. «Siete malati. Vi piace distruggere la gente. Lavoro qui da otto anni, sono stato leale e scrupoloso. Ho sempre fatto quello che mi hanno detto di fare. Sono una brava persona. E ora basta, voglio andare a casa. E se non è possibile, voglio un avvocato.»

Ho esagerato?, si domandò Axel. O è un attore fantastico? L'avrebbe detto solo il tempo.

«È meglio che ti rilassi. Sei qui perché hai nascosto notizie decisive e perché l'assassino doveva disporre di informazioni molto specifiche, cui avevate accesso solo tu, Sten, Per, Henriette e Jens. Hai un movente, e non sei riuscito a presentare neppure un elemento che ti scagionasse. Per oggi ci fermiamo qui, ma non puoi tornare a casa. Domattina convocheremo il padre di Aisha con un interprete che non conosci. Gli spiegherai che può dirci la verità su quello che ti ha chiesto di fare, mentre l'interprete sorveglierà quello che dici. Controlleremo anche il tuo alibi.»

Axel lasciò la stanza.

Jens Jessen era andato via, ma Henriette lo aspettava seduta a un tavolo, e alzò gli occhi.

«Che ne pensi?» domandò.

«Non ho molta voglia di discuterne con te, comunque è in un bel guaio, anche se il movente è un po' debole. Perché non vi ha tolti di mezzo tutti e quattro? Io avrei fatto così.»

«Ti piacerebbe vederci tutti morti?»

«Certo che no, Henriette. Mi piacerebbe solo risolvere questo caso rivoltante. C'è altro che dovrei sapere? Su te e lui, per esempio?»

«No, niente. E mi sembra che tu non abbia tralasciato nulla.»

«Non ne sono convinto.» Guardò il cellulare: erano le sette e mezzo. «Puoi fare in modo che passi la notte qui, chiuso da qualche parte?»

«Sì.»

«Al momento è la nostra ipotesi migliore. Domattina sentiamo cos'ha da dirci il padre di Aisha. Tu potresti occuparti della madre e della sorella, per cercare di capire se Khalid ha un alibi per la notte in cui Sten è stato ucciso. Ci vediamo.»

Tornando a casa, Axel si sentiva stremato ma soddisfatto. Per la prima volta dopo giorni, l'indagine aveva preso una direzione concreta. E c'era un sospettato che continuava a nascondere qualcosa. C'era un movente. E in più aveva scoperto un grave scandalo giudiziario; anzi, gliel'avevano servito su un piatto d'argento. Non sapeva granché del terzo uomo, ma supponeva si trattasse di un pesce grosso, che gli americani volevano catturare e portare fuori dal paese, per spremerlo ben bene al loro solito modo. E per farlo avevano bisogno di prenderlo da solo, in gran segreto. Se i colleghi danesi fossero intervenuti per impedire lo stupro, la sua esistenza sarebbe venuta fuori e lui sarebbe finito in carcere in Danimarca, dove le possibilità di spillargli notizie con metodi come il *waterboarding*, e poi di ucciderlo, sarebbero state nulle. Di sicuro era già morto da un pezzo, e il pensiero che avesse avuto il suo castigo diede ad Axel una certa soddisfazione, anche se non avrebbe mai compensato l'abuso di cui Aisha era stata vittima. E neppure il fatto che poteva essere impedito, se le cautele riguardo al terzo uomo e all'operazione americana non avessero pesato più della responsabilità di proteggere la vita di una giovane innocente. Per Larsen aveva avuto una morte dolce perché avrebbe voluto intervenire, mentre Sten Høeck era stato torturato e macellato perché era rimasto leale al Pet, nonostante i rimorsi di coscienza. Tutto ciò che Khalid aveva raccontato concordava benissimo con quell'ipotesi. Potevano esserci altri moventi? No: il dettaglio delle palpebre tagliate era molto eloquente.

Non aveva ancora deciso che cosa fare di tutte le notizie che aveva raccolto durante le indagini, né se consegnare a Martin Lindberg la storia del terzo uomo, ammesso di poterlo fare senza distruggere la propria carriera. Ci avrebbe pensato una volta risolto il caso. Ai suoi occhi, il terzo uomo meritava sicuramente la morte per le sue nefandezze, ma questo non dava né alla Cia né a nessun'altra organizzazione o gruppo il diritto d'impossessarsi di lui, alle spalle del sistema giudiziario danese, e farne quello che gli pareva. Perciò qualcosa gli sarebbe venuto in mente.

La sbronza della sera precedente aveva consumato il resto delle sue energie e, quando arrivò a casa, si sentì tutt'a un tratto paralizzato dalla stanchezza. Era tutto indolenzito: sapeva di dover fare gli esercizi per tenere in forma i muscoli intorno alle vecchie ferite, ma non ne aveva la forza. In casa era rimasta una sola lattina di birra: Axel la vuotò avidamente in un unico, lungo sorso, nel tentativo di controllare il mal di testa e la dipendenza che gl'invadevano il corpo come un mormorio sordo. Poi si abbatté sul letto. Dopo un po', in lontananza, sentì suonare il telefono. Guardò assonnato il display e vide che era Henriette. Ma non ce la faceva. Scivolò di nuovo nel suo torpore buio e senza sogni.

68

Che cosa so, in effetti, di che fine abbia fatto Abu Bilal?, si domandò Henriette. E di Jens e del suo accordo con gli americani? Entrò nel parcheggio sotto casa. Essersi liberata della scorta le dava un certo sollievo, non lo poteva negare. Aveva sostenuto che la protezione non le serviva più, ora che avevano un sospettato sotto chiave.

Era stato Sten Høeck a far sparire Abu Bilal dalla faccia della Terra; Henriette non sapeva nemmeno dove lo avessero portato, se fosse stato messo subito su un aereo o se prima lo avessero interrogato. Lei si era solo occupata del lavoro sporco: togliere di mezzo le tracce dello stupro, farle scomparire. E questo le era valso dei complimenti. Dei complimenti e una promozione.

Ma a cosa le erano serviti? Sentiva più che mai la mancanza di Axel, del suo sguardo, della sua vicinanza, del suo corpo. Sentiva il bisogno di raccontargli tutto, di confessarsi con lui. Avrebbe voluto rompere le regole di riservatezza e dirgli tutto. Forse non sarebbe stata nemmeno una vera trasgressione, parlare con qualcuno che aveva sottoscritto lo stesso impegno. Il tragitto da Søborg a Jagtvej le era servito a convincersi che fosse la cosa più giusta da fare: raccontargli tutto. Anche del suo incontro con Aisha. Doveva chiedergli di ascoltarla, appellarsi alla sua comprensione. E poi accettare il suo giudizio.

Si sentiva sola. La sua scelta di vita, la convinzione di star facendo qualcosa d'importante, di poter fare la differenza: era tutto svanito. Si sentiva mancare il terreno sotto i piedi, e non solo a causa di Axel, ma anche perché Jens si era comportato in modo incomprensibile. Era stato il suo mentore, aveva sostenuto tutta la sua carriera, ma non era più lo stesso uomo al fianco del quale aveva attraversato la giungla d'insidie e trappole nascoste che era il mondo dell'intelligence. L'abbandono di Cecilie Lind l'aveva segnato. E ogni tanto le faceva quasi paura, come quando scorgeva quel lampo di follia nei suoi occhi e capiva che stava escogitando uno dei suoi piani improbabili. Una volta era arrivato a dirle che lo stupro era stato un vero colpo di fortuna. Lei non aveva voluto sentire una parola di più. Dopo la morte di Sten e Per, Jens era continuamente in allarme rosso, e aveva preteso di essere informato sul contenuto dei loro computer prima di chiunque altro. In condizioni normali sarebbe toccato a Henriette esaminarli, ma lui aveva interrotto la procedura e fatto pulizia nei due sistemi. Era solo perché avrebbe rischiato il posto, se la faccenda di Abu Bilal fosse venuta fuori? O c'era dell'altro? Henriette ignorava ancora troppe cose sul modo in cui si era conclusa quella missione.

Quello che sapeva, però, era che Axel era più importante di tutto. Voleva chiamarlo subito, appena fosse rientrata a casa. Chiedergli se poteva andarlo a trovare. No, non poteva aspettare. Prese il telefono e toccò il suo nome. Forse era meglio andare direttamente lì. Fare la pace, stare vicini, come pochi giorni prima. Aveva sbagliato, certo, ma avrebbe provato a spiegargli che non ci si poteva tirare fuori da una catena di segreti e menzogne così, da un giorno all'altro, perché ti venivano degli scrupoli morali. Non avrebbe funzionato, perché non era stato nemmeno lo stupro, il peggio. Il peggio erano state le ripercussioni. Quando Aisha era andata dalla polizia a denunciarlo ed era stata respinta, Henriette aveva seguito tutto a distanza. Si era sentita così male che aveva fatto qualcosa d'imperdonabile, visto con gli occhi dei servizi segreti. Era andata a trovarla con le migliori intenzioni: le aveva spiegato che l'uomo che le aveva fatto del male era stato catturato, portato fuori dal paese e ucciso. Aveva creduto di aiutarla, mettendola a parte di quei segreti, di curare le sue ferite: invece aveva commesso un errore irrimediabile.

Aisha era rimasta a bocca aperta.

«Ma io ero venuta da voi a denunciarlo! Non è così che funziona la società? Pensavo si potesse contare sullo stato, non che si trattasse di uccidere – o violentare – una persona senza che nessuno lo venisse a sapere.»

«Ma è stato tolto di mezzo, non basta? Ha avuto una punizione molto più severa di quella che avrebbe subito se fosse rimasto qui.»

«Cosa crede che sia, un animale? Pensa che mi riterrò soddisfatta della vostra versione di vendetta di sangue solo perché porto il velo?»

«No, ma queste erano circostanze speciali» cercò di obiettare Henriette; ma sapeva benissimo di essere finita fuori strada, e che non avrebbe più recuperato la fiducia di Aisha.

«Mi sono esposta. Rischio che la gente lo venga a sapere. Ho seguito le regole che mi avete insegnato, le regole che questa società si è data. Sono nata qui, sono danese. E quando mi capita una delle cose peggiori che una donna possa subire... Capisce? Non potrò più essere madre, non avrò mai un marito...»

«Perché no? Puoi benissimo...»

«... Voi non accettate neppure la mia denuncia, dite che quell'uomo non esiste, anche se compare nelle vostre registrazioni. Avete la prova della cosa più vergognosa che esista e dite che non sono mai stata violentata.»

«Non si tratta di te...»

«Se ne vada, per favore. Vada via.»

Il giorno dopo, Aisha era morta. Henriette aveva pensato di dare le dimissioni, ma Jens l'aveva convinta che la cosa migliore fosse restare al suo posto, a combattere, perché era più sana di mente della maggior parte dei suoi colleghi, nonostante tutto, e aveva ancora molto da dare. Nei tre anni e mezzo che erano passati da allora, quella storia aveva continuato a tormentarla: il dubbio, il dolore di aver preso decisioni così sbagliate solo perché voleva diventare qualcuno, arrivare in alto. E poi aveva salvato la vita ad Axel, e per la prima volta dopo tanto tempo aveva sentito di avere una missione, forse, malgrado tutto. E un paio di mesi prima, lui era entrato nella sua vita e aveva portato una speranza. La speranza di un futuro diverso.

Gli aveva telefonato perché sapeva che, sotto la rabbia, c'era sempre lui, l'Axel che conosceva. Ma lui non aveva risposto. Avrebbe riprovato quando fosse arrivata a casa. Scese dall'auto cercando le chiavi. Si guardò intorno. C'era qualcuno? No, doveva cercare di rilassarsi. Attivò la chiusura automatica. Accanto a lei, un furgone bloccava la vista dall'altro lato. Le sembrò di sentir scricchiolare la ghiaia. Cercò a tentoni la pistola d'ordinanza: era nella fondina a spalla. Avvicinò la mano, prima lentamente, poi veloce come un lampo, percependo un'ombra dietro di sé. Si voltò e fece un passo indietro, rendendosi conto troppo tardi che il pericolo non veniva dalla direzione in cui stava guardando, ma da quella cui aveva voltato le spalle.

69

Axel arrivò alla centrale per parlare con Bjarne Olsen. Lo trovò nel suo ufficio che si girava i pollici, paonazzo in viso.

«Guarda chi c'è: il re del Pet in persona! A cosa dobbiamo l'onore?»

«Perché non mi hai risposto al telefono?»

«Avevo da fare. Tutte quelle signore che Sten Høeck si è scopato, sai? Me le sono trovate io sul groppone, dopo che ti sei portato la nostra Vicki dai tuoi nuovi amici.»

«Sono sicuro che non ti dispiace, ma potevi farti vivo. Ti ho lasciato quattro messaggi.»

«Oh, signor Pet, hai delle belle pretese. Ieri ero in ferie, casomai ti fosse sfuggito.»

«E quando sei in ferie non rispondi al telefono?»

«Dacci un taglio, Axel. Sono stato al Kakadu tutta la notte, e comunque non devo discutere con te di come passo il mio tempo libero.»

«'Fanculo, Bjarne, era importante. Ho bisogno di saperne di più su uno stupro su cui hai indagato, tre anni e mezzo fa.»

«Sarebbe?»

«La vittima si chiamava Aisha Lakhani, diciannove anni. È stata violentata in Kapelvej, ti dice niente?»

«Sì.»

«Hai parlato con lei?»

«Certo che sì, aspetta un attimo.» Bjarne Olsen cominciò a rovistare in una pila di dossier sopra un armadio da ufficio. «Una faccenda poco chiara, quella della piccola Aisha. Era bella, si vedeva anche da sotto il velo. Perché me lo chiedi?»

«Che cos'hai fatto?»

«Tu che dici? Ho cercato di verificare le sue dichiarazioni. Ho interrogato i due sospetti terroristi, ma hanno negato tutto, quei piccoli scopacapre. Poi sono andato al Pet, che aveva sorvegliato l'appartamento con le telecamere. Ho avuto un colloquio con una loro ispettrice, alta due metri, fredda come il ghiaccio. Begli occhi e due meloni pazzeschi» concluse, passandosi una mano sulle labbra e strofinandosi il mento.

Axel attese con pazienza.

«Aspetta un attimo, cazzo! Eri con lei alla festa di Darling! È quella che ti scopi nel tuo, di tempo libero!»

«Dai, Bjarne.»

«Insomma, lei giura che non c'è niente da scoprire. "Per chi cazzo mi hai preso" le dico io. "Per Bjarne Olsen" mi fa lei, e mi guarda gelida. "Ci puoi scommettere" dico io, "e non mi faccio prendere per il culo da voi piscialletto." Lei non fa una piega e mi tira fuori un video, e lì non c'è nessuno stupro, ma io protesto che come si fa a sapere che non è successo in un altro momento. Lei dice che non ha tempo ma, se volevo, lì c'erano tre settimane di registrazioni di dieci telecamere accese ventiquattr'ore su ventiquattro, e potevo guardarmele da solo. A quel punto mi sono tirato indietro.»

«E poi?»

«Eh, ho dovuto abbandonare il caso per mancanza di prove. C'erano solo le dichiarazioni della ragazza. Non avevo neanche uno stupratore. Quando le ho prospettato la possibilità che fosse stato uno dei due fratelli, lei ha negato. Che altro potevo fare?»

Axel sapeva già quasi tutto, tranne il fatto che era stata Henriette a scoraggiare le ricerche di Bjarne.

La ritrovava dappertutto, in quel caso, specialmente dove non avrebbe voluto che fosse. Era convinto che Jens Jessen fosse capace di tutto, per la causa, ma pensava che Henriette fosse diversa. Un'ingenuità, probabilmente. Forse aveva ragione lei: non si poteva svolgere il suo lavoro senza dover scegliere ogni volta tra due mali, prendendo le decisioni più difficili per raggiungere il proprio obiettivo. Del resto, quante volte aveva messo da parte gli scrupoli, anche lui, per dedicarsi totalmente alla risoluzione di un caso?

Tornando a Søborg, Axel sentiva di essere arrivato alla verità sullo stupro di Aisha: sapeva che cos'era accaduto al terzo uomo, sapeva perché Sten e Per erano stati uccisi e sapeva anche che i tre avvenimenti erano collegati. E gli sembrava di nutrire una certa comprensione per il movente dell'assassino, se le cose erano andate come immaginava. Se una persona a lui cara fosse stata violentata e un pugno di poliziotti avesse assistito al fatto senza cercare di salvarla, e poi, per giunta – quando lei fosse andata a cercare aiuto –, avesse nascosto le prove sotto il tappeto, anche lui si sarebbe fatto accecare dall'odio e dal desiderio di vendetta. Ma se l'assassino fosse stato davvero beninformato, in cima alla sua lista di persone cui farla pagare non avrebbero dovuto esserci né Per né Sten, ma Henriette e Jens. Scese nel seminterrato e dietro il vetro vide Khalid, che era stato riportato nella saletta. Ma perché far passare tre anni e mezzo? Cos'aveva messo in moto gli omicidi?

Vicki lo accolse sulla porta.

«Dov'è Henriette?» le domandò Axel.

«Non doveva verificare l'alibi di Khalid con la madre e la sorella?»

«Com'è andata con il padre di Aisha?»

«Bene. Per Khalid. Ho chiamato uno dei nostri interpreti, un pakistano che Khalid non conosce, per farlo assistere al colloquio. Khalid ha detto al padre di Aisha che poteva e doveva infrangere la promessa, o lui si sarebbe trovato in guai seri. E l'uomo ha confermato la sua storia punto per punto. Khalid non aveva alcuna possibilità di imbeccarlo.»

«Questo non lo scagiona, ma ci costringe a prendere in considerazione altre piste. Dobbiamo seguire la logica, Vicki. Ci sono due cose che possono portarci sulle tracce dell'assassino. La prima è capire come abbia saputo dello stupro. E la seconda è risalire a come sia arrivato ai nomi delle quattro persone che vi hanno assistito senza intervenire. Al momento la seconda strada mi sembra la più sicura, perché si tratta di un numero ristretto.»

«Potrebbe averglielo detto Khalid.»

«Sì, ma mettiamolo da parte per un momento.»

«Rimangono solo loro quattro.»

«Esattamente. E direi che possiamo escludere che Jens Jessen o Henriette abbiano parlato.»

«E Sten Høeck? Sei sicuro che abbia tenuto il becco chiuso?»

«Abbastanza. Ha raccontato alla sua psicologa dello stupro, ma Khalid non avrebbe potuto tirargli fuori niente. Ci resta Per.»

«Già. Ma come ha fatto l'assassino ad arrivare a lui?»

«Per parlava molto quando era ubriaco, ma in modo troppo vago. Né il suo collega della Kofoeds Skole né il suo amico giornalista sapevano nulla di preciso. Ma Per aveva una missione: raccoglieva elementi per provare che il Pet aveva ceduto il terzo uomo agli americani, perché potessero portarlo fuori dal paese.»

«Non lo sapevo» disse Vicki.

«E neppure dovresti saperlo.»

Lei si morse il labbro inferiore.

«Forse comincio a capirci qualcosa.»

«Ci torneremo sopra» disse Axel.

«Per non aveva confidato a Khalid che stava raccogliendo gli ultimi pezzi del puzzle?» domandò Vicki.

«Già; e come pensava di farlo?»

«Non ne ho idea. Mi mancano troppi elementi, temo.»

«Se Per sta cercando di provare che il Pet ha lasciato che una ragazza fosse stuprata perché voleva consegnare lo stupratore agli americani, che cosa gli manca? Ha tutti i video delle registrazioni, ha quindici metri cubi di materiale sul trasporto illegale di prigionieri da parte della Cia con il consenso del Pet, e ha un buon contatto nella stampa: perché non rende tutto pubblico?»

«Perché non vuole che si venga a sapere dello stupro?» propose Vicki.

«Oppure non vuole che si sappia che ha raccolto tutto quel materiale. Perché una cosa del genere lo porterebbe dritto in galera. Allora cerca un altro modo di far venire fuori la storia. E di regalarla a Martin Lindberg. Quale?»

«Ha una formazione da giornalista, quindi forse si mette a fare ricerche. È così che lavorano i giornalisti, no?»

«Certo. È stato rimosso dal caso subito prima della cattura del terzo uomo, perciò non sa che fine ha fatto. Quindi, a chi si rivolge?»

«Se Sten Høeck non vuole raccontargli niente, come possiamo ipotizzare, e non può chiedere a nessun altro del Pet perché non ha più amici nell'agenzia, direi che va a cercare i fratelli in galera.»

«E perché?»

«Per convincerli a confermare l'esistenza del terzo uomo.»

«Così nessuno potrà sostenere che la storia proviene da lui. E per convincerli racconta loro dello stupro. Può essere che ai due sia già arrivata qualche voce, ma in ogni caso...»

«E allora che succede?» domandò Vicki.

«Lascia loro il suo biglietto da visita, con il numero di telefono. E se l'assassino è andato a trovarli dopo di lui...»

«Forse i due fratelli gli hanno dato il suo numero. Hai ragione. Non avevi controllato la lista delle visite ai due condannati?»

Axel fece spallucce.

«Axel? Gli hai mentito?»

«Ho bluffato. Khalid è in gamba, ero sicuro che l'avesse controllata lui. E infatti.»

«Andiamo a trovarli.»

«Sì, e parliamo con Henriette. Immagino saprà se il Pet viene informato di chi va a trovare i detenuti per terrorismo in carcere, come noi supponiamo.»

Axel entrò da Khalid.

«Ora sai qual è la nostra tesi sul movente dei due omicidi.»

«Sì.»

«Non posso lasciarti andare prima di aver controllato il tuo alibi, ma non credo che tu c'entri qualcosa.»

«Ah» rispose lui, indifferente.

«Quando sei andato a trovare i due fratelli in carcere, ti hanno parlato di altri visitatori?»

«Non erano molto bendisposti nei miei confronti: Anwar ha detto che era stufo di parlare con gli sbirri ogni cinque minuti.»

«Pensi si riferisse a Per?»

«Può darsi.»

«Potrebbe essere arrivato a dar loro il suo numero, o a raccontare su che cosa lavorava?»

«Sì, può darsi benissimo. Ora fammi tornare a casa, se non ti dispiace.»

Axel uscì. Vicki stava concludendo una telefonata.

«Trovato qualcosa?»

«Ho parlato con il carcere. Manderanno la lista dei visitatori di entrambi i fratelli.»

Per aveva parlato sia con Anwar sia con Shakir. Era andato a trovare entrambi sette mesi prima, a un giorno di distanza l'uno dall'altro. Da allora c'erano stati altri otto visitatori: sei nomi arabi e due danesi. Quattro di loro erano stati solo da Anwar. Tre agenti del Pet avevano promesso di rintracciare tutte le persone sulla lista.

Axel chiamò Henriette al telefono, ma lo trovò staccato. Non era mai successo e questo lo fece preoccupare. Andò da Jens Jessen e gli raccontò di essere arrivato alla conclusione che Khalid fosse del tutto estraneo agli omicidi.

«Sai qualcosa di Henriette?» gli domandò alla fine.

«No.»

«Da quanto tempo non la senti?»

«Le ho parlato ieri sera, prima che tornasse a casa. Era molto turbata. Ha detto che avremmo dovuto raccontarti tutto dall'inizio. Forse ha ragione, con il senno di poi.»

«È sempre sotto scorta, vero?»

«Ne abbiamo discusso proprio ieri. Ci siamo detti che non era più necessario, visto che avevamo fermato Khalid.»

«Vuoi dire che non è più sorvegliata? Che ieri è tornata a casa da sola, senza che ci fosse nessuno a proteggerla?»

«Non potrei dirlo, non ho provveduto io al servizio. Ma è una donna adulta, Axel, pensi che possa essere in pericolo?»

«Come cazzo ragioni, Jens? Certo che è in pericolo, come lo sei tu. Là fuori c'è un assassino che vuole vendicare Aisha, e voi siete le ultime due persone sulla sua lista. Cerca di mettertelo in testa e organizza una sorveglianza come si deve!»

Axel urlò le ultime parole mentre passava davanti alla segretaria, ottenendo in cambio l'ennesimo sguardo di disapprovazione.

70

Emma sapeva benissimo che era sbagliato, ma se n'era andata lo stesso.

Sarebbe dovuta rimanere al doposcuola fino alle quattro, ma in quei giorni la mamma era molto impegnata, così Emma aveva avuto il permesso di fare da sola i trecento metri che la separavano da casa. La mamma le aveva anche dato una chiave, per entrare se lei era in ritardo. Così poteva giocare con l'iPad finché lei non tornava con Anton.

Emma adorava giocare al computer. Giocava tantissimo a casa del papà, quando lui lavorava, o dalla mamma, quando lei aveva da fare con Anton. Le piaceva molto scaricare cose nuove. Certe volte si scordava perfino di giocare, a forza di cercare sull'App Store. Scaricarsi un sacco di giochi, sapendo che li avrebbe provati più tardi, era la cosa più bella in assoluto.

Quando giocava, Emma non aveva mai mal di pancia.

Quello era stato un giorno bruttissimo e lei voleva solo tornare a casa. La mattina si era messa la maglietta dell'Mgp, lilla con le scritte colorate. Aspettava la reazione degli altri ma, quando era arrivata, l'avevano guardata senza dire niente. Più tardi, Laura le aveva detto che il colore era brutto e le magliette dell'Mgp erano da falliti. Emma non capiva. Prima andava Justin Bieber, poi non andava più. Prima tutte volevano le Bratz, le Barbie e i Build-A-Bear, poi all'improvviso qualcuno decideva che non andavano più bene. Chi lo decideva?

Solo Ursula non era così, ma Ursula era malata. E forse era ancora arrabbiata con lei perché le aveva detto che non era per forza un male, quando i genitori divorziavano: intanto ti arrivavano molti più regali e poi anche qualcos'altro che non si ricordava più, ma che dimostrava benissimo perché il divorzio era una cosa buona.

Una settimana prima, Emma si era sbagliata ed era tornata a casa alle tre. Al doposcuola nessuno aveva detto niente, e lei non aveva detto niente alla mamma. Da allora era tornata a casa alle tre ogni giorno. Adesso erano le due, e lei scese a prendere lo zainetto.

Sapeva benissimo che non avrebbe dovuto, ma che cosa cambiava se tornava a casa e si metteva a giocare lì? Non aveva paura di stare da sola. L'unica paura che aveva era che papà non stesse bene, e le passava quando giocava con l'iPad.

Buttò lo zainetto nell'ingresso e si tolse le scarpe; la giacca finì sul pavimento e lei se ne andò in cucina, dove trovò un pacco di biscotti. Poi tornò in salotto. L'iPad della mamma non c'era. Emma lo cercò dappertutto, ma niente. Allora si guardò intorno in cerca del computer, ma non c'era nemmeno quello. Controllò in tutte le stanze, e alla fine si trovò davanti alla porta di Thomas. Emma aveva visto un computer in camera sua. Sulla scrivania. Si mise in ascolto: silenzio. Lui non era in casa, ma faceva anche un po' paura perché chissà che cosa c'era dietro la porta. Emma era stata in camera di Thomas solo una volta, quando lui si era appena trasferito da loro e aveva invitato lei, la mamma e Anton a vedere come si era sistemato. Non c'era molto da vedere, però. Un letto, un tavolo con una sedia, una poltrona. Non somigliava nemmeno a una casa vera; forse lui voleva farla sembrare una casa vera, ma non si era impegnato tanto.

Thomas non c'era quasi mai, perciò Emma poteva mettersi a giocare un po' lì, forse, se trovava il suo computer. La porta era sempre chiusa a chiave quando lui era fuori; lei lo sapeva benissimo, perché aveva provato a entrare tante volte, ma per sicurezza bussò. Si sentiva solo il rumore degli alberi giù in strada e delle macchine su Øster Farimagsgade. Abbassò la maniglia. Chiuso, come previsto. Allora passò lungo la ringhiera intorno alla scala, aprì la botola in fondo al corridoio ed entrò nel sottotetto. Era un ambiente basso e allungato, ma abbastanza grande da poterci stare dentro: lei e Ursula ci avevano giocato tante volte. Proprio in fondo c'era un'altra botola, che portava in camera di Thomas.

Il computer era sul tavolo. La stanza non era diversa dall'ultima volta. A dire il vero, sembrava che non ci fosse stato più nessuno, da allora. Emma sollevò lo schermo, che si illuminò. Tra le cartelle sul desktop, una attirò la sua attenzione. C'era scritto PIX. Emma l'aprì e trovò un sacco di foto. Foto di persone. Un uomo che parlava con una signora, per strada. Lo stesso uomo, vestito diverso, al ristorante con un'altra signora. E in un caffè con una terza signora, che teneva per mano. Emma cliccò su altre foto. Uh, c'era papà. Parlava con una signora che lei non aveva mai visto. Era altissima, quasi come lui. C'erano un sacco di foto di loro due, e in una si baciavano. Cominciò a farle male la pancia. Se papà si era fidanzato con quella signora, non c'era più speranza che tornasse insieme alla mamma.

Emma sentì la porta di casa che si apriva. La mamma non poteva essere, perché gridava sempre: «Ciao, tesoro, dove sei?» E nemmeno Anton, perché lui non era capace di aprire da solo. Emma chiuse la cartella e abbassò lo schermo. Poi sentì i passi di Thomas sulle scale.

71

Mentre scendeva nella sala operativa, riprovò a chiamare Henriette al cellulare. Era ancora staccato. Dovevano trovarla subito. Quella mattina avrebbe dovuto sentire la madre e la sorella di Khalid, ma ormai erano le tre, e l'interrogatorio non poteva durare tanto a lungo. Inoltre, era insolito che tenesse il telefono spento. Axel provò ancora una volta, senza successo.

Nella sala regnava un'attività febbrile. Oltre a Vicki, seduta dietro un tavolo in fondo alla stanza, c'erano undici agenti del Pet, specialisti in tracciamento e sorveglianza dei cellulari e ricerca di informazioni personali, qualche nerd dell'informatica e un paio di investigatori esperti, tra i quali Axel riconobbe tre elementi dell'ex unità mobile.

«Vicki, Henriette continua a non rispondere al telefono. Tu l'hai sentita?»

«No. Ho provato a chiamarla un sacco di volte. Le ho lasciato dei messaggi.»

Axel si rivolse a tutti i presenti.

«Abbiamo un'emergenza. Dovete interrompere tutte le operazioni. Nessuno ha notizie di Henriette Nielsen da ieri sera, quando è uscita da qui. Spero che ci sia una spiegazione, ma è scomparsa e rischia di essere uccisa. Dovete rintracciare subito il suo cellulare: ho bisogno di sapere quando è stato usato per l'ultima volta, chi ha chiamato e dov'è.»

Poi corse da Khalid, che si trovava ancora nel seminterrato.

«Henriette è scomparsa da più di dodici ore. Stamattina doveva andare da tua sorella e tua madre a verificare il tuo alibi.» Gli porse il cellulare. «Chiamale, domanda se c'è stata.»

Khalid chiamò. Seguì uno scambio in arabo.

Khalid ripeté due volte la stessa frase, con aria allarmata. Axel capì cos'aveva detto ancora prima di saperlo.

«Henriette le ha chiamate ieri sera, dicendo che sarebbe andata da loro stamattina alle dieci. Ma non si è mai presentata.»

72

Il dolore alla testa era terribile. Era stata colpita alla parte sinistra del cranio e non riusciva a muoversi, perciò era difficile capire quanto fosse grave, ma pensava che la pelle si fosse lacerata, perché avvertiva la sensazione di umidità e il bruciore insopportabile tipici di una ferita aperta. Sentiva il rumore degli aeroplani: doveva essere ad Amager. L'aria odorava di nuovo e di freddo, che era l'unica sensazione che aveva percepito, svegliandosi. Era stata presa dal panico quando aveva capito di essere legata, bendata e imbavagliata e di non potersi muovere. Non solo era imbavagliata, ma aveva in bocca una specie di morso, con sopra qualcosa di simile a una maschera, che lasciava libero solo il naso. Se cercava di gridare, la voce non usciva; i suoni che tentava di formare le si bloccavano in gola. La sensazione di essere paralizzata e deprivata dei sensi era spaventosa: le sembrava che i pensieri fossero troppo grandi per la sua testa, chc esplodessero appena li pensava.

Udì dei passi. Suole su un pavimento che doveva essere di legno. Ruggì sotto il morso, e i passi si fermarono.

«Nessuno può sentirti.»

La voce era tranquilla, non tradiva nessuna emozione.

Disse: «Ora ti darò un po' d'acqua.»

Perché mi dà da bere, se vuole uccidermi?, pensò Henriette, e in lei si accese un barlume di speranza.

Il morso rimase dov'era, ma la parte che lo copriva fu rimossa. Henriette percepì un lieve rumore di plastica, come di un tappo che si apriva nel morso, poi l'acqua cominciò a scorrerle in bocca. Cercò disperatamente di trattenerla in bocca ma il morso era così stretto che le impediva di usare la lingua: l'acqua finiva dritta in gola, e lei era costretta a inghiottirla in fretta per non rimanere soffocata. Non poteva muovere la testa, bloccata da qualcosa che le passava intorno al collo e alla fronte.

Mi tiene in vita, pensò; forse non sono destinata a morire. Ma non aveva tenuto in vita anche Sten, prima di macellarlo? L'aveva legato e torturato. Sarebbe accaduta la stessa cosa anche a lei?

Il flusso d'acqua s'interruppe. Il morso fu richiuso e la maschera tornò al suo posto.

73

Mezz'ora dopo arrivarono in Jagtvej. Nell'appartamento non c'era traccia di Henriette. Né borsa né cellulare, ma neppure segni di lotta. La macchina era parcheggiata nel cortile del complesso residenziale. Accanto alla parte anteriore c'erano tracce di sangue, tre-quattro macchie sull'asfalto. Axel chiamò immediatamente una squadra di tecnici.

Mandarono una foto di Henriette a tutte le stazioni di polizia, che la girarono alle pattuglie in servizio. Il suo cellulare era irrintracciabile, ma risultò che fosse stato usato per l'ultima volta la sera prima, alle 23.12, nell'abitazione o nelle immediate vicinanze.

Sì, ieri sera mi ha chiamato, ricordò Axel. Ma lui dormiva, e comunque non aveva voglia di parlarle, dopo quello che aveva appena scoperto.

Più tardi si affollarono tutti nella sala operativa del Pet: Darling, Vicki, Khalid, Jens Jessen e altri venti o trenta collaboratori.

Erano state aperte le indagini: tutti i poliziotti di Copenaghen sapevano che un'ispettrice del Pet era scomparsa, e che con ogni probabilità la scomparsa era legata agli omicidi dei due ex agenti del Pet commessi nell'ultima settimana.

Chiunque avesse fatto visita ai fratelli in carcere fu convocato e interrogato. La svolta avvenne grazie alla scoperta che uno di loro, uno studente di legge di nome Thomas Petersen, non aveva mai visto i condannati; anzi, non li aveva neppure mai sentiti nominare. In compenso, sei mesi prima gli avevano rubato il portafogli. L'uomo che si era servito della sua identità era stato solo da Anwar; aveva ottenuto il permesso di vedere anche Shakir, ma non l'aveva mai utilizzato. Se la teoria di Axel era corretta, era perché aveva ottenuto il nome di Per da Anwar, e quindi non aveva avuto bisogno di andare anche dal fratello. Vicki e Bjarne andarono a Vridsløse, per interrogare Anwar su di lui e scoprire se il personale del carcere se ne ricordava.

Axel pensò alla telefonata di Henriette e sentì un nodo allo stomaco. Come aveva potuto perdere ogni capacità di sentirla, dimenticare tutto quello che sapeva di lei? Sapeva che era attenta e affettuosa, eppure l'aveva giudicata senza conoscere la sua versione dei fatti.

Non so ancora che effetto le ha fatto assistere a quello stupro, si disse. Forse era di questo che voleva parlarmi, forse adesso è nelle mani dell'assassino, forse ero la sua ultima chance. Ma sono rimasto freddo, trincerato dietro i miei sentimenti feriti. Non è forse la storia della mia vita, la mia vocazione, il mio destino? Reprimo quasi sempre i miei sentimenti, e poi, quando vengono fuori, lo fanno in modo così cieco e violento che ogni sfumatura svanisce. Ti ho tradito, Henriette? Sei morta?

Non riusciva a pensarci.

74

Emma scivolò nel sottotetto, e chiuse la botola nello stesso momento in cui Thomas apriva la porta della propria stanza. Rimase lì, senza fiatare e senza muoversi, perché aveva paura di farsi scoprire e di prendersi una bella sgridata dalla mamma. Di Thomas non aveva paura. Neppure lui parlava; Emma lo sentiva muoversi dietro la parete sottile. Poi fece una telefonata. Disse che voleva disdire il contratto perché non aveva più bisogno dei locali. Parlava con la mamma? Non le sembrava. Emma trattenne il respiro e contò fino a cinque: non perché avesse mal di pancia, ma perché si annoiava e voleva far passare il tempo più in fretta. Contò perché altrimenti le sarebbe venuto da respirare così forte che forse lui l'avrebbe scoperta. Dopo un po' sentì la porta della stanza che si chiudeva e poté uscire. Thomas scendeva le scale e la mamma entrava dalla porta di casa. Un disastro.

Ora Emma era in camera sua. Ce l'aveva da morire con la mamma. Voleva raccontarle delle foto di papà con quell'altra signora ma era andata male, perché erano solo le tre quando la mamma era tornata con Anton, e si era arrabbiata moltissimo trovando Emma già a casa. A Emma non piaceva dire bugie, perciò, quando le aveva chiesto a che ora fosse uscita dal doposcuola, lei aveva detto: «Alle due. E molte altre volte alle tre.»

«Hai fatto una cosa molto brutta» aveva detto la mamma tre volte di fila, poi l'aveva sgridata molto e le aveva domandato che cosa le prendeva. Alla fine aveva detto che non doveva succedere mai più, a meno che non lo decidessero insieme, e che avrebbe parlato con la direttrice del doposcuola, perché era assurdo che i bambini facessero come gli pareva. E questo a Emma dispiaceva davvero tanto, perché quello che era successo non era colpa della direttrice, era colpa sua, e non le andava che gli altri lo sapessero. Aveva pregato la mamma di non dire niente a nessuno, ma la mamma non ascoltava, e così Emma si era messa a gridare che la odiava e che era la mamma più stupida del mondo, e allora la mamma si era arrabbiata per davvero e l'aveva spedita in camera sua. Perciò Emma non aveva potuto domandarle la cosa più importante. E cioè se papà aveva davvero una nuova fidanzata.

75

Doveva essersi addormentata, perché la voce la svegliò.

«Eravate in tre. Tu sei qui; ora manca solo il tuo capo, e poi avrò fatto quello che c'era da fare.»

Henriette cercò di dire qualcosa, nella speranza di farlo parlare. Non erano solo in tre, erano in quattro. Perché non contava Per? Forse perché aveva tentato di opporsi? Eppure aveva ucciso anche lui, benché non in maniera bestiale come Sten. O forse non era stato lui? I pensieri le sfuggivano di continuo.

«All'inizio avevo pensato di farvi pagare lo stesso prezzo, di toglervi la persona che amavate. Ma era troppo complicato. Sten Høeck non amava nessuno. Sai che non ha mai parlato? Neanche alla fine. Neanche quando gli ho tagliato le palpebre. Un vero duro. Ma anche tu hai fama di essere una tosta.»

Lei ansimò, infuriata per l'impossibilità di parlare.

«Naturalmente, avrei potuto lasciarti vivere...» Fece una pausa. «... e prenderti la persona che ami, come avete fatto a me. Axel: si chiama così, vero? Il tizio con le cicatrici che è venuto un paio di giorni fa. Decidi tu. Non ti farò parlare, però. Ansima, se vuoi che vada a cercarlo e uccida lui al posto tuo.»

Henriette si concentrò per evitare di emettere qualsiasi suono.

76

Axel era fuori di sé. Erano le 22.15: Henriette era sparita da quasi ventiquattr'ore e loro non avevano fatto nessun passo avanti. Anwar si era rifiutato di dire una sola parola sull'uomo che era andato a fargli visita in carcere. Axel aveva dolori in tutto il corpo, gli sembrava di girare a vuoto e non riusciva a smettere di pensare all'ultima telefonata di Henriette. *Gli autorimproveri sono un lusso che non posso permettermi, mentre lei è prigioniera da qualche parte e forse è già morta. Devo agire. Devo portare a termine quest'indagine.*

Qualcuno gli mise una mano sulla spalla.

Axel alzò gli occhi e incontrò quelli di Darling.

«Non è ora che torni a casa, Axel? È tardi, per il momento non possiamo fare più niente; se invece succederà qualcosa sarai il primo a saperlo.»

Axel si passò la mano tra i capelli.

«Vai a casa a dormire. Ci penso io, qui.»

«E se scoprite qualcosa?»

«Ci sono venti uomini che indagano in tutte le direzioni. Non stiamo trascurando alcun dettaglio. Non c'è un solo posto, in tutta Copenaghen, dove possa farsi vedere con lei senza che noi lo veniamo a sapere.»

Ma Axel si tormentava. Il fatto che non avessero ancora saputo niente non era un buon segno. Significava che il rapitore era un professionista, che aveva pianificato tutto con cura. Come potevano impedire che Henriette diventasse la sua terza vittima?

«Notizie dalle telecamere di sorveglianza?»

«Stiamo esaminando le registrazioni di tutta quella zona di Nørrebro. Presto avremo l'auto.»

«Non posso andare a casa. Non ha senso.»

Si alzò in piedi. Gli girava la testa, tutto il suo corpo chiedeva a gran voce qualcosa per calmare l'agitazione.

Come se gli avesse letto nel pensiero, Darling disse: «Henriette mi aveva accennato che avevi ripreso a bere.»

«Piantala, John, non sei mica mio padre. È stato un errore, ma non ha alcuna influenza sul lavoro. Ho diretto questa indagine dal primo giorno: se il tuo capo non mi avesse nascosto così tante cose, saremmo arrivati dove siamo ora molto prima.»

«Io non so cos'è successo, Axel. Spero solo che tu non perda il controllo proprio adesso.»

Axel si alzò.

«Risparmiami le premure ipocrite e spiegami come troveremo Henriette. E dov'è Khalid?»

«È andato a casa.»

«Perché?»

«Non credo muoia dalla voglia di partecipare alle indagini, dopo essere stato ventiquattr'ore nel seminterrato. Inoltre è coinvolto nel caso, perciò ho pensato che non lo volevo nel gruppo.»

«Stronzate, John. Era coinvolto nell'operazione di Kapelvej, a suo tempo. Era l'uomo sul campo. Non c'è rimasto nessun altro, a parte Jens. E Khalid conosce benissimo anche il nuovo caso. Ho bisogno di lui.»

«Be', allora prova a convincerlo. Non sembrava ansioso di rimettere piede qui dentro.»

Vicki li raggiunse.

«Hai un minuto? Ho appena ricevuto un'email dal tecnico cui avevo chiesto di aprire la cartella criptata che hai trovato nel computer di Per, alla Kofoeds Skole. C'era un solo file. È l'immagine che hai già visto nel computer di Sten Høeck.»

Gliela mostrò. Era la foto del terzo uomo, stretto tra Sten e un altro agente. Il pezzo mancante del puzzle di Per. E questa era la prova incontestabile che il terzo uomo era stato arrestato.

«In questo momento non me ne frega un cazzo, Vicki, ma scommetto che il tizio a destra è americano.»

77

«Lo sai che è ancora vivo, vero? L'uomo che l'ha stuprata. Vi è sfuggito. Fonti dell'intelligence l'hanno visto più volte in Pakistan e in Afghanistan. È ancora attivo. Per non lo sapeva: l'unica cosa che gli interessava scoprire era se fosse nelle mani della Cia. L'ultima volta che l'ho incontrato, l'ho costretto a raccontarmi tutta la storia: ho visto il video e ho capito che Aisha sarebbe ancora viva, se vi foste comportati in modo diverso. Non sarebbe stata violentata. Sarebbe stata mia. Se foste intervenuti. Invece l'avete lasciato fare. E sai perché?»

Henriette non poteva parlare né scuotere la testa, quindi si limitò ad ansimare dietro il morso. Ma non ci fu alcuna reazione. Non poteva credere a quello che le stava succedendo. Si divincolò tra i lacci che la imprigionavano. Resta qui, maledizione, parla con me!, gridava dentro di sé. Abu Bilal era morto. Oppure marciva da quattro anni in un campo di prigionia segreto degli americani. Non poteva essere ancora vivo. Possibile che Jens l'avesse ingannata? Abu Bilal doveva essere finito nelle mani degli americani, che gli avevano estorto le informazioni di cui avevano bisogno senza risparmiare le torture. O almeno così sperava. C'erano altre possibilità? Era stato dei loro fin dall'inizio? Un agente americano? Non aveva alcun senso.

E se non era stato quest'uomo dalla voce gelida, a uccidere Per, allora chi era stato? Henriette pensò al materiale nel computer di Per, quello che Jens aveva cancellato prima che lei lo vedesse. Conteneva informazioni su Abu Bilal che neppure lei doveva conoscere? O qualcosa che poteva portare sulle tracce dell'assassino, e che Jens sapeva fosse lì? Ma in questo caso: come faceva a saperlo? E perché cancellarlo? Il pensiero le diede una nausea così violenta che dovette lottare contro i conati di vomito. Non riusciva a ragionare lucidamente. Quell'uomo stava giocando con lei. Non doveva credere neppure a una parola. Certo che Abu Bilal era morto.

78

Il tentativo di trovare la macchina con cui pensavano che Henriette fosse stata rapita fallì. Le telecamere di sorveglianza di varie banche di Nørrebro non diedero risultati, e non si sapeva nemmeno come fosse fatta. Axel decise di concentrarsi sul modo in cui l'assassino era venuto a conoscenza dello stupro di Aisha. Ignorava a quante persone lei l'avesse raccontato, sempre che l'avesse raccontato a qualcuno. Ma da qualche parte doveva pur cominciare, e decise di cominciare da Nørrebro. Per strada chiamò Khalid.

«Che cosa vuoi?»

«Voglio che risolviamo questo caso insieme.»

«Io sono fuori, Axel. Non voglio averci più niente a che fare.»

«Non sei fuori. Hai appena cominciato, e devi aiutarmi a trovare Henriette e l'assassino. Se non sei in strada tra cinque minuti mi attacco al citofono e poi mi metto a urlare, così tutta Nørrebro scopre che siamo amici.»

«Noi non siamo amici.»

«E Henriette?» domandò Axel. «È giusto che muoia perché tu ti senti ferito? Non dovremmo fare del nostro meglio per trovarla?»

Axel interruppe la comunicazione senza aspettare la risposta. Quando arrivò in Murergåde, Khalid lo aspettava sul marciapiede.

«Allora? Cosa vuoi che faccia?»

«Dobbiamo parlare con la sorella di Aisha, Yasmin. Ci ho già provato da solo, ma non mi ha voluto dire niente. Se tu fossi presente, forse...»

«Gli ultimi giorni sono stati duri, per loro. Non so se possiamo pretendere di più.»

«Non abbiamo tempo per i riguardi, Khalid. Ogni minuto può essere decisivo per arrivare a lui prima che uccida Henriette.»

Parcheggiarono davanti al negozio di Griffenfeldsgade e girarono l'angolo con Bangertsgade, dove padre e figlia vivevano in un palazzo di edilizia popolare. Khalid suonò al citofono e pronunciò qualche frase in urdu. Il portone si aprì.

«Parleremo in danese, e senza il padre» disse Axel mentre salivano le scale.

«Okay, senti come faremo: io stabilisco il contatto e poi tu la interroghi da solo, mentre io parlo con il padre. Lo tratterrò per tutto il tempo che ti servirà. Fai parlare me.»

Venne ad aprire il padre.

Khalid gli tenne un discorso in urdu, indicando a più riprese Axel. Pronunciò il nome di Aisha e poi passò al danese, dicendo: «Mi sono spiegato? È un'emergenza. Forse avete delle informazioni che potrebbero salvare delle vite.»

L'uomo li fece entrare.

Yasmin era dietro la porta. Indossava un paio di pantaloni di seta con sopra una giacca lunga, e portava il velo. Alla vista di Axel s'irrigidì. Khalid aveva già portato il padre in soggiorno.

«Hai sentito quello che ha detto Khalid?»

«Sì.»

«Che cosa è successo a tua sorella, nell'appartamento?»

«Niente. Ve l'ho già detto.»

«Lascia stare quello che hai detto e raccontami quello che sai.»

«Perché dovrei?»

«Perché c'è un uomo che ammazza la gente, e ha a che fare con questa storia.»

La ragazza abbassò lo sguardo, sembrava spaventata.

«Se sai qualcosa, devi dirmelo. Non ho intenzione di minacciarti, ma la situazione è molto seria. Voglio solo sapere la verità. Se è successo qualcosa a tua sorella, ora hai la possibilità di renderle giustizia.»

Se sa quello che è successo davvero, non ci sono parole che bastino. Non otterrò nulla da lei.

«Mia sorella è morta» disse Yasmin, sostenendo il suo sguardo. «Le hanno fatto una cosa terribile, la peggiore di tutte. E dopo nessuno l'ha aiutata.»

«Cosa ti ha raccontato?»

«Faceva le pulizie in quell'appartamento. Un giorno, poco prima che la polizia arrestasse i nostri cugini, è tornata a casa sconvolta. Piangeva, non voleva parlare. Quando la polizia è entrata nell'appartamento ha voluto sapere chi avevano arrestato, e non riusciva a credere che fossero solo Anwar e Shakir. "C'era un altro uomo" mi ha detto. Mi ha aggredito. "Che fine ha fatto?" La polizia ci ha convocati tutti, per interrogarci. Quando è tornata a casa sembrava una statua di pietra. "Hanno ripreso tutto" mi ha detto. "Che vergogna."»

«E poi che cos'ha fatto?»

«Ne abbiamo parlato. Ci siamo dette che quell'uomo era sicuramente uno dei vostri, un informatore della polizia. Così lei ha deciso di denunciarlo. Due giorni dopo si è uccisa.»

«Ma perché? Che cosa era successo?»

«Aisha si era rivolta alla polizia, che stava indagando sul caso. Nostro padre non doveva sapere niente, perciò quando le telefonarono andò da sola alla centrale, per sentire cos'avevano da dirle. C'era un agente che le domandò se voleva denunciare uno dei nostri cugini per stupro, allora lei raccontò del terzo uomo, ma lui disse che non c'era mai stato nessun terzo uomo nell'appartamento. Se sapessi quanto è difficile denunciare una cosa del genere... è la vergogna più grande di tutte. E quando Aisha ha trovato il coraggio di farlo, le hanno detto che non era successo.»

Gli occhi le si erano inumiditi, poi erano venute le lacrime. Ma lei le ignorò, limitandosi a prendere un pacchetto di fazzoletti.

«Chi è a conoscenza di questa storia?»

Yasmin esitò.

«Aisha lo ha raccontato solo a me.»

«E vostro padre?»

«Lui non sa niente, anche se credo abbia dei sospetti.»

«Ti viene in mente qualcuno che potrebbe avere scoperto o essere venuto a sapere qualcosa, di recente?»

Lei tacque. Si tormentava le mani, con lo sguardo a terra. Poi rialzò gli occhi e incontrò quelli di Axel.

«Gli ho dato il diario.»

«A chi?»

«A Mikkel.»

«Chi è Mikkel? Che diario?»

«Mio padre non lo deve sapere per nessun motivo al mondo, hai capito? Non lo sopporterebbe. È un uomo all'antica, e gli sono rimasta solo io.»

«Te lo prometto.»

«Aisha teneva un diario. Ha scritto quello che le era successo. In danese. Aveva un ragazzo che aveva incontrato qui nel quartiere. Lo amava.»

«Danese?»

«Sì. Mikkel. Il cognome non lo conosco. Si vedevano di nascosto.»

«Erano fidanzati?»

«Di certo avrebbero voluto. Lui era pazzo di Aisha, lei aveva dovuto pregarlo di non venire più al negozio, quando c'era nostro padre, perché lo capivano tutti.»

«E tu gli hai dato il suo diario?»
«Sì.»
«Quando?»
«Sei mesi fa.»
«Perché hai aspettato tanto?»
«Perché dopo la morte di Aisha lui è sparito. È venuto al funerale e poi non l'ho più visto.»
«Chi è questo ragazzo?»
«Non ne so molto. Si sono frequentati per tre mesi. So solo che Aisha era molto innamorata. Credo che prima facesse il soldato.»
«Sapresti descriverlo?»
«È alto più o meno come te. Biondo, un po' pallido. Muscoloso. Un danese tipico, insomma, ma molto gentile. Il giorno in cui è morta, Aisha mi ha detto che, se le fosse accaduto qualcosa, avrei dovuto consegnare il suo diario a Mikkel. Lì per lì non ci avevo fatto caso. Il giorno del funerale ho cercato il diario per darglielo, ma non sono riuscita a trovarlo. Casa nostra era stata perquisita, era tutto sottosopra. L'ho scoperto mesi dopo: era sotto il materasso di Aisha, in camera nostra. Ma a quel punto era scomparso lui.»
«Quando l'hai rivisto?»
«Sei mesi fa è venuto al negozio. All'inizio non l'avevo nemmeno riconosciuto: sembrava molto più vecchio, aveva il viso segnato. Gli ho chiesto dov'era stato. "In Afghanistan" mi ha detto. "Per tre anni." Aveva lavorato come consulente per una compagnia di sicurezza. Gli ho dato il diario, come avevo promesso a mia sorella.»
«Quanti anni ha?»
«Direi trenta, o poco meno. Non lo so di preciso.»
«Era conosciuto, qui nel quartiere?»
«Non credo.»
«Sai dove abitava?»
«Da queste parti, credo. Ma non ne sono sicura.»

«Hai saputo più niente di lui?»
«No, mai più visto né sentito.»
«Che cosa c'era nel diario?»
«Aisha parlava molto dei suoi sentimenti, delle sue speranze, della preoccupazione perché lui era danese. E poi raccontava quello che le era successo: lo stupro, il suo incontro con voi, con la polizia, tutto quello che aveva passato. Alla fine diceva che non poteva più vivere.»
«Se si fa sentire devi metterti immediatamente in contatto con me. È molto importante.»
«Promettimi che mio padre non verrà mai a sapere niente.»
«Te lo prometto.»

Axel tornò da Khalid.
«Dobbiamo andare, subito» gli disse. Non aggiunse altro finché non furono per le scale. «Abbiamo un nome. Aisha aveva un fidanzato danese. Si chiama Mikkel, e frequentava il quartiere. Ti dice niente?»
«No.»
«Era un soldato e ha fatto il consulente in Afghanistan, il che vuol dire mercenario, per una delle compagnie di sicurezza che operano laggiù, se quello che dice la ragazza è vero. Dobbiamo mandarle un disegnatore per l'identikit; te ne occupi tu? Ti dispiace guidare?» disse Axel, sedendosi al posto del passeggero. Telefonò a Darling e gli diede il nome del ragazzo. Poi consultò la rubrica del suo cellulare, cercando di ricordarsi qual era il fuso orario dell'Afghanistan. Era mattina o sera, laggiù? Di sicuro non notte. Chiamò il numero di Frank Jensen su una linea satellitare crepitante, che sembrava lontana anni luce. Frank era un vecchio collega della polizia danese, che era stato di stanza in Medio Oriente e poi si era licenziato. Ora lavorava per l'ArmorGroup, una compagnia di sicurezza inglese.

Axel ci mise un po' a prendere la linea. La voce – che arrivava con un po' di ritardo – gli sembrò flebile e sottile.

«Ciao, Frank, sono Axel Steen. Come va?»

«Va di merda, Axel. Appena mi scade il contratto torno a casa di corsa. Cosa posso fare per te?»

«Sto cercando un danese che dovrebbe aver lavorato per una compagnia di sicurezza privata in Afghanistan nel corso degli ultimi tre anni. Per quanto ne so, ha lasciato il paese circa sei mesi fa.»

«Be', così su due piedi non mi dice niente, ma se vuoi posso informarmi.»

«Quante possibilità ci sono?»

«Direi una manciata, tra Iraq e Afghanistan; la maggior parte ex soldati, ma anche un paio di ex poliziotti. Come si chiama?»

«Conosco solo il nome: Mikkel.»

«Non è molto.»

«È un ex soldato, potrebbe essere stato da voi?»

«Perché no. Oppure alla Blackwater. Ci sono diverse possibilità.»

«Potresti trovarmi i nomi di tutti i danesi che sono stati in Afghanistan negli ultimi tre anni e mezzo, assunti da compagnie di sicurezza private?»

«Farò quello che posso.»

«È urgente.»

«Come sempre, Axel. Ha fatto qualcosa di brutto?»

«Forse ha ucciso due dei tuoi ex colleghi.»

«Sten Høeck?»

«Anche.»

«Chi altro?»

«Ha rapito la mia fidanzata. Non sappiamo neanche se è ancora viva.»

«Mi metto subito al lavoro, Axel. Spero di darti notizie al più presto.»

«Grazie, Frank.»

79

«Hai la possibilità di dire qualcosa e di fare un'ultima domanda.»

Le tolse il morso, poi le mise una mano sulla bocca e disse, a voce bassa: «Se urli, sarà l'ultima cosa che fai in vita tua.»

Henriette s'inumidì le labbra; aveva voglia di gridare, ma controllò l'impulso. Lasciami vivere, lasciami vivere, lasciami vivere, voleva implorare, ma sapeva che non sarebbe servito. Doveva cercare di farlo parlare. Il tempo era l'unica cosa che poteva aiutarla. Il tempo. E Axel. Uniti in un'operazione di salvataggio. Per raggiungerla, trovarla prima che...

«Ho cercato di aiutare Aisha, dopo. Sono andata da lei e ho cercato di spiegarle quanto potevo. E le ho assicurato che quell'uomo aveva avuto il suo castigo.»

«Lo so. È scritto nel suo diario. La tua coscienza ci ha messo un po' a farsi sentire, non trovi? Aisha si è suicidata il giorno dopo aver parlato con te. E lui non è stato punito, vero? Non è morto, come avevi detto ad Aisha.»

«Sì che è morto» gridò Henriette, sentendo la testa che esplodeva per il dolore. «Non so chi ti ha detto che è ancora vivo. Non è vero, è morto, oppure è rinchiuso da tre anni in un posto che né tu né io riusciamo a immaginare. Torturato e distrutto.»

«Ne sei convinta? A me risulta che è vivo, ma so che non ho alcuna possibilità di mettere le mani su di lui. Hai dimenticato la domanda.»

«Perché fai tutto questo? Che rapporti avevi con lei? Non mi ricordo di aver mai letto di te nei nostri dossier.»

«Sono due domande. Io l'amavo, dovevamo sposarci. Lei era decisa a separarsi da suo padre per me. Era quasi tutto pronto. Se non l'avete scoperto è perché tutto doveva svolgersi in segreto. Ti ricordi di lei?»

Sì, Henriette si ricordava benissimo di Aisha. Lo sguardo pulito e limpido, la bellezza abbagliante. Si era tolta il velo, l'ultima volta che si erano incontrate.

«Sì, certo. Mi dispiace moltissimo per quello che è successo, moltissimo. Volevo licenziarmi.»

«Ma non l'hai fatto, vero? E ora sei qui, e te lo meriti.»

«Hai ucciso tu Per Larsen?»

Lui le rimise il morso in bocca: Henriette sentì il panico che la invadeva. Tutto il suo corpo si contrasse per la paura.

«No, non sono stato io. Era morto nel suo letto, quando l'ho trovato. Io non ho fatto altro che sistemarlo bene e congiungergli le mani sul petto.»

L'uomo tacque.

«Il tuo tempo è finito.»

80

Axel era disperato. Aveva il movente, il contesto e il nome, eppure l'assassino restava fuori dalla sua portata. Erano le tre di notte; altro personale era stato richiamato in servizio per dare la caccia al rapitore di Henriette e probabile omicida di Sten Høeck e Per Larsen. Registri e casellari furono setacciati alla ricerca di un uomo tra i diciotto e i quarant'anni di nome Mikkel, vissuto a Nørrebro in quel periodo. La ricerca fruttò una lista di quarantanove nomi. Anche Jens Jessen era lì con loro. Axel lo sentì urlare al telefono con un addetto dell'intelligence militare, intimandogli di muovere il culo e trovare notizie su un ex soldato che aveva lavorato come consulente per la sicurezza in Afghanistan.

«Idioti!» gridò, buttando il telefono sul tavolo per la terza volta. «Provo con Beyer.» Axel conosceva quel nome: ex dirigente del Pet, attuale sottosegretario alla Difesa.

«Sì, Lars, mi dispiace disturbarti, ma abbiamo bisogno del tuo aiuto. Si tratta di un soldato di nome Mikkel... No, non sappiamo molto di più, ma ha ucciso due nostri ex dipendenti e ha rapito la mia più stretta collaboratrice. È stato nell'esercito, e poi ha lavorato come consulente per la sicurezza in Afghanistan... Sì, negli ultimi tre anni e mezzo. No, non possiamo aspettare domattina.»

Axel osservava l'identikit realizzato seguendo la descrizione di Yasmin. Nel frattempo, sei pattuglie avevano tirato inutilmente giù dal letto tredici Mikkel, ma alle sei e mezzo non erano ancora avanzati di un passo. Nessuno era andato a casa a dormire, neppure Khalid. Axel cercò di ricapitolare gli elementi in loro possesso. Non c'era alcuna certezza che Mikkel fosse vissuto nel quartiere. Nørrebro era pieno di gente che veniva da fuori per assaporare la sua atmosfera particolare.

Si girò verso Khalid.

«Che mi dici del funerale? Tu c'eri?»

«Sì.»

«Yasmin ha detto che c'era anche lui. Avete fatto qualche foto? Delle riprese?»

Khalid ebbe un momento di esitazione.

«Sì, immagino di sì. Non è la prassi?» domandò a un esperto della sorveglianza.

«Certo, è sempre probabile che si presentino dei simpatizzanti.»

«Ma lei non era una terrorista.»

«No, ma era coinvolta nel caso. Dovremmo avere una cartella d'immagini, proverò a cercarla.»

«Abbiamo fretta!» gridò Axel. «Trovate quelle foto!»

Aveva la sensazione di fare a gara con il tempo, benché qualcosa suggerisse, da parte dell'assassino, un approccio metodico e regolare, che tuttavia restava impenetrabile. Se aveva deciso di ucciderli tutti e quattro, perché non farlo subito, invece di dare loro il tempo di guadagnare terreno? Forse non aveva intenzione di completare la sua vendetta? Aveva altri piani per Henriette?

«Eccole» esclamò il tecnico. Axel, Vicki e Khalid si strinsero intorno allo schermo. Nella prima immagine si vedeva la sezione musulmana del cimitero Vestre. Una bara con molte persone intorno. Axel riconobbe il padre di Aisha e, poco lontano, Khalid.

«Falle scorrere, veloce!» disse Axel.

«Ferma!» esclamò Khalid, proprio quando anche Axel notava un volto che gli sembrava di riconoscere.

C'era una fila di uomini e, sopra la spalla di uno di loro, una faccia che Axel pensava di aver già visto, anche se non sapeva dove. Un uomo biondo tra i venti e i trent'anni.

«Cazzo, cazzo» mormorò Khalid.

«La puoi ingrandire?» disse Axel, anche se ormai non aveva più dubbi. «Non può essere vero, cazzo.»

«Chi è?» domandò Vicki, perplessa.

«È il tizio che lavora nell'amministrazione del Numero 8. James qualcosa.»

«È lui il nostro Mikkel?» domandò Vicki.

«Non ne sono sicuro, ma sarebbe una bella coincidenza, non vi pare? Un po' troppo bella, a dire il vero.»

Axel si girò verso gli altri e gridò: «Abbiamo le foto e un nome: James Craw. Lavora al Numero 8. Ci serve il suo indirizzo. Subito.»

Poi si rivolse a Vicki e a Khalid. «Io vado lì. Venite?»

Gli tornò in mente che aveva il numero di telefono di James, che lo aveva chiamato per consegnargli la lista dei condomini, e che James era lì, la notte in cui era stato sorpreso sul tetto dell'appartamento di Sten. E pensò che non erano stati abbastanza scrupolosi, considerato che James era stato il primo a trovarsi sul luogo del delitto, dopo la vicina. Se non, a quanto pareva, il primo in senso assoluto.

«Ho il suo numero di cellulare» disse a Vicki. «Facciamolo rintracciare.»

«Non volete aspettare la squadra speciale?» domandò Jens Jessen.

«Noi andiamo adesso. Fai in modo che ci seguano al più presto. Fate girare foto e numero, cercatelo dappertutto. Chiama i tuoi amici dell'intelligence militare, controlla il nome, diramalo a tutte le pattuglie.»

Axel si precipitò al parcheggio insieme a Khalid. Mise

il lampeggiante per farsi strada nel traffico della mattina e partì a centosessanta all'ora verso il centro di Copenaghen.

«Avevo un brutto presentimento fin dalla prima volta che ci abbiamo parlato» disse Khalid.

Axel se ne ricordava benissimo; ricordava anche di aver pensato che Khalid avesse un approccio sbagliato all'interrogatorio, che fosse troppo aggressivo nei confronti di James Craw.

Khalid richiamò invano il cellulare di Henriette. Axel era furioso con se stesso per non aver verificato meglio la situazione di James, per essere stato tanto ossessionato dalla faccenda del Pet da trascurare il proprio lavoro, che forse l'avrebbe portato a smascherare James, o Mikkel, o come diavolo si chiamava. Eppure c'erano le sue impronte, le tracce del suo dna e soprattutto la sua presenza sul luogo del delitto. Aveva ignorato il primo dogma di un'indagine per omicidio: chiunque si sia trovato sulla scena del crimine va controllato scrupolosamente. Se l'avesse fatto, avrebbe scoperto che James non si chiamava James. Oppure no? Era stato solo un caso?

Telefonò a Cecilie per dirle che non poteva vedere Emma. La bambina ci restò molto male e volle sapere quale fosse il problema. E per quanto Axel le assicurasse che non era niente di grave, sentì che lei, a soli nove anni, aveva percepito il panico e la disperazione nella sua voce. Cecilie, che sapeva cos'era successo, gli parlò a voce bassa e affettuosa.

Vicki lo chiamò mentre imboccavano Ørestads Boulevard.

«È lì, Axel. Il suo cellulare è appena stato rintracciato nell'area del Numero 8. È meglio che aspetti i rinforzi, prima di entrare. Saranno lì tra un quarto d'ora al massimo. James Craw non esiste, né per l'anagrafe né per gli altri registri pubblici. Il nome appartiene a un soldato inglese morto in Afghanistan l'anno scorso.»

«Deve pur esserci qualcosa su di lui. Come gli pagano lo stipendio?»

«Vuoi che chiami l'amministrazione del condominio?»
«No. Se è lì, lo metteremmo in allarme.»

All'altezza della stazione della metro di Vestamager, Axel rallentò e tolse il lampeggiante. Girò a destra, poi a sinistra, e andò a parcheggiare sul lato orientale del fabbricato, quello opposto all'ufficio dell'amministrazione.

«Ci siamo, Khalid. Non dobbiamo perdere tempo. Entriamo insieme, poi tu prosegui verso la porta sul cortile, quella da cui ci hanno già fatto passare. Io entrerò nell'ufficio dalla parte opposta. Hai quindici secondi da quando ci separiamo. Dobbiamo entrare nello stesso momento.»

«Andiamo» disse Khalid.

Scesero insieme dall'auto ed entrarono a passo svelto nell'edificio. Quando si separarono Axel cominciò a correre, contando i secondi. Arrivato alla parete di vetro dell'ufficio, guardò dentro. Søren Svendsen era solo, ma sul lato sinistro Axel vide altre porte e, non sapendo cosa ci fosse dall'altra parte, tirò fuori la pistola. La nascose dietro la coscia e bussò a una finestra, facendo segno all'amministratore. Nello stesso momento, vide Khalid dietro la porta sul cortile. Søren Svendsen gli venne incontro con un sorriso ma poi si fermò, come se qualcosa l'avesse disturbato; Axel si rese conto che anche Khalid aveva bussato. L'uomo si fermò e alzò le mani, come se non riuscisse a decidere a chi aprire, ma quando Axel bussò di nuovo si convinse e venne verso di lui.

«Che cosa... Siete arrivati da tutte e due le parti.»

Axel gli mise una mano sulla bocca e sussurrò: «Piano. James è in ufficio?»

Svendsen scosse la testa.

«È in ferie. Che succede?»

«Dov'è?» gridò Axel, trascinandolo verso la porta dietro cui aspettava Khalid. «Gli apra!»

«Non lo so. Ma non è qui.»

«Quando l'ha visto l'ultima volta?»

«È passato ieri. Ha preso le ferie poco dopo l'omicidio. Ha detto che era sotto shock.» Svendsen lanciava occhiate nervose alla pistola di Axel. «Che cosa...?»

«Deve trovarsi nell'edificio, abbiamo rintracciato il suo cellulare. Dove potrebbe essere, se non è qui? Ci pensi bene!»

«Abbiamo un locale caldaie di cui lui è responsabile, ma...»

«Ci porti lì.»

L'uomo prese una chiave e, passando per il cortile, li guidò fino a una larga scala che portava a un seminterrato. Mentre lui apriva la porta, Axel impugnò la pistola. Khalid era dietro di loro.

«Rimanga qui» disse Axel all'amministratore. Esaminarono il locale, senza trovare nulla. Mentre tornavano in ufficio, Axel bombardò Svendsen di domande, mentre Khalid informava i colleghi che non avevano trovato James.

«Sa dove abita? Come si muove? Sa se ha altri numeri di cellulare, oltre a quello che mi ha dato?»

«Mi pare che viva a Frederiksberg. Ho un indirizzo, non credo abbia altri cellulari.»

Tornato nell'ufficio, Axel prese il telefono e fece il numero di James. Nessuno rispose, ma un cellulare squillò vicino a loro. Dietro una delle porte.

«Cosa c'è lì dentro?»

«Una cucina e un bagno. Lo usiamo per cambiarci.»

«È stato lì, ieri?»

«Sì. Ha detto che doveva prendere un rotolo di nastro telato, perché gli si era staccato un parafango.»

Axel trascinò Svendsen verso la porta.

«È chiusa a chiave?»

«No.» Svendsen aprì, e Axel si guardò intorno. Su una sedia c'era una grande borsa nera.

«È di James?»

«Credo di sì. Dev'essere quella che ha lasciato qui; ha detto che qualcuno sarebbe venuto a prenderla.»

«Parlava di noi» disse Khalid alle loro spalle.

Axel si girò a guardarlo, poi tornò a fissare la borsa. Riprese il telefono e chiamò il numero di Henriette. Non rispose nessuno, ma il cellulare era di nuovo acceso.

«Sì, parlava di noi» confermò. «Dovremmo chiamare gli artificieri?»

«Non c'è tempo» rispose Khalid. «E non è nemmeno il suo stile. La apro.»

Khalid s'infilò i guanti di lattice e fece scorrere la lampo, senza toccare la borsa. Allargò piano l'apertura con la punta delle dita. Apparve un cellulare Samsung, con lo schermo ancora illuminato. Khalid lo prese e lo posò su un tavolo. Poi frugò tra i vestiti dentro il borsone.

«Riconosce qualcosa?»

«No, così su due piedi non mi pare» rispose Svendsen.

«Io sì» intervenne Axel. «Sono di Henriette.»

«Sapeva che saremmo venuti qui» disse Khalid.

«Ma come?»

«Sapeva che saremmo venuti a cercarlo, quando ha portato via Henriette. L'unica cosa che non capisco è come facesse a sapere che l'avevamo individuato.»

«Te lo dico io. L'altro giorno abbiamo preso il dna a tutti: sapeva che avremmo trovato delle corrispondenze con quello repertato in casa di Sten e, ancora peggio, in casa di Per.»

«E questo cosa significa?»

«Che è in fuga, che è nella merda e che è dieci volte più pericoloso di prima, perché non ha più niente da perdere.»

Il telefono di Axel suonò. Era Vicki.

«Lo avete trovato?»

«No, ci è sfuggito.»

«Il telefono di Henriette è stato riacceso, un'ora fa.»

«Dove?»

«Dove sei tu. Al Numero 8. Dev'essere ancora lì. La squadra sta arrivando, Eta: due minuti. Non fate niente da soli, dobbiamo evacuare l'edificio e perquisirlo.»

81

Emma era molto dispiaciuta. Doveva andare da papà, ma lui aveva annullato il loro appuntamento. «Niente di grave» aveva detto al telefono, ma dalle rughe sulla fronte della mamma si capiva che non era vero. Emma le aveva restituito il cellulare e la mamma era andata a parlare lontano da lei.

«L'avete trovata?» aveva detto piano. «Capisco. Ti penso, spero vada tutto bene.»

Dopo, la mamma aveva uno sguardo strano. Emma sapeva che cosa voleva dire, nel lavoro di papà, quando parlavano di trovare qualcuno. Era un morto. E tutti quanti si dispiacevano moltissimo. E poi papà doveva trovare il colpevole e catturarlo. Papà catturava sempre i colpevoli, ma qualche volta era andata male. Quando ci pensava le veniva mal di pancia, ma non pensarci era difficile.

La mamma la chiamò: «Faccio tardi, accidenti! Sei pronta, Emma? Ho una riunione importante! Hai preparato la borsa da ginnastica? No, non so dov'è la tua borraccia. Finisci di fare colazione!»

La porta di casa si aprì.

Emma corse fuori dalla cucina. Poteva essere papà che aveva cambiato programma.

Ma non era papà: era l'uomo della soffitta, che sorrideva alla mamma sopra la sua testa.

«Posso essere utile?» domandò.
A Emma non piaceva quel sorriso.
«Ce la caviamo benissimo da sole» disse, mettendosi tra lui e la porta del soggiorno.

82

«Andiamo a vedere da Sten Høeck» urlò Axel a Khalid. «Tu passa dalla porta, io entro dalla terrazza.»

Si mise a correre, in preda al panico e al presentimento orribile di essere arrivato troppo tardi. Gli sembrava di avere un buco rovente al posto dello stomaco. Perché James Craw aveva lasciato lì quella borsa, se non perché voleva che la trovassero? Era come se avesse voluto dirgli: «Il mio ruolo è esaurito, al resto dovrete arrivarci da voi.» E perché c'erano dentro i vestiti di Henriette? Lei era nuda, adesso? E perché il suo cellulare era stato acceso, un'ora prima? Poteva voler dire che le era accaduto qualcosa? Forse era stata lei ad accenderlo, dopo essersi liberata in qualche modo. Forse era ferita e non riusciva a telefonare. Poteva averlo acceso senza che il suo rapitore se ne accorgesse? Era possibile. Nelle situazioni di emergenza, quando era questione di vita o di morte, lei era la migliore che Axel avesse mai conosciuto.

Ma poteva anche voler dire che era morta, che James l'aveva uccisa. In fondo – per quanto Axel cercasse di non pensarci – era sempre stato quello, il suo scopo. E poteva averle lasciato il telefono vicino perché la trovassero. I pensieri gli si rincorrevano nella testa, mentre arrancava per le scale esterne. La polizia aveva circondato tutto il complesso: Axel vide gruppi di colleghi in tenuta antisommossa che si muovevano verso le entrate. E lui correva. Arrivato all'appartamento di Sten Høeck, tirò fuori la pistola e costeggiò il muro fino alla terrazza. Intorno alla maniglia della portafinestra c'era ancora il nastro bianco e rosso della polizia. Axel cercò di aprirla, ma la trovò chiusa. Prese le chiavi dalla tasca, mentre il suo sguardo passava in rassegna la parte visibile della casa. Nessun segno di vita. Entrò e rimase un attimo in ascolto. Dal lato opposto, la porta si aprì e Khalid entrò. Axel gli fece segno di controllare il piano di sotto, mentre lui saliva le scale con la pistola in pugno. Se James Craw lo aspettava di sopra non avrebbe avuto difficoltà ad accopparlo, ma Axel era certo che fosse già lontano. Entrò nell'ampio salone dove avevano trovato Sten Høeck sulla sedia, con la gola e le palpebre tagliate.

«*Clear*» gridò Khalid dal basso.

Perché non aveva capito fin dall'inizio il senso delle palpebre tagliate? Quando uno lascia un messaggio tanto chiaro, è molto sicuro di sé. James Craw aveva fornito loro un indizio che non erano stati capaci di cogliere. Per questo aveva aspettato, prima di prendere Henriette? Voleva farli avvicinare di più? O voleva spaventare gli altri? Non era molto logico, ma i moventi lo erano di rado. Se avessero decifrato subito il messaggio delle palpebre tagliate, avrebbero potuto impedirgli di arrivare a Henriette e a Jens Jessen. Era quello che voleva l'assassino? O voleva che la vicenda diventasse di pubblico dominio? Axel non riusciva a capire.

«*Clear*» gridò a Khalid, poi accese la ricetrasmittente. «Qui da Sten Høeck non c'è nessuno, Vicki. Voi a che punto siete?»

«James non era in rapporti con nessun inquilino: pensiamo che il segnale venisse da un appartamento vuoto.»

Ovvio. Axel ricordò che era stato proprio James a riferirgli il numero di appartamenti ancora liberi, quasi una settimana prima. Erano più di cento.

«Ce ne sono centodiciassette, ma, in base alla provenienza del segnale, abbiamo circoscritto la ricerca alla parte nordorientale dell'edificio. Lì gli appartamenti sfitti sono solo tredici. Siamo già qui, cominciamo.»

83

«Posso andarci da sola, a scuola» disse Emma, sforzandosi di non scoppiare a piangere.

«Sì, ma devo accompagnarti per dirgli che non puoi tornare a casa da sola prima delle quattro.»

«Be', se sono solo dieci minuti posso stare io con Anton» disse l'uomo della soffitta.

La mamma guardò Thomas, che era ancora nell'ingresso.

«Vado da sola. Puoi dirgliela al telefono, questa cosa» insistette Emma.

La mamma guardò Emma, poi Thomas, poi Anton.

«Anton non deve restare da solo con lui» disse Emma, mettendosi a piangere. C'era qualcosa di strano in Thomas: aveva le foto di papà con la sua nuova fidanzata nel computer, anche se Emma non era ancora riuscita a dirlo alla mamma. E papà non veniva. E la mamma era ancora arrabbiata con lei perché era tornata a casa senza permesso. Ed era imbarazzante che ora andasse a scuola a dirlo a tutti.

La mamma guardò ancora Anton e poi Emma, come se non riuscisse a decidersi.

«È veramente gentile da parte sua» disse poi a Thomas. «Ci vorrà al massimo un quarto d'ora.»

84

Axel prese il sentiero che portava al versante Nord dell'edificio, insieme a Khalid. Il suo cellulare vibrò; lui lo tirò fuori e lesse l'sms. Veniva dal telefono di Cecilie, ma l'aveva scritto Emma.

«Mi manchi, papà, puoi venire presto? Stai cercando la tua ragazza, vero? Tu stai bene?»

Perché diavolo gliel'aveva raccontato? Al telefono Cecilie era stata partecipe e comprensiva, davanti all'emergenza che aveva costretto Axel ad annullare l'impegno con la figlia, ma questo? Stava per chiamarla, quando il cellulare suonò. Sul display apparve un numero lunghissimo.

«Ho trovato un Mikkel. È una delle nostre pecore nere. È stato licenziato dalla Blackwater sci mesi fa, in seguito a diversi episodi di violenza ingiustificata.»

«Qual è il nome completo?»

«Mikkel Holst Pedersen.»

Axel allontanò il telefono dalla bocca e ripeté il nome a Khalid. Frank Jensen proseguì: «Non sono riuscito a scoprire cos'ha fatto, ma se l'hanno licenziato dev'essere una cosa molto grave, perché qui la soglia di tolleranza è abbastanza alta. Potrebbero essere sevizie, uno stupro o un omicidio, che perciò non sono mai arrivati in tribunale.»

«Si sa altro di lui?»

«Nato nel 1979, a Copenaghen. Militare in Afghanistan

dal 2002 al 2004, probabilmente congedato con disonore. Non so altro.»

Almeno avevano un nome, anche se Axel sospettava che non li avrebbe portati molto lontano. Era la terza identità che avevano scoperto in ventiquattr'ore e, anche se era quella vera, non era detto che fosse quella che aveva sempre usato.

Continuarono a camminare verso la loro meta. La ricetrasmittente si mise a crepitare. «Sentiamo il cellulare» disse una voce. «Nell'attico all'angolo. Siamo dentro, il suono viene dal piano di sopra. Saliamo?»

«Sì» disse Vicki ai colleghi.

Axel sentì un nodo nello stomaco. Faceva fatica a respirare, eppure cominciò a correre. Fa' che sia ancora viva, fa' che sia ancora viva, ripeteva nel panico tra sé.

85

Emma e la mamma stavano andando a scuola. La mamma le camminava davanti, a passo svelto; Emma le andava dietro, più piano. Lo faceva apposta. Sapeva che la mamma si sarebbe voltata per incitarla. Ma lei non aveva nessuna voglia di arrivare.

«Su, Emma, dobbiamo sbrigarci.»

Dovevano sempre sbrigarsi. Era una delle cose che la esasperavano dei grandi. L'altra era che con loro tutto cambiava di continuo. Dicevano un mucchio di cose che non erano vere. Perché parlavano di come volevano che fosse il mondo, anche se sapevano benissimo che non era così. Anche la mamma, che aveva lasciato Anton con l'uomo della soffitta. «Possiamo fare il gioco dello scatolone» aveva detto Thomas.

«Che bello, Anton» aveva detto la mamma. Anton stava lì e sorrideva, senza dire niente. Emma avrebbe voluto protestare. Li aveva visti fare quel gioco, e non era un vero gioco. Era una cosa che Thomas faceva per se stesso. In quella scatola c'era del nastro adesivo spesso. Sia dentro che fuori, e anche sui lati. Non andava bene. E poi c'erano le foto di papà e della donna alta nel suo computer. Neanche quello andava bene. Doveva dirlo, che conosceva papà, invece non aveva detto niente. Anche la foto di papà che c'era in salotto: l'aveva guardata come se lo conoscesse, ma non aveva detto niente.

Emma aveva cercato di dirlo alla mamma, il giorno prima, ma lei era già così arrabbiata che Emma aveva avuto paura che si arrabbiasse ancora di più, se le raccontava di essere stata in camera di Thomas. Di essere entrata di nascosto e aver guardato nel suo computer.

86

«L'abbiamo trovata. Brutta situazione» disse la voce nella ricetrasmittente.

Axel aveva smesso di correre. Vide un gruppo di agenti fuori dall'appartamento, e John Darling che stava entrando. Era sicuro che fosse lei, e che fosse morta. Gli sguardi sfuggenti dei colleghi, i movimenti rallentati, la delusione in ogni gesto, in ogni tratto del volto. Quando si avvicinò, tutti gli occhi si posarono su di lui. Ma non c'era neanche l'ombra delle espressioni scettiche o giudicanti, di disprezzo o di sfida cui Axel era così abituato. Mentre entrava dal terrazzo, un collega gli posò una mano sulla spalla.

«È lei? È...» domandò Khalid dietro di lui.

Non ci fu una risposta vera e propria, ma Axel intravide un cenno di assenso da parte di qualcuno.

Entrò con passo fermo nell'appartamento, salì le scale. Intorno a lei c'erano quattro uomini. John Darling si voltò a guardarlo.

«Axel» disse. E non riuscì ad aggiungere altro. Aveva le lacrime agli occhi.

Axel si avvicinò, gli altri si fecero da parte. Quando la vide, fu come se il cuore gli si fermasse. I suoi occhi azzurri non c'erano più. Al loro posto, due buchi insanguinati. Con intorno residui neri di polvere da sparo. Aveva delle fascette di plastica alle mani e ai piedi, e indossava solo le mutandine e la maglietta.

Axel si accovacciò e le posò un dito sulla gola.

«È morta, Axel» disse una voce alle sue spalle.

«Sì, ma non è ancora fredda. Era ancora viva, poche ore fa. Probabilmente finché il telefono è rimasto spento.»

Guardò il suo viso, il corpo legato stretto con il nastro telato. Aveva dei segni intorno alla bocca, probabilmente era stata imbavagliata. Gli occhi, pensò Axel, quegli occhi azzurri come il cristallo. L'assassino se li era presi. La loro assenza dava un aspetto impersonale al suo corpo grande e forte, che giaceva legato e privo di vita.

Axel si rimise in piedi.

Aveva gli occhi asciutti. Devo trovarlo in fretta, pensò. E quando l'avrò trovato, lo ucciderò.

Khalid era davanti a lui, con le guance bagnate di lacrime. Aprì le braccia e strinse Axel a sé.

«Dobbiamo uscire e lasciar lavorare BB e Lennart» disse Darling. «Devo chiedervi di venire giù con me.»

«Avete rafforzato la scorta di Jens?» domandò Axel.

«Sì» rispose Darling.

«E suo figlio? Cecilie?»

«Immagino siano protetti anche loro. Ma controllo subito.»

Scesero al piano inferiore e uscirono dall'appartamento. Nel terrazzo si erano radunati circa cinquanta poliziotti. Al loro passaggio nessuno fiatò. Alcuni si limitarono a guardarli. Molti abbassarono la testa.

«Henriette Nielsen è lì dentro» disse John Darling. Aveva ancora gli occhi lucidi. «Era scomparsa da poco meno di trentasei ore, ed è morta da poco. Ciò significa che l'assassino l'ha tenuta prigioniera per un giorno e mezzo. Non sappiamo ancora cosa sia successo in questo tempo, né che cosa abbia subito, ma non c'è dubbio che dev'essere stato un inferno per lei. In questo momento vi parlo da poliziotto e mi rivolgo ad altri poliziotti. È il terzo omicidio. Qualcuno, là fuori, sta uccidendo i nostri colleghi. Dobbiamo fermarlo, subito. Siamo tutti d'accordo?»

Ho fatto un discorso simile pochi giorni fa, pensò Axel. E che cosa ho ottenuto? Niente. Ci siamo avvicinati all'assassino solo nelle ultime ventiquattr'ore.

Per la prima volta dopo tanto tempo, il suo cuore batteva a un ritmo preoccupante, come un pistone impazzito che gli martellava il petto. Sentiva la ferita all'addome, faticava a respirare e fu costretto a inginocchiarsi. Cercò di riempire i polmoni, ingoiando l'aria, ma sentì che perdeva il controllo. Khalid lo prese tra le braccia e lo portò su una sdraio. Axel ci cadde sopra e vomitò sul pavimento di pietra.

«Non potevi fare di più, Axel. Sei l'unico che ha preso seriamente questa storia.»

Axel mise la testa tra le ginocchia, ma anche così aveva le vertigini. La riprese tra le mani, cercando di controllare il caos che gli infuriava nel cervello, le parole, le carezze, la sua faccia, il sorriso, gli occhi, quegli occhi azzurri, azzurri. L'ultima volta che le aveva parlato di persona, l'ultima volta che le aveva dichiarato il proprio amore, era ubriaco. Che cazzo di addio. Che senso c'era? Che senso aveva tutto? E adesso lei era lì e aveva perso la vita, l'aveva persa per proteggere dei segreti assurdi, perché aveva preso il suo lavoro così sul serio da non voler scendere a compromessi.

Avrei potuto fare qualcosa mentre era ancora viva, pensò Axel, ripercorrendo febbrilmente tutti gli eventi degli ultimi tempi. Avrebbe potuto fermare la successione di cause ed effetti che aveva causato la sua morte?

Riprese il controllo del respiro. *Non devo mollare proprio adesso, devo fare la mia parte. Henriette contava su di me, sul fatto che sarei venuto a salvarla come aveva fatto lei allora, quando era toccato a me arrendermi e stavo per morire. Dev'essere stato questo il suo ultimo pensiero: Axel verrà. Ma non è stato così. Sono arrivato troppo tardi. E ora mi resta una sola cosa da fare. Trovare lui.*

87

Quando stavano per entrare a scuola, Emma fermò la mamma.

«Perché Thomas ha le foto di papà e della sua fidanzata nel computer?»

La mamma si bloccò, smarrita.

«Che cosa?» Guardò Emma. «Quale fidanzata? Di che parli, Emma?»

La mamma la prese per il braccio.

«Dove le hai viste?»

Non avrebbe dovuto aprir bocca. Ora sarebbero stati di nuovo guai, per lei.

«Lo so che non dovevo andarci, in camera sua.»

«Non importa, Emma. Di che foto parli?»

«Ieri, quando ero a casa, sono andata in camera sua e ho acceso il suo computer, e c'erano un sacco di foto. Ce n'erano tantissime di una signora alta, e in qualcuna papà era con lei. E in una si baciavano.»

«E Thomas aveva queste foto nel suo computer?»

«*Sììì*, te lo sto dicendo da un'ora.»

La mamma rimase ferma e in silenzio.

«Stai dicendo che Thomas, che abita nella nostra soffitta, ha un computer pieno di foto di tuo padre insieme a una donna?»

«Sono soprattutto foto della signora alta, ma ce ne sono

alcune dove lei è con papà, due dove si abbracciano e una dove si baciano. Perché ce le ha?»

La mamma rimase di nuovo zitta, come se non riuscisse a capire quello che lei le aveva appena detto. Emma sentiva il vento che passava tra i castagni, dall'altro lato della strada. Sul lago nuotavano i cigni. Ora era sicuro che avrebbe fatto tardi a scuola.

«Perché papà baciava quella signora, se non è la sua fidanzata?»

«Emma, non è niente. Puoi andare da sola in classe?»

«Ma non dovevamo...?»

«Ho detto vai, Emma.» La mamma la spinse leggermente verso il cortile, mentre lo diceva. «Ne riparliamo un'altra volta. Ora vai, su!»

Emma cominciò a camminare, ma dopo pochi passi si fermò, perché sentì la mamma che correva. Si voltò, tornò sul marciapiede e la vide. La mamma si fermò, si tolse le scarpe con i tacchi, le buttò via e riprese a correre, scalza. Emma non l'aveva mai vista correre così forte. Posò lo zaino e si mise a correrle dietro.

88

Axel scese verso le auto con Khalid, John Darling e Vicki. Quando arrivarono al pianterreno, si fermò davanti alla folla di giornalisti che si assiepava dietro il cordone di protezione.

Si rivolse a Darling: «Non una parola con la stampa. Finché non sa che l'abbiamo trovata, penserà di avere un vantaggio su di noi. Tienili buoni con qualche cazzata su un falso allarme» gli disse.

«Certamente.»

«Noi torniamo alla centrale, d'ora in poi lavoreremo da lì. Non serve a niente andare ogni volta fino a Søborg: tutto quello che ha fatto, lo ha fatto in città.»

«L'avrei proposto io stesso» disse Darling.

«Poi c'è Jens Jessen. È sotto protezione, ma io lo chiuderei in una delle vostre *safe houses* o nel bunker di Søborg, finché non prendiamo l'assassino. Non ci vorrà più di qualche ora. Quando è al sicuro, telefonatemi. Se non si convince, fatelo parlare con me. Spero che anche Cecilie e Anton siano al sicuro.»

«Abbiamo dato disposizioni appena ce l'hai detto. Suppongo che abbiano provveduto.»

«Verificalo. Ora. Se non sono al sicuro, manda un'auto a casa loro. E manda un'auto anche a casa di Jens Jessen, a Holmen. Non una pattuglia normale, dev'essere gente abituata a sparare. Andiamo a prendere quel pezzo di merda.»

Mentre superavano la barriera di protezione, i giornalisti chiamarono per nome sia lui sia Darling. Uno corse addirittura dietro ad Axel, che proseguiva verso la propria auto. Khalid l'afferrò per un braccio e gli indicò il gruppo di colleghi intorno a Darling.

Axel tirò fuori il telefono e chiamò Cecilie, che non rispose. Poi guardò l'orologio: erano le nove e un quarto, sicuramente stava lasciando Anton al nido.

«Sei in grado di guidare?» domandò Khalid.

«Sì. Vado da solo, ma tu vieni alla centrale. Non posso farcela senza di te.»

«Ti seguo con Vicki.»

Axel salì in macchina, posò la testa sul volante e crollò. La morte di Henriette. Ne era responsabile, lo sapeva. Era andato tutto storto, fin dall'inizio. Aveva commesso degli errori: aveva perso tempo con la pista del Pet, con i suoi vecchi nemici, invece di concentrarsi su James, che grazie alla sua posizione aveva accesso a tutto, alle chiavi e alle informazioni sull'edificio, ed era libero di muoversi senza dare nell'occhio. Aveva sottovalutato degli indizi, era stato debole e non aveva imposto il suo punto di vista, come un tempo avrebbe fatto. Forse in quel modo si era guadagnato una cattiva fama, ma aveva funzionato: nessuno l'aveva mai accusato di negligenza. Invece questa era stata un'indagine sciatta: solo il caso li aveva portati sulle tracce di Mikkel Holst. Axel non si aspettava di certo tutte quelle confidenze da parte di Yasmin, era stato un vero colpo di fortuna.

Era molto peggio dell'ultima volta. Morire sarebbe stato più facile. Invece era arrivato troppo tardi.

Si raddrizzò. Nello specchietto retrovisore vide Vicki, che parlava al telefono accanto alla propria auto. Khalid era sul sedile del passeggero. La poliziotta gridò qualcosa e cominciò a corrergli incontro. Axel scese dall'auto. Anche Khalid era sceso.

«Abbiamo un indirizzo. Abildgaardsgade 25.» Vicki era sbalordita. «Non è...»

«Sì, è l'indirizzo di Cecilie» urlò Axel. «O è uno scherzo, oppure è il suo inquilino. Mandate immediatamente una pattuglia, se non l'avete già fatto.» Piazzò il lampeggiante sul tetto della macchina, si buttò al volante e partì.

Quando girò a sinistra per immettersi su Ørestads Boulevard, il cellulare scivolò sul tappetino. Lo cercò a tentoni mentre schiacciava a fondo l'acceleratore, mormorando tra i denti: «Andiamo, andiamo, andiamo!» Con lo sguardo un po' alla strada e un po' al tappetino, nel tentativo di trovare il maledetto telefono, evitò per un pelo un ciclista, ma alla fine lo afferrò. Richiamò Cecilie mentre suonava il clacson all'impazzata. Lei non rispose.

Allora telefonò alla segreteria della scuola, chiedendo se sua figlia era lì. «Si tratta di un'emergenza» spiegò. Richiamarono mentre superava il Langebro a centotrentacinque all'ora. Emma non era andata a scuola, quel giorno. E non risultava nemmeno che fosse rimasta a casa perché ammalata. Ma il suo zainetto era stato ritrovato nel cortile.

89

Quando Emma girò l'angolo della loro via, vide che la mamma rallentava. Thomas stava uscendo dalla porta di casa con una grande borsa nera. Quando vide la mamma, la posò sui gradini davanti all'ingresso. Portava dei guanti. Emma raggiunse il marciapiede al lato opposto della casa e si nascose tra le auto parcheggiate. La mamma fece ancora un passo, ma vacillando, come se stesse per cadere da quanto era stanca.

Poi urlò: «Che diavolo succede qui? Dov'è Anton?»

«Qual è il problema?» rispose Thomas. «È su che gioca, in camera sua.»

«Ma che cazzo, te lo avevo affidato» gridò la mamma. Dalla sua voce, Emma capì che stava per piangere o arrabbiarsi veramente. Era la stessa voce di quando lei e Jens avevano litigato così tanto che Jens se n'era dovuto andare.

Emma si era avvicinata ancora, sempre nascosta dietro una macchina. Dall'altra parte era fermo un grande furgone nero con il bagagliaio aperto.

«Sono stato con lui fino adesso, ma ora devo andare al lavoro. Mi hanno chiamato per una questione urgente, aspettavo solo che tornassi. Stavo caricando l'auto, nel frattempo.» Abbassò lo sguardo verso la borsa.

La mamma lo fissò con un'espressione selvaggia negli occhi. Emma conosceva anche quella. Le veniva solo quando era molto arrabbiata, o se qualcuno stava per investirla quando portava in bicicletta Emma e Anton.

«Si può sapere che succede? Perché ci sono delle foto di Axel e Henriette, nel tuo computer? Chi cazzo sei?»

Emma guardò nel bagagliaio buio del furgone, e vide lo scatolone. Vide anche la manina di Anton sporgere dal buco che fungeva da maniglia.

«Vai su da Anton» disse Thomas e, prima che Emma riuscisse a gridarle che Anton era lì, la mamma era sparita e Thomas si stava chinando a raccogliere la borsa. Emma saltò nel bagagliaio e strisciò verso Anton. Doveva tirarlo fuori da quello scatolone. Sentì sbattere la porta di casa. Era la mamma che veniva ad aiutarli? Ma poi ci fu un movimento: lei si voltò e vide il portellone che si chiudeva. La luce si spense. Emma si alzò in piedi e corse verso lo sportello, per cercare di aprirlo; Anton disse: «Cucù, cucù.»

Il furgone partì lentamente, ma poi accelerò così forte che Emma cadde, andando a sbattere contro il portellone.

Sentiva le urla di sua madre, fuori, e Anton cominciò a piangere. Poi la voce della mamma sparì; rimasero solo il pianto di Anton e il rumore fortissimo del motore.

90

Dovevano cercare un furgone nero. Era passata un'ora da quando Mikkel Holst aveva portato via Anton. All'inizio si erano chiesti dove fosse Emma, ma un vicino aveva visto Mikkel Holst uscire di casa con uno scatolone tra le braccia, caricarlo sul furgone e poi chinarsi a parlare verso il bagagliaio. Poco dopo, lo stesso vicino aveva visto Emma nascondersi dietro le macchine parcheggiate lungo il marciapiede per poi infilarsi a sua volta nel bagagliaio, poco prima che Mikkel Holst tornasse di corsa verso il furgone, chiudesse il portellone posteriore e partisse in quarta mentre Cecilie gli correva dietro, urlando.

«Che bastardo malato devi essere, per mettere un bambino di due anni in uno scatolone?» disse Khalid, scuotendo la testa.

«Ma perché Emma è salita su quel furgone?» gridò Cecilie. Era scalza e aveva le calze smagliate; il mascara sciolto le rigava il viso. Era piccola, nel suo tailleur scomposto, e aveva quell'espressione in cui si mescolavano shock, panico e terrore che Axel aveva visto centinaia di volte su una scena del crimine.

«Voleva aiutare il suo fratellino» disse Axel.

Jens Jessen era arrivato con un seguito di sei guardie del corpo del Pet.

Cecilie l'aveva coperto di urla e pugni sul petto, quando aveva capito perché Anton era stato rapito e chi era l'uomo che aveva avuto in casa. Appena si fu calmata un po', Axel la prese da parte.

«Emma me l'aveva detto tante volte, Axel, e io non l'ho ascoltata.»

«Cosa ti aveva detto?»

«Che era strano. Che non aveva preso la stanza per viverci, e che guardava Jens in modo strano, l'ultima volta che aveva riportato Anton a casa. E a lei aveva chiesto quando saresti venuto. Oggi, poi, mentre andavamo a scuola, mi ha detto che era andata in soffitta per giocare con il suo computer e aveva trovato un sacco di foto di Henriette, qualcuna anche con te.»

«Che cosa?»

«Sì; solo allora ho capito che qualcosa non andava. All'inizio ho pensato che potesse essere una trovata di Jens, un detective privato, magari.»

«Pensi che ne sarebbe capace?»

Cecilie lo guardò, seria.

«Non hai idea di quanto fosse fuori di sé, per noi due. Trovala, Axel, trovali tutti e due!»

«Sì. Devo andare, devo parlare con Jens.»

Lo raggiunse. Nonostante i tic violenti in tutto il viso, sembrava abbastanza padrone di sé.

«Che facciamo?»

«Succederà una di queste due cose, e anche presto. O ucciderà Anton, o lo userà come esca per arrivare a te.»

Al sentir pronunciare il nome del figlio, Jens Jessen tremò.

«Non deve accadere niente ai bambini. Se è me che vuole, mi avrà.»

«Sei sicuro? Te la sentiresti?»

Lo sguardo di Jens era deciso e disperato. C'era anche un po' di vergogna? Non è mai troppo tardi, pensò Axel.

«Certo, Axel. Vedi altre possibilità, se non che voglia scambiarmi con i bambini?»

«Non lo possiamo sapere, ma ho idea che lo scopriremo presto. Hai il tuo cellulare? È quello a cui ti chiamava Henriette?»

«Sì.»

«Allora ti cercherà senz'altro su questo. Partiamo da qui. Può darsi che abbia intenzione di scambiarti con i bambini, ma potrebbe anche decidere di uccidervi tutti e tre, anche se dubito che voglia fare del male a Emma. Può essere che la faccia scendere da qualche parte. Può essere che ti spari appena ti presenterai per lo scambio. Oppure che vi scambi, fugga con te e ti uccida. Non ho idea di quello che succederà, ma sono più che certo che il suo scopo è punirti.»

Jens Jessen annuì.

«Sono d'accordo. Gli specialisti in negoziazione di ostaggi stanno arrivando, dobbiamo pianificare le nostre mosse con loro.»

Cinque minuti dopo arrivò il capo dell'unità per le operazioni speciali, Michael Henriksen. Coetaneo di Axel, capelli a spazzola e fisico massiccio, composto di muscoli e polpette svedesi in parti uguali. Lo sguardo concentrato doveva dimostrare che l'uomo sapeva il fatto suo, anche se Axel aveva i suoi dubbi: con il criminale che aveva preso in ostaggio i bambini, nessuno poteva avere alcuna esperienza. Ma finché non c'era altro da fare, Axel era disposto ad ascoltarlo.

Per come la vedeva lui, avevano tre possibilità di arrivare a Mikkel Holst: la prima era che lui stesso si mettesse in contatto con loro; la seconda, che una delle oltre cento pattuglie e auto civili che stavano già perlustrando la città lo fermasse; la terza era che riuscissero a trovare lui e il suo nascondiglio per mezzo di informazioni personali.

Henriksen aveva già provveduto a mettere sotto controllo il cellulare di Jens, il telefono fisso di Cecilie e il numero di Jens al Pet. Tutti avrebbero potuto ascoltare le conversazioni da un'unità mobile parcheggiata sulla strada.

«Se chiama, risponderò io e avvierò la negoziazione» disse Henriksen.

«No, non tu: ci parlerà Jens» ribatté Axel.

«Sentite, capisco che la situazione vi tocca personalmente, ma dobbiamo mantenere la calma. Abbiamo bisogno di tempo per rintracciarlo.»

«Io sono calmissimo» disse Axel. «E conosco l'omicida e questo caso molto meglio di te. Perciò ora ascoltami, così saremo pronti quando chiamerà. Non ci sarà nessuna negoziazione, né manovre dilatorie, richieste o tutto quello che potrebbe permetterci di guadagnare tempo. È troppo ben organizzato, e troppo cinico.»

Henriksen si appellò con lo sguardo a Jens Jessen.

«È okay per te, Jens?»

«Sì.»

Henriksen proseguì: «Jens non deve esporsi a nessun pericolo: è fuori discussione che incontri l'assassino. Non ci sarà nessuno scambio.»

«Abbiamo le ore contate, Henriksen, e c'è in gioco la vita di due bambini. Uno dei quali ha solo due anni ed è il figlio di Jens. Ci sono le regole e poi ci sono le situazioni eccezionali che le rendono inapplicabili, e questa è una di quelle» replicò Axel.

«Qui non si tratta di regole, ma di procedure che valgono per tutti i casi di negoziazione degli ostaggi, e noi le seguiremo.»

Axel guardò Jens, Jens si guardò la punta delle scarpe.

«Se Mikkel Holst vuole che vada, io vado, Henriksen» disse poi. «Questo è un fatto che niente e nessuno potrà cambiare.»

«Allora speriamo che non voglia.»

«Direi che non dobbiamo sperarlo, invece, perché significherebbe che Anton morirà al posto di suo padre.»

Jens fece un respiro profondo e guardò Axel. Axel gli si avvicinò, gli strinse forte una spalla e lo portò a qualche metro da Henriksen.

«Sono i nostri bambini. Devi essere sicuro di farcela, di riuscire a mantenere il sangue freddo.»

«C'è qualche alternativa? Io non ne vedo, e sono pronto. Tu cosa ne pensi?»

«Dobbiamo avvicinarci a lui, metterlo fuori gioco.»

«Sono pronto ad andare fino in fondo, se servirà a salvare la vita di Anton.»

Axel lo guardò. Jens Jessen non era mai stato un codardo, ma ora sembrava quasi ansioso di sacrificarsi. E non era un buon segno. Era come se la sua coscienza lo avesse raggiunto, come se fosse pieno di vergogna e senso di colpa perché suo figlio ed Emma erano stati rapiti. E come se fosse pronto a tutto per rimediare.

Quanto a lui, non sentiva niente. Nessun dolore, nessuna paura. Era perfettamente lucido. Sapeva di dover evitare che Jens finisse nelle mani di Mikkel Holst. Per il bene dei bambini.

91

La prima volta che si fermarono, Emma si mise a sbattere furiosamente le mani sulle pareti dell'auto. Ripartirono subito. Fece lo stesso alla seconda sosta, e in più gridò: «Papà! Papà! Papà!» Il portellone del bagagliaio si aprì; lei vide degli alberi, poi Thomas la prese per un braccio e le disse: «Che diavolo ci fai tu qui?»

«Papà!» riuscì di nuovo a urlare Emma, poi lui le diede una spinta e la fece cadere sul fondo del bagagliaio, dov'era lo scatolone con dentro Anton, in lacrime. Thomas richiuse il portellone e la macchina ripartì. Per la prima volta da quando ci era salita, Emma ebbe davvero paura e le venne mal di pancia.

Devo aiutare Anton, pensò. Il fratellino era ancora nello scatolone. Cominciò a tastarne i lati, dicendo: «Sono io, Anton, sono Emma, ora ti faccio uscire.» Sentì il nastro adesivo sotto le dita e cominciò a staccarlo. Era abbastanza facile, a parte quando l'auto la sballottava. Cadde due volte, e una volta sbatté anche la testa, ma riusciva a staccare il nastro adesivo: prima un pezzetto, poi un altro, poi cadde di nuovo. Se ce la faceva a liberare Anton dalla scatola, forse poi potevano saltare giù dalla macchina, la prossima volta che si fermava. Chiamava il fratello per nome: «Anton, Anton, Emma è qui, ora ti tiro fuori.» Lui piangeva come quando era disperato, e sembrava che facesse fatica a respirare. Alla fine lei aprì uno spiraglio nel cartone e infilò dentro una mano, mentre con l'altra cercava inutilmente di strappare un lato della scatola. Anton si era attaccato alla sua mano: gridava «*emmemmemme*», e si rimise a piangere quando lei lo lasciò. Emma tolse un altro pezzo di nastro adesivo, e stavolta la scatola si aprì, ma un nuovo sussulto dell'auto la fece cadere. Quando si rialzò, vide che Anton era fuori dallo scatolone fino al petto, e piangeva. Lo raggiunse camminando a quattro zampe e lo abbracciò; poi, siccome l'auto era di nuovo ferma, riuscì a tirarlo su, lo tenne in braccio e lo strinse a sé.

«Emma è qui, Antonius. Non ti succederà niente, ci penso io a te.»

92

Axel tornò da Henriksen, che stava istruendo i suoi sul comportamento da tenere. Aspettò che finisse di parlare, poi fece un cenno verso il cofano dell'auto sul quale era appoggiato Jens.

«Non possiamo mandare il tuo capo. Non ha le competenze necessarie per affrontare una situazione come questa; inoltre, è così sconvolto che dubito sia in grado di condurre una negoziazione.»

Henriksen si girò a guardare Jens Jessen, che in quel momento era assorto in un intenso dialogo a bassa voce con Cecilie. Axel aveva drammatizzato volutamente le sue condizioni.

Era passata un'ora e dodici minuti da quando i bambini erano stati rapiti.

«Allora che cosa proponi?»

«Prenderò io il suo posto. Se mi raso i capelli, potete coprire le cicatrici con il trucco?»

Henriksen lo guardò. «Si può provare.»

Axel andò da Jens e lo prese per le spalle. «Vieni, entriamo in casa» gli disse, trascinandolo con sé. «Ascoltami bene: tra poco porteranno qui due abiti uguali che ho fatto prendere a casa tua. Li dobbiamo indossare.»

«E perché mai?» domandò Jens. Sembrava che non capisse quello che diceva Axel.

«Perché prenderò il tuo posto, ma tu dovrai fare il primo pezzo di strada; hai capito?»

Jens lo guardò, poi annuì. «Come vuoi.»

Si fecero prestare un rasoio elettrico dal vicino, e il taglio fu perfezionato con una lametta. Poi truccarono Axel nell'unità mobile.

«Allora? Gli somiglio?» domandò Axel alla fine.

Henriksen esitò.

«Forse da lontano, ma a questa distanza chiunque abbia mai visto Jens capirebbe che non sei lui. Il rapitore lo ha visto da vicino?»

«Purtroppo sì.»

«Non so se è una buona idea, allora.»

«Ne hai una migliore?»

«No.»

«Parliamo delle armi.»

«Pretenderà che tu sia disarmato, suppongo.»

«Hai qualcosa di piccolo?»

«Tutto quello che vuoi. A cosa pensavi?»

«Vorrei una pistola fissata con il nastro adesivo dietro la coscia, e un coltello da qualche altra parte. È possibile?»

«Ho una Baby Glock 26 con un caricatore da dieci colpi, dovrebbe andare. Per quanto riguarda il coltello, ho una lama sottile a scatto, che sta in un fodero di plastica. Può essere usata di punta e di taglio, ma non è l'ideale. La puoi mettere sotto la pianta del piede, ma se devi camminare a lungo non sarà divertente.»

«Andrà bene. E un trasmettitore gps?»

«Ne abbiamo di molto piccoli.»

«Forse mi farà spogliare: potresti incapsularlo in qualcosa?»

«Sì, ne ho uno che sta in un piccolo involucro di gomma. Non è più grande di una pillola per il mal di testa.»

Axel se lo fece dare. Tornò nell'unità mobile, tirò giù

pantaloni e mutande e inserì il trasmettitore. Henriksen distolse lo sguardo.

«Proviamo a fissare le armi.»

Mentre Henriksen le cercava, Axel considerò le possibilità che aveva. Si trattava di arrivare il più vicino possibile a Mikkel Holst, con i rinforzi pronti, e riprendere i bambini. Da quel momento in poi, avrebbe potuto improvvisare. Ma se l'avesse scoperto, doveva essere sicuro che i bambini fossero in salvo.

Sarebbe andata bene. Doveva andare bene. Quell'uomo aveva ucciso Henriette e rapito Anton ed Emma. E Axel li rivoleva indietro. Voleva tornare alla vita insieme a loro.

Henriksen gli fissò pistola e coltello sotto i vestiti.

«Che ne diresti di un microfono?» domandò Henriksen.

«Per me volentieri, ma come fare perché non se ne accorga?» disse Axel.

«Di solito un buon posto è tra i capelli, se ci sono.»

«Dovevamo pensarci prima.»

«Non tutto è perduto. Se non segui la moda della depilazione maschile, potrei rasarti una strisciolina dove non batte il sole, incollare un microfono e decorare il tutto con un po' di peli pubici artificiali. Dovrebbe funzionare, anche se la qualità del suono non sarà certo come se lo avessi in testa.»

Più tardi tornarono tutti alla centrale, da dove avevano deciso di guidare le ricerche di Mikkel Holst e aspettare notizie. Axel sapeva di doversi mantenere il più attivo possibile: non dormiva da un giorno e mezzo, e la situazione di Emma lo metteva così in ansia che aveva i nervi a fior di pelle; la ragione e il sangue freddo rischiavano di sparire da un momento all'altro. Telefonò a Vicki, che coordinava le indagini.

«Il furgone nero è stato individuato. È comparso nella telecamera della Banca nazionale sei minuti dopo la partenza» raccontò lei con voce concitata.

«Da che lato della Banca?»

«Holmens Kanal. Perciò forse non ha intenzione di lasciare la città.»

«È diretto ad Amager» disse Axel. «Conosce bene la zona intorno al Numero 8. Aprono di continuo nuovi cantieri laggiù, e ci sono parcheggi sotterranei: un sacco di possibilità di nascondersi. Potresti mandare qualche unità?»

«Certo.»

«Ci sono telecamere sul Knippelsbro?»

«Di sicuro quelle del ministero degli Esteri e della sede centrale della Nordea. Controllo se hanno rilevato qualcosa.»

Axel la sentì allontanare il telefono e dare ordini. Guardò l'orologio: erano quasi le undici.

«Telefonerà presto» disse. «Non è facile tenere in ostaggio un bambino di due anni, a meno che non sia stato narcotizzato. Urlerà e chiamerà i genitori in continuazione.»

«Sono d'accordo. Più tempo passa, più aumenta il rischio che se ne liberi.»

Axel pensò di nuovo a Emma.

«Axel» gli disse Vicki, «te la senti?»

«Sì, certo. In questo momento è la sola cosa che mi sento di fare.»

93

Il furgone si fermò, ma il portellone non si aprì. Emma strinse forte Anton, che continuava a piangere e a singhiozzare, e dopo ogni singhiozzo diceva «maaa». Era una tortura. Anche a lei mancava la mamma. Anche più di papà, a pensarci bene. Il pianto di Anton la disturbava, le impediva di riflettere; e invece doveva assolutamente riflettere su come uscire da quella situazione.

Poi sentì dei passi, che si fermarono davanti al portellone, e un momento dopo il bagagliaio si aprì.

Eccolo. Con gli occhiali da sole. Sorrideva. Prima che potesse dire qualcosa, Emma lo aggredì: «Cosa vuoi farci?»

«Non voglio farvi niente. Vi ho solo presi in prestito per qualche ora.»

«Vogliamo tornare a casa.»

«Tra poco.»

«Perché hai portato via Anton?»

«Te l'ho detto, l'ho solo preso in prestito.»

«Non va bene. È piccolo. Non si devono fare queste cose.»

«Non vi succederà niente.» Aprì una borsa e buttò nel bagagliaio due bottigliette d'acqua e tre banane. «Basta che fate quello che vi dico.»

«Chi è che vuoi veramente?»

«Sei una bambina intelligente, tu. E io non ti sono mai piaciuto, vero?»

Emma non rispose. Le sembrava che la pancia le esplodesse dalla paura.

«Stai tranquilla. Ora prendo un iPad, così potete guardare un film. Non vi farò del male.»

«Ce lo hai già fatto» disse Emma.

Il portellone del bagagliaio fu richiuso, e tornò il buio. Anton si era un po' calmato. Tra i suoi singhiozzi, Emma sentì parlare, fuori. Qualcuno era venuto a salvarli? O erano altri come lui? *Dove sei, papà?*

Anton le si era addormentato sulle ginocchia. Russava, e ogni tanto faceva un sospiro. Emma lo teneva abbracciato e non osava muoversi, per paura che si svegliasse. I suoi occhi si erano abituati al buio e le sembrava di distinguere qualcosa. Le pareti del bagagliaio, il portellone e la scatola di cartone. Lì dentro non c'era nient'altro.

Thomas parlava accanto al furgone. Dal suono della voce, sembrava che fossero al chiuso. Emma aveva paura, ma non mal di pancia. Non era come quando era preoccupata per papà: adesso aveva paura perché non poteva fare niente. Perciò continuò a ripetere le stesse parole, ad Anton e a se stessa: «Papà viene presto, papà viene presto, papà viene presto.»

94

«All'inizio Jens deve venire con me» disse Axel, guardandosi intorno. Le facce erano quelle di Henriksen, Darling, Jens, Khalid e Vicki. Dietro, Cecilie si mangiava le unghie. «Il rapitore non ha molte possibilità di movimento: non può portarsi i bambini in giro per la città, perciò dobbiamo supporre che voglia attirare Jens in un luogo preciso, evitando però che si tiri dietro tutta la squadra.»

Henriksen lo interruppe.

«Capisco il tuo punto di vista, ma abbiamo appena parlato con il capo della polizia: dice che la vita di Jens non dev'essere messa in pericolo per nessun motivo. Sei in grado di garantirlo?»

«Non posso garantire niente, ma per il momento è in pericolo la vita di due bambini, e loro sono più importanti di noi. Sostituirò Jens quando penserò che sia il momento giusto. Non si avvicinerà al nostro uomo, ma non lo farò neppure io, se Jens non sarà con me fino ad allora.»

«Ti capisco, ma potrebbero verificarsi altri cento scenari, ai quali non abbiamo nemmeno pensato» disse Henriksen.

«Potrebbe anche essersi nascosto da qualche parte ad aspettare che Jens si presenti, per poi spararli» intervenne Khalid.

«Potrebbe, ma dubito che abbiamo a che fare con un cecchino. Ha ucciso gli altri tre dopo essere stato a stretto contatto con loro, e sono certo che ha intenzione di fare lo stesso con Jens. E che ha organizzato tutto nei dettagli, compresa la modalità dell'omicidio. Pensate alle palpebre di Sten Høeck.» Axel fece una pausa prima di continuare, come per trovare il coraggio. «E a Henriette. Le ha sparato negli occhi. Dobbiamo provarci, cazzo, non ci sono altre possibilità.»

Vicki e Khalid erano d'accordo con lui. Henriksen e Darling rimasero in silenzio. Jens Jessen annuì.

«Facciamo come dice Axel» disse.

«Porterò il travestimento fino allo scambio. Poi, quando ci avvicineremo al nostro uomo, lo toglierò. Sotto sarò vestito esattamente come Jens: ci scambieremo e lui potrà tornare a casa.»

«Chi terrà i contatti?» domandò Henriksen.

«Io: parlerò con lui tutto il tempo» rispose Axel.

«Ma la tua voce la conosce» obiettò Henriksen.

«Sono capace di cambiarla.»

«E quella di Jens?»

«L'ha incontrato una volta sola, per poco tempo. E Jens non ha quasi parlato.»

«Ma se ti vede, si renderà subito conto che non è Jens a parlare al telefono» disse Vicki.

«Saremo entrambi microfonati, così Jens sentirà tutto quello che dico. In più, lui avrà un telefono: ogni volta che mi vedrà parlare con Mikkel, se lo metterà all'orecchio e fingerà di fare lo stesso.»

«Propongo che porti anche un auricolare, per essere in contatto diretto con me. Potrai buttarlo via quando ti avvicini a lui» disse Vicki.

Axel era d'accordo.

Erano pronti.

Axel andò a salutare Cecilie. Starle vicino gli faceva dolere ogni nervo, perché gli ricordava Emma. Emma, ancora nelle mani di un uomo che cercava vendetta, insieme al fratellino di due anni. Non doveva accaderle niente.

«Non c'è davvero nessuno che sappia farlo meglio di te?» domandò Cecilie, e Axel si rese conto che la sua preoccupazione non comprendeva Jens Jessen.

«No, lo sai benissimo. È quello che so fare. Ce n'era solo un'altra, brava quanto me, ed è morta stamattina.»

Cecilie scosse la testa e gli batté i pugni sul petto, esausta, senza aggressività. Lui l'abbracciò e la tenne stretta. La camicia gli si bagnò di lacrime. Cecilie alzò gli occhi e lo guardò.

«La troverò, li troverò tutti e due. E non lascerò che succeda loro niente di male.»

Lei continuò a piangere. Axel si sciolse dall'abbraccio. Voltandosi, incontrò lo sguardo di Jens Jessen, che era rimasto a fissarli.

Poi si abbandonò su una sedia. A un tratto si sentiva svuotato e privo di energie, come se in lui non ci fosse altro che una grande ferita. Prima Henriette, e ora Emma. Per cosa avrebbe vissuto, se le fosse accaduto qualcosa?

Cinque minuti dopo, il telefono di Jens Jessen squillò.

95

«Devi essere a Nørreport tra dieci minuti.» Axel riconobbe la voce di James Craw. «Prendi la scala centrale e scendi ai binari dell'S-tog.»

«Non è possibile.»

«Dieci minuti. Quando arrivi nel tunnel del treno, devi essere solo. Disarmato, niente microfoni. Altrimenti tuo figlio è morto.»

«Voglio sapere se è vi...»

La comunicazione fu interrotta.

«Numero nascosto» gridò Vicki dalla sua postazione. «Cerchiamo di rintracciare la chiamata.»

Axel e Jens Jessen si precipitarono giù per la scala sul retro, insieme a parecchi colleghi. Nel cortile verso Otto Mønsteds Gade c'erano tre auto, con degli osservatori del Pet in borghese. Venticinque agenti, uomini e donne, li avrebbero seguiti a piedi insieme ad altri trenta, a bordo di auto civili e in bicicletta, tutti vestiti da turisti o normali cittadini di Copenaghen.

Sopra l'abito e la camicia bianca, identici a quelli di Jens, Axel portava una parrucca e un giaccone. Lo facevano somigliare a un pagliaccio a carnevale, ma forse l'avrebbero fatto passare inosservato mentre camminava insieme a Jessen.

Jens salì su un'autopattuglia e partì per primo, a sirene

spiegate. Axel lo seguì a bordo di un'auto civile. Aveva davanti agli occhi la testa lustra di Jens, mentre sfrecciavano per la città scortati da agenti in moto. Axel provò il microfono.

Quando arrivarono a Jarmers Plads, erano passati cinque minuti e quarantacinque secondi dalla telefonata.

«Vi superiamo: scendo per primo, vado giù e ti aspetto» disse Axel. L'autista accelerò: volarono oltre la scorta e continuarono per Nørre Voldgade. Erano le 11.45, non certo l'ora di punta, ma la stazione di Nørreport era piena di gente come sempre. L'auto si fermò all'angolo di Fiolstræde; Axel scese e attraversò la strada a passo tranquillo. Aveva ancora tre minuti. Andò giù per le scale, avvertì il tanfo di urina e diesel, respirò forte e guardò il telefono di Jens Jessen. Non aveva avuto il tempo di imparare a usare la tastiera, ma se la sarebbe cavata. Ancora due minuti. Si appoggiò a un pannello con gli orari dei treni e intravide almeno sei colleghi sulla banchina.

Era gente preparata. Axel sudava nel suo travestimento, la parrucca prudeva da morire. La gamba gli faceva male, e il fastidio era peggiorato dalla pistola incollata dietro la coscia, dalla lama sotto il piede, dal microfono sul pube e dall'auricolare, che sembrava dovesse cadere da un momento all'altro. Per non parlare del gps nel retto, che avrebbe volentieri espulso all'istante. *Devo ignorarli; sono solo sovreccitato, ma è sempre meglio che sentirmi male dalla paura per Emma.*

Ecco Jens Jessen. Scendeva le scale, e anche lui sembrava molto nervoso. Axel gli fece un cenno d'intesa e mormorò: «Qui non succede niente.»

In quel momento, il telefono di Jens suonò.

«Sono a Nørreport, nel tunnel» rispose Axel, cercando di prendere tempo. «Voglio sapere se mio figlio è vivo. E anche Emma.»

«Sono vivi tutti e due. Vai a sederti sulla panchina più

vicina al chiosco. Sotto c'è un cellulare, fissato con il nastro adesivo.»

«La panchina è occupata, non posso sedermi.» Non era vero, ma Axel voleva sapere se il rapitore li vedeva.

«Falli alzare. Appena hai in mano il cellulare, butta il tuo in un cestino.»

«Fine della conversazione» disse Axel, in modo che gli altri lo sentissero attraverso il microfono. Vide Jens Jessen abbassare il telefono. «Vieni con me alla panchina e prendi il cellulare che c'è sotto. Poi ti urterò e me lo passerai» gli disse Axel, e Jens lo seguì. Axel si piazzò davanti alla panchina, e sentì Jens Jessen che si sedeva e ci metteva una mano sotto. Sbirciando oltre una spalla, vide Jens che si fermava, tirava fuori qualcosa e si alzava. Nello stesso istante, Axel si girò e urtò contro di lui, che gli passò il cellulare.

«Stammi vicino» disse Axel.

Il nuovo telefono suonò.

«Sali sul prossimo treno e vai alla stazione di Østerport. Mentre sei sopra, fatti una foto e caricala subito sulla tua pagina Facebook.»

«Io non ho una pagina Facebook» stava per dire Axel, ma poi si ricordò di essere Jens Jessen.

«Ma...» La comunicazione fu interrotta.

Era davvero molto prudente. Chiamava sempre da un numero nascosto, e non restava mai in linea per più di quindici secondi.

Axel disse: «Saliamo sul prossimo treno. Fatti una foto con il telefono nuovo e caricala sulla tua pagina Facebook.»

Jens Jessen era perplesso. Si avvicinò ad Axel e gli sussurrò: «Non ho una pagina Facebook.»

«Allora aspettiamo. Richiamerà, ma intanto fatti la foto.»

Salirono sul treno. Axel aveva predisposto il telefono e lo passò a Jens, che scattò e glielo restituì.

Il cellulare suonò di nuovo.

«Non ho una pagina Facebook» disse Axel.

«Te ne ho aperta una io. Si chiama Aisha, si aprirà appena cliccherai sulla app. Fallo subito e carica la foto. Scendi a Østerport ed esci dalla stazione. Prendi Folke Bernadottes Allé fino alla statua della Sirenetta e aspetta che mi rifaccia vivo. Se scopro che qualcuno ti segue, ammazzo tutti e due i bambini.»

La comunicazione fu di nuovo interrotta. Axel ripeté ad alta voce le istruzioni di Mikkel perché Jens Jessen e i colleghi le sentissero, cercò la app di Facebook, con cui non aveva familiarità, cliccò su "stato" e poi su un'icona che rappresentava una macchina fotografica: vide comparire l'immagine di Jens sul treno e una serie di foto di Aisha. Axel cliccò sulla faccia di Jens. «Dov'è stata scattata? Racconta qualcosa di questa foto» lesse sullo schermo. Odiava i social e il loro narcisismo esibizionista. Cliccò su "chiudi".

Poi disse: «Vieni con me, Jens. Io vado davanti, tu mi segui a dieci-quindici metri di distanza. Non credo che ci vedrà prima che arriviamo in una zona aperta, con tanta gente, e a quel punto sarà difficile che mi scopra.»

Jens Jessen gli si avvicinò di qualche passo, senza guardarlo.

Nell'auricolare risuonò la voce di Vicki: «Dove cazzo vi sta portando, Axel?»

«Non ne ho idea, ma forse posso fare qualche ipotesi. Siamo vicini all'acqua: mi confermi che la sua macchina è stata vista da una telecamera sul Knippelsbro?»

«Ci stiamo ancora lavorando.»

Il treno arrivò a Østerport. Invece di uscire dalla stazione, Axel proseguì sulla banchina fino al ponte pedonale che attraversava i binari. Jens Jessen lo seguì a dieci metri di distanza. Se ci vede, dirà qualcosa, pensò Axel, affrontando le scale. Avvertì di nuovo delle fitte alla gamba, e sperò di non dover correre molto: i dolori sarebbero diventati insopportabili. La presenza della capsula con il gps e della lama sotto il piede si faceva più viva a ogni passo.

Dall'alto del ponte guardò il binario che aveva appena lasciato. Jens Jessen era subito dietro di lui, e dietro ancora c'erano altri poliziotti in vari travestimenti: una coppia d'innamorati, un barbone che raccoglieva bottiglie vuote; Henriksen ci sapeva fare. Arrivato a Folke Bernadottes Allé attraversò la strada, per proseguire al riparo degli alberi del Kastellet. Era quella la meta? L'antica cittadella militare sede dei servizi segreti?

Dopo cinque minuti arrivò sul molo brulicante di folla. «Prosegui e mettiti davanti alla Sirenetta» disse a Jens Jessen, che cominciò a farsi largo tra i turisti asiatici con le loro macchine fotografiche.

Il telefono suonò di nuovo. Axel si mise di fianco a Jens.

«Bene, ti vedo. Fatti una foto dove si vede la tua faccia con lo sfondo della Sirenetta, e caricala sulla pagina.»

«Un'altra foto?» disse Axel in tono arrabbiato, per prendere tempo e dare istruzioni a Jens. «A che gioco stai giocando? Voglio vedere mio figlio: voglio sentire la sua voce, o non farò più niente.»

«La sentirai tra poco. Fai quello che ti dico.» La comunicazione fu interrotta.

Axel passò discretamente il telefono a Jens, dicendo: «Fatti una foto con la Sirenetta sullo sfondo.» Jens eseguì e gli restituì il cellulare. Axel aprì Facebook e caricò la foto.

Poi sentì la voce di Vicki nell'auricolare: «È passato sul Knippelsbro due ore fa, Axel. Avevi ragione, è ad Amager.»

Che cazzo ci facciamo qui, allora?, pensò Axel, guardando Refshaleøen e Holmen oltre il braccio di mare che aveva davanti.

«Vuole che ci andiamo via acqua» disse Axel. «È il suo modo di sfuggire alla sorveglianza. Dovete mandare laggiù la squadra speciale.»

«Ma tu come ci arriverai?»

Axel guardò le barche che navigavano nell'area del porto: piccole imbarcazioni a motore, da diporto, una barca a vela. Si sentiva tranquillo.

«In barca. C'è qualche scalo nelle vicinanze?»

«Sì, c'è il molo dove attracca il battello che fa il giro dei canali, cinquanta metri più avanti.»

Axel si avviò in quella direzione. «Manda qualche agente a fare la fila, ma lasciane un paio anche qui.»

Il telefono suonò di nuovo. «Cammina sulla banchina verso Langelinie.» Axel vide un battello che scivolava verso il pontile. Si guardò alle spalle per essere sicuro che Jens lo seguisse. Sul pontile c'erano già un po' di turisti in attesa. Uno era Liam. Un altro, un collega della polizia di Copenaghen.

«Vai all'attracco dei battelli che fanno il giro dei canali, e mettiti in fila» disse la voce al telefono.

Axel eseguì, con Jens Jessen al seguito. Il battello attraccò, ma, prima di salire a bordo, la gente in fila dovette attendere che un altro gruppo di passeggeri scendesse a terra. Poi cominciò a imbarcarsi.

«Resta dove sei» disse la voce. Axel si girò subito e cominciò ad arretrare lentamente, come se si fosse dimenticato qualcosa. Superando Jens Jessen, gli fece segno di fermarsi dov'era.

Quando in fila davanti a Jens rimasero solo cinque persone, Axel domandò: «Non devo salire a bordo?» Non sarebbe più stato in grado di seguirlo, ormai, senza rischiare di essere scoperto.

«Resta dove sei» ripeté la voce, poi la comunicazione s'interruppe di nuovo.

Avrebbe potuto ancora farcela, ma se Mikkel voleva che Jens salisse a bordo all'ultimo momento, l'avrebbe scoperto. Il tempo scorreva lentissimo; Axel era a cinque metri da Jens Jessen, che adesso era in fondo alla fila. Era l'ultima possibilità che aveva. Jens aveva capito il suo segno o sarebbe salito a bordo, mandando tutto a puttane?

Il telefono suonò di nuovo.

«Devi restare ancora fermo.»

Axel si guardò intorno. Dove cazzo era? Il battello stava ritirando la passerella. Tre poliziotti erano saliti a bordo, ma almeno di Liam, Axel non avrebbe sentito la mancanza.

«C'è qualcuno con te» disse la voce.

«Che vuoi dire? Sono solo.»

«Figuriamoci se sei solo. Ci saranno almeno venti agenti lì intorno, travestiti da qualsiasi cosa, ma a cinque metri da te c'è un uomo con i capelli ricci e un giaccone grigio. Se continua a seguirti, la vita di tuo figlio è finita.»

«Non c'è nessuno dietro di me, non voglio correre rischi» disse Axel con voce implorante.

«Lo spero per te.»

Axel si guardò intorno. Trenta metri più avanti, sulla banchina, c'era una roulotte. Axel la raggiunse e ci si mise dietro. Jens Jessen si era scostato dal pontile di attracco e teneva d'occhio Axel, mentre fingeva di parlare al telefono.

«Alla tua sinistra c'è un porto turistico: vai lì. All'entrata è ormeggiato un motoscafo. Sali a bordo, le chiavi sono sotto un tappetino. Quando sarai in mezzo al porto, ti richiamerò.»

96

Emma sentiva la voce di Thomas fuori dal furgone. Parlava al telefono, immaginò. E dava ordini.

Si tolse la giacca, l'appallottolò e la sistemò sotto la testa del fratellino addormentato. Poi si mosse a quattro zampe per il bagagliaio. In un angolo trovò un attrezzo pesante. Cercò di sollevarlo, ma ci volevano entrambe le mani. Dietro c'era un cacciavite. Emma lo prese e si avvicinò alla parete che separava il bagagliaio dalla cabina del guidatore. Da un'apertura vide un pannello. Era in alto, ma in punta di piedi ci arrivava. Sembrava legno, ma forse era solo cartone spesso: Emma piantò il cacciavite in un angolo e cominciò a colpirlo, senza smettere di ascoltare con attenzione. Un po' cedeva. Alla fine il pannello si ruppe, e la luce filtrò dal buco. Era un finestrino, senza vetro. Anton dormiva ancora. Emma sbirciò dall'apertura: riusciva a guardare solo verso l'alto, ma era lo spazio dove Thomas era stato seduto a guidare; oltre il parabrezza le sembrava di distinguere delle travi di ferro, sotto un tetto con dei vetri sporchi. Il furgone era fermo in un grande ambiente chiuso.

Non riuscirò mai a uscire da quel finestrino, pensò Emma, ma trascinò ugualmente la scatola di cartone fin sotto l'apertura, provandone la solidità con le mani. Poi si voltò. Peggio per Thomas, se poteva salirci sopra. Era stato lui a rinforzarla con tutto quel nastro adesivo. *Ma se esco che ne sarà di Anton? Come faccio a portarlo con me? Lui non riesce a stare zitto, ma comunque non posso lasciarlo qui.*

Poi sentì dei passi. Si rimise subito a sedere, con la testa di Anton sulle ginocchia. Il portellone si aprì, ed entrò tanta di quella luce che Emma vide solo una grande ombra scura. Non sapeva per quanto tempo era rimasta al buio insieme al fratellino addormentato, che ora ricominciò a muoversi e a piagnucolare. Appena si sveglia si rimette a strillare di sicuro, pensò Emma. Lo disse a Thomas.

«Avete abbastanza acqua?» domandò lui.

«Sì.»

Le lanciò un iPad. «Ci sono dei film per bambini. Faglieli guardare, così starà buono.»

L'avrebbe fatto lo stesso, se non ci fossi stata io?, pensò Emma. Io non ci dovevo proprio essere, qui. Avrebbe voluto essere in qualsiasi altro posto al mondo, piuttosto, ma solo se ci fosse stato anche Anton. Ecco, ora le veniva di nuovo da piangere. Dov'era papà? Perché non arrivava?

Emma aveva cercato di capire quello che era successo. Thomas voleva portare Anton via di casa, ma perché? Era come se non volesse portarli via del tutto, ma solo nasconderli, come se loro due gli servissero a qualcosa.

97

«Devo prendere un motoscafo e andare in mezzo al porto, da solo. Mi vedi, Jens? Devi guardarti intorno disorientato. Conta fino a cinque e poi vieni qui.» Mentre Jens si avvicinava, Axel si strappò di dosso la parrucca e il giaccone. «Mettiteli e allontanati quando mi vedi partire.»

S'incamminò prima ancora di finire la frase. Arrivò al porto turistico e scese al molo.

«Dovrete seguirmi via satellite. Vi mando un messaggio quando parto.»

«Non ce n'è bisogno, abbiamo il gps» disse Vicki.

«Ricorda: nessuno deve intervenire finché non ho con me i bambini. Se è lontano da loro e io ritengo che possiate sparare, userò la parola in codice "Sirenetta". Se non la sentite, non sparate e non vi avvicinate.»

Vide il motoscafo. Era un'imbarcazione di media grandezza che sembrava presa a noleggio. Ci salì a fatica: la gamba gli faceva male. Trovò la chiave sotto un tappetino di gomma, sciolse la cima d'ormeggio e avviò il motore. La barca era abbastanza facile da manovrare: Axel raggiunse l'imboccatura del porto e s'inoltrò lentamente nel canale. Provava un senso di sollievo per essersi liberato di Jens Jessen.

Scrutò la riva opposta. Con un binocolo militare a lunga distanza, Mikkel avrebbe potuto tenere sotto osservazione la Sirenetta. Questo circoscriveva il suo nascondiglio a Refshaleøen, Holmen e il lato orientale di Christianshavn. Davanti a sé, Axel vedeva le grandi sale dell'ex complesso industriale B&W e, un po' più a sinistra, Holmen con il suo labirinto di canali. Axel spense il motore e aspettò, guardando il traffico navale. Il suo uomo poteva anche essere in una barca.

«Abbiamo un elicottero alla stazione marittima. L'unità speciale sarà a Refshalevej tra due minuti: seguiremo la barca dall'alto» gli disse la voce di Vicki nell'orecchio.

La stanchezza lo prese come uno stordimento, e lo fece sprofondare in un buco nero. Provava vergogna, dolore e sconforto, ma più di tutto aveva paura che accadesse qualcosa ai bambini. Emma, mi resti solo tu, pensava. Sei tutta la mia vita.

Si era già trovato in situazioni come quella. Ma la vita in pericolo era sempre stata la sua, e ogni volta aveva promesso a se stesso di cambiare. Però non era mai successo. Solo un anno e nove mesi prima era finalmente riuscito a dare una svolta. Aveva affrontato coraggiosamente i suoi demoni ed era riuscito a sconfiggerne la maggior parte; non solo era stata più dura di tutte le altre volte, ma cos'aveva ottenuto? Una vita noiosa e incolore. E ora Henriette era morta, e sua figlia era stata rapita.

Poi arrivarono i sensi di colpa, compagni fedeli di tutta la sua esistenza. Se avesse lasciato perdere il caso e fosse andato a prendere sua figlia, come avrebbe dovuto fare, non sarebbe successo niente. Anton, però, sarebbe stato lo stesso nelle mani di quel criminale. Axel ci rifletté. A ogni delitto, la vendetta di Mikkel Holst era cresciuta in ferocia. Prima aveva strangolato Per, poi tagliato la gola a Sten, e infine aveva sparato negli occhi a Henriette. Aveva costretto anche lei a tenerli aperti? E ora voleva usare Anton per vendicarsi di Jens, il responsabile dell'operazione che aveva provocato la morte di Aisha. Voleva ucciderlo sotto gli occhi del padre? Un bambino di due anni? Quel pensiero fece infuriare Axel, che guardò l'acqua intorno a sé e gridò: «Dove sei, pezzo di merda? Chiama, cazzo, chiama! Così posso venire a staccarti la testa.»

«Che succede, Axel?» si allarmò immediatamente la voce nell'auricolare.

«Niente. Lasciatemi stare.»

Due gommoni, partiti dalla stazione navale, si disposero sul fianco di una fregata che era ormeggiata al molo più esterno, davanti a lui. C'erano uomini a bordo di entrambi. Erano troppo lontani per vederli bene, ma Axel pensò che si trattasse di sommozzatori.

«Se credi di poter fuggire per mare, avrai una brutta sorpresa» sussurrò Axel. «Vedo due gommoni» disse poi. «Sono i rinforzi?»

«Sì, sono i sommozzatori.»

«Non devono muoversi finché non sarò a distanza.»

Il telefono squillò.

«Vai avanti fino alla banchina.»

«Quale? Ci sono banchine da tutte le parti.»

«Quella dove c'è la nave-faro, ma dall'altro lato. Verso il Knippelsbro.»

«Voglio sapere se mio figlio è vivo.»

«Tra poco. Ormeggia il motoscafo e scendi a terra. Ti richiamo.»

Axel accese il motore e raggiunse il luogo indicato in un minuto e mezzo. Vide gente in abiti estivi seduta davanti al Café Halvandet, sulla banchina opposta. Mentre navigava, diede le ultime istruzioni ai colleghi: «Tra poco mi toglierò l'auricolare, e dovrete seguirmi solo con il gps. Statemi il più vicino possibile. Fate venire l'unità speciale sull'isola, e i sommozzatori nel canale dove andrò a ormeggiare.»

«Abbiamo ricevuto un'email da tua figlia. Scrive che è

rinchiusa in un furgone insieme al fratellino e vuole che tu vada a liberarli» disse Vicki.

Axel non poté fare a meno di sorridere. Erano vivi! Anton ed Emma, quella piccola volpe di internet! E Mikkel Holst non si trovava nel furgone con i bambini, il che gli dava una chance in più.

Salì sulla banchina e ormeggiò il motoscafo.

Il telefono suonò.

«Vai dritto fino al capannone più vicino.»

Axel cominciò a camminare. Lentamente. Sentiva solo il sudore che gli inzuppava la camicia. Guardò il complesso industriale: sopra le mura di cemento, una fila di finestre che partiva da due metri d'altezza e arrivava quasi fino al tetto. La maggior parte dei vetri era opacizzata o così sporca da non lasciar vedere l'interno; solo alcuni erano trasparenti. C'erano due entrate: da un lato, una porta di legno azzurro pastello con un cartello sbiadito, su cui era scritto CPH STEEL. Un po' più avanti c'era un'altra porta, che però sembrava chiusa da un pannello di legno. Accanto a quest'ultima, una scala di ferro arrugginito correva esternamente al muro. Sembrava molto vecchia, ma era una possibilità per guardare dentro l'edificio, scoprire dove si trovava Mikkel Holst e se c'era anche il furgone. Il tetto era rivestito di cartone catramato; in cima c'era una volta di vetro, che andava da un capo all'altro del capannone. Doveva esserci molta luce, lì dentro. Axel aguzzò la vista, in cerca di un volto affacciato a una delle finestre.

Quando arrivò a quaranta metri, la voce al telefono disse: «Fermati.» Axel fece altri cinque passi. Voleva arrivare il più vicino possibile, ma non così tanto che Mikkel Holst si accorgesse che non era Jens Jessen.

«Fermati, ho detto» urlò la voce.

Axel si fermò. Era vicino a una fila di blocchi di cemento impilati, dove avrebbe potuto cercare riparo. Ma non doveva mettersi al riparo. Doveva riprendere sua figlia e Anton.

98

La mamma aveva risposto alla sua email. Diceva di non aver paura, di non dire niente a Thomas dell'email, e poi di uscire dal programma di posta e aspettare tranquilla. Così scriveva la mamma. Ma dov'era papà?

Anton si era riaddormentato. Emma sentì i passi di Thomas fuori dal furgone. Sembrava che si allontanasse. Salì di nuovo sullo scatolone, tirò verso di sé il pannello e guardò dal buco. Vide Thomas di spalle, un po' lontano. Parlava al telefono e camminava, poi a un certo punto si arrampicò su un tavolo e guardò fuori da una finestra, senza smettere di parlare. Aveva una pistola in mano e un fucile appeso alla spalla. Intorno c'era molto spazio: colonne di ferro, un pavimento di calcestruzzo e vecchi macchinari. Emma tornò giù. Doveva fare quello che le aveva detto la mamma? Aspettare? O poteva cercare di staccare il pannello, far passare Anton dal finestrino, uscire anche lei e scappare?

99

«Sono mesi che ti aspetto» disse la voce.

Axel era fermo sotto il sole, con la testa un po' china per non farsi riconoscere.

«Fai ancora in tempo ad arrenderti. Non c'è bisogno che accada niente a nessuno» disse Axel per prendere tempo. Era una cosa così stupida da sembrare verosimile.

«Hai la vita di Aisha sulla coscienza» disse Mikkel Holst.

«Uccidere tre persone ha migliorato le cose?»

«Non ho ucciso Per. Le ha migliorate lasciar scappare uno stupratore?»

«Il castigo che ha avuto quell'uomo è peggiore di quello che lo avrebbe aspettato in una prigione danese.»

«Dici cazzate, e menti. Lo sappiamo tutti e due. Tu te ne freghi della vita della gente. Voglio che tu ti tolga tutti i vestiti. Una cosa alla volta. Se hai armi o trasmettitori, ti sparo.»

La comunicazione fu interrotta.

Bene, pensò Axel. Sai che ho addosso un trasmettitore, come lo so io. Altrimenti saresti un dilettante del cazzo.

Posò il telefono a terra e cominciò a sbottonarsi la camicia. Con calma, per dare all'unità speciale il tempo di disporsi intorno all'edificio. Non poteva comunicare con loro, non sapendo se Mikkel Holst lo vedeva. Quando ebbe finito di sbottonarsi, sfilò le maniche e buttò la camicia a terra. Poi si tolse le scarpe. Prima quella senza coltello, poi l'altra, cercando di tenere la suola inclinata in modo che l'arma non fosse visibile dal capannone. Slacciò la cintura e cominciò a sfilarsi i pantaloni, mentre scrutava le finestre in cerca di un viso. Ma al rapitore bastava un minuscolo spazio nello sporco per tenerlo d'occhio, mentre lui, da fuori, non vedeva niente, e questo lo rendeva furioso.

Mentre si toglieva i pantaloni avrebbe avuto l'occasione di liberarsi della pistola fissata dietro la coscia, ma aveva un altro piano. Si raddrizzò; le gambe gli facevano male. Il telefono squillò. Axel si chinò a raccoglierlo e lo portò all'orecchio.

«Le mutande.»

Axel eseguì l'ordine. Si tirò giù le mutande e le lasciò intorno alle gambe.

«Del tutto.»

«No!» gridò Axel. «Non farò nient'altro, se non sono sicuro che mio figlio ed Emma sono vivi.»

Dall'altra parte ci fu un momento di silenzio.

«Fai come ti dico, altrimenti lo ammazzo.»

«No!» urlò di nuovo Axel, cercando di mettere tutta la sua disperazione nella voce. «Non farò proprio niente. Puoi anche spararmi, ma voglio sentire la voce di mio figlio, altrimenti non vado avanti.»

Si mise intensamente all'ascolto. Per un po' ci fu silenzio, poi sentì che Mikkel Holst si muoveva. Axel si liberò delle mutande con un calcio e cominciò a correre. Corse verso il capanno, tenendo il telefono all'orecchio. Se i bambini erano nel furgone, dovevano essere lontani dal posto da cui Mikkel Holst guardava lui. Afferrò la scala arrugginita e si preparò. La porta accanto a lui, chiusa da un pannello, non avrebbe dovuto creargli problemi, se avesse voluto entrare da lì. Mise il telefono tra la guancia e la spalla. Sentì un rumore nel microfono, e immaginò che Mikkel Holst si fosse avvicinato ai bambini nel furgone. Disse: «Voglio vedere mio figlio.» Poi si arrampicò su per la scala, pregando Dio di non fare troppo rumore.

100

Ecco di nuovo i suoi passi. Il bagagliaio si aprì. Thomas aveva la faccia arrabbiata. «Vieni qui» le ordinò.

Lei rimase dov'era.

«C'è il padre di Anton al telefono. Vuole essere sicuro che non vi sia successo niente.»

Emma tese la mano verso il cellulare, ma lui continuò a tenerlo stretto.

«Vieni qui a parlargli. Lo tengo io.»

«Stiamo bene, Jens. Papà viene presto?» sussurrò Emma.

101

Attaccato alla scala, Axel vedeva l'interno del capannone. Mikkel Holst era accanto al furgone nero, parcheggiato a venticinque metri abbondanti dal punto in cui si trovava Axel, con la parte anteriore rivolta verso di lui. Quando sentì la voce di Emma al telefono, dovette raccogliere tutte le sue forze per non urlare il suo nome. Era il momento di prendere una decisione. Poteva tornare dove si era spogliato e aspettare che Mikkel Holst gli ordinasse di entrare nel capannone, gli sparasse o facesse quel che diavolo aveva in mente. Altrimenti doveva entrare nel capannone entro cinque-sei secondi. Mikkel Holst si allontanò dal furgone e andò verso la vecchia porta sotto il cartello CPH STEEL. Doveva essere quello il suo punto d'osservazione. C'erano dodici, al massimo quattordici metri, tra il luogo in cui si trovava lui e quello che Mikkel Holst avrebbe raggiunto entro pochi secondi. Axel teneva la scala arrugginita con una mano e il telefono con l'altra: non poteva arrivare alla pistola. E, anche se avesse potuto, sparare attraverso il vetro e colpire un bersaglio in movimento, tenendosi aggrappato a una scala, era oltre ogni umana possibilità.

Seguì Mikkel Holst con gli occhi, mentre percorreva gli ultimi metri. Tra poco, guardando dalla finestra, avrebbe scoperto che Axel non c'era più. Scese dalla scala. Mise una mano sul telefono, si chinò il più possibile e sussurrò in direzione del microfono che aveva sul pube: «State pronti a fare irruzione, nel giro di pochi secondi. I bambini sono ancora nel furgone.» Si strappò la pistola dalla coscia, tese tutti i muscoli delle braccia e delle gambe e si raggomitolò, tenendo il cellulare all'orecchio.

«Che cazzo, dove sei?» disse la voce.

«Sono davanti alla porta» mentì Axel. Calcolava che Mikkel Holst avrebbe impiegato due o tre secondi per guardare in quella direzione. Questo gli avrebbe dato il tempo che gli serviva. Lasciò cadere il telefono nella ghiaia.

102

Anton si svegliò quando Thomas richiuse di schianto il portellone. Emma gli diede un po' d'acqua e lo strinse tra le braccia. Poi accese l'iPad, mise un cartone di Bamse e alzò il volume al massimo. Anton si fece subito prendere dalle avventure del grande orsacchiotto giallo. Emma si arrampicò sullo scatolone e guardò dal buco. Vide Thomas che si avvicinava alla parete e saliva sul tavolo piazzato sotto la finestra. Finì di smontare il pannello che la separava dai sedili davanti, lo tirò verso di sé e lo strappò, un pezzetto per volta. Faceva un po' di rumore, ma non importava più. Sarebbe successo qualcosa, adesso. La luce entrò e illuminò tutto il bagagliaio. Emma guardò Anton, che guardava Bamse, che diceva: «Narutalmente, Pollastro!» Poi sentì uno schianto.

103

Con la pistola in pugno, Axel si lanciò con tutto il peso contro il pannello di legno che bloccava la porta, e cadde di schianto nel capannone. C'era il furgone, c'era Mikkel Holst, che stava in piedi su un tavolo basso e si voltò verso di lui. Axel sparò tre colpi, che costrinsero Holst a ripararsi dietro il tavolo. Aveva addosso abiti mimetici, e rispose agli spari di Axel con un'arma leggera. Axel si mise al riparo dietro un pilone di cemento, mentre gli spari gli fischiavano intorno. Cinque, sei, sette. Mikkel Holst non aveva tirato fuori la mitragliatrice. Axel era certo di averlo colpito, ma anche che indossasse un giubbotto antiproiettile. Sbirciò da dietro il pilone, poi guardò verso l'altro lato del capannone; dove diavolo erano i rinforzi? Potevano venire, adesso. Mikkel Holst era a quindici metri dal furgone, potevano spararagli, e sarebbe finito tutto. «Sirenetta, Sirenetta!» disse al microfono. «Entrate, cazzo, entrate!» Mikkel Holst imbracciò la mitragliatrice e si avvicinò alla parte posteriore del furgone nero, camminando all'indietro e sparando una raffica dopo l'altra contro Axel, che tirò fuori un braccio e sparò altri due colpi. Le raffiche di mitragliatrice si fermarono per uno o due secondi, ma Mikkel Holst continuò a camminare verso il furgone: cinque, quattro, tre passi, mentre si riparava, sparando. Axel rispose al fuoco altre due volte, poi si alzò in piedi. Considerò l'idea di correre, ma non sarebbe mai riuscito a raggiungere il furgone, che ora si trovava tra lui e Mikkel Holst. Era troppo tardi.

«Hai avuto la tua chance» urlò Mikkel Holst, e Axel capì che gli restava una sola cosa da fare: arrendersi.

«Fermo, mi arrendo. Poso la pistola» disse. «Sono nudo, non ho altro addosso. Prendi me.» Uscì da dietro il pilone.

Ora si tratta di vedere se mi vuole solo morto o ha in mente qualcos'altro, per me.

104

Appena vide Jens che sfondava la porta, Emma sollevò Anton e lo spinse nella cabina. Sentì gli spari, ma pensò che doveva fare qualcosa: doveva far uscire Anton, ora o mai più. Lo calò sul sedile del guidatore e vide un uomo, che somigliava sia a Jens sia a papà, sparare verso il posto in cui Thomas era un momento prima, ma ora non più. Poi ci furono altri spari, Jens sparì dietro una colonna e lei disse: «Giù, Anton, nasconditi!» Poi cercò di passare davanti anche lei, ma scivolò sulla scatola di cartone e cadde. Fuori sparavano moltissimo. Tornò ad arrampicarsi nel buco, spinse via lo scatolone e scivolò ancora, ma alla fine ci riuscì. Aveva passato l'iPad ad Anton, che ora se lo stringeva al petto e la guardava con un'espressione terrorizzata. Fuori, gli spari erano molto forti. Ora venivano solo da un lato, e Thomas si avvicinava gridando qualcosa. Lei strinse Anton a sé. Poi qualcuno urlò che si arrendeva, ma non era Jens. Emma ne era sicura, la voce era diversa, però era Jens che aveva sfondato la porta.

«Sdraiati a terra sulla pancia, gambe e braccia aperte» ordinò Thomas.

Poi i passi si allontanarono un'altra volta. Emma alzò un po' la testa e vide Thomas che camminava verso un uomo nudo, sdraiato sul pavimento.

Provò ad aprire la portiera dal lato del guidatore: non era chiusa a chiave. Emma aveva capito che Thomas non voleva lei, ma Anton. Perciò ora loro uscivano, e Jens doveva arrangiarsi da solo. Jens o papà? Non ne era sicura.

105

Lo stivale gli teneva la faccia premuta contro il cemento, e il sapore di polvere e intonaco gli riempiva la bocca e il naso. Mikkel aveva allontanato la pistola con un calcio e aveva fatto un giro intorno a lui. Quando era arrivato all'altezza del viso, Axel aveva chiuso forte gli occhi, sperando che la polvere in cui si era strofinato bastasse a renderlo irriconoscibile. Si concentrò, cercando di cogliere qualsiasi rumore. Dove diavolo erano finiti? Non aveva più nessuna possibilità di guadagnare altro tempo. Ogni decisione era ormai nelle mani di Mikkel Holst, che fremeva di rabbia. E non si sarebbe certo ammansito, scoprendo di avere a che fare con Axel che fingeva di essere Jens Jessen. Avrebbe sfogato la sua collera su di lui, sentendosi accerchiato, senza la possibilità di portare a termine il suo piano? Axel aveva il coltello sotto il polso. La lama non era scattata, ma non importava; chissà se avrebbe avuto l'occasione di usarlo, e con quale effetto. Mikkel portava stivali militari e giubbotto antiproiettile: non c'erano molti punti vulnerabili, ma uno sì.

«Arriveranno tra pochissimo, vero? Ma non m'importa, ormai ho te. L'ultimo, il responsabile, disposto a uccidere pur di mantenere il segreto. Ora sarai tu a morire. Non ho tempo di tagliarti le palpebre, ma ti caverò gli occhi. Prima, però, guarderai morire tuo figlio e la bambina. Voltati!» gridò.

Axel si voltò, godendosi l'espressione di stupore sulla faccia di Mikkel Holst.

«Questo è da parte di Henriette, pezzo di merda» sibilò Axel, piantandogli il coltello nel basso ventre. La sorpresa gli aveva dato il vantaggio di cui aveva bisogno. Estrasse il coltello, mentre Mikkel urlava di dolore. «E questo è da parte di Sten Høeck e di Per» disse, colpendolo di nuovo, stavolta nella parte interna della coscia. Fece affondare la lama fino al ginocchio e il sangue zampillò dall'arteria recisa, inzuppando i pantaloni.

Mikkel barcollò all'indietro, sempre impugnando la pistola. Si portò una mano all'inguine e lanciò un ruggito di dolore. In faccia, un'espressione idiota di sofferenza e sorpresa. «Il posto migliore per colpire un uomo» diceva sempre Lennart. «Dritto nel cervello primordiale.»

Mikkel gli puntò contro la pistola, e nello stesso istante Axel sentì le grida: «Butta la pistola, via la pistola!» Vide Mikkel lanciare un'occhiata nella direzione da cui provenivano le voci, mentre la macchia di sangue sui pantaloni si allargava sempre di più.

«Butta la pistola!» gli gridarono ancora. Ma Mikkel Holst non la buttò. Continuò a tenerla puntata su di lui. Sparategli, stronzi, pensò Axel.

Mikkel lo guardò, prese la mira. Axel chiuse gli occhi. Non ne poteva più, 'fanculo tutto. Aveva fatto il suo dovere. I bambini erano salvi.

106

Emma sentì Thomas che dava ordini a Jens. Aprì la portiera e scese, poi guardò la porta nella parete di fronte. E se era chiusa? In quel caso, erano in trappola. Allungò le braccia verso Anton, lo sollevò. Lui teneva stretto l'iPad, chiamava Bamse e ripeteva: «Narutalmente!»

Era pesante da tenere in braccio. «Ciccione» gli aveva detto qualche volta, ma la mamma non voleva che lo chiamasse così. Cominciò a camminare verso la porta, più piano che poteva. La spinse e quella si aprì, e uscirono tutti e due al sole. Fuori c'era tantissima gente, uomini vestiti di nero con delle mitragliatrici: presero lei e Anton, li sollevarono in alto e corsero via con loro. C'erano anche dei poliziotti normali, ed Emma capì che ormai erano salvi. Poi vide sua madre abbracciata a uno che non era papà. Quando la misero giù, si rese conto che non era Jens, quello dentro il capannone con Thomas, quello nudo sul pavimento: era il suo papà. Jens era lì e abbracciava la mamma. Poi abbracciarono lei e Anton e piansero, ma era sbagliato; Emma si divincolò e chiamò papà, cominciando a correre verso il capannone, mentre la mamma urlava il suo nome. Allora sentì lo sparo. Uno solo. E poi silenzio.

107

Vor Frue Kirke straripava di poliziotti in uniforme. Il Dannebrog, la bandiera danese, era drappeggiato sulla bara, e le corone e i mazzi di fiori riempivano tutto il corridoio della navata. Era un funerale di stato. Nelle prime file, a destra sedevano i parenti e gli amici più prossimi – molto pochi –, e a sinistra il ministro e il sottosegretario alla Giustizia, le più alte cariche della polizia e, naturalmente, Jens Jessen. Subito dietro, John Darling, Khalid Taleb, Lennart Jönsson, BB e Josephsen.

Il pastore aveva parlato di missione e di dovere, del sacrificare la propria vita per una causa più alta, e ora tutti cantavano l'inno *Se, nu stiger solen af havets skød*. Il canto si gonfiò nell'aria e strappò molte lacrime, poi crebbe d'intensità verso la luminosa volta a botte e verso il Redentore, enorme e a braccia aperte sull'altare, come se volesse abbracciare quelle note.

Ma non c'era niente da abbracciare. Chi era morto era morto e procedeva da solo verso un mare di tenebre, e le ombre della notte non si sarebbero ritirate, soprattutto non per Axel Steen, seduto nello stesso banco di genitori che non aveva mai incontrato e non avrebbe più rivisto. Si abbandonò al flusso delle lacrime e dei sentimenti, pensando di doverle almeno questo, ora che non poteva darle di più. Avrebbe dovuto farlo quando era ancora viva, ma aveva la testa troppo incasinata. Lo tormentava il pensiero di non essere riuscito a salvarla, di non avere risposto alla sua ultima chiamata. Di averla lasciata morire. E non sapeva quale sarebbe stato il prezzo per quel peccato, ma era certo di doverlo pagare.

Quando uscirono dalla chiesa, salutò i genitori con una stretta di mano. Axel avrebbe voluto andarsene subito, ma Jens venne da lui e gli strinse un braccio.

«Non so se devo farti le condoglianze, ma voglio che tu sappia che sono veramente addolorato per quello che è successo.»

Axel lo guardò. Avrebbe voluto provare almeno un po' di rabbia, ma non sentiva nulla.

«Anch'io.»

«Volevo sapere se hai voglia di fare due chiacchiere, uno di questi giorni. Ci sarebbero diverse cose...»

«Va bene. Vuoi che venga da te?»

«Magari, grazie. E poi, volevo dirti...» Abbassò lo sguardo a terra. «Ti devo tutto, Axel. Già una volta mi hai salvato la vita, e ora hai salvato anche quella di mio figlio. Ero pronto a farlo io stesso, ma sono sicuro che sarebbe finita male per tutti.»

«È tutto a posto.»

«Vieni al rinfresco?»

«No.»

Axel lo salutò e si avviò verso casa, dove tornava per la prima volta dal confronto con Mikkel Holst nel capannone. Aveva passato tutto il tempo con Emma, a casa di Cecilie. La bambina aveva perfino realizzato il suo più grande desiderio: che dormissero tutti insieme nello stesso letto. Axel non si era praticamente più mosso dal fianco della figlia, godendosi ogni istante della sua presenza, anche quelli più oscuri, quando Emma lo costringeva a raccontare all'infinito tutto quello che era successo, che cosa aveva fatto nelle ore fatali in cui lei e Anton erano stati rapiti. La bambina mostrava una tranquillità sorprendente. Era stata coraggiosa, e il capo della polizia di Copenaghen aveva detto che volevano darle una medaglia. In segreto, però, perché l'intervento di Emma e il suo rapimento insieme al fratellino era stato tenuto lontano dai riflettori della stampa. Cecilie l'aveva portata due volte dallo psicologo, il quale aveva detto che forse ci sarebbe voluto un po' di tempo, prima che la bambina accettasse l'esperienza traumatica; ma il fatto che avesse agito, anzi, che di fatto avesse salvato il fratellino, era sicuramente un elemento positivo in mezzo al caos.

Camminando per Nørregade, Axel sudava nel suo completo nero, e tutte le vecchie ferite gli facevano male. Quando arrivò a Gammeltorv, Khalid lo raggiunse.

«Axel, come va?»

Axel alzò le spalle e domandò: «E tu?»

«Di merda. Questo funerale...» Khalid scosse la testa. «È insopportabile: tutta questa storia è stata un casino infinito, e ora quello stronzo di Jens Jessen mi ha convocato per parlare del mio futuro professionale.»

«Non vai al rinfresco, a Søborg?»

«Con quei deficienti? No, grazie.»

Si misero a sedere su una panchina. Il sole si spandeva sul paesaggio come un immenso neon bianco, il caldo era oppressivo e irritante. Nel suo impeccabile completo nero, Khalid sembrava ancora più tirato a lucido di Axel.

«Era una ragazza a posto» disse Khalid. «La più brava di tutti. Quel caso è stato una vera merda. Lei voleva solo fare bene il suo lavoro, giusto?»

«Sì, credo di sì.»

«Invece hanno mandato tutto a puttane.»

«Sì.»

«Credi che verrà fuori, adesso? Lo stupro? Il terzo uomo?»

«Non lo so. Voglio andare da Jens Jessen e chiedergli se hanno intenzione di fare qualcosa per la famiglia di Aisha:

un risarcimento, delle scuse, una dichiarazione ufficiale in cui ammettono di aver commesso un errore ed esprimono il loro rammarico.»

«Te lo puoi scordare. Non succederà mai. E non aiuterebbe il padre. Lui non sa che la figlia è stata violentata. Lascia stare, Axel, non puoi salvare il mondo. È marcio, devi abituarti all'idea.»

«Non sono d'accordo. Devo fare qualcosa.» Stava per continuare, ma non poteva coinvolgere Khalid.

Si accese una sigaretta e offrì da fumare anche a Khalid. Lui accettò.

«Avevo perso la testa per lei, tre anni e mezzo fa, ma non sono riuscito a combinare niente di buono.»

«Anch'io ho perso la testa per lei, due mesi fa, e non ho combinato niente di buono neppure io.»

Si separarono, e Axel tornò ad Amager in taxi. Quando scese, andò al chiosco del benzinaio e comprò una confezione di birra da sei e un pacchetto di sigarette. Poi prese la bicicletta e andò in spiaggia, scelse un posto isolato in mezzo ai cespugli e si mise a sedere.

Cominciò a disegnare sulla sabbia, cercando di mettere in ordine i suoi problemi. Aveva risolto il caso, trovato l'assassino e salvato i bambini, ma non provava né sollievo né soddisfazione: si sentiva solo risucchiato in una voragine buia.

C'erano delle cose che doveva fare, perché era un modo per tenersi attivo e non andare in frantumi. Per esempio, mettere ordine nel materiale dell'indagine e scrivere il rapporto, come si faceva sempre quando si chiudeva un caso di omicidio. Gli avevano chiesto se voleva prendersi un po' di ferie, ma lui sapeva che il lavoro era la medicina migliore. E c'erano altre cose che doveva fare, perché era necessario e perché non avrebbe mai avuto pace se non le avesse fatte. Per esempio, c'era la promessa alla madre di Per.

Dopo aver bevuto tre birre e constatato che i suoi pensieri giravano a vuoto, affondò la mano in una tasca della giacca e tirò fuori una canna. La contemplò, rigirandosela tra le dita.

Aveva letto il diario di Aisha, ritrovato in una stanza che Mikkel Holst aveva affittato sotto falso nome a Østerbro. E sentiva più forte di prima il desiderio di renderle giustizia, ma come? Portare la vicenda alla luce del sole le avrebbe reso giustizia? L'ultima cosa che aveva scritto, prima di uccidersi, era stata: «Ha detto che mi avrebbe tagliato le palpebre se non lo guardavo mentre abusava di me. Troveresti quell'uomo? Mi vendicheresti? Troveresti le persone che lo hanno lasciato fare, per metterle davanti alle loro responsabilità?»

Aisha aveva rivolto questa preghiera a Mikkel Holst, e lui l'aveva esaudita a modo suo, nel suo modo perverso; ma Axel conosceva un'altra via. Forse non le avrebbe reso giustizia, ma avrebbe compensato lo sporco accordo a causa del quale era stata abbandonata.

Il giorno prima aveva cercato Martin Lindberg, dicendogli di avere qualcosa che poteva interessargli. E gli aveva chiesto di accertare se un volo della Cia fosse partito da Copenaghen poco dopo l'irruzione della polizia nell'appartamento di Kapelvej. «Se ti occupi di questa parte della storia, io penserò a riempire i buchi, per quello che posso. Ho scoperto cos'è che sapeva Per» gli aveva detto. Aveva fotografato il terzo uomo tra Sten Høeck e il tizio sconosciuto, che secondo Axel era certamente americano. E aveva intenzione di dare la foto a Lindberg. Per aveva trovato la foto quando aveva ripulito l'hard disk di Sten Høeck. E il ritrovamento gli aveva fornito il pezzo mancante che completava il suo puzzle. Rendere pubblico quel puzzle, realizzare il desiderio di Per, era il minimo che Axel potesse fare per lui.

A Jens quella storia sarebbe costata la carriera, ma era una pena anche troppo mite, secondo Axel. Si alzò per pisciare nella sabbia, poi si rimise a sedere e si accese la canna. Fu come tornare a casa. Dopo i primi tiri, sentì la pace diffondersi nel corpo come non gli accadeva da quasi due anni. Si sdraiò sulla sabbia e lasciò vagare i pensieri insieme alle nuvole in cielo. Com'era bello, tutto quanto.

La mattina dopo andò a Søborg a incontrare Jens. Aveva di nuovo l'umore sotto i piedi, perché aveva fumato. Aveva giurato a se stesso di non riprendere mai più quella strada, ma la sua vita era diventata così sottile e trasparente che non c'era più niente cui appendere quelle promesse.

In treno gli arrivò la telefonata di Martin Lindberg.

«Ho sentito tutte le mie fonti, ma non ho trovato niente, in quel periodo, che possa far lontanamente pensare a un volo della Cia.»

«Potrebbero aver cancellato le tracce?»

«Non penso che il potere del Pet arrivi a quel punto.»

«E io non pensavo che fossi così ingenuo» disse Axel. «Ti richiamo.»

Jens Jessen lo accolse con il suo solito buonumore; la camicia con le maniche arrotolate, ma stirata alla perfezione, gli dava un'aria quasi rilassata. Domandò notizie di Emma e di Cecilie, se Axel ne aveva. Lui, spiegò, non vedeva Anton tanto spesso, perché Cecilie gli teneva il muso. «Già, adesso tocca a me» commentò con aria di scusa e una strizzata d'occhio complice, come se gli anni in cui Axel e Cecilie erano in guerra su tutto continuassero ancora, con Jens nel ruolo che era stato di Axel. Come se l'identità e le azioni non contassero niente. Axel non rispose.

«Siamo un po' sotto pressione, Axel. Sembra che la stampa sia riuscita a mettere le mani su certe informazioni classificate sul vecchio caso: voci sullo stupro, sul fatto che gli americani avrebbero preso in consegna uno dei nostri prigionieri, per trasferirlo in una loro prigione e sottoporlo a tortura.»

«Ah, sì?»

«Non c'è bisogno che ti spieghi che cosa significherebbe, se fosse vero.»

«Ma è questo il punto, no? Niente di quello che hai appena detto è mai successo.»

«Già, è proprio questo il problema. È successo, invece, e io ho deciso di metterti a parte di tutto.»

«Questa sì che è una novità.»

«L'uomo di cui parliamo si chiama Abu Bilal, ed è un membro di spicco di Al Qaida, un comandante operativo.»

Axel notò che Jens adoperava il presente, ma non lo interruppe.

«Buon per voi.»

«È stato catturato da Sten insieme a due agenti americani, subito prima che facessimo irruzione nell'appartamento di Kapelvej.»

«E che cosa ne avete fatto?»

«Lo abbiamo narcotizzato e portato in autoambulanza in una *safe house*, a Karlslunde. In realtà era previsto che venisse a prenderlo un aereo, e poi gli americani avrebbero potuto farne quello che volevano; ma le cose sono andate in modo diverso, e proprio per via dello stupro.»

«Cioè?»

«Gli abbiamo fatto vedere decine di volte le riprese dello stupro. Poi Volster, un collega della Cia, gli ha spiegato che cosa sarebbe successo se avessimo consegnato quel video ad Al Jazeera, fornendo anche il contesto e i retroscena. Ma lui lo aveva capito da solo. Perciò, quando gli abbiamo offerto un accordo, ha accettato.»

«Lo avete reclutato?»

Jens annuì.

«Sì: il giorno dopo lo abbiamo messo su un volo da Kastrup, sotto uno dei suoi falsi nomi.»

«E poi?»
«Poi niente. Non ne ho saputo più nulla.»
«Così la Cia ha un altro agente che fa il doppio gioco.»
«Precisamente. Lo abbiamo consegnato, ma anche noi ne abbiamo ricavato qualche vantaggio, si capisce. Senza scendere troppo nei dettagli, potrei dirti che questa operazione ha migliorato in modo considerevole le nostre relazioni. Gli americani nutrono grande fiducia in noi. Nel Pet.»
«Questo significa che da qualche parte, al mondo, un pezzo di merda doppiogiochista di Al Qaida se ne va in giro liberamente, dopo aver stuprato una ragazza di diciannove anni che nel frattempo si è uccisa?»
«Potremmo dire così, sì. Oppure potremmo dire che quello stupro, in un modo davvero imprevedibile, ci ha aiutati a raggiungere un risultato che non avremmo potuto neppure sognare.»
«La morte di Aisha vi ha fatto davvero comodo, eh?»
Jens Jessen guardò Axel con curiosità.
«Devo ammettere che questa idea è venuta anche a me, ed è per questo che Henriette ha approfondito con particolare attenzione le circostanze del suicidio; in parte di propria iniziativa, bisogna dire. Perché non si poteva escludere che gli americani volessero liberarsi di Aisha per rafforzare la copertura del loro agente. O che lo stesso Abu Bilal l'avesse fatta uccidere per non rischiare di essere scoperto. Due eventualità possibili, ma nessuna conferma. Mi sono riconciliato con l'idea che Aisha si sia suicidata. Una tragedia, certo, ma purtroppo ormai è successo, e ne è anche venuto fuori qualcosa di buono.»
«Tu sei pazzo. Oltre che ad Aisha, questa storia è costata la vita a Sten, Per e Henriette. Come cazzo fai a trovarci qualcosa di buono?»
«Mi spiace dirlo, Axel, ma mi sembri davvero un po' ingenuo. Noi qui viviamo in una realtà diversa, una realtà che Henriette conosceva, capiva e accettava. Siamo in guerra.

Prendiamo decisioni che hanno effetti sulla vita delle persone, e spesso sono proprio gli innocenti che pagano il prezzo più alto. Ti ho raccontato cose che neppure Henriette sapeva, nella speranza che tu riesca a considerare questa vicenda con uno sguardo un po' più costruttivo. Cosa farai, quando la stampa busserà alla tua porta per chiederti conferma delle voci che ha sentito? Parlerai di un trasporto illegale di prigionieri che non è mai avvenuto?»

«C'è un padre che ha perso una figlia, una giovane donna che ha perso una sorella: non hanno diritto a una spiegazione, a delle scuse?»

«Non è stata vendicata abbastanza, Aisha? È davvero così fondamentale? Abbiamo reclutato un agente, Axel, un agente di peso, che negli ultimi tre anni e mezzo ci ha fornito informazioni grazie alle quali abbiamo salvato la vita di migliaia di innocenti. E tu vuoi tradirlo? Hai valutato le conseguenze? A chi converrebbe? Non certo a te, che finiresti dentro per attività antigovernative. E perderemmo terreno nella lotta contro i pazzi islamisti che vogliono distruggere la nostra società.»

«Non voglio vivere in una società che non ferma lo stupratore di una ragazza di diciannove anni, quando ne ha la possibilità.»

«Anche Per la pensava così. E ora è morto.»

«Tu sei pazzo.»

«Forse, però io so che chi fa il lavoro sporco non può evitare di sporcarsi le mani. Qui non funziona come nelle tue indagini, dove c'è una vittima e un assassino. Noi siamo tutti vittime e assassini, e nessuno può tornare nel suo cantuccio immacolato dopo che ha perso l'innocenza. Le cose stanno così, e se vuoi onorare la memoria di Henriette pensa che questo era anche il suo credo, il principio secondo cui viveva. Non è sempre facile, ma qualcuno deve pur farlo, il lavoro sporco, perché il resto della popolazione possa vivere in pace nel paese più felice del mondo.»

Vaffanculo, pensò Axel, vaffanculo, stronzissimo pallone gonfiato; ma era troppo sconvolto per dire anche solo una parola. Sapeva che Jens l'aveva portato a fare un giro e l'aveva lasciato proprio in fondo a un vicolo cieco. Non c'erano vie d'uscita. Nessuna di quelle che era abituato a percorrere, in ogni caso.

«Detto questo, voglio rinnovarti la mia offerta. Perché non vieni a lavorare qui? Ho bisogno di gente con la tua capacità d'analisi e la tua tenacia. Henriksen sarebbe davvero felice di averti nella sua squadra.»

«Io risolvo omicidi, è quello che so fare. E anche se volessi, non potrei più lavorare sotto copertura. Tutta la Danimarca conosce la mia faccia.»

«Le operazioni speciali sono molto più di questo; inoltre, si dà il caso che la maggior parte dei nostri agenti sotto copertura lavori all'estero, e quando abbiamo bisogno di qualcuno qui lo prendiamo da fuori. Basterebbe un po' di chirurgia plastica per far sparire i tuoi segni particolari, e sia in questo caso sia due anni fa hai dimostrato un talento davvero eccezionale, proprio per questo tipo di lavoro.»

C'era da sentirsi tentati. Se non fosse stato Jens. Se non fosse stato il Pet.

«No grazie, sono felice dove sono.»

«Pensaci. Se cambi idea, sai dove trovarmi.»

Quando lasciò Jens Jessen e il bunker di Søborg, Axel si sentiva frustrato, ma anche sollevato. Non avrebbe più messo piede in quel posto per molto, molto tempo, promise a se stesso.

Una settimana dopo, andò a vedere una casa in Sankt Hans Gade. Tre stanze, la metà del suo vecchio appartamento di Nørrebrogade, ma più che sufficienti per lui ed Emma. Inoltre, era vicino alla scuola e nella parte elegante di Nørrebro: poteva tenersi lontano dalla zona del quartiere in cui non era molto amato e restare nel lato destro, quello vicino ai laghi, in cui i ricchi e i benestanti si erano trasferiti già prima del Duemila. Il Peblinge Sø era a cento metri: ci arrivò portando la bicicletta a mano e si sedette su una panchina; si accese una sigaretta e si mise a guardare i cigni, la gente che correva sul vialetto o che portava a spasso il cane. Il ponte Dronning Louise era avvolto da una foschia grassa e giallastra, e la vita della città riprendeva vigore a mano a mano che il pomeriggio si trasformava nell'ora di punta. Axel non riusciva a conciliarsi con la morte assurda di Henriette, ma non sapeva neppure verso cosa dirigere la sua rabbia e il suo dolore. Li sentiva nello stomaco, come una ferita sanguinante cui non poteva sottrarsi. E quando non resisteva più, crollava, esausto e sfibrato, senza energie, anche se il giorno era solo a metà.

I dubbi sulla direzione da dare alla sua vita erano più forti che mai. Si rimproverava per non aver trovato Mikkel Holst più in fretta, per aver trascurato troppi dettagli, per aver seguito ciecamente la pista del Pet. *E cosa ho trovato, alla fine di quella pista? Una palude maleodorante di segreti con cui non posso fare niente.* Una palude in cui Jens Jessen l'aveva trascinato con una mossa da maestro: ora doveva tornare a mani vuote da Martin Lindberg e spiegargli che si era sbagliato, che non c'era nessun volo illegale della Cia. Che non aveva niente da raccontargli.

E c'era ancora un futuro, per lui, nella sezione omicidi? Dubitava anche di questo. Non era diventato troppo fiacco, arrugginito? Non si era bruciato? Però aveva Emma, l'unica cosa pulita della sua esistenza, l'unica con cui riusciva a vedere un futuro.

Il cellulare squillò. Era Lennart.

«Axel, ti ho perso nella folla, dopo il funerale. Stai bene?»

«No.»

«Lo immaginavo. Ti ho chiamato diverse volte.»

«Sì, avevo il telefono spento. Volevi dirmi qualcosa di importante?»

«No, ero solo preoccupato per te.»

«Sono stato con Emma. Ho cercato di rilassarmi un po'. Ho messo in vendita il mio appartamento e ho ricominciato a lavorare.»

«Su cosa ti hanno messo?»

«Devo concludere l'indagine, scrivere un po' di scartoffie. È un caso chiuso, anche se c'è ancora qualcosa che non mi torna.»

«Per esempio?»

«Per esempio: perché è stato ucciso Per?»

«Già, a proposito, questa era una delle cose di cui volevo parlarti. L'avevo un po' persa di vista, con la morte di Henriette. Ma ora ho controllato e posso dirlo con certezza: è stato ucciso.»

«Perché?»

«Ieri ho avuto l'esame tossicologico completo. È stato anestetizzato con del Roipnol, prima di morire. Sai, quella che chiamano "droga dello stupro". Procura una specie d'incoscienza, ma non era il suo stile. Lui beveva e basta, no?»

«Infatti.»

«Perciò dobbiamo concludere che il buon Mikkel l'ha generosamente drogato prima di ammazzarlo.»

Axel gli chiese ancora qualche chiarimento, poi si salutarono.

Nei tre giorni successivi, Axel passò in rassegna tutti i dettagli legati alla morte di Per Larsen. Era stato drogato, soffocato con un cuscino e composto con cura sul letto. L'uomo che lo aveva ucciso non aveva lasciato tracce di dna, né impronte digitali. Di certo aveva bevuto del vino con lui, perché era così che era stato somministrato il Roipnol; eppure, non c'era traccia del medicinale nei bicchieri trovati sul luogo del delitto. Perciò Axel aveva dedotto che l'assassino doveva averli portati con sé. Insieme a BB, aveva concluso che era stato Per ad aprire la porta al suo assassino, perciò doveva essere una persona che conosceva bene, qualcuno con cui bere anche un bicchiere. Il cellulare di Per non era mai saltato fuori, quindi l'assassino doveva averlo fatto sparire, oppure aspettava ancora di essere trovato, da qualche parte, forse con dentro delle informazioni utili per la soluzione del caso, o forse no. In compenso, Axel aveva scaricato tutte le email dal computer di Per, e ce n'erano parecchie che avevano attirato la sua attenzione: email da e per Mikkel Holst e da e per Khalid, tutte inviate circa sei mesi prima. E una da Jens Jessen, di appena una settimana prima che Per morisse. Jens gli scriveva di aver provato a raggiungerlo al telefono, senza riuscirci, e chiedeva di essere richiamato. Pareva che Jens avesse tentato di nascondere l'email, perché nella versione ripulita del computer di Per, che Axel aveva potuto consultare nei giorni più convulsi dell'indagine, non ce n'era traccia.

Jens spiegò che in quei giorni gli erano arrivate nuove voci, secondo cui Per intendeva fare rivelazioni sul caso, perciò l'aveva cercato per ricordargli i suoi doveri di riservatezza e la sua responsabilità penale. E poi aveva cancellato il messaggio per motivi di segretezza. Non era mai riuscito a parlare con Per.

Axel ricordava benissimo la sua espressione, quando l'aveva affrontato nel parcheggio di Søborg dicendogli che sapeva tutto: dello stupro di Aisha, e del perché Sten Høeck e Per Larsen erano stati uccisi. «Non possiamo sistemare questa cosa tra noi?» gli aveva domandato. E non aveva senso, perché all'epoca c'era anche Henriette sul caso. Sempre che non pensasse che Axel avesse davvero scoperto chi aveva ucciso Per.

I documenti ufficiali indicavano Mikkel Holst come autore dell'omicidio, e fino a prova contraria Axel doveva accettare quella conclusione. Ma Mikkel Holst gli aveva detto che non era stato lui a uccidere Per, in un momento in cui quella dichiarazione non gli avrebbe dato alcun vantaggio.

Ma lui non si poteva più interrogare, perché era in un cassetto dell'Istituto di medicina legale, ucciso con un singolo colpo in fronte da uno dei tiratori dell'unità speciale.

Qualche giorno più tardi, Axel telefonò a Jens Jessen dicendo che aveva pensato alla sua proposta e aveva deciso di accettarla. Entusiasta, Jens lo aveva invitato a pranzare con lui al ristorante Salt, giù al porto. Il tempo di sistemare le carte per l'assunzione.

L'indomani, Axel firmò il contratto d'acquisto dell'appartamento in Sankt Hans Gade. Sarebbe tornato nel suo vecchio quartiere, e forse anche a essere il vecchio Axel Steen, quello che non si fermava finché un caso non era risolto. E l'assunzione al Pet era un passo in quella direzione.

Jens Jessen era seduto a un tavolo esterno, sotto una tenda da sole. Portava un paio di occhiali scuri, giacca e cravatta e una camicia bianca.

Axel non aveva fame e ordinò solo un caffè. Jens Jessen chiese un bicchiere di vino bianco e ci ficcò dentro tutto il naso, inalando il profumo con aria da intenditore. Poi aprì una cartellina e tirò fuori due documenti.

«Questa è la lettera d'incarico della polizia di stato, e questa è la dichiarazione di riservatezza che devi firmare. Non so dirti quanto sarò felice, quando avrai scritto il tuo nome su questo foglio.»

«Perché così mi terrai sotto controllo o perché hai assunto un vero poliziotto?»

Jens Jessen scoppiò in una sonora risata e si tolse gli occhiali da sole.

«Per tutte e due le cose, Axel. Per tutte e due le cose.»

«Devo farti una richiesta.»

L'altro sembrò stupito.

«Ho una condizione.»

«Quale?»

«Voglio che Khalid venga a lavorare con me.»

Jens Jessen cercò di controllare i tic e si strofinò la testa lucida.

«Mmh, forse non è una cattiva idea. Ce lo togliamo un po' dai piedi e intanto lui impara come si fa un'indagine.»

«A me sembra che abbia dimostrato di saperlo già, come si fa un'indagine, quando ha capito da solo che Aisha era stata violentata.»

A quel nome, il viso di Jens Jessen ebbe una nuova contrazione. Il suo sguardo vagò sul canale. Davanti a loro, il Teatro dell'Opera splendeva sotto il sole, simile a un gigantesco radiatore.

«Quanto tempo è passato, due settimane?» domandò Jens, guardando Refshaleøen. «Come ti senti al ricordo di quello che è successo laggiù?»

«Non ci penso mai. È andata. Sto male per la morte di Henriette, questo è tutto.»

«Lo capisco. Hai pensato alle sue motivazioni e alle sue scelte, come avevamo detto?»

«No, non mi riguarda. La Henriette che conoscevo io era diversa da quella che conoscevi tu. È lei che voglio ricordare.»

Jens Jessen dava l'impressione di uno che aveva voglia di parlare, ma veniva frenato di continuo dalle risposte categoriche di Axel. Si agitò un po' sulla sedia, e fece un cenno con la testa verso il ristorante alle loro spalle.

«Lì dentro, Henriette e io abbiamo incontrato due agenti di alto livello della Cia, tre anni e mezzo fa. Abbiamo pranzato e discusso del caso di Kapelvej. Era il momento decisivo dell'operazione, avevamo appena identificato Abu Bilal. Nessuno l'ha detto in modo esplicito, ma tutti sapevamo che lo avremmo consegnato a loro. Henriette non si è fatta domande, non ha considerato gli aspetti etici. Non era una persona cattiva, Axel, ha solo fatto il suo dovere.»

Axel non disse niente; si limitò a guardare il braccio di

mare su cui navigavano kayak, barche a remi, un'irritante moto d'acqua e un bellissimo schooner vecchio.

Era come se avesse perduto una persona che non conosceva. La direzione che il loro rapporto aveva preso lo rendeva profondamente infelice; soffriva per la sua morte, e non riusciva a decidere come avrebbe potuto onorarla. Le doveva molto. Anche se non poteva condividere le sue scelte, tanto che, forse, il loro rapporto non sarebbe durato in nessun caso. Ma Henriette aveva sacrificato la sua vita per lui, e Axel la rispettava per questo. Sapeva quanto era raro che le persone mettessero da parte la loro vita per salvare quella degli altri. Ma Henriette lo aveva fatto, perché lei era così. Per questo era in debito con lei. E Axel pagava sempre quello che doveva. Tutti dovevano pagare i propri debiti, prima o poi.

Anche Jens Jessen.

«Lascia stare» disse.

Poi finì il suo caffè, ascoltando Jens che magnificava il Pet e le molte missioni appassionanti che lo aspettavano. Niente avrebbe potuto importargli di meno. Axel aveva accettato il lavoro solo perché sperava che gli permettesse di raccogliere prove contro il vero assassino di Per Larsen.

Quando le frasi di Jens si diradarono, Axel si rese conto che di lì a poco avrebbe cominciato a parlare di Cecilie. Lo ringraziò per il caffè e firmò il contratto, poi si alzò, accese una sigaretta e disse: «Ti è mai capitato di conoscere così bene una persona da poter dire se è lei anche senza vederla in faccia? Per esempio, io potrei riconoscere Emma vedendola camminare di spalle tra cento altre bambine. Lo stesso per Cecilie: la riconoscerei in mezzo a una folla. Potresti dire lo stesso?»

«Sì, credo di sì. Dove vuoi arrivare?»

«Qualche volta sai di conoscere benissimo una persona, solo che non riesci a fartela venire in mente. Riconosci solo i movimenti.»

«Sì, certo, mi capita anche questo.»

«A me è capitato con l'uomo che mi ha chiuso fuori, sul tetto dell'appartamento di Sten Høeck. Quando l'ho visto correre giù per le scale, nascosto dal cappuccio della felpa, ho pensato: Ma è... Lo sapevo benissimo, ma il mio cervello era vuoto. È anche vero che quella sera avevo bevuto. Ma un giorno mi tornerà in mente.»

Grazie

A Helle Vincentz, Hans Petter Hougen, Peter Stein Larsen, Jakob Levinsen, Mette Nexmand, Nina Søndergaard, Ching, Thomas Pedersen, alla Kofoeds Skole e al Danske Forfatter- og Oversættercenter Hald Hovedgaard.

Alla mia casa editrice, Politikens Forlag, a Lene, Charlotte, Lise, Nya, Rudi, Camilla e Camilla, Helle, Pernille e tutti gli altri: quelli che lottano per portare i miei libri fino ai lettori.

Alla mia redattrice Anne Christine Andersen e a Lotte Thorsen, per le loro riletture instancabili e approfondite.

Ad Anja Kublitz, Jeanette Kublitz, Emilie e e Hannah per l'incoraggiamento, l'ispirazione, il tempo e la cura.

Stampato da
Grafica Veneta S.p.A., Trebaseleghe (PD)
per conto di Marsilio Editori® in Venezia

«Farfalle Marsilio»
Periodico mensile n. 331/2020
Direttore responsabile Giuseppe Lupo
Registrazione n. 1334 del 15.06.1999
Tribunale di Venezia
Registro degli operatori di comunicazione-ROC n. 6388

EDIZIONE
10 9 8 7 6 5 4 3 2 1

ANNO
2020 2021 2022 2023 2024